ニコス・カザンザキス研究

——ギリシア・ナショナリズムの構造と処方箋としての文学・哲学

福田耕佑

松籟社

【目次】ニコス・カザンザキス研究——ギリシア・ナショナリズムの構造と処方箋としての文学・哲学

ニコス・カザンザキス研究

ニコス・カザンザキス研究

——ギリシア・ナショナリズムの構造と処方箋としての文学・哲学

序論

本書は、近現代ギリシア文学を代表する作家であり思想家であるニコス・カザンザキス（一八八三－一九五七）が、自身の思想的主著『禁欲』の思想に沿う形で描き出したギリシア像を分析する。そしてそれが、西洋の精神文化の源泉であり精髄として理想化されたギリシア像とは必ずしも合致しない、ロシアや中東、そしてアフリカや極東という非西洋世界での旅と執筆活動に基づいた、多様な文化体験に根差し、非西洋的な要素さえをも内に含むギリシア・ギリシア人観として描かれていたことを明らかにする。

＊本章の注は三八九ページから掲載している。

本書第二章で見るように、古代ギリシアは、特に西洋文化の源泉として位置づけられてきたが故に、西欧や近現代ギリシアの知識人から純粋に西方的であり、西洋文明の象徴として特徴づけられてきた。その一方で近現代ギリシアの捉えられ方は、上述の古代ギリシア理解とは異なる。地理的にも歴史的にもアジア・東方とヨーロッパ・西方の中間に位置しているが故に、ビザンツ時代やオスマン時代という歴史を経てきた近現代ギリシアは東方・オリエント的だとみなされがちで、西欧の知識人たちによりしばしば彼らの理想となる古代ギリシアに適さない東方人として理解されることがあった。このため近現代ギリシアの知識人たちの中には、自分たちが古代ギリシアの子孫であり、遅れたオリエント世界に属するのではなく、先進的西洋世界の一員なのだと主張する者が現れた。彼らはいわゆる「脱亜入欧」的な議論や親西方・嫌東方的なナショナリズム的思想を展開したり、一方で過度な西洋化を非難しギリシア中心主義を展開したりしたのである。

本書では、このような背景を整理した上で、大半の思想家が理想とすべきギリシア像の中に東方的要素を認めることを忌避したにもかかわらず、ニコス・カザンザキスがギリシアの有する東方的要素を肯定的な形で評価し、古代のみに限定されることのない非西洋世界を含む多様な文化圏に関する考察と思索を含んだギリシア・ギリシア人観を描いたことを論じたい。彼は過度な西洋化やギリシア中心主義的なナショナリズムをも乗り越えて、『禁欲』という自身の世界と人間、そして神に関する思想を産み出した。そしてこの世界観に沿う形でカザンザキスが、古典ギリシア崇拝や近現代ギリシアと古代ギリシアとの紐帯の妄信に陥ることなく、ギリシアを時間的に古代から現代まで、そして空間的に東西に広がりを持ったものとして、二つの連続性を有する存在として描いたことを示したい。

一．カザンザキスの受容・研究状況

本節では、日本では十分に学術的見地から研究の進められていないニコス・カザンザキスが学術的に取り上げる価値を有する作家であることを示すため、ギリシア国内と欧米を中心にしたカザンザキス作品の受容について、そしてギリシア国内外でのカザンザキス研究の状況について紹介する。そして上記のギリシア国内外での作品の受容と研究状況から明るみになる学術上の問題点を指摘し、本書が定める問いと課題について示したい。

ニコス・カザンザキスは近現代ギリシアを代表する作家の一人である。例えば、クレタ島最大の都市であり、ギリシアでも四番目に大きな都市であるイラクリオに位置する国際空港は、カザンザキスがこの街の出身であることにちなんで「ニコス・カザンザキス空港」の名前を冠している。[1] 他にも、二〇一七年にはギリシア政府文化・スポーツ省がカザンザキスの没後六〇年を記念して「ニコス・カザンザキス年」と定め、ギリシア文化の国外への普及を図ることを発表した。[2] これらの例に見られるように、ニコス・カザンザキスは現在でもギリシアにおいて広く認知され、またその作品の国外への普及を図ることがギリシア文化の推進に繋がると考えられるほどに「国民的作家」としてみなされている作家である。

「国民的作家」とみなされる一方、「ギリシア的な作家」としてみなされることはほとんどない。たとえば、本書第一一章でも確認するが、「三〇年世代」の旗手とされるヨルゴス・テオトカス[3]によるカザンザキス評価が示唆的である。テオトカスは、ギリシアにおける思想や文学の西欧化と現代化を志向する「三〇年世代」の知的マニュフェストと目される『自由な精神』（一九二八）において、カザンザキスを偏狭なリアリズムと文学的因習を打ち破ってより高度な魂と精神の地平を目指す、ギリシアでは例外的な作家として評価した。[4] このように、カザンザキスの意図とはかかわりなく、同時代のギリシア人作家によって彼は、ギリシア的なものを探求した作家としてより、「三〇年世代」の推進する思想や文学の西欧化と現代化の理想の実現に邁進する作家だと評価されていた。他にも、カザンザキスの『キリストは再び十字架にかけられる』(Ο Χριστός Ξανασταυρώνεται)や『ミハリス隊長』(Ο Καπετάν Μιχάλης)という晩年の作品が、反キリスト教的な内容を含んでいたりギリシアの現状に対する否定的な現状を描き出したりしたという理由で、ギリシア正教を国教として奉じるギリシア政府により国外追放処分を受けたり作品の出版を禁じられたりした。[5] また本書の第七章で確認するように、共産主義に傾倒したカザンザキスはソヴィエト・ロシア政府によってソヴィエト革命一〇周年記念式典に招待されており、その故にギリシア国内で共産主義を喧伝しているといった罪状で裁判にかけられたこともあった。このため、ギリシア国内ではむしろ非ギリシア的で異端的な作家であって「ギリシア的な作家」ではなく、のちに見るように国際的に評価されたヨーロッパ的な思考を強く持った作家だとみなされている。

ここまで見てきたように、国内外で作品が広く読まれているとみなされる「国民的作家」であり、その証拠に彼の作品は今日でも国内で何度も版を重ねて出版されたり書籍化されていない作品が書籍化されたりし続けており、加えて多くの学術的な研究が出版されている。[6] しかし、「ギリシア的な作家」ではないとみなされていた故であろうか、カザンザキスがギリシアやギリシア人に対してどのような思想を抱いていたのかを分析する研究はほとんど見られないのが現状である。[7]

カザンザキスは、その死の前年の一九五六年にウィーンで平和賞を受賞したり、[8] フランスで一九五四年に小説『その男ゾルバ』が外国賞を受賞したりするなど、ギリシア国内以外に欧米を中心にした海外で高い評価を受けた。[9] これらの賞に加え、彼は一九五七年にノーベル文学賞の候補にノミネートされており、その年の受賞者であるアルベール・カミュも自分自身よりカザンザキスの方がこの賞を受賞するにふさわしかったと述べるなど、西洋世界で高い評価を受けた作品を産み出した作家である。[10]

フランスのギリシア研究者であり、クセジュ文庫『近現代ギリシア文学史』（一九五三）の著作で知られるアンドレ・ミランベルは、カザンザキスの死の翌年にあたる一九五八年五月一三日の仏希委員会の会合でこう述べている。「カザンザキス本人は『私はクレタ人であり、それからギリシア人なのだ』と好んで言っていたものです。実際のところ、彼はそれ以上の人物であり、『世界市民』［citoyen de l'Univers］なのです」。ギリシアに深く結びつく要素ではなく、「世界市民」と言われる彼の「普遍的」或いは「汎西洋的」特性を強調する発言であった。[11]

このようなヨーロッパ的、或いは普遍的な側面を通して理解されることの多かった晩年のカザンザキスが欧米において人々の関心を惹いた理由の一つは、カザンザキスが青年期に私淑していたベルクソンやニーチェから受けた影響、或いはカザンザキスとダーウィニズムや共産主義との関係といった、西欧で馴染みのある思想や文物との関係であった。そしてこの観点に関して、英語やフランス語で多くの研究が存在する。[12]

更に重要な二つ目の理由は、西洋文明の柱の一つともいえるキリスト教の根幹的な教理に疑義を呈する彼のキリスト論（la Christologie）である。[13] 特に重要なものは、一九五一年に執筆した小説でイエス・キリストの生涯をカザンザキス独自の視点で描いた『最後の誘惑』（O Τελευταίος Πειρασμός）であり、この中でカザンザキスは「キリストの磔刑の否定」や「キリストの妻」というイエスの神性や神による救済の否定にも繋がる、キリスト教教理の根幹に抵触する発想を描き出した。この『最後の誘惑』の反キリスト教的要素が与えた影響は甚大であり、ローマ・カトリック教会によって同書は禁書目録に登録され、また米国の映画監督であるマーティン・スコセッシによって一九八八年に発表された同作の映画作品の米国における上映の際には、カトリック団体による上映反対抗議デモが起こるなど、宗教的に過剰な反応を引き起こした。後年、『最後の誘惑』に見られたカザンザキスの文学と思想、及び映画『最後の誘惑』の作品論とこれが社会に与えた影響について論じた論集には Scandalizing Jesus? という書名が与えられ、まさに西洋文明の根幹であるキリスト教への「スキャンダル」として認識されたのであった。[14]

ここまで見てきたように、カザンザキスは欧米においても文芸上の価値によってのみではなく、文化的側面で社会に与えた影響によっても読まれる価値を有する作家だとみなされている。しかし欧米においても、彼の作品と思想は主に西洋文学・哲学やキリスト教に関係づけられる形で論じられ、カザンザキスが彼の文学作品を通してどのようにギリシアを描いたのか、どのようなギリシア・ギリシア人観を抱いていたのかということが関心の中心になることはなかった。カザンザキスは、ギリシア国内では国際的な作家であって「ギリシア的な作家」だとはみなされず、彼のギリシア・ギリシア人観について探求しようという試みや「カザンザキスとギリシア」という主題での十分な研究は行われず、この状況は欧米における研究でも同じであった。

二、カザンザキスのギリシア・ギリシア人観

このような受容傾向や先行研究の状況にかかわらず、本書で論じるように、カザンザキス本人は普遍的なものや汎ヨーロッパ的なもののみを志向して執筆したのではなく、まず祖国であるギリシアを探求し、この探求に基づいた執筆を心掛けたと述べている。実際カザンザキスの文学作品にはナショナリズム的表現や自民族の特性を探求しようとする発想が見られ、彼のギリシア・ギリシア人観は自身の哲学や神学思想とも密接な関わりを有している。これは、カザンザキスが一人目の妻であるガラティアに宛てた書簡集を編纂したグデリスが、その校訂において付した註において、カザンザキスのギリシア観は話題になったことはほとんどなく、これに関する研究は「明日」の課題だと記している点にも現れている。しかし、この校訂が出版されてから六五年以上が経過した今尚、この観点について十分な研究がなされてきたとは言い難い状況にある。[15] 故に本書が取り組むカザンザキス

研究上の課題は、ギリシア国内でも国外でも等閑視されてきた、カザンザキスがどのようなギリシア・ギリシア人観を有していたのかというその内実を解明し、これをカザンザキス思想全体に位置づけつつ、更に一歩進めてギリシア思想史の中に位置づけることである。

そのための詳細な議論は各章においてなされるが、ここでは導入として、カザンザキスが国際的・普遍的な内容を主にした作品作りのみにではなく、自民族やギリシアそのものへ大きな関心を抱いていたことに触れる。そして、カザンザキスのギリシア・ギリシア人観について論じた数少ない先行研究の中でも特にピーター・ビーンによる研究を取り上げ、彼がカザンザキスのギリシア・ギリシア人観を「ギリシア性」として主題化していたことに触れ、本書とピーター・ビーンの研究の関係について言及する。

さきに見た国内外での評価とは裏腹に、カザンザキス自身は祖国ギリシアを深く探求することに大きな重要性を置いていた。死去することとなった一九五七年にジャーナリストのピエール・シプリオによって行われたインタビューで、民族と普遍性に関わる思想について三つの執筆上の文体（les styles）を挙げ、次のように述べている[16]。第一の文体は、二〇世紀に流行した作法で「大百貨店的な小説」であり、「国際性を装うも根を持たず、空中を漂っているかのよう」だとして退けた。そして第二に「民族の中に根を持ち、特定の人々の特定の考え方、感じ方、生き方、死に方を扱っている。そしてその土地の記念碑的なものではあるが、我々の精神や感受性を豊かにする面で尊い」文体として「地域的、或いは民族的小説」を挙げる。最後に第三の文体として「国境を越えた小説」を挙げ、これを自身の理想として言及している。この「国境を越えた小説」を創作するためには、まず「地域的、或いは民族的小説」から出発しなければならず、これが国境を越えることができた時、つまり、「特定の民族の跳躍［essor］を摑むこと」ができた時にはじめて、あらゆる民族にとって価値を有する小説になることができるのだとカザンザキスは考えていた。換言すれば、晩年のカザンザキスは執筆と思索において単に普遍的なものを探求したり「外国受け」するものを狙ったりしたわけではなく、国際的に認められてギリシアから追放を受けた身にあっても、他でもない自民族のギリシアについて考察と思索を深めることを放棄せず、むしろこれを自身の土台とさえみなしていたのである。彼がこの理解に基づいた執筆を行っていたとすれば、ミランベルが見た「世界市民」的な要素も、カザンザキスのギリシアとギリシア人に関する思想的な省察がこの前提にあったということになろう。

逆の観点、すなわち晩年のカザンザキスを通して彼を普遍、或いは西洋と結びつけようとする作品受容や研究状況とは反対に、ミハリス・パツィスは、カザンザキスには西欧文化やしばしば西欧文化の精神的祖として理解される古代ギリシア時代を精神的・心理的に拒否しようとする傾向があったことを指摘している。本書第四章でも確認するように、一九〇〇年代から一九一〇年代にかけて青年期に受けた教育を通して深く傾倒した西欧文明や、西欧の文化的祖先として位置づけられ過度に理想化された古代ギリシア像に対して、カザンザキスが一九二〇年前後には疑惑を抱くようになったこと、そして一九一〇年代に深く傾倒した一九世紀に起源を有するギリシア・ナショナリズムや西欧化・近代化（これらは本書第一章と第二章で確認する）に距離を取り、一九二〇年代には非西欧世界に位置するロシアへと関心を移していったことにパツィスは注目する。そしてこの事態を、「故郷嫌悪」（Οικοφοβία）や「祖国嫌悪」（Πατριοφοβία）という言葉を用いて主題化した。[17] パツィスがこの「故郷嫌悪」或いは「祖国嫌悪」という心理的要因の芽生えを通して、カザンザキスがなぜ一九二〇年代に西欧と古代ギリシアを離れロシアへと関心を移していったのかを説明したことは、従来の先行研究が主にカザンザキスと西欧哲学や神学の思想を中心にしていた中で極めて異例であり、新しい観点を提示したものである。このようにパツィスは、一九二〇年代のロシアとカザンザキスの関りの分析を通して、中東にも近く文化的に様々な交流がありアジア世界とも密接に関りを持つにもかかわらず「ギリシアはヨーロッパに属するヨーロッパ的な国である」という形で抱かれた素朴な固定観念を越え、カザンザキスが西欧の文化的祖として理解される古代ギリシアに対し距離を取ったと見なす。カザンザキスが単純に汎ヨーロッパ的で西洋的な作家ではないという視点がもたらされたことは重要である。

まとめると、晩年のカザンザキスの作品を通してギリシア及び欧米で形成されたイメージにもかかわらず、カザンザキス自身は西欧やヨーロッパに固執したわけでも拘泥したわけでもなかった。彼は、西欧人が形成した古代ギリシアのイメージを越えてギリシアの伝統の中に現れた現実のギリシアを探求し、そこに根差した自分自身のギリシア・ギリシア人観を形成しようとしたのである。

先述の通り、カザンザキスとギリシアに関する主題を扱った先行研究は極めて少ないが、思想的方向でカザンザキスとギリシアに関して焦点を当てた唯一の研究として、ピーター・ビーンの研究が挙げられる。詳細は本書第一二章で確認するが、彼は著書『ニコス・カザンザキス――精神の政治』において、カザンザキスが第二次世界大戦中に執筆した小説『その男ゾルバ』を分析し、カザンザキスのギリシア・ギリシア人観に触れている。ビーンはこれを「ギリシア性」という用語で説明し、その内実を「ギリシアにおける東西の融合」、「ギリシアの歴史的連続性」という属性を与えることで説明している[18]。

本書はビーンによるカザンザキスの「ギリシア性」理解を踏襲する。その上で、彼の先行研究が本書に残した課題は、彼の研究がカザンザキスと政治を中心の主題に据えたこともあり、カザンザキスのギリシア・ギリシア人観の探求に焦点を当てておらず、カザンザキス思想と作品、更に言うとギリシア思想史の中に位置づけて論じられてはいないということである。例えば、本書第七章で見るように「ギリシアの東西性」に関していうと、カザンザキスは「東西」に関する言及を一九三〇年に執筆した小説『トダ・ラバ』(Toda-Raba)で行っているが、これは一九三〇年に前後の文脈と関係なく浮かんだアイデアだというわけでなく、青年期にまで遡る彼の西欧での研究やギリシア・ナショナリズムへの傾倒と離反などがその背景にある。また「ギリシアの歴史的連続性」の議論に関しても、第二次世界大戦以前に一九三〇年代中頃には、彼の作品の中で明確に言及されている。換言すると、「ギリシアにおける東西の融合」にしても「ギリシアの歴史的連続性」にしても、カザンザキスにおいては一九〇〇年代から繋がっている、所謂「通奏低音」とも言うべき発想である。

故に本書の使命は、カザンザキスのギリシア・ギリシア人観、或いは「ギリシア性」の探求を中心的な主題に定めることで、ビーンの提示したカザンザキスの「ギリシア性」論を補完しつつ、この「ギリシア性」の根拠が彼の思想全体とギリシア思想史一般の中にあるのだということを示すことである。

三．ギリシアの東西性

カザンザキスの「ギリシア性」を検討するにあたり、そこで問題になる「ギリシアの東西性」については、以下の議論において重要になるので、あらかじめ確認しておきたい。本書第一章及び第二章で論じるように、近現代ギリシアにはアイデンティティー形成に際し、自身をアジア・東方にではなくヨーロッパ西方に位置づけようとする「脱亜入欧」的な思想潮流があり、古代を含むギリシアをアジア・東方に位置づけようとする発想はタブーとされた。特に古代ギリシアに関して、その東方性を否定する態度を「アーリア・モデル」という観点で捉えて批判したのが、マーティン・バナールによる一九八七年の著書『ブラック・アテナ』である。

バナールによれば、古代ギリシア世界は本来アフリカ・オリエント世界から多大な影響を受けていたのであり、レヴァント的、すなわちエジプト及びセム文化の周辺に属し、エジプト人とフェニキア人によって植民地とさえされていた（古代モデル）。しかし、近代西欧の思想潮流の中で、ギリシアは本質的にヨーロッパ、或いはアーリア的なものとして捉えられるようになった。古代ギリシアが西欧の文化的祖として理解されることにより、輝かしい西欧文明の祖たる古代ギリシアが劣ったアジア・オリエントから文化的な影響を受けたはずがないという、二〇二四年現在でも広く世界中で受け入れられている発想が生じた（アーリア・モデル）[19]。この「アーリア・モデル」に対してバナールは「修正古代モデル」を提示し、考古学や言語学の手法を援用しつつ、古代ギリシアにおいてアフリカやオリエントからの影響があったことを主張した。バナールは自らの主張の文明論的な目的と射程を、次のように表現している。

もしアーリア・モデルを取り除き、修正古代モデルに置き換えることに正当性があるとするなら、「西洋文明」の土台そのものの再検討と、歴史学及び歴史記述の哲学の中に浸透している「人種主義」および「ヨーロッパ排外主義」の検証もまた必要を迫られてくるだろう。古代モデルには、それ自体に「内在」する大きな欠陥や、説得力不足とみなすべきものはどこにもない。それにもかかわらず転覆させられてしまったのは、ひとえに外部的理由による。一八～一九世紀のロマン主義者および人種主義者にとって、ギリシアはヨーロッパ文明の雛型であり、その少年時代であった。そのギリシアが、ヨーロッパ系原住民と、これを植民地化したアフリカ人・セム人との混合の産物だなどとされたことは、彼らの自尊心が許さなかった。古代モデルは、なんとしても打倒しなくてはならないものとなったのである。そして、代わりに何か別の受け入れ可能なモデルが必要となった[20]。

本書では歴史学や考古学、そして言語学的な見地から古代ギリシアに関するバナールのこの主張が事実であるのかどうかを検証することはない。しかし、古代ギリシアをアジア・オリエント世界から切り離して純粋に西方的なものだと規定する「アーリア・モデル」的な発想が『西洋文明』の土台そのものの再検討」に繋がるという点と、またこの「アーリア・モデル」にはアジアに対する「人種主義」的優越意識と差別意識があったという点は、本書の主張にとっても極めて重要である。その理由はひとつには、カザンザキスの受容や研究状況に、この「アーリア・モデル」的傾向が反映されているからである。そしてもうひとつには、このバナールの指摘・批判を、実はカザンザキスがその半世紀も前に、自らの文学的想像力をもって先取りしていたと思われるからである。

後に見るように、カザンザキスのギリシア・ギリシア人観形成には、アジアやアフリカなど非西洋諸国での体験が一定の役割を果たしている。カザンザキスはイギリスやドイツ、そしてフランスやイタリアなどの西欧諸国に滞在したのと同様に、北アフリカから中東、そして中央アジアを含むロシアから、さらに日本と中国も訪れ、それぞれの地域に関する旅行記や小説を残している。しかし、カザンザキスとギリシアという話題が重要な研究論題とならなかったように、カザンザキスと非西洋世界という主題も(アティナ・ヴユカ『ニコス・カザンザキスと「第三世界」』のような例外はあるにせよ)[21]、従来中心的な主題とはならなかった。

ただし、現在の西洋に結びつけられたカザンザキス受容とは裏腹に、カザンザキスが初めてフランスや西欧に紹介される契機となった文芸雑誌『メルキュール・ド・フランス』一九三〇年四月一五日号の段階では、カザンザキスがアフリカ的なものに深い関心を抱き、これに沿ったものを探求している人物として理解されていた。[22]他にも一九七四年に執筆されたビダル＝ボディエの『ニコス・カザンザキ、如何に人は不死へと至るのか……』においては、「アフリカ人であるということはとりわけ彼［カザンザキス］にとってあまりにも狭い枠組みと西欧の耐えきれない束縛からの解放を、そして源泉と原始的本能への回帰を意味するのだ」と解説される。[23] また二〇二〇年に刊行されたブシェによる研究『ニコス・カザンザキ、根と追放』では、彼の極東旅行の有する意義が、彼の内に「西方世界とは異なる他文化に接しようとする態度があった」ことだと解説される。[24] このように、カザンザキスと非西洋世界のアフリカを結びつけようとする発言は、フランスの文人や研究者の中に時に見られるものである。

だが結局はこれらの先行研究においても、カザンザキスがアフリカや極東等の非西欧世界において「西欧世界とは別のものを探している」のだと指摘している点はよいとして、そこに彼の哲学作品や思想、キリスト論や神学との関りを論じようとする傾向は見られず、東方での体験は二次的な意義づけしか与えられていない。すなわち、彼の哲学や神学思想とは相互に影響のないものとして理解されている点は看過され得ない。更に言えば、所謂欧米とは異なる非西欧世界から、文化の違いにより着想や発想の転換を得られることはあったとしても、哲学的思考や文学性といった抽象的で知的な領域での影響を受けることはないのだという前提がそこにある。この非西欧世界或は東方への優越意識・差別意識をともなった「アーリア・モデル」的態度が、カザンザキスの思想研究における非西欧世界との交流に関する研究の貧しさに繋がっているのではないだろうか。

いっぽう、カザンザキスにおける東方性が指摘されたとしても、そこには「アーリア・モデル」的思考からの批判がともなった。カザンザキス思想及び作品の中にある東方・アジア的要素への傾倒を指摘し厳しく批判した人物に、同時代の古典学者のヴァシリオス・ラウルダスがいた。[25] ビーンとカラリスによると、ラウルダスはカザンザキスの詩が古代ギリシアの伝統にも現代ギリシアの伝統にも属しておらず、加えて『エロトクリトス』に代表されるクレタ文学にも反しているという名目で強く批判した。[26] この批判に加えて、ラウルダスは更にカザンザキスの文学的な世界観に対し、それがアジア的な世界観を有してさえおり、ギリシアと「東方」(Ανατολή) の合成だと批判している。(27) 本書第二章で確認するが、一九世紀以来のギリシアにおいて、「ギリシアは西洋・ヨーロッパに属する国家である」という意識は極めて強く、あらゆる角度でギリシアからアジア的要素を払拭する努力がなされてきた。この点で、アジア・東方での経験を取り入れたギリシア観・ギリシア像は、一九世紀以来のギリシアの知的伝統に反するものであり、かといってギリシア文学の刷新、つまりヨーロッパ化とヨーロッパ或いは普遍への貢献を目指す「三〇年世代」の知的潮流に則るものでもなかった。このラウルダスの批判にカザンザキスが弁明することはなく、またラウルダスもこのギリシアと「東方」或いは「アジア化」に関する問題を掘り下げず、カザンザキスのギリシア観の有する「東方性」或いは「アジア性」の重層性に関する議論が深められることもなかった。このように、カザンザキス思想におけるアジア・東方的要素とギリシア・ギリシア人観の形成の関係に関する研究は、欧米における研究でもギリシア本国における研究でも主要テーマとなることはなく、またギリシア精神史における一種のタブーであり続けたのである。

しかしまさにカザンザキスこそが、「ギリシアをアジア・東方に位置づける」というタブーを犯し、アジア・東方を肯定的に位置づけつつ自身のギリシア像を形成した作家であるというのが、本書がギリシア思想史及びカザンザキス研究に提示する最大の主張なのである。

当初西欧文化への傾倒や古典崇拝、そしてギリシア・ナショナリズムへの傾倒を示していたカザンザキスは、本書第四章から第五章にかけて確認していくように、これらの潮流から距離を取って「脱西欧思想」と「古典崇拝」に拘泥しないギリシア・ギリシア人観を描いていった。この過程の中で、カザンザキスは西方・ヨーロッパ的な物ではなく、ロシアや中東、そして極東といった非西欧世界・東方に関心を抱いていった。「ギリシアは純西洋的・ヨーロッパ的である」という鉄則のイメージを破り、非西欧・東方をもギリシアの中に取り込みつつ、自分自身の独特なギリシア・イメージを創り出していったのである。

「ギリシアの西方性」を自明視することなく問い直したカザンザキスは、まさにバナールの『ブラック・アテナ』を先取りしていた。西洋文明の一つの柱である「ギリシアの西方性」にこうして疑義を呈し、「西洋の文化的祖」であり「純粋な西洋」であるべきギリシアに対してアジア・東方的要素を取り入れるのは、じゅうぶんにスキャンダラスである。さきにScandalizing Jesusという、西洋文明のもう一つの根幹であるキリスト教の根本教義への問い直しを行い、社会問題まで引き起こしたスキャンダルを紹介したが、ギリシア・ギリシア人観に関しても、筆者の造語であるが、謂わばScandalizing Greeceと言うべき、もう一つのスキャンダルをカザンザキスは行っていたのではないだろうか。

四．本書の構成

本書は、これまでの研究において等閑視されてきた、カザンザキスと東方、或いは東洋に位置する国々との関係に焦点を当ててカザンザキス研究における新しい観点を提示する。そしてそれによって、カザンザキスが西洋文明の根本意識への批判を行っていたのだということを、作品分析に即して主張することになるだろう。

本書は以下の構成をとる。まず第一章から第三章にかけてを第一部とし、カザンザキスのギリシア・ギリシア人観を論じるための歴史的背景を先行研究に基づき整理する。第一章では、古代からオスマン統治期に至るまでのギリシア思想史における知識人によるギリシア・ギリシア人観と異民族観、そして西欧の啓蒙主義や人文主義者によって形成された古代ギリシア観と他者としてのアジア観を整理する。第二章では、一九世紀に発生したギリシア啓蒙主義とギリシアにおける西洋化イデオロギーの流れを確認し、近現代ギリシア史記述を巡る諸問題や東方蔑視の風潮について先行研究に基づいて整理する。第三章では、カザンザキスにも多大な影響を与えたペリクリス・ヤンノプロスやイオン・ドラグミスに代表される、過度な西欧崇拝に異を唱え、ギリシアそのものを探求した思想家たちのギリシア・ギリシア人観とアジア・東方観について確認し、カザンザキスの作品と思想を論じる準備としたい。

続く第四章から第一三章にかけてを第二部とし、本書の本論としてニコス・カザンザキスの青年期からギリシア内戦期までの作品と思想について論じる。第四章では、ギリシアで活動した青年期のナショナリズム的思想を、第五章ではオーストリアとドイツで活動した時期にナショナリズム的思考から離れ、社会主義思想への傾倒と脱西欧的な思想が作品を通して記述されたことを論じる。第六章ではカザンザキスの思想的主著『禁欲』を分析し、第七章ではロシアで活動した時期、そして第八章ではスペインを中心に活動した時期を論じ、カザンザキスの論じた「東方」の思想内容について論じていく。続く第九章と第一〇章ではカザンザキスが極東を訪れた時期を取り上げ、カザンザキスの日本に関する思考と日本文化と古代ギリシアの比較、そして極東体験を通してもたらされた西方への回帰について論じる。第一一章では、ペロポニソスとイギリスへの旅行を通して展開されたギリシアの西方性の探求について論じる。最後に第一二章と第一三章では、第二次世界大戦と続くギリシア内戦期に書かれた作品と、カザンザキスのギリシア性の思想について論じる。

第一部　ニコス・カザンザキスに至るギリシア思想史、文学史の背景

第一章

古代ギリシアから近代・オスマン統治期に至るギリシア意識の概観

本章では、近現代ギリシアのギリシア人観やギリシア観、或いはギリシア・ナショナリズムの背景とその基礎となる、一八世紀以前のギリシア人の自己意識の変遷と特徴について、ギリシア思想史の枠組みの中でかいつまんで概観する。第一節では、古代からオスマン統治期にかけてのギリシア人の自己意識について確認し、第二節では次章で見る近現代ギリシア啓蒙主義に大きな影響を与えた、西欧で勃興した理想化された古代ギリシア像と東方・オリエント観について概観する。

＊本章の注は三八七ページから掲載している。

一．近現代ギリシア・ナショナリズムの背景

本書で扱う近現代ギリシア・ナショナリズムの主要な特徴は、古典古代と中世ビザンツという相反する二つの起源神話を持つ過去を両方とも取り込み単線的な歴史観を描こうとしていた点と、古典世界とローマ・ビザンツ中世時代という過去の文化と領土的栄光を誇ることにより、失地回復を名目に対外拡張政策へと結びついた点である。本節での重要な先行研究となる村田（二〇一三）や庄子等に依拠しつつ、本節ではオスマン統治期に至るまでのギリシア人のギリシア意識について概説したい。

古代ギリシアから中世ギリシアまでのギリシア意識

古代においてギリシア人は紀元前四世紀までに自分たちを「ヘレネス」或いは「エリネス」（Ἕλληνες）と自称して、自民族以外の周辺民族を「野蛮人」（ヴァルヴァリ・バルバロイ/Βάρβαροι）と呼称するようになり[1]、自分たちが他者に対し文化的に卓越しているが故に他者よりも優越した存在なのだと自負したことは広く知られている。庄子によると、ギリシア人はペルシア戦争を大きな契機として、小アジアやペルシアを含む地に住む異民族に否定的な印象を付与し、「自由で優れたギリシア人」と「隷属して劣った異民族」という対立軸を、悲劇等の作品を通して表象し始めた[2]。

古代アテネの哲学者プラトンは『メネクセノス』において古代アテネ人の優れている理由について、自分たちが純血であるから、つまり異民族・野蛮人たちとの血統による交わりが全くないからなのだと述べ[3]、『エピノミノス』においてはたとえギリシア人が異民族・野蛮人から何かを導入したとしても、それをギリシア化して昇華

したものを作り上げるのだと記述している。[4] ここに見られる記述には、第三章で確認する二〇世紀ギリシアの著述家であるイオン・ドラグミスやニコス・カザンザキスが主題の一つとする、ギリシアの「同化力」の原型が見られる。プラトンの作品において既に、異民族は野蛮人であり、自分たちは彼らに対して他でもなく文化の面で優越しているのだという意識、そして自分たちの文化が他者の文化よりも高度であるが故に他者から影響を受けたとしてもそれを従属的或いは奴隷的な形で受容するのではなく、むしろ自分たちに同化し自分たちは主たるものとして存在し続けるのだという意識が確認される。[5]

プラトンの弟子とされるアリストテレスも著書『政治学』において、ギリシア人と異民族・野蛮人の関係に言及している。そこでは、本性から自由人であるギリシア人と本性から奴隷である異民族・野蛮人はそもそも自然により体形から異なるものであり、[6] ギリシア人が非ギリシア人を支配することは自然の道理にかなったことだと述べられている。[7] 本章次節で確認するように、近代以降の西欧では古代ギリシアが西欧或いはヨーロッパ世界の精神的な源泉だとみなされ始めるが、アリストテレスは『政治学』において「非ギリシア人はギリシア人よりも、またアジア人はヨーロッパ人よりも、性格が本来隷属的である」と記述しているように、ギリシアとヨーロッパを異なるものとして表象している。[8] 更に同書において、

寒冷地に住む諸民族、とくにヨーロッパ地方に住む諸民族は気概に富んでいるが、思考と技術は乏しい恨みがある。それゆえ彼らは民族のうちでも比較的自由でありつづける一方で、国家を組織できず、近隣の民族を支配することができない。他方アジア地方の諸民族は思考と技術の精神はあるけれども、気概に乏しい。それゆえ彼らは常に支配され、奴隷化されている。しかし、ギリシア民族は、地理上両者の中間を占めているように、気質の上でも両者の要素――気概と思考――を分け持っている。それゆえ彼らは自由であり続け、

もっともすぐれた国家組織の下にあるのである。(9)

と述べ、ギリシアがアジアとヨーロッパの中間に位置し、且つ両者に優越するという見解を記述している。ギリシアはアジアとヨーロッパの地理的中間に位置しているが、単に両者の性質を併せ持つだけでなく、この中間という位置は、単に何かと何かの間なのだというだけにとどまらず、まさしく「中間」という特別で優越的な位置なのだというギリシア観は、次章以下で見ていくように一九世紀以降のギリシア知識人たちも意識的にせよ無意識的にせよ援用していくことになる。

またギリシア思想史において、プラトンやアリストテレス以外にギリシア人と異民族・野蛮人の区別について言及した人物として、ディオゲネス・ラエルティオスが挙げられる。彼は著書『ギリシア哲学者列伝』において、この哲学史を書いた目的を、哲学がギリシア人から生じたものであり、野蛮人の知的活動から生じたものでもなければ野蛮人に負うものも何もなかったことを証明するためだと述べている。(10)

本書の主眼は近現代を論じることにあって古典時代を中心に扱うものではなく、本項では主にプラトンとアリストテレスのギリシア人と異民族の関係に関する言説を概観するにとどめるが、一九世紀から二〇世紀にかけてのギリシアの知識人たちに見られるギリシアの諸外国に対する文化的優越性の意識、ギリシアが東方と西方の中間に位置し両方の性質を併せ持つが、厳密には東方でも西方でもない唯一無二で特別な存在だという意識、そしてギリシアが他民族の影響を受けないか或いは他民族の要素を完全にギリシアに同化してしまうのだという言説の基礎は、既に古代において見られるものであった。

中世から近代にかけてのギリシア意識の変遷

本項では、ギリシア世界がキリスト教を受容した時代からビザンツ帝国が崩壊しオスマン帝国による統治を受けた時代に至るまでのギリシア意識の変遷について、近現代を論じるのに必要なものを中心に、ギリシア思想史の範疇で簡潔に概観する。

前項で見たギリシア人の呼称と自己意識に変化が現れたのは、キリスト教を受け入れたローマ帝国の強い影響下にあった紀元四世紀頃のことだと考えられる。ニュッサのグレゴリオス等に見られるように古代ギリシア教父たちは、神学の理論と教理面において、プラトン哲学や新プラトン哲学等の古代ギリシア哲学の影響を強く受けてはいたにもかかわらず、[11]古代においてギリシア人の自称として用いられた「ヘレネス」或いは「エリネス」という呼称をキリスト教的ではない、異教崇拝者や偶像崇拝者を意味するものだと理解していた。[12]メタリノスによると、このようなギリシア人キリスト教徒たちによる古代ギリシア理解の起源は、前二、三世紀のマカベア期にユダヤ人たちによって「ヘレネス」或いは「エリネス」という呼称がユダヤ教の文脈で偶像崇拝や不敬虔という意味に結びつけられたところに存する。[13]この「ヘレネス・エリネス」が異教徒であるという用法はギリシア語で書かれた新約聖書にも見られ、[14]キリスト教を国教として受け入れた中世ビザンツ帝国期にはギリシア人たちは自分たちを「ヘレネス・エリネス」ではなく「ロメイ」（Ρωμαιοί）と呼称するようになった。[15]ここで言うロメイは、原義的にはローマ人（Romani）であるが、第一にローマ帝国の臣民であり「新ローマ」・コンスタンディヌポリの市民であること、[16]第二に正教徒であること、第三にギリシア語話者であるという意識が含意されている。[17]このロメイという言葉からも明らかなように、キリスト教受容以降のギリシアは、古典古代世界の異教徒であるギリシア人たちを自分たちとは直接の繋がりのない存在として意識した。[18]

だが、ギリシア人は中世においてもキリスト教（正教）を信奉しつつもギリシア語を話し続け、とりわけ一一世紀以降のプセロス等の人文主義者たちは古代ギリシアの文芸や哲学を含む古典研究を積極的に行った。[19] 彼らの間では、古代ギリシアの異教的価値観と中世ギリシア・キリスト教的価値観が矛盾なく折衷されていくことになる。[20] 特に一一世紀の人文主義者たちのギリシア人・異民族意識の重要な点として、プセロスら初期のビザンツ人文主義者たちは非キリスト教徒の異邦人たちだけでなく、西方のラテン人たちをも古代ギリシアとの文化的紐帯を有さない人々という理由で野蛮人として軽蔑していた点が挙げられる。[21] 前節で確認した古代ギリシアでも見られたように、外部の諸民族に対し文化の面で自分たちの優越性を主張する、古代ギリシアと正教の結びついたギリシア・ビザンツ意識は、常に自分たちの帝国領を脅かすスラヴ人やトルコ人、そして西方・カトリック教徒たちといういわば帝国の外敵に対し強力なアイデンティティーとして機能していた。[22] 古代ギリシア人たちがギリシア文化の外にいた異民族に対し、自分たちと同じ文化や文明を共有していない文化的に劣った野蛮人というレッテルを付与したように、主に一一世紀以降のギリシアの文人も、周辺の異民族に対して古代ギリシアという要素を欠いているが故にラテン人やスラヴ人、そしてイスラーム教徒やトルコ人たちを野蛮人として理解した。[23] 古代時代と同じく（古代）ギリシア文化が優劣の基準として機能したのである。

他にも、一四世紀のビザンツ神学者ニコラオス・カヴァシラスは、キリスト教信仰と古代ギリシア哲学を自身の神学の中で結びつけただけでなく、自身のギリシア・「ヘレネス・エリネス」という起源に誇りさえ抱いていた。[24] 同じく一四世紀の神学者テオドロス・メトヒティスはビザンツのギリシア性を、言語と古代ギリシアの遺産との接続という形で理解し、[25]「ヘレネス・エリネス」が内包する異教的要素よりも古典ギリシアの教養や文化の方に大きな評価を置いていた。また特筆すべきこととしては、一四世紀に活躍した、西方との度重なる交流を行った神学者ディミトリオス・キドニスのように、深くビザンツの伝統に根差したビザンツの神学者たちよりもむしろ西方のトマス主義者たちの方が深くギリシア的な要素を理解しているとみなす親ラテン派のビザンツ人さえおり、ビザンツ・ギリシアの人文主義者たちの中で古代ギリシアが文明や文化を判断する強力な基準となっていたことがうかがわれる。[26] 確かにビザンツ帝国の終焉まで「ヘレネス・エリネス」という言葉は偶像崇拝や異教という形象と結びつき続けはしたが、[27] ビザンツ人たちの内部において古代ギリシアと正教のどちらが重要なのかという比重は状況に従って変動し続けた。元来、古代ギリシア世界と直接の紐帯を持たない西方にせよ一度アイデンティティーの上で断絶を経験した東方にせよ、いずれにおいても古代ギリシアの伝統から途切れることなく単線で結びついているわけではないが、彼らにとって古代ギリシア文化がある種文明と野蛮の基準或いは分水嶺として理解されていたことがうかがわれる。

しかし、オスマン帝国の統治期においてはミレット制のもと、ギリシア語を話す正教徒たちはルーム、つまり再びローマ人と呼ばれることとなった。[28] 正教会の中では新約聖書で用いられたギリシア語だけでなく、古代ギリシア・異教時代の文体を擬古典として用いてはいたが、[29] ミレット制の中で正教徒たちは自身をロメイやロミィ（Ρωμιοί）と習慣的に呼称した。また自分たちの口語、話し言葉をロメイキ・グロッサ（Ρωμαίκη γλώσσα）やロメイカ（Ρωμαίικα）とも呼び、そして集合的にギリシア人やギリシア人共同体、そしてギリシア性にあたる言葉をロミオシニ（Ρωμιοσύνη）と言い慣わすなど、ローマ帝国に由来する自称を多く用い続け、一層ヘレネスやエリネスに由来するギリシア意識は薄れていった。

二、西欧啓蒙主義と人文主義で描かれた他者としての東方と、西方としての古代ギリシア

前節では、近現代ギリシア思想史の背景となる古代と中世におけるギリシア意識の変遷を概観した。本節では

西欧によって醸成された、専制的で野蛮な他者としての東方の表象と、西欧の文化的源泉であるという理想としての古代ギリシアの表象の形成について概観する。それによって、西欧の啓蒙主義や人文主義に大きな影響を受けて始まったギリシア啓蒙主義やその対抗として生じたギリシア人知識人たちの運動を次章以下で論じるための背景整理を行いたい。まず西欧人が形成した東方意識について、次に西欧人が形成した古代ギリシア観について、先行研究に基づき簡単に記述する。

西欧における他者としての東方

一七世紀末にかけて旅行記や世界各地に関する報告の数が増加し、西欧啓蒙主義期にはこれを人と自然を分析する道具として用いる試みが行われるようになった。[30]鈴木によると、一七五五年にルソーが『人間不平等起源論』において理想郷に住まう「善良な未開人」(Bon sauvage) という肯定的な異邦人形象を描き出したことが知られている。[31]このような形象は同じく一七七一年に刊行されたフランス海軍大佐ルイ・アントワーヌ・ブーガンヴィルの航海記にも見られ、同書において特に非西欧人であるタヒチ人たちの身体的特徴を肯定的に描写及び評価した箇所がある。その肯定的評価の理由は、タヒチ人たちの身体がヨーロッパ人たちの身体に似ていること、最終的には古代ギリシアの肉体美というヨーロッパ的価値基準に適っていたが故だとされている。[32]

しかし同じく鈴木によると、先述のヨーロッパ人によって高評価を与えられた異邦人と異なり、この時代に否定的な評価を与えられた異邦人や国があり、その代表として日本が挙げられる。ここでの否定的な評価の出典とされるものに一六九〇年に鎖国中の日本を訪れたエンゲルベルト・ケンペル（一六五一―一七一六）の死後一七二七年にロンドンで出版された『日本誌』があり、同書には当地でのキリスト教を根絶せしめたほどのあまりに苛烈な迫害と刑罰が記録されている。[33] 啓蒙主義時代に執筆された『百科全書』やモンテスキューの『法の精神』（一七四八）における日本に関する記述もこの書籍に負っている。[34]

モンテスキューは専制一般に対し批判を加えたが、[35] 風土に関する考察に関係づけながら東洋人の肉体と精神は怠惰で怠慢であってアジアは本性的に専制的だと批判するとともに、[36] 法律から生活様式に至るまで一千年の間進歩がなく停滞し続けていると断じている。[37] 日本はこのような劣等性と残酷さを示す一例として登場し、当時の思想家たちに日本をアジアの専制国家、そして日本人を残虐な性質を有する民族として周知させることとなった。[38] また玉田によれば、モンテスキューはアジア・東方を「古代からの伝統にならい」隷従を基礎とする専制に結びつけ、古代世界に対しては共和制を実現した理想であり憧憬の対象として理解していた。[39] そして『法の精神』でモンテスキューは、ギリシア帝国を滅ぼしたタタール人とローマ帝国を滅ぼしたゴート人とを対照しつつ、前者は被征服地域に隷従と専制を打ち立て、後者は君主制と自由を打ち立てたと論じている。[40] この箇所ではゴート人のどの時代のどの活動が自由に対する貢献につながったのかは詳らかとされていないが、専制的なアジアと自由なヨーロッパという構図は揺がず、[41] 一八世紀に根を下ろしたアジアはほとんど変化と進歩の無い大陸だという固定観念が残り続けていくことになる。[42]

同じくケンペルの愛読者であったジャン・ニコラ・デニムエは、一七七六年に刊行した『諸民族の習慣と風習の精神』において、未開であるほど残酷な刑罰を有するのだが、この残酷な刑罰を有する事例として東方の国々、つまりタイ、中国、そして朝鮮や日本などのアジアの専制国家群を挙げており、ここでは「東洋・東方」という言葉と専制という言葉が完全に同じ意味とは言えなくとも密接に結びついたものとして理解されている。[43] このように主に啓蒙主義時代の思想家や著述家たちにより、アジア或いは東方は専制的で野蛮であり、ヨーロッパ或いは西方よりも未開で劣っているという形象が見られるようになった。これは単に啓蒙主義期のフランスに留まるのみならず、この時代以降に隆盛したヘーゲルの哲学思想にまで受け継がれ、彼は『歴史哲学講義』においてギリシアにふさわしい政治形態は民主制しかなく、逆に東洋（Orient）にふさわしい政治形態が専制政治だと論じており、[44]専制的アジアという形象は根強く継承されていくことになる。

一八世紀から一九世紀初頭における古代ギリシアの理想化と近現代ギリシア

ギリシアに限らず、古代と近現代の間で起源神話を異にする文化圏にイランやエジプト等が挙げられるが、これらとギリシアの間には大きな違いがあろう。それは後者においては、本来は無関係だとも言っていいはずの他者が、直接の後継者を自認する者の連続性を否定した上で、自分自身こそがその文化の後継者だと位置づけ、「収奪」或いは「ハイジャック」（hijacking）を行ったという点である。この場合、古代ギリシアの直接の後継者を自認するのが近現代ギリシアであり、他者と言うべきものが西欧である。

西欧においては、一八世紀以前より主に人文主義者たちによって、「古代の光」を用いて「中世的要素」をかき消すためという形で古代ギリシアの受容が進んだ。[45]古代ギリシア世界の理想化や新人文主義形成に対し特に重要な役割を果たした人物にヨハン・ヨアヒム・ヴィンケルマン（一七一七―一七六八）がいる。彼は古代ギリシアに対し「高貴な単純さと静かな偉大さ」（eine edle Einfalt und eine stille Größer）や真善美の体現としての「アポロン的ギリシア像」という形象を与え、[46]「自然の模倣」という感性で捉えられる感覚的な美ではなく、ギリシアという「古代の模倣」を通して理性で捉える「理想美」や「普遍的な美の概念」を至高のものとして提唱した。[47]この超自然・超現実的な美の理想はギリシア芸術の「人体の表象」に現れているが、逆に比例定数といった数学的秩序を欠いたアジアやアフリカの彫刻は「正しい知識」を欠いているが故に「正しい美」の理念を逸した劣った芸術だとしている。[48] 今橋によると、このような姿勢は真の芸術を古代ギリシアに探求したヘーゲルにも見られ、[49] ヴィンケルマンの古代ギリシア芸術観がドイツ観念論者等の思想家たちに色濃く受け継がれていると論じている。[50]

学問の領域でも、ベルリンのフンボルト大学の創設者として知られるヴィルヘルム・フォン・フンボルト（一七六七―一八三五）は古代ギリシアの卓越性を主張したが、この時の根拠にギリシア語が他の外国に汚されていないことと「純粋」であることを挙げた。[51] また、一八世紀末から一九世紀初頭にかけてホメロスの実在に関する「ホメロス論争」を展開したフリードリッヒ・アウグスト・ヴォルフ（一七五九―一八二四）は、古代ギリシア文化が独創的で何ら外来のものをつけ足すことがなかったことと、[52] オリエント文明に対して「同質なギリシア・ローマ文化」[53] が優越していることを主張した。[54] ここでは色濃く古代ギリシアの特殊性が主張され、「同質なギリシア・ローマ文化」とこの文化に基づいた西欧・ヨーロッパの東方・オリエント文化との異質性、そして古代ギリシアを根拠の一つにした西方文明の優越性意識が強く見られる。そして、フンボルト大学で教育を受けた第一世代に属しヴォルフの影響も受けていたカール・オトフリート・ミュラー（一七九七―一八四〇）も、ギリシア神話には東方から受けた影響はないことを強く主張した。[55]

このような古代ギリシアへの憧憬と特別視は、一八世紀から一九世紀初頭にギリシアの地を実際に訪れた西欧からの旅行者の著作群に強く反映されており、そこでは「ギリシア神話という故郷」や「世界の失われた美」に対する多彩なノスタルジーが書き込まれた。[56] スタヴラキスによると、近代において、一七六一年には「親ギリシア主義」（φιλελληνισμός）という用語の使用が確認され、一八世紀末の西欧とアメリカにおいてはこの用語はイデオロギーや政治運動と関連づけて使用され始める。[57] しかしゼルミアスの指摘では、この西欧人の古代ギリシアへの憧憬はしばしば裏返しとしての中世及び同時代のギリシアへの軽視と軽蔑を伴うものであった。[58] 例えばイスタンブルやギリシア王国領、そしてエーゲ海の島々や黒海を訪れて同時代のギリシアを克明に記録したアルフレッド・フォン・ロイモント（一八〇八―一八八二）は、一八三五年刊行の旅行記において、彼が訪れた現実のギリシアの地を、確かにギリシア神話の故郷ではあるが今では過去の栄光の失われてしまった世界として描いた。[59] 他にもルードヴィッヒ・ロス（一八〇六―一八五九）やカール・ハラー・フォン・ハラーシュタイン（一七七四―一八一七）等の多くのドイツ人やマリー・ガブリエル・フロラン・オギュスト・ド・ショワスル・グフィエ（一七五二―一八一七）といったフランス人がそれぞれの作品において夢のような世界として古代ギリシアを描き出した一方で、[60] 実際に彼らがその目で見て観察したはずの現実のギリシアには関心を示さず、むしろ「柱のないギリシア」として軽蔑しさえした。[61] 次章で確認するファルメライヤーのような西欧人たちの思い描く理想の牧歌的古代ギリシア人像と、習慣や言語の面で大きな変化を経た近現代ギリシア人の実情が大きく異なっていたが故に、近現代ギリシア人を西欧世界や古代ギリシアと同じ西方に属するものとしてではなく、もはや「無教養な東方人」として表象しさえした。[62] 多くの西欧の親ギリシア主義の人文主義者たちにとってアテネは光であり精神であったが、アテネ文化は当然パルテノン神殿、古典ギリシア文化無しには何の意味も有さないものであった。[63] このようにヴィンケルマンやヴォルフたちが形成していった古代ギリシア像は、西欧の旅行者たちに現実の近現代ギリシア人を西方文明の祖である古代ギリシア人の末裔とみなすどころか、「同質なギリシア・ローマ文化」やヨーロッパ文明とは何の関係もないオリエント文明或いは「無教養な東方人」とさえみなさせるにいたったのであった。

このような傾向は本書第三章で論じることになる、ギリシア人にとってのあるべきギリシアを探求したペリクリス・ヤンノプロスやイオン・ドラグミスに影響を与えたフリードリッヒ・ニーチェにも見られ、『人間的、あまりに人間的な』上巻第三章一一四においてキリスト教がアジア的で野蛮であって非ギリシア的であると批判しているが、ここにも「アジア＝野蛮」と「（古代）ギリシア≠アジア」という枠組みが見られる。[64] また同書上巻第八章四七五における「善きヨーロッパ人」（guten Europäer）に関する記述では、ヨーロッパ共通の基底は古代ギリシア文化であり、故に古代ギリシアとヨーロッパには共通性があるのだが、その外部にあるオリエント世界やその他の文化圏との間には大きな断絶があることを強調している。[65] これは、古代ギリシアがヨーロッパ人にとっての故郷を創り出したのであり、共通の精神がヨーロッパと古代ギリシアにあるのだと述べたヘーゲルの意識と全く同様であり、広く哲学史の中で共有された見解であることが垣間見える。[66] そしてこのような理解はニーチェの『悲劇の誕生』において、小アジアに起源を有する「ディオニソス的なもの」は古代ギリシア人が小アジアからの影響でこれが自分自身の内にあることを悟ったものであり、小アジアの非ギリシア人たちから外来のものとして受容したものではないという記述に強く表れている。[67] ここでも「ディオニソス的ギリシア人」(dionysischen Griechen）と「ディオニソス的野蛮人」（dionysischen Barbaren）という対立のもと、ギリシアの東方・ディオニソス的なものとアジア・野蛮なものは交わらないものとして厳格に区別されている。[68]

しかしニーチェの古代ギリシア観は複雑であり、田邊によるとニーチェは古代ギリシアの根底にはアジア的なものがあり、これら非ギリシア的なものをギリシア化したのだというギリシア理解を有してもいた。[69] いずれにせよニーチェは「ヨーロッパ精神」は「ヨーロッパを東洋化した」ヘブライズムの継承ではなく、所謂ヘレニズムの継承であると考えていて、ここに見られる記述より判断するとヨーロッパとアジアの断絶に固執していたことは明確であり、[70] 前節で見たギリシアの他文明の同化に関してもプラトンの言説から大きく逸脱したものではない。[71]

ここまでの概観を改めて整理しておく。マーティン・バナールも『ブラック・アテナ』において「アーリア・

モデル」という用語で指摘したように、古代ギリシア人は自民族と他者を区別し、加えて他者を自分たちよりも文化的に劣ったものとして位置づけたが、古代ギリシアと宗教や起源神話の面で大きな隔たりのあったビザンツ時代のギリシア人たちにおいても、古代ギリシアが他者を文化的に劣ったものとして位置づけるための要素として機能していた。このような古代ギリシアの機能は、そもそもはアリストテレスやビザンツ知識人たちにとって古代ギリシアと直接的に結びつく存在ではなく、むしろ古代ギリシアと結びつかないが故に野蛮だとさえみなされていた西欧人にも継承され、古代ギリシアは西方の理想であり文化的な祖として西欧内部に取り込まれ、現在の私たちの西洋・ヨーロッパ理解に繋がるに至った。それと同時にアジアを中心とした非ヨーロッパ世界には専制的で野蛮な劣った世界だという表象と形象が与えられ、西欧の理想である古代ギリシアは様々な思想家によりアジアやオリエント、そして東方とは程度の差はあれ断絶した文化圏として設定された。これは、ビザンツ時代やオスマン帝国の統治を経て西欧の理想とする古代ギリシア像と乖離していた近現代ギリシアを、「同質なギリシア・ローマ文化」とは共有点を有さないオリエント文明或いは「無教養な東方人」として理解させるほどであった。

本章で見たこのような背景を踏まえ、次章では、一九世紀の近現代ギリシア啓蒙主義と近現代ギリシア・ナショナリズムについて見ていこう。

第二章

近現代ギリシア啓蒙主義と民族意識の形成

本章では、西欧で生じた親ギリシア主義や啓蒙主義に大きな影響を受けた一九世紀のギリシア啓蒙主義の思想家たちによる、ギリシア・アイデンティティーにおける古代ギリシアの称揚と中世・ビザンツ時代の否定を伴う新しいギリシア意識の形成及びギリシア国民史記述における問題、そしてヤーコプ・ファルメライヤーによる近現代ギリシアと古代ギリシアの連続性の否定と近代ギリシア・アイデンティティーの危機について、先行研究に基づき概観する。これらに加えて、ファルメライヤーによって引き起こされた近現代ギリシア・アイデンティテ

＊本章の注は三八二ページから掲載している。

ィーの危機を克服すべく提唱された、コンスタンディノス・パパリゴプロスの「ヘレニズム論」と古代から現代までを単線で結ぶ近代ギリシア史記述の試みについても概説する。

一．近現代ギリシア啓蒙主義と古代ギリシアの復権

本節では、西欧の人文主義や啓蒙主義の影響を受けたギリシア人たちを中心に展開された近現代ギリシア啓蒙主義について概説する。加えて、ギリシア人啓蒙主義者たちのギリシア観と同時期に発生した、ギリシア民族の国家の公式の言語として用いられるべき理想的ギリシア語が何かを問う「言語問題」についても、主に村田（二〇一三）、ポリティス、そしてアルギロプルの研究に基づき記述する。

西欧で学んだギリシア人やギリシア商人たちの移動によって、西欧の啓蒙主義や人文主義がギリシアにもたらされたのは、一八世紀のことだと考えられている。このギリシア啓蒙主義は歴史家のK・Θ・ディマラスによって三つの時期に区分される。第一期は、オスマン帝国が露土戦争に敗れ、キュチュク・カイナルジ条約（一七七四）の締結によりギリシアのキリスト教徒を保護する権利をロシアに認めざるを得なくなった状況に至る一六六九年から一七七四年までである。第二期は、独立戦争勃発前夜に至る一七七四年から一八二〇年までである。最後に第三期は広く一九世紀初頭から一九世紀中頃までとされる。[1]

アルギロプルによると、ギリシア啓蒙主義の思想家たちが最も力を入れて従事したことは、西欧の啓蒙主義思想や形而上学思想を含む哲学思想をギリシアに導入することと、古代ギリシア哲学の研究と翻訳であった。特に、第三期に属する啓蒙主義者たちは、[2] ビザンツ・正教の伝統に忠実でありながら、[3] 西欧で発明された合理主義とブルジョア的イデオロギーを用いて倫理・政治思想と教育の世俗化と現代化を試みた。[4] この時期に活躍したテ

オドロス・カルソスや後に見るアダマンディオス・コライス等の思想家たちは、古代ギリシアで発展した哲学の本質が時代を越えて近現代のギリシア民族の中に保存されており、[5] ギリシア哲学こそがギリシア民族の精神と本質を含んでおり近現代ギリシアに創造的な力を与えるものだと考えていた。[6] こうして彼らは、西欧の啓蒙主義思想を導入して近現代ギリシアを近代的な世俗社会或いは市民社会に向けて変革するとともに、近現代ギリシアが西欧の文化的祖である古代ギリシアの直接の末裔だということを内外に主張したのである。これは、中世ビザンツ期やオスマン統治期を通して西欧世界と何世紀にも渡って断絶してしまっていたギリシアを、ヨーロッパ世界に復帰させようという試みであった。[7]

特にフランス革命期を含め主にパリで活動し「万人の精神的父」という権威を獲得するに至った、近現代ギリシア啓蒙主義の代表と目されるアダマンディオス・コライス（一七四八―一八三三）は、上記を追求した思想家として極めて重要である。[8] 彼はギリシア民衆の啓蒙や教育、そして政治に渡る広範な主題に関心を払いつつ、古代ギリシア人たちの著作の校訂と注釈、そして出版に尽力した。[9] とりわけ後世まで大きな影響を与えたコライスの業績としては、カタレヴサ、つまり文語或いは純正語の創設において極めて重要な働きをしたことがあげられる。この文語は、口語ギリシア語の中にある外来語要素（主にトルコ語やアラビア語、スラヴ語など）をギリシア語本来の言葉に置き換え新しい語彙を創作し、あらゆるギリシア方言の共通部分を包含するように設定して創造された、人工的で擬古文的な言語であった。コライスはこの文語の創設を通して、古代ギリシア研究や近現代ギリシア人のギリシア観への直接的な教化に従事するだけでなく、日常から公式の場に至るまでの言語を古代ギリシア語に近づけることで、言語の面でも近現代ギリシアが古代ギリシアに直接の紐帯を持つようにと企図したのであった。

このコライスの文語創設という功績により、人工言語である文語、或いは純正語が文学作品等の文書でも用いられるようになり、ギリシア啓蒙主義第二期で展開された古代ギリシア語を直接復興させるという議論に取って代わり、[10]文語と口語のどちらが近現代ギリシアの公式の言語により適切かという論争が繰り広げられた。[11]公式度の高い学術や行政、司法や教会等の分野を含む多くの文章がこの文語をもって書かれていた。文学の分野においてもいわゆる「八〇年世代」に属するとされる作家のゲオルギオス・ヴィジノス（一八四九―一八九六）は文語を用いて文学作品を執筆した。またアレクサンドロス・パパディアマンディス（一八五一―一九一一）も文語と口語を織り交ぜた独自の文体を発達させることとなった。

　このように、ギリシア語そのものは古典語や文語、そして口語といった様々な形態をとったが断続的に使用され、同じキリスト教の文章語である教会ラテン語のような実際に口語としては使用されない、アンダーソンの言う「聖なる言語」のようになることはなかった。[12]

　コライスは、古代語に代わり文語を用いることで古代ギリシアとの言語面における紐帯を維持しようとしただけでなく、中世から用いられていた古代ギリシアとの紐帯を否定することにもなる「ロメイ」という呼称も問題視した。ヴォルテール等の西欧の啓蒙主義の影響を受けギリシアを西方世界に「復帰」させようと画策し、東方的な要素を有するとみなされたビザンツ中世を軽蔑していたが故である。[13]したがってコライスは、古代ローマ人が古代ギリシア人に対して用いた呼称である「グレキ」（Γραικοί）という自称を用いるように広く提案した。[14]このグレキという言葉には、自分たちギリシア人が古典古代という偉大な先祖の子孫であるという意識が反映されている。たとえば、一七九二年にコライスは「ギリシア・ローマ民主制」を「グレコ・ロマイキ・ディモクラティア」（Γραικό-Ρωμαϊκή Δημοκρατία）という言葉で表現している。[15]この「グレキ」という言葉はただコライスのみによって用いられただけでなく、一七九七年にヴェネツィアの支配を脱していたケルキラ島で「ギリシア人たちの民主制」というために「ディモクラティア・グレコン」（Δημοκρατία Γραικών）という言葉が用いられたり、[16]

啓蒙主義の潮流の後に生じたロマン主義の潮流において活躍したマルコス・レニエリスによっても一八四二年に「グレキ」という単語がギリシア人を言い表すために使用されたりしている。[17] 近代ギリシアにおける、中世を色濃く反映したロメイではなく古典古代のギリシア人の子孫・グレキであるという意識は、一八二一年にギリシア独立戦争を迎えたギリシア人が西欧列強に独立の支援を要求する時に決定的な役割を果たしただけではなく、独立後もギリシア王国にとって重要な意識であり続けた。

コライス以外にも、コンスタンディノス・クマスに代表される一八三〇年代の啓蒙主義に影響を受けた第三期の思想家や歴史家たちの関心は、ビザンツ時代とオスマン統治期を経て西欧と断絶が生じてしまった現実のギリシアに対して向けられることはなく、西欧という世界の中心の文化的な祖先である古代ギリシアを含む「普遍性」或いは「人類性」に向けられた。その一例として当時のコンスタンディノス・スタマティスという思想家は、近現代ギリシアの使命を自由の民族である（近現代）ギリシア人の手による、（全世界にとって普遍的価値をもつ）古代ギリシアの民主主義の復活だと理解した。[18] 彼らにとっては、古代ギリシアと近現代ギリシアの紐帯こそが重要であり、中世ビザンツ世界や現実の近現代ギリシアに価値を見出そうという意識は希薄であった。この証拠に、一八三七年にアテネ大学に設立された歴史学部にはギリシア史と名のついた学科さえ存在せず、普遍史学科と古代諸民族学科の二つが存在するのみであった。[19]

このような一九世紀中葉の、ギリシアの先進的なヨーロッパ世界への復帰の企図、つまり「西洋化」のイデオロギーの中では、「東方的」と思われたものには全て価値の劣ったものであるというレッテルが貼られた。[20] このことは音楽の様式から街の建築、そして言語や人々の衣服の習慣にまで及び、あらゆる「東方的」なものの「西方的」なものへの置き換え、或いは変革が推し進められることになった。[21] 西欧の啓蒙主義に影響を受けた多くのギリシアの思想家たちにとって、ギリシアを西欧・ヨーロッパの一員にさせることが重要課題であり、ビザンツ時代や専制的な東方のオスマン帝国に支配された時代はあらゆる点で極めて軽視された。近現代ギリシアと古代ギリシアが、時間的には連続しているはずの中世ビザンツ時代をいわば無視した形で結びつけられ、国民史記述の観点では時間的な空白が生じたのである。

二．ファルメライヤーによる古代と近現代ギリシア連続性の否定

前節では、西欧の啓蒙主義の影響を強く受けたギリシア啓蒙主義における、古代ギリシアへの偏愛とビザンツ及び同時代のギリシアへの軽視について概説した。加えてギリシア史において、中世ビザンツを軽視することによって古代と現代が断絶され、直線ではつながるはずのない両者が、その断絶を無視して観念的にのみ空疎に結びつけられているのを確認した。本節では、ギリシア啓蒙主義時代のギリシア人たちの主張とは正反対に、近現代ギリシアと古代ギリシアの紐帯を完全に否定した、ドイツのヤーコプ・フィリップ・ファルメライヤー（一七九〇─一八六一）の学説と近現代ギリシアが陥ったアイデンティティー危機について記述する。加えてファルメライヤーの学説の有した影響力の傍証として、カール・マルクスとフリードリッヒ・エンゲルスの近現代ギリシア観についても記述する。

オスマン帝国からギリシアが独立した一八三〇年から三六年にかけて、ファルメライヤーは近現代ギリシアの起源に関する学説をドイツで発表した。[22] この学説を要約すると、中世にギリシアへと南下したスラヴ人たちが、ペロポニソスからアッティキ、そしてテッサリアの順にギリシア人たちを同化して消滅させたというものである。[23] 彼は、たとえギリシア人たちの中にスラヴ的な要素が見られないとしても、実際にはアルバニア化さえしており、いずれにせよ近現代ギリシア人は血統的には古典ギリシアの子孫ではありえないと強く主張した。[24] 現実の

「東方の無教養」なギリシア人たちが、西欧人の文化的祖先である理想の古代ギリシア人の直系の子孫だとは受け入れられなかったのである。[25]

ゼルミアスの指摘するところによると、ファルメライヤーにはロシアの勢力拡張に対する恐怖感と反スラヴ的な姿勢があり、その観点で親オスマン的な記述も行っている。例えば、一八五〇年にオスマン皇帝アブデュル・メジト一世が行っていたタンジマート改革に対し、オスマン人には改革の力があってロシアの拡張主義に対抗する力があると肯定的な評価を与え、[26]また一八五五年にはトルコ人はヨーロッパに留まることだろうと書き記している。[27]これらの記述を鑑みるにファルメライヤーにとっては、近現代ギリシア国家の成立は輝かしい古代ギリシアの復活などではなく、スラヴ化或いはアルバニア化した近現代ギリシア人の台頭にすぎなかった。ロシアの勢力伸長への警戒心と反スラヴ主義的立場からすれば、近現代ギリシア国家の成立はロシアの南下政策の達成の一形態でさえあった。[28]ファルメライヤーは、近現代ギリシアを古代ギリシアの直系の子孫、すなわち西方世界の一員として見なすのではなく、政治的に西欧化された、すなわち近代化改革を進めロシアの南下政策に抵抗しうる勢力を有しうるかもしれないオスマン帝国の方が、むしろ西方・ヨーロッパに留まるだろうとさえ書いたのであった。

ファルメライヤーの提示した近現代ギリシアの起源論は、西欧において特にカール・マルクスやフリードリヒ・エンゲルスのギリシア観に顕著な影響を与えた。マルクスは古典ギリシアに関する研究を行うなど古代ギリシアに対して大きな関心を抱いていたが、[29]彼が活動したのはシュリーマンやエヴァンズ等の発掘に基づく研究よりも前で、古代ギリシア観に関しては先行する人文主義者たちのギリシア観を、そして近現代ギリシア観に関してはファルメライヤーのギリシア観を踏襲していた。[30]つまりマルクスにせよエンゲルスにせよ、近現代ギリシアに対する評価が極めて低く、近現代ギリシアに対してプロレタリア革命を達成するには未成熟な民族だという考えを有していた。特に、エンゲルスは一八五三年に直接的にギリシア人の起源に関して言及しており、トルコのヨーロッパ側は南スラヴ人種の遺産に属するものであり、また近現代のギリシア人の起源が古代ギリシアにはなくスラヴ人や、トルコ人やアルバニア人といった野蛮人にあるのだと書いている[31]。ここでの主張は、ファルメライヤーを完全に引き継いでいるが、マルクスについてもそれは当てはまる。彼は古代ギリシアに対しては理想化された形象を抱いていたにもかかわらず、ファルメライヤーと同じくロシアへの警戒心と嫌悪により、一八〇四年のセルビアの蜂起や一八二一年のギリシア独立戦争を、東方の帝国による専制への反乱ではなく、ロシアの南下政策の影響の結果だとみなしたのであった[32]。

ギリシアの啓蒙主義者たちは、「西洋化」の潮流のもと中世ビザンツ世界を排除しつつ古代ギリシアと近現代ギリシアの紐帯を強調していた。しかしその一方で、このファルメライヤーという外国人によってなされた言説により、古代ギリシアと近現代ギリシアの紐帯までもが否定されることになり、その結果古代と中世そして近現代の各時代が連続して繋がらないという事態に陥ってしまった。このファルメライヤーがつきつけた主張はギリシア・ナショナリズムの最重要点を一突きで打ちくずすほどの威力を有しており、近現代ギリシア人知識人たちは大いに反発し、これ以降この主張と戦っていくことを余儀なくされた。近現代ギリシア人の起源に関する主張は、単にファルメライヤー一個人の意見にとどまらず、マルクスやエンゲルスといった思想家たちに影響を与え、また直接領土問題で利益が相反するブルガリア人などにも大きな影響を与えた。独立後の近現代ギリシアの知識人たちの仕事は、古代ギリシアから近現代ギリシアまでの連続した歴史を描くために、中世を内に含め単線的に描かれるギリシア史を描くという課題に向かっていくことになる。ただしその点を検討する前に、ギリシア人と西欧人によるギリシアの東方性に対する否定的な評価を、次節にて確認しておきたい。

三．西欧における近現代ギリシア蔑視とギリシアの東方性

前節で見た、ファルメライヤーが行った古代ギリシアと近現代ギリシアの連続性の否定がどれほど大きな危機を近現代ギリシア・アイデンティティーに与えたか、また近現代ギリシアがなぜ西方に固執し東方を脱したかったのかをより具体的に理解するために、主に西欧人たちによって近現代ギリシアに否定的な評価を与える際に用いられる、ある類型の言説について確認したい。すなわち、近現代ギリシアが古代ギリシアの末裔でもなければ西方世界に属する人々でさえなく、東方世界に属する人々なのだという言説である。

ゲオルガラスによると、第一節で見たギリシア人たちによるビザンツ・中世ギリシアへの批判と拒絶感は、ギリシア人たちの中から自発的に出てきたものではなく、啓蒙主義期の西欧の知識人たちに由来するものであり、これを一種の「借り物」だと表現している。[33] 西欧の啓蒙主義者たちは、ビザンツ・中世ギリシアの政体を「神権政治」的で「絶対主義」的だと否定的に判断し、例えばヴォルテールは自由主義と無神論の観点から、[34] 前章でも見たモンテスキューは専制批判の観点から、そしてギボンは反キリスト教の観点から、中世・ビザンツ帝国に批判を加えた。[35] 特にヴォルテールはギリシアの啓蒙主義者たちに多大な影響を与えたが、上記三名が中世ギリシア・ビザンツ帝国に付与した形象は、西欧人たちが古代ギリシアに付与した西方性に結びつけられた形象とは程遠く、むしろ近世日本や中国等の東アジア、そしてペルシア等の中東の国々に付与した形象と同じでさえあった。角田は、ギボンが畢竟、ビザンツ帝国をヨーロッパの君主制に位置づけるのでなく、ロシアと同様にアジア的な専制体制に位置づけていたことを指摘している。[36] 古代ギリシアの直接の子孫だと主張して東方のオスマン帝国の支配を脱して独立し、近代西方・ヨーロッパ社会の一員にギリシアをならしめようと企図していたコライスら啓蒙主義者たちが、古代ギリシアと断絶しており且つ政体の観点でアジアの国々と同じ要素を含むとみなされ

ていたビザンツ・中世ギリシアを排除したがっていたことも、理由のないことではない。

国内外の人間が近現代ギリシアに目線を向ける際にも、古代ギリシアと結びつくかどうかということが、近現代ギリシアが西方社会の一員として評価されるかどうかの大きな分水嶺になる。例えばギリシア語に関しても、ギリシアを訪れたイギリスのウィリアムズという人物は、ギボンとヴォルテールによるビザンツ帝国の過小評価の影響により、一八二〇年に出版した旅行記の中で、古代ギリシア人、つまり真のギリシア人と「ロメイ」は異なる人々であり、近現代ギリシア人の「ロメイカ」とも呼ばれた口語のギリシア語は野蛮な方言の一つに過ぎないと断じた。(37) 他にもフランス人のギュスターヴ・フグレールは一九一三年に執筆したアテネに関する書籍で、もしアリストファネスが現代に蘇ったとすれば「近現代ギリシア的野蛮と逸脱、そして新しい今日の発音」を悪く感じることであろうと記している。(38) ここでも、西欧人たちは「古代ギリシア語」ではないギリシア語、更に言うと自分たちの文化圏で輝かしい「ギリシア」としてみなすことのできない近現代ギリシアを、劣った野蛮なギリシアとして理解していたことがうかがわれる。英仏等の西欧語や日本語も含め、あらゆる自然言語の発音や文法は変化するものであるが、殊に近現代ギリシア語に関しては、西欧人たちの理想とされ、西欧人の学問に基づいて規定された古代ギリシア語から逸脱するが故に、野蛮なものだと見なされたのであった。近現代ギリシア人たちは、ギリシアで用いられる発音を西欧の学問で復元された発音に取り換えようとはしなかったが、ここにも、西欧啓蒙主義の影響を受けたギリシア人啓蒙主義者たちが口語ではなく、古代語或いは文語を近代ギリシア国家の公式語にしようとした一つの理由があったと考えられる。(39)

最後に、イギリスの歴史家アーノルド・トインビー（一八八九―一九七五）のギリシア観の変遷について、橋川の研究に基づいて確認したい。トインビーは第一次世界大戦後にロンドン大学に設立された「近現代ギリシア及びビザンツの歴史・言語・文学のコライス講座」の初の教授に就任しているが、一九一九年の講座開設の記念講演において自身のギリシア観に関して述べている。彼にとって古代ギリシアはイギリスと同じく西洋に属するが、中世ビザンツ・ギリシアには中東的要素が多いと強調し、そして近現代ギリシアは西洋社会に復帰した東欧に属する民族の一員なのだと理解していた[40]。トインビーは先行する啓蒙主義者や人文主義者たちと同じく、中世ビザンツ・ギリシアに対しては東方・アジア的要素を見出し、その西洋性に疑義を呈し自分たち西洋の文明よりも劣ったものとして理解していたが[41]、当初は近現代ギリシアに対しては西洋社会に属するものだと理解し、その西洋性に疑義を挟んではいなかった。

この近現代ギリシアに対する目線に変化――橋川の言葉を借りれば、近現代ギリシア評価の「格下げ」――が起こるのは、一九二一年にギリシア王国軍が小アジアに位置するオスマン領のイズミル（ギリシア語ではズミルニ）に進軍した際に取材に赴いた時である[42]。ここでトインビーはトルコ人に対するギリシア人の蛮行を目の当たりにし、近現代ギリシアに対する信頼と評価が大きく動揺することになった。この中でトインビーは、近現代ギリシアというのは中世ビザンツ・ギリシアの継承者、或いは中東や東方・オリエント世界に由来するものだと評価し、彼らが西洋社会の一員であることを強く否定するに至った[43]。トインビーは蛮行を犯した近現代ギリシアを評価するに際し、近現代ギリシアがまだ十分な発展を遂げていないと批判したり、工業化の遅れを指摘したりはしなかった。そうではなく、二〇世紀に起こった凡そ古代ギリシアとは直接の関係を有さない歴史的事件を評価するのに、わざわざ古代ギリシアを持ち出し、自分たちの精神的文化的先祖である高潔な古代ギリシアの子孫だと近現代ギリシア人たちをみなすことが許せず、自分たちと同じ西方に位置づけることを拒否した。逆に言うと、西欧人たちはギリシアを東方に位置づけることを「格下げ」とみなしたのである。こうしてトインビーはイギリスを含む西洋と古代ギリシアの紐帯のみを選択し、近現代ギリシアをビザンツ時代と同じく中東に属するものとして切り捨てたのであった[44]。トインビーが近現代ギリシアに示したこのような態度は、啓蒙主義者たちが中世ビザンツに示した態度であってファルメライヤーが近現代ギリシアに示した態度であり、自国の西洋世界への復帰を目指した近現代ギリシア啓蒙主義者たちが最も恐れた事態であった[45]。

ここまで、近現代ギリシアにとって古代ギリシアとの連続性の否定と西方からの排除を意味する、東方に位置づけられることの意味について確認した。どちらとも近現代ギリシア啓蒙主義の思想家たちが避けたい事態であり、ファルメライヤーやマルクスが否定的に近現代ギリシアに付した特質であった。次節では、啓蒙主義以降のギリシアの知識人たちによる古代ギリシアと近現代ギリシアを結びつける理論形成と、ただ排除されるべきものとしてだけではない、ギリシアの有する東方性について論じたい。

四．啓蒙主義からメガリ・イデアとパパリゴプロスのヘレニズムへ

本節ではギリシア啓蒙主義時代から歴史家コンスタンディノス・パパリゴプロスに至るまでのギリシア史記述に対する知識人たちの意識の変化について、村田とポリティスの先行研究に依拠しつつ記述する。

第一節で見たように、コンスタンディノス・クマスに代表される一八三〇年代の啓蒙主義歴史家や知識人たちの関心は、普遍性という属性のもとで理解された古代ギリシアや西欧に向けられており、学術の世界の外でもギリシアの西洋化の文脈の中で東方的なものに対する忌避感が続いていた。しかし一八四〇年頃より、知識人たちの関心が古代から現代までを含みうるギリシアそのものに対して向けられ始め、また西欧に対し肯定的にギリシアの有する東方の性質を捉えていこうとする思想傾向が見られるようになった。まず、前者の知識人たちのギリシアへの関心の変遷について見ていきたい。

コレティスの「メガリ・イデア」とギリシアへの関心の変遷

ポリティスの指摘によれば、ギリシアの知識人たちが現実のギリシアを主題にしていくのは、一八四〇年から五〇年代にかけてのことである。この流れには前々節で見たファルメライヤーによる古代ギリシアと近現代のギリシア人たちの断絶に関する学説の影響が甚大であった。[46]

この潮流の中で、ギリシアの東方性に対して初めて言及がなされたのは、一八四二年に哲学者マルコス・レニエリスが発表した「ギリシアは東か西か」という問題提起だとされる。[47] 彼は古代ギリシアと近現代ギリシアの紐帯とギリシアのヨーロッパ性を固く確信しており、[48] ギリシアが地理的に東方に位置していることを指摘するも、ギリシアは本質的に西方であって東方ではなく、ギリシアの使命が西方と東方を調停することだと主張している。[49] 前年の一八四一年にギリシア語で出版した著作『歴史哲学』においても他の啓蒙主義者たちと同じように、たとえ古代ギリシアが何らかの影響を古代エジプトから受けたとしても、大理石に見られる芸術に現れているように古代ギリシア文明は独特であって、西方の文化的源泉にふさわしいものだとした。[50] 彼の普遍を志向する歴史記述も、古代ギリシアから始まりルターやデカルトなどの西欧の歴史を論じるものであり、中世や近世のギリシアに触れられることはなかった。[51] レニエリスがギリシアの置かれた地理を媒介にその東方性に関して初めて言及したことは歴史的に極めて重要な事実であるが、彼も啓蒙主義者たちの世界観を引き継いでおり、ギリシアの文脈で東方を話題には出したものの、ギリシアが西方に属するものであって東方に属するものではないという信念は揺るがなかった。

続いて政治家のヨアニス・コレティスが、[52] 一八四四年に議会で一九世紀後半以降のギリシアの対外領土拡張政策を支える思想としてしばしば言及される「メガリ・イデア」(Μεγάλη Ιδέα) に言及する演説を行った。[53] ギリシアの理想を語るこの演説の中で、コレティスはテッサリアやイスタンブル、そしてトラブゾン等小アジアを含む広大な地域をギリシアの領土として要求した。この演説は、ギリシアが東方と西方の間、ヨーロッパの中心に位置し、西方がギリシアを啓蒙したように東方を啓蒙することが自分たちの宿命である、という宣言から始まる。[54]そして、古典ギリシアと不滅のアテネの栄光に言及しながら、列強に近現代ギリシアへの支援を呼びかけ、ギリシア人には失地回復のための団結を促していく。[55]このメガリ・イデアは「一九世紀から二〇世紀初頭のギリシア・ナショナリズムを規定した中心的イデオロギーであり、近代ギリシア史上では領土拡張運動の形で具体化された。その最終目標として設定されたのは、ギリシア国家の国境を修正し、オスマン帝国に残された全てのギリシア人を自国領に包摂することだった」として村田は要約しているが、[56]ここに見られるギリシア意識は、次の二つに集約されよう。つまり、ファルメライヤーの主張を退ける形で、自分たち現代のギリシア人が偉大な古代ギリシア人の末裔であるという意識と、ギリシアは古代ギリシアを先祖に有する西方世界の一員であると同時に地理的には東方にも属しており、西方に位置づけられる自分たちが東方を「啓蒙」するという意識である。[57]このような東地中海地域での周辺民族に対するギリシア文化の優越意識というものは、例えばオフリド近郊のオシオス・ナウム修道院のダニイル・オ・モスホポリティスの『導入的教条』（一八〇二）においても表れている。そこでは正教の指導者により周辺の異民族たちはギリシア語を学びギリシア人になれ、野蛮な言語を捨ててギリシア語（ロマイカ）を学んで野蛮状態から脱せよと説かれている。[58]

このコレティスの演説には、西方たる西欧が東方のギリシアを啓蒙し、西方たるギリシアがバルカンやアジアという東方の周辺民族を啓蒙するという、東西に関する入れ子構造が存在する。ギリシアはどの民族と関係づけられるかによって西方としても東方としても意識されるのである。こうした意識のもと、レニエリスからコレティスにかけて言及されたギリシアの東方性は、ギリシアの東方の失地回復を志向する一九世紀末から二〇世紀初頭にかけての領土拡張運動とそれを後押しするスローガンのメガリ・イデアに回収されていくこととなった。[59]

こうしてギリシアの知識人たちがギリシアの東方性に対して目線を向けていくようになるのだが、ギリシア史記述とギリシア・アイデンティティーの領域における東方性やビザンツ時代の再評価の契機には、一八五一年のアテネ大学教授パパリゴプロス『ギリシア民族の歴史』と翌一八五二年のスピリドン・ザンベリオス『中世ヘレニズム歴史研究』の刊行があった。[60]なお、これら文人や学者による著作は文語で執筆された。次項ではギリシア歴史記述の中で東方の概念とビザンツ時代が果たした役割を、主にパパリゴプロスによる「ヘレニズム」を通しての古代から現代までを一貫した歴史記述を中心に見ていこう。

パパリゴプロスのヘレニズムとギリシア史記述

本項では、コンスタンディノス・パパリゴプロス（Κωνσταντίνος Παπαρρηγόπουλος／一八一五–一八九一）によって唱えられた「ヘレニズム」という用語と、中世と近現代ギリシア啓蒙主義時代を通して切断されたギリシア史をヘレニズムという用語を用いて連続した単線で描こうとした努力について明らかにしたい。村田によると、パパリゴプロス以外の歴史家や知識人たちもそれぞれの用法でヘレニズムという言葉を用いているが、[61]本書ではカザンザキスやドラグミス理解につながる共同体論としてのヘレニズムを取り上げる。[62]

パパリゴプロスはイスタンブルに生まれ、オデッサ等での生活を経て一八三〇年にギリシア王国に移住し、一八五一年にアテネ大学の歴史学教授に就任した歴史家である。[63]パパリゴプロスが、啓蒙主義者によって切られた近現代ギリシアとビザンツの紐帯、そしてファルメライヤーによって切られた近現代ギリシアと古代ギリシアの紐帯を結びなおし、古代から現代まで単線で繋がるギリシア史を記述するために用いたのがヘレニズムという概念である。

パパリゴプロスはヘレニズムという言葉を用いて、時代区分の名称ではなく、歴史上途切れることなく存在し続けてきたギリシア人共同体という存在を措定した。彼は一八八一年の講演で、アレクサンドロス大王の東征による他民族との接触によってヘレニズムは、ギリシア語を話す人々の総体としてのギリシア人、ギリシア語を話してギリシア的に生きることを意味する側面を有するようになったと述べている。[64]パパリゴプロスの記述にあらわれるヘレニズムは、人々の文化活動や生活習慣に体現されるヘレニズム――ギリシア語を話し、ギリシア人的に生きること――であり、[65]ギリシア民族の精神的、知的統一体を意味している。[66]

このヘレニズムが意味するところのギリシア人共同体は歴史上途切れることなく存在し続けてきて、たとえ彼らが信奉する宗教がギリシアの神話からキリスト教になろうと、ギリシア語を話しギリシア的に生き続けるギリシア人であり続けたものであり、キリスト教もギリシア人が生活や文化の一部として受容しヘレニズムの一部として同化した[67]――このように考えたパパリゴプロスは、ギリシア人が共同体としてあらゆる変化を前提としつつ、宗教や習慣の違いを越えて歴史上途切れることなく存在し続けてきたと主張し、古代ギリシアとビザンツ世界の間の起源神話の相違を理由にした断絶を克服し、[68]ギリシアの単線的な歴史を描き出した。こうして、東ローマ帝国或いはギリシア史における中世・ビザンツ時代が、ギリシア史の中で果たすべき役割を与えられ、復権したのであった。

パパリゴプロス本人が外国人に向けてフランス語で書いた『ギリシア文明の歴史』や村田の研究によると、パパリゴプロスの想定したヘレニズムは他民族にギリシア語やギリシア的であることを伝播し、キリスト教を取り込んで完全にギリシア化してしまったように他民族をギリシア化して同化するという性質を強く有するものである。[69]このヘレニズムは、オスマン帝国統治下の政治的に分断されているギリシア民族の精神的、知的統一体をも意味し、その結果、他民族の支配を受けているが元来はギリシアのものであった土地、或いは在外ギリシア人が生活している領土の奪還を企図する好戦性を有することとなり、ナショナリズムや前節で見たメガリ・イデアの領土拡張主義を理論的に支える概念装置としても機能することになった。[70]

ここまで見てきたように、パパリゴプロスによるギリシア人共同体論としての側面を持つヘレニズムにより、古代から現代までを単線で結ぶ途切れることのないギリシア史記述が可能になった。次章で見ていくように、パパリゴプロスのヘレニズムはイオン・ドラグミスのギリシア共同体論としてのヘレニズムに受け継がれていく。またパパリゴプロスにおけるヘレニズムはメガリ・イデアで提唱された領土拡張運動とも親和性が高く、この側面も併せてドラグミスに引き継がれていく。

最後に、西欧において徹底的に否定的な形象がアジアに付与されていることの一例を示して本章を閉じたい。西欧人たちの多くが古代ギリシアを称賛して、中世ビザンツ・ギリシアに東方・アジア的な専制主義政体として低い評価を与えた一方、反啓蒙主義者として活動したフランスのド・メーストルは古代ギリシアに対し、[71]これが純ヨーロッパ的な存在であるどころか、アジアとヨーロッパの間の科学の仲介人であって発明の才を欠いてさえいたという評価を下すことで、古代ギリシアに低い評価を与えた。[72]更に彼はストラボンを援用しつつ、ギリシアの音楽が東方に由来し、キタラを中心にした楽器に asiatique という名前が与えられていたことを記述した。[73]また古代ギリシアの哲学に関しても、ギリシアは三段論法と誤った理性の使用の故郷であり、誤った推論を生産することに時間を費やしていただけでなく、プラトンに対しても彼にはギリシア人とカルデア人の二面性があり、それぞれ弁論家（un sophiste）と神学者（un théologien）であると述べ、むしろ思想家としてはカルデア・アジア側に高い評価を与えている。[74]つまり、西洋文明の源泉として高い位置づけが与えられていた古代ギリシアの過大評価を批判するため、ド・メーストルは古代ギリシアとアジアを結びつける論理的な展開を行ったのである。いずれにせよ、ここでも自分たちが否定を加えたい対象にアジアの形象が付与されている点は看過され得ない。

ここに見られるように、西欧人たちはそもそも自分たちの文化圏以外の人々に低い評価を与えるのに、その対象にヨーロッパではない、或いはアジア・東方の人々だという評価を与える傾向が存する。そしてこれは、ファルメライヤーが近現代ギリシアと古代ギリシアとの紐帯を否定したり、トインビーが近現代ギリシアを東方・アジアに位置づけられた中世・ビザンツに結びつけることで西洋性・西方性の剝奪を行ったことに即応している。

ここでバナールが提示した「アーリア・モデル」という言葉を用い、ここまで見てきた近現代ギリシアが置かれていた事態を説明してみよう。二〇二四年現在においてEUに属するギリシア共和国に対し、これがヨーロッパに属する国だというイメージは広く一般に受け入れられている通念だが、主に一九世紀において近現代ギリシアはヨーロッパ世界に属する国、このモデルで言うと「アーリア側」にいる民族としてアイデンティティーの形成を図っていた。しかし、内的な問題としては「東方」や「非西欧」或いは「非アーリア・モデル世界」を直接に含むビザンツ期やオスマン期との関係、また外的には西欧側が行った近現代と古代ギリシアとの連続性の否定を伴う近現代ギリシアの西洋性或いは西方性の剝奪によって、自らが「アーリア側」の外にいる存在として位置づけられかねないというアイデンティティー上の危機に面していたのだった。

杉本によると、近現代ギリシアにおけるこのような西洋性或いは西方性の剝奪は、アラブ人においても見られる。一九世紀初頭のフランスの学会においてアラブ人は白人とされていたが、同じ白人であってもヨーロッパ人とは差異を設けられたり、アラブ人居住地の植民地化に伴って次第に有色人種として扱われていった[75]。とはいえ、ギリシア人の自己意識形成において、アラブ人の例と異なる点がふたつある。ひとつは、自分たちギリシア人の過去とその連続性を西欧人によって否定されて謂わば「ハイジャック」される危険性があったこと[76]。もうひとつは、近代の日本やイスラーム圏の国々が行ったような西欧化や近代化を達成するというにとどまらず、自分たちがアジアといった異なる文化圏に属しながらも欧州の一国であると内外に認めさせることが、自己形成において決定的に重要な役割を果たしていたということである。

このような背景の中で、啓蒙主義以降のギリシアの知識人たちは、ギリシアの東方性をギリシア史記述とアイデンティティー確立の中に取り込み、古代から現代まで一貫したギリシア史記述を達成していくことになる。次章では、ギリシアの東方性を評価しようとする潮流と、ギリシアそのものの探求を志向し過度な西欧への傾倒を批判したギリシア人知識人たちの思想について論じる。

第三章

一九世紀後半におけるギリシアの東方性への着目と反西欧主義

本章では、ギリシア啓蒙主義者や一九世紀の時代潮流によって忌避される傾向にあった、ギリシア史におけるビザンツ史の復権をめざし、ギリシアの東方性に着目した、一九世紀以降のギリシア知識人たちの思想について論じたい。また西洋化の潮流の中にあったギリシア社会にあって、過度な西欧崇拝や西洋化を「外国崇拝」であると批判し異を唱え、ギリシアそのものを探求しようとした作家や思想家たちの作品と思想についても論じる。そして最後に、アレクシス・ポリティスが用語としてあげたが内実を説明することのなかった「東方の脱アジア化」という言葉の持つ意味について説明したい。

＊本章の注は三七七ページから掲載している。

一・一九世紀中葉におけるビザンツ時代とギリシアの東方性の再評価

一八世紀初頭の近現代ギリシアにおいては、西欧化のイデオロギーの中であらゆる努力の方向性が西方へと向けられており、[1]未だ一八三〇年代においては、ギリシアにおける東方及びビザンツ時代を肯定的に評価することは不可能であった。[2]前章で見た一八四二年のマルコス・レニエリスによる「ギリシアは東か西か」という問題提起がようやく、ギリシアにおける東方への関心の表現の端緒であった。レニエリスやコレティスの東方への言及に続けて、パパリゴプロスの『ギリシア民族の歴史』（一八五一）やスピリドン・ザンベリオスの『中世ヘレニズム歴史研究』（一八五二）が発表され、啓蒙主義時代には不可能であった中世ビザンツ史やギリシアの有する東方的側面に対する思索と執筆が行われるようになっていったのであった。[3]

特にギリシアの東方性、つまり西欧の思い描くギリシア像とは異なるギリシア像を中心に据えたギリシア史記述として、一九〇一年に作家のアルギリス・エフタリオティスが[4]執筆した『ギリシア人の歴史』が挙げられる。ここで用いられている「ギリシア」にあたる語は「ロミオシニ」であった。「ギリシア」を指すのに「ヘレネス・エリネス」にあたる語を用いず、啓蒙主義者たちが否定した中世・ビザンツ世界と密接に結びつくロミオシニという語を用いている。[5]ギリシア史家のガジによると、エフタリオスは同書でロミオシニを共同体として捉え、[6]老成したヘレニズムが断絶を経ずにロミオシニ共同体に移行したのだと論じている。[7]パパリゴプロスがギリシア史の全時代をヘレニズムとして表現したギリシア人共同体を、エフタリオスは中世以降に焦点を当ててロミオシニと表現しているという違いはあるにせよ、ヘレニズム或いはロミオシニという概念を共同体の意味として用い、ロミオシニこの共同体の断絶のない連続性を前提にしている点で、エフタリオティスはパパリゴプロスの学説を踏襲していることは明らかである。

しかし、エフタリオティスが同書で古代世界に拘泥しない、むしろ正教の世界観に親和性の高いギリシア史を描いたことにより[8]、新アテネ学派（八〇年世代）の代表とも目されるコスティス・パラマスといった西欧の文化に習熟した作家や、フランスにおいてニコラ・セギュールというフランス語の名前でフランス語を用いて著述した作家ニコラオス・エピスコポプロスなどから、非難と拒絶反応を招いたのは事実である[9]。エフタリオスの方では、古代ギリシアと近現代ギリシアの関係を裂くということを意識したわけではなく、中世・ビザンツから近現代に至るまでのギリシアに集中しようと考えていたのであった[10]。このように、二〇世紀の初頭に至っても、近現代ギリシア史において東方・ビザンツに比重を置き過ぎる行為や古典古代との関係を希薄に感じさせる行為に対する拒否感は強く残っていた。

パパリゴプロス以後ギリシアの中世や東方的側面に積極的に光を当てようとする知識人もいたが、エフタリオティスをはじめカザンザキスに大きな影響を与えたペリクリス・ヤンノプロスやイオン・ドラグミス等の作家たちは、それを更に進めて過度な西洋化を外国崇拝として批判し、西欧の理想とは必ずしも一致しない「現実」のギリシア像や実際のギリシアの徳を探求するために、思索と執筆を行った。次節では彼らの思想について論じる。

二．一九世紀末の反西欧的態度の芽生え

本節では、この西方から東方への関心の移行の中で、更に一歩進めて過度な西欧文化崇拝を批判して、ギリシア民族の精神文化の創造を主張した、エフタリオティスとペリクリス・ヤンノプロス、そしてイオン・ドラグミスという少数の知識人の思想を取り上げて論じる[11]。マリオ・ヴィッティは、一八八〇年代周辺のギリシアにおい

て、写実主義や自然主義、また高踏主義や象徴主義といった一連の西欧での潮流へと向かうのか、それとも西欧的潮流と隔絶してギリシアの伝統へと向かうのかというジレンマがあったと指摘している。[12] 例えば当時活躍した知識人であるエマニュイル・ロイディスは、今日のギリシア人たちが昨日までの生き方を忘れていて、「ヨーロッパ的裕福さへの渇望」が支配していると述べたと記述している。[13] また前章でも取り上げたアレクサンドロス・パパディアマンディスは、都市部での生活経験があり、またモーパッサンやトゥルゲーネフ等の外国文学作品の翻訳に従事したにもかかわらず、都市階級と西欧への傾倒に反抗し、ビザンツ・ギリシアや正教への信仰と伝統への信頼に基づいた執筆を行った。[14] このように、本節で見る西欧文化崇拝を批判した三人の知識人の以前にも、「ギリシアか西方か」というジレンマがあり、これから見ていくギリシアの知識人たちにおける過度な西欧崇拝への批判の背景になっていた。

エフタリオティスとヤンノプロスの外国崇拝批判

本項ではエフタリオティスとヤンノプロスの対ヨーロッパ観について検討したい。エフタリオティスが自身のヨーロッパ観を論じた評論のようなものは管見の限り存在しないが、彼の短編集『島の物語』（一八九四）には島嶼部のギリシア人たちの台詞を通して、ギリシアとヨーロッパの関係が記述されている。同書収録の短編「本当の物語」では、ギリシアの島からイスタンブルへと旅行する主人公のギリシア人と、西欧で生まれ育ったギリシア人との邂逅が描かれる。作中で後者のギリシア人は自身の口で青年時代を「ヨーロッパ」で育ったと述べ、まずここでイスタンブルや小アジアといった東地中海地域のギリシアと西欧・ヨーロッパとの対比が意識される。[15] 主人公の目から見ると、このギリシア人は身振りや格好はフランク風、或いは西欧風であるのに、話し言葉はギリシア語であり、彼の話すギリシア語を表現するにロメイカというロメイに由来する表現を用いている。[16]主人公は西欧の家具が調度されたサロンに通された時に心の中で「呪われよ、フランギア［西欧］」と述べるなど、[17]小アジアから島嶼部にかけてのギリシア世界と西欧世界の差異を強く読者に意識させている。他にも同短編集収録の「ストラヴォコステナ」では、「私たちの島」と「ロミオシニ［ギリシア］」、そして「フランク人たち」と「ヨーロッパ」の二項対立で物語が展開しており、[18]イスタンブルという旧来のギリシア世界の中心と小アジア、そして小アジア沿岸の島々という、執筆当時ギリシア王国領でもなかった「ギリシア」と西欧・ヨーロッパを明確に区別している。そして、西欧化を志向するギリシア人像を描くのではなく、アジアや東地中海の習慣や慣習に色濃く染まっている島のギリシア人たちの生活や生涯を、ギリシアの一つのあるべき姿として肯定的な形で描いている。

また次節で詳述するイオン・ドラグミスの友人で、一九〇四年に『外国被れ』を書いた、同じくカザンザキスに大きな影響を与えたペリクリス・ヤンノプロスにも、[19]西欧と距離を取り、ギリシアそのものを探求しようという発想がある。ガジによると、ヤンノプロスの理想は外国の文化の影響下にないギリシア的生の創造であり、[20]当時ギリシアの文壇で大きな影響力を有していたコスティス・パラマスを「外国被れ」だとして非難した。[21]ヤンノプロスの思考はエフタリオティスと同様に、近現代のギリシアが古典古代の子孫であることと正教の世界観を前提としており、[22]ヘレニズムという言葉を、あらゆる外国の野蛮な本性を改良して自分自身に同化することでギリシア人種を確立し、世界を平和に征服した「精神的」な力として定義した。[23]これらの発想に基づいて自身の著書『ギリシアの線・ギリシアの色』において、ギリシア芸術の基盤となる「ギリシアの線」が一九世紀以降外から輸入された「ヨーロッパの線」とは根本的に異なるものであり、[24]故にギリシアの芸術家の使命はその本性が野蛮で「下卑た精神、粗野、過剰、混合」であるヨーロッパの模倣と戦うことなのだと述べている。[25]ここでは、ギリシアと西欧・ヨーロッパの間に断絶をみたエフタリオティスをさらに越えて、ギリシアの線とヨーロッパの線がそもそも無関係なものであり、むしろヨーロッパの線を野蛮だとさえ評価し、古代や現代にかかわらずギリシアそのものを高く評価した。

このように、エフタリオティスがビザンツ時代以来民衆の中で日常的に使用されていたロミオシニという言葉を用いてギリシアを捉えると共に、現実のギリシアをありのままに描き、現実を度外視してまでなされる過度な古典古代称揚を否定したのに対し、ヤンノプロスはギリシア文化が西欧文化よりも崇高でありむしろ西欧文化が野蛮であると主張するところまで先鋭化させた。[26] そして次節で詳述するイオン・ドラグミスでは、ここまでで述べてきた啓蒙主義からの反動としての近代ヘレニズム論とギリシアと東方、そして西欧批判の三つが結合していく。

三、イオン・ドラグミスの生涯と思想

本節では、コンスタンディノス・パパリゴプロスのヘレニズム論を発展させてギリシア共同体論を論じ、青年期のカザンザキスのナショナリズム論に多大な影響を与えたイオン・ドラグミスの経歴と思想について、主にテラッドとホレヴァスの先行研究とドラグミスの著作を分析しつつ簡潔に確認したい。

イオン・ドラグミスの経歴

イオン・ドラグミス（Ίων Δραγούμης）は、西マケドニア地方のヴォガティコ出身で、メガリ・イデアの政

治運動で「マケドニア問題」を提唱して領土拡張運動を推進したステファノス・ドラグミスの息子として、一八七八年にアテネに生まれた。[27]

父ステファノス・ドラグミス（Στέφανος Δραγούμης）は一八四二年生まれのギリシアの有力な政治家である。初代ギリシアの大統領を務めたカポディストリアスの秘書やオトン一世の外務大臣を務めたニコラオスを父にもち、パリで法学を修めた後に司法関係で働き政治家になった。[28] 一八七七年から始まる露土戦争を受け、グナシオス・マケドノス（Γνάσιος Μακεδνός）の偽名を用いて『マケドニアの危機』と『裏切られたマケドニア』を著し、当時オスマン領だったマケドニア地方の領有を巡って複数国で争われていた「マケドニア問題」に対して、ギリシア人に覚醒を促した。[29] 一八七八年一月には弁護士仲間を中心に志願兵や武器を集め、マケドニアを援助することを目的にアテネでマケドニア委員会を設立し、[30] 個人的にも軍人の派兵を行う等、積極的にナショナリストとしての活動に参加した。[31] イオン・ドラグミスは、このようなマケドニア問題にナショナリストとして積極的に関与する父の影響のもとに育った。

イオン・ドラグミスはアテネ大学で法学を専攻し、父ステファノスの影響のもと青年期からナショナリストとしての行動を起こしており、一八九七年には当の父の反対を押し切って希土戦争に志願兵として赴いたが、戦場に着いた時点で戦闘は終了しておりギリシアは戦争に敗北していた。[32] 一八九九年には外務省に入省し、一九〇二年には当時はオスマン帝国領のモナスティル（現北マケドニア共和国領のビトラ）のギリシア領事館に着任し、父のステファノスや義兄のパヴロス・メラスと共にマケドニア地方における民族闘争に従事する。この年には、外務省の仕事と並行して執筆活動に身を投じるようになり、若者たちに「平和ボケ」（θαλπωρή）と世界市民的で外国崇拝の精神から目覚めるよう促す『小道』（Το Μονοπάτι）を執筆した。[33]

一九〇四年オスマン領のセレズ（現ギリシア領セッレス）に転属となり、一九〇七年にはイスタンブルのギリシア大使館に着任している。[34] 青年トルコ革命の後には当地で「コンスタンディヌポリ組合」(οργάνωση της Κωνσταντινουπόλεως) を組織し民族主義的な活動を行った。[35] 一九〇七年にはマケドニアを巡る戦争の中で犠牲になったパヴロス・メラスを英雄として称えると共に、「若者たちに捧げる」から始まり若者たちに対する覚醒を呼びかける小説『英雄と殉者の血』(Μαρτύρων και Ηρώων αίμα) を執筆した。[36] 一九〇八年にはヘレニズム或いはギリシア人共同体の神秘的な深みを探求した小説『サモトラキ』(Σαμοθράκη) を執筆、[37] これが次章で見るように、パリからの帰国後にナショナリストとしての活動を開始していたカザンザキスの熱烈な支持を得ることになる。一九一〇年、ローマとロンドンに赴任したが年内にギリシアに帰国し、民衆語推進者たちとともに「教育委員会」設立に関与し、その過程でカザンザキスと出会った。一九一一年には小説『生者』(Οσοι ζωντανοί) を発表するなど、若者たちにメガリ・イデア達成のために犠牲をささげるように促すべく、精力的に活動した。[38] 一九一三年以降続けて外交官として勤務し、イスタンブルやペテルブルク、そしてウィーンやベルリンに着任した。

一九一四年には評論『ギリシア文明』(Ελληνικός Πολιτισμός) を刊行し、一九一五年にはヴェニゼロスに対する政治的不信感から外務官を辞し、自ら代議士に立候補し政治家の道を歩んで行くことになる。[39] 一九一六年一月には雑誌『政治評論』(Πολιτική επιθεώρησις) をテッサロニキで開始し、外交問題について論文を書いたり、ヴェニゼロスを批判したりするなどしたが、ヴェニゼロス派がテッサロニキを掌握していたこともあり、一九一七年七月にはコルシカ島への亡命を余儀なくされる。[40] その後も精力的な執筆活動を続けるが、一九二〇年一月にヴェニゼロス派の将校によってアテネで暗殺される。彼の思想の概観は次項以下で行うが、政治的行動及び作品共に一貫してナショナリズム的な立場に立ち続けた。

イオン・ドラグミスのヘレニズム論とギリシア

イオン・ドラグミスは生涯を通じて民族主義的な政治家や外交官として活動し、当時の領土拡張運動や民族主義的運動の中心にあってその運動を文芸をもって支えた人物だとみなされる。しかし、ホレヴァスによると、ドラグミスは伝統を盲目的に墨守すべき対象とするのではなく、むしろ伝統の方が社会を促進させる力だと信じていた。[41]すなわち、ギリシアの伝統を保守主義的に不変の硬直したものとしてとらえるのではなく、伝統そのものに社会を革新及び発展させる力があるというのである。ドラグミス本人も自身が単なる保守主義者ではなく、確かに国家の地平においては右派的であるが、しかし社会の地平においてはむしろ進歩主義的な左翼だと自覚していた。[42]

ここでは、特にカザンザキスの思想を論じる上で重要になる、ドラグミスのヘレニズムと称されるギリシア共同体論、民衆語に関する思想と普及活動、そしてギリシアの東西性に関する議論に絞ってその特徴を論じたい。

イオン・ドラグミスのギリシア共同体論としてのヘレニズム論

ドラグミスのギリシア共同体論或いはヘレニズム論は、テラドによれば前章で見たパパリゴプロスの近代ヘレニズム論を精神的な面で原理として継承したものである。[43]ドラグミスのヘレニズムは、何よりもギリシア民族のアイデンティティーを実質的に担保する共同体を意味している。[44]ドラグミスは、しばしば民族と人種の概念を相互に置き換え可能なものとして曖昧に同意義の概念として用いるものの、[45]彼にとって個人は死すべき無力な存在であり、民族は時間的な境界を持たず、不死であり続けることが可能である。それどころかギリシア民族（Φυλή）は、年を取ることなく常に新しくなっていくものだと信じていた。[46]このようなギリシア人共同体を、彼は言葉によって実質的に定義することを拒否し、自明で精神的なものとして理解している(47)。

この精神的な存在として理解されたギリシア人共同体は、確かにギリシア人が主権を有すると規定されてはいるが、近代に形成された政治体制としての「国家」(κράτος)を前提としているものではない(48)。

ドラグミスの思想では、民族の根を欠いた寄せ集めのような「国家」では何の文化も生じることはなく、文化は常に民族に根差した共同体(εθνός)から生じるものである。故に、ドラグミスは、「国家が何かを生み出すことは決してなく、ただものを保ち支えるだけであるが、民族に根差した共同体[εθνή]は諸文化を生み出す」とし(49)、「諸文化は民族に根差した共同体[εθνή]に結びつき、そしてまたその産物であり、加えてその共同体だけが文化を生み出す」としている(50)。したがって、ドラグミスによるギリシア共同体たるヘレニズムの、他文明との最も大きな違いであり且つ使命とも言うべきものは、単に父祖伝来の文化を継承したり、マイナーチェンジを加えたりすることではなく、常により高次な文化を生み出していくことである(51)。彼によると、古代以来ギリシア文化は他の文化に対して高度で特別であり(52)、この文化は途切れることなく続いてきた共同体の中でギリシア人をギリシア人たらしめてきただけではなく、スラヴ人やアルバニア人などの周辺の民族を同化させてギリシア人化させるほどに他者に対し優越的な力を有していた(53)。この文化の優越性に基づくギリシアの生存力と同化力は甚大であり、ドラグミスは、ギリシアの地にスウェーデン人やアイルランド人、或いはエジプト人が住んでいようと、そこに一人ギリシア人がいれば外国人たちにギリシア語を教え、大地が水を飲み干すように彼らをギリシア人にしてしまうと述べている(54)。文化は民族無しには成立しないが、民族は他の優れた文化を持つ民族に飲み込まれ消滅する恐れがあり、優れた文化が民族を存続させ、優れた民族の指標のようなものになっている。

ここで注意すべきなのは、ドラグミスにおいてはギリシア文化の優越性による同化を唱えている点で、血統の連続性によるギリシア人の定義を退けている。あくまでもドラグミスは、民族という共同体は生物学的・政治的な要素に規定されるものではなく、常に祖国（πατρίδα）と文化に結びつけられるものであると信じていた。[55] したがって、彼はギリシア民族を存続せしめるものとしてギリシア文化に絶対の地位を与えているが、次項で見ていくように、この姿勢は、西欧文化に対しても、東方或いはオリエントの文化に対しても、変わることのない強い優越意識を抱いている。

ドラグミスのナショナリズムと行動主義

本項では、ドラグミスのギリシア或いはマケドニアを巡るナショナリズム的な行動と、それらが持つ意味について考察する。先に見た通り、ドラグミスは父親のステファノスの代よりマケドニア地方の領有を巡ってギリシアと周辺諸国との外交問題、領土紛争に関わっていたが、この行動にギリシアを探求するという次元の意味を付そうとしていた。

前項で見たように、ドラグミスは個人を死すべき無力な存在とみなしており、「自分自身を深く知ること」を「自分自身がギリシア人であることを感じること」と同義であると考えていた。[56] このように、ギリシア人の各々に自身の民族を救済する義務があるのだが、[57] それはマケドニア問題の文脈においては、自分たちがギリシアであるマケドニアを救済することによって逆に自分たちがマケドニアによって救済されることになるからである。[58] 故にドラグミスはギリシア領を拡張するに際して政治的な観点ではなく、いわば宗教的な用語を用いてマケドニアの救済、つまりマケドニア地方のギリシア領への編入を説く。

このような半ば宗教的、或いは神秘的な理解に基づいたマケドニア問題に対する介入の呼びかけの他に、ドラグミスはより直接的な形でマケドニア問題におけるブルガリア人の脅威を強調しており、マケドニアでは悪魔的な計画がブルガリア人によって進められている、とした。[59] 一方で本来ギリシア人の地にブルガリアの村が存在することそのものが許されないと考えており、[60]『英雄と殉者の血』等の文学作品を通して若者たちにブルガリアの脅威を植えつけて従軍を促したのであった。[61]前章で見たように、パパリゴプロスのヘレニズム論は最終的に国外のギリシア人とその居住地の政治的な統一を主張する戦闘的なナショナリズムに結びついたが、[62]ドラグミスにおいても彼のヘレニズム及びギリシア論は領土拡張運動と強く結びついた。

ドラグミスにおける民衆語と民衆文化

ギリシア人の言葉と生活の中で体現されるヘレニズムにとって、民衆が話す言葉、ドラグミスが生きた時代のギリシア語である民衆語は、単に政治や経済的な意味でのみ重要視されるものではありえず、彼はこれに特別な意味を与えた。[63]ガジは、ギリシア民衆の伝統の中に近現代ギリシア文化の源泉を探そうとしたことが、ドラグミスの抜本的な改革だと述べている。[64]ドラグミスは、学校の建設運動に関する提言や一九一〇年の教育委員会(Εκπαιδευτικός Όμιλος)の設立に関わり、政治活動上でも民衆語の運用に関する運動に携わった。文学活動においても作品を民衆語で著し、思想的にも民衆とギリシア文化の文脈を通して、自身の思想の中に体系的に民衆語を取り込んだ。彼にとって民衆語とその伝統は、未来の高次文化創造の担い手であってギリシア文化の木の幹であり、[65]民衆の知恵(Σοφία του Λαού)であった。[66]彼は『ギリシア文化』で、島や農村の民衆の言葉や習俗、家屋や踊りにギリシアの伝統が残っているが故に、これらに着目すべきだと述べる。[67]

しかしドラグミスは、これらをヘレニズムのために必要な要素であるが故に語っているのであり、実際に民衆を文学作品で描くこともなければ民俗学的な探索をすることもなく、[68]民衆の視点や思考を彼らの側に立って理解しようとする態度や言及は見られない。また、ギリシア人の習俗や食事、また生活様式には、トルコ人やアラビア人など東方・アジアの要素が色濃く残っており、東方の文化から得たものもあったはずだが、これを徹頭徹尾否定している。このように、ドラグミスが主題とするギリシア人民衆の中で、これら東方といえどもアジアを包含する東方的要素は、意図的にせよ無意識的にせよ排除されている。

ドラグミスにおけるギリシア文化の優越性とギリシアの東西性

ドラグミスによると、このギリシア語を話すギリシア人の共同体は、過去から現代に至る時間的な連続性を持って存在し続けているだけではなく、前章で紹介したコレティスの演説にも見られるように、東方と西方に跨る地理的な連続性を持って存在してきた[69]。以下では、ドラグミスの西欧観及び東方観と、諸外国の中でのギリシアの位置づけについて明らかにする。

ドラグミスは、自身の思想形成において、バレスやニーチェ等西欧の思想を受容し[70]、他のギリシアの知識人たちと同様に西欧を合わせ鏡としてギリシアを探求した。しかし同時に、ドラグミスはエフタリオティスやヤンノプロスと同じく過度な西欧崇拝や西欧の奴隷的な模倣を厳しく非難し、古代ギリシアから連続する父祖伝来の要素を有しているのは現在のギリシア人の血の中にあるものであって、西欧人の中にあるのではないこと、そしてこの古代から連続するギリシアの伝統を西欧人の思想に取り換えることは許されないと主張した[71]。

このように、ファルメライヤーが論じたようなギリシアの連続性を拒否する言説を退けるとともに、古代ギリシア人の直接の末裔は他でもない近現代ギリシア人であり、西欧に対しても（ギリシア古典時代に対する崇拝を持ち出しはしないものの）古代から現代までを含めたギリシア文化の優越性を主張している[72]。晩年には一九一四年の日記の中で、自身の母エリサヴェト・コンドヤナキがペテルブルクのギリシア大使館で活動した銀行家の娘であったこともあり、自分自身を「ギリシア系ロシア東方人」（Ελληνορώσσο Ανατολίτη）だと記述しており、ギリシア人とロシア人には東方の魂があり、西方或いはヨーロッパ文明とは異なるのだとさえ述べている[73]。ここでは西欧とギリシアの差異が改めて強調されるだけではなく、むしろ西欧にはない東方的な要素をギリシアが有していることが主張されている。しかし注意すべきは、ここでの東方はアジアを含意するものではなく、あくまでもアジアという概念を排除した形での東方であることだ。

　次にドラグミスによる西欧以外の周辺民族、或いは東方に対する視線について見ていこう。西欧に対する古代から現代までを含めたギリシアの文化的優越性を主張していたドラグミスは、当然東方に対しては、コレティスのような啓蒙の光であるギリシアが東方を照らすといった姿勢で臨む。そもそもドラグミスもパパリゴプロスや多くの知識人たちと同様に、ギリシアが東方から知的な影響を受けたことを否定しており、あまつさえ中世以降においても、もしオスマン帝国、或いはトルコ人による支配がなければ、ギリシア共同体、或いはヘレニズムは更に新しい文化を発展させられたはずだと述べている。[74] 確かにドラグミスのヘレニズムは何よりもまずギリシア人が主権を有する共同体であり、自由と主権を欠いた環境ではヘレニズムの文化的発展は望めなかったと言い得るかもしれない。ここに見られるのは、劣った東方の文化から高度なギリシア文化が影響を受けたり学んだりすることがないという意識であろう。故に、ドラグミスにとっての周辺民族や東方に対するギリシア共同体の取るべき態度は、それらを同化して教化し、彼らに対して優越して指導的な立場を持つものとして振舞うことである。[75] ドラグミスは一九〇八年にイスタンブルで書いた『私のギリシア文化とギリシア人たち』の中で、当時のギリシアの課題がギリシア民族の統一と、ギリシアがアルバニア人やアルメニア人、トルコ人やアラブ人といった周辺の未解放の諸民族にとっての中心になることだと述べている。[76] 一つ目の課題である「民族の統一」に関しては、本作の執筆当時に彼が滞在していたイスタンブルを含む広範なオスマン領の獲得とギリシア領への編入を含意するメガリ・イデアに基づいたものである。[77] 二つ目の課題については、ドラグミスは近現代ギリシアが東方世界（του κόσμου της Ανατολής）における中心だと信じ、この暗黒時代を明照性という光でもって照らすと述べている。[78] 最終的に、このような発想は一九一一年に書かれた『生者』における、ギリシア文化が最上のものとして君臨する「東方連盟」（Ανατολική Ομοσπονδία）という組織体の構想に結びつく。[79]

このように、ドラグミスは西欧に対しても周辺の民族を含む東方に対しても、ギリシアの文化的卓越性という観点で、ギリシアの優越性を信じていたが、対西欧に関してはギリシア人たちに対し過度な西欧崇拝を戒めて、ギリシアそのものを自分たちの著述と思想の対象とするように論じていた。東方に対しては、ギリシアに対する東方からの影響を否定し、ギリシアの文化的な優越性の故にこの地域での指導的な立場にあるべきだと論じた。ドラグミスにおけるギリシアと東方の関係は、コレティスや他の知識人たちと同じく東方文化のギリシア文化への影響を否定するものであり、この認識に立って彼は、東方の民族は政治的にもギリシアの下にあるべきだというナショナリズム的な主張を行っている。

四．小括

ここまで見てきたように本章では、エフタリオティスやヤンノプロス、そしてドラグミスというギリシアにおいて西欧化の潮流に異を唱えた少数の思想家たちの作品について分析し、特にパパリゴプロスのヘレニズムを色濃く受け継いだイオン・ドラグミスのヘレニズムとギリシアの有する東西性について論じた。

特に、ドラグミスの共同体としてのヘレニズム論では、ギリシア人共同体は他民族や他文化を同化或いは吸収しながら存在し続け、ギリシアは西方だけでなく東方的な性質も有しており、また西欧文化に劣らない高度な文化を生み出してきて、且つこの文化が民族を存続させてきたと考えていた。

最後に、これら知識人を通して見られたギリシアの東方性について確認したい。前章で見たコレティスの演説で確認したように、ギリシアは西方にも東方にも属するが、ギリシアのどちらの性質が重要視されるかはギリシアがどの民族に対するかによって異なっていた。すなわち、ギリシアは西欧に対しては東方であり、この中世・ビザンツ史を含む東方がギリシアの古代から中世を経た現代までの一貫性を担保する際に重要な役割を果たしていた。西欧から見ると同じく東方に属するギリシアの周辺の他民族に対しては、ギリシアは西方として振る舞い、彼らを同化し教化すべき東方に属する人々として表象した。

パパリゴプロスは、古代から現代までギリシアが連続していることを国際社会に向けて論じるためにフランス語で書いた書物『ギリシア民族の歴史』の中で、ギリシアがトルコから受けた影響について、「両民族は一つの花瓶の中の水と油のように交わらず、当時のギリシア人が一五世紀のギリシア人のままである」と記述している[80]。またミラスによると、この時代の知識人以外に教育者たちも、トルコ人とギリシア人の相互影響を否定し、あったとしてもそれは「悪影響」でしかなかったと信じていた[81]。他にも、ハインリッヒ・シュリーマンの発掘にも従事した古典学者のフリストス・ツーンダス（一八五七―一九三四）は、他文化或いは東方からの影響を考慮に入れなければ解決できない古代ギリシアの問題について、当時発見されたギリシア文明の祖としてのミノア文化を利用して、古代ギリシアのミケーネ文明が東方或いはオリエントから影響を受けたはずがないと言って東方からの影響を完全に否定した[82]。

こういった姿勢は、本章で見たドラグミスの対トルコ観と共通である。ギリシアは彼らを同化し教化こそすれ、トルコや東方の文化から何か、とりわけ高度な精神文化を学んだという記述は見られない。このような発想は、他にも例えばヨアニス・フィリモンの『ギリシア革命に関する試論』第三巻にも見られ、そこでは「ヘレニズム」（Ελληνισμός）と「トゥルキズム」（Τουρκισμός）を対立させ、トルコ主義（トゥルキズム）を「人の姿をした野蛮と退化[83]」、ヘレニズムを「人の姿をした自由・平等・進歩思想」だと表現している[84]。そもそもこの発想は、中世よりイスラームに対し否定的な評価を与え続けた西欧に見られ[85]、例えばエドモンド・バークも近世を通して外的脅威であったオスマン帝国或いはトルコ人に対し「野蛮人以下」の「専制」だとこき下ろしている[86]。ギリシアがトルコ主義（トゥルキズム）を「人の姿をした野蛮と退化」だとみなす立ち位置は、自身を西側においた上での発言であることは明白であろう。

フランス語で詩作し一八八六年にフィガロ紙で「象徴主義」を発表したジャン・モレアスは、本名をヨアニス・パパディアマンドプロスというアテネで生まれ育ったギリシア人である。ニコス・カザンザキスも一九一〇年にジャン・モレアスに関するエッセイを執筆しているが[87]、モレアスは一九〇六年に刊行した『風景と感傷』の「ギリシアにて」という章において以下のように記している。

> アヴィニョンの田園に緑の色あせた小さなイトスギがあることを覚えている。上品さがあり、洗練と「上質な愛」を語る雰囲気を備えている。マルセイユ郊外では、膨らみすぎて病的な色をしたイトスギを見た。厳密に実用的な理由でそこにあるのだということをよく感じるだろう。私がパレスチナのイトスギについてどう思ったのか自分でもわからないが、私は東方［l'Orient］が好きではない。アッティキには東方的なもの［d'oriental］はない……。今日の午後、私はコロニス[88]を散歩した。おそらくアンディゴネに支えられた盲目のオイディプスが立ち止まった場所からそう遠くはないのだろう。そこでは、微妙な空気の中で、重さのない美しいイトスギがそびえ立っていた。その梢はまさに「パルカの外にすらりと伸びていた」[89]。

ここでフランス詩人ジャン・モレアスが当時の国際共通語であるフランス語で西欧人に向けて書いた意識は、同じイトスギでも西方フランスにあるものと東方パレスチナにあるものの間には、「私は東方［l'Orient］が好きではない」という形で行われる線引きがあるということである。そしてギリシアに関しては、「アッティキには東方的なもの［d'oriental］はない」という記述より、モレアスがギリシアのイトスギ及びギリシアを完全に西方に属しているものとして理解しているだけでなく、「東方的なものがない」と書くことによってギリシアとアジア・東方世界を切り離そうとしていることは明らかである。ここで描かれるギリシア及びアテネは、古代の記憶と文物に触れられつつも、同時に近代的なホテルが建てられている様やアテネが発展し急激に人口が増えていっている様が描写されているように、古代ギリシアのみを指すものではない。古代から中世を経てオスマン統治までを経験した現代にまで至る歴史が前提にされている、「東方的なものがない」ということがあり得ないはずの近現代のギリシア及びアテネなのであるが[90]。

ここまで論じてきたようにギリシアは西方であるが東方でもあり、この東方というのは極めてやっかいである。古代ギリシアとの紐帯を切られたり、西欧文化に優越するヘレニズムの文化的優位性を主張したりしない限り、西欧人によって他のバルカンやアジアの異民族と同じ枠に入れられて差別の対象にされてしまう危険性をはらんでいる。そこでこれらの知識人たちが行った努力は、ギリシアの「東方」の概念から近現代ギリシア・アイデンティティーにとって都合のいいものを包摂し、都合の悪いものを排除することであった。都合のよいものとしては正教ビザンツ・ギリシアの包摂と古代から現代までのギリシア記述の達成、悪いものとしては野蛮で文化的に劣った、ギリシアが同化し啓蒙と教化の対象とせねばならない、いわば「アジア的東方」である。つまりギリシアは、この「アジア的東方」をギリシアの中から締め出し、古典古代を包摂したヨーロッパ西方の国家でありながら、アジア的東方は含まない西欧諸国とも異なる東方の国家として自分たちを規定したのである。

かつてギリシア文化史家のアレクシス・ポリティスは、近現代ギリシアの思想・文学をたどった『ロマン主義の時代――一八三〇-一八八〇のギリシアにおけるイデオロギーとメンタリティー』において「東方の脱アジア化」という言葉を用いたものの、その内実を説明することはなかった。前段落で述べた事態こそまさに、この「東方の脱アジア化」が示す意味ではないだろうか？[91] ポリティスが述べたように、啓蒙期を通してギリシアが「東方」から「アジア」という概念を排除した上で「東方」に留まりつつ「脱亜入欧」を果たそうとしてきたことは本章までで見てきたとおりであり、まさしく「東方の脱アジア化」に適するものである。同じくガジがエフタリオティスについて述べたように、『ロミオシニの歴史』においてヘレニズムに同化されたキリスト教、つまり東方ビザンツがヘレニズムの「アジア化」を防いだと記述しており[92]、ポリティスの言及した「東方の脱アジア化」の傍証になろう。要するに、ギリシアとアジアを結びつける言説は、極めて反ギリシア的なものとして退けられるのであった。

バナールの言う「アーリア・モデル」の観点を用いつつ見ると、近現代ギリシアは「東方の脱アジア化」によってアジアではないギリシアの「東方」というアーリア的要素を内に取り込むという、一見すると大きな矛盾を犯したからこそ、古代ギリシアとの紐帯を確保し自分たちが西方・「アーリア側」に属するという意識を想像し得た。そして、この自分たちが「アーリア・モデル」に帰属するという意識を通し、近現代ギリシアはこのモデルの外側にあるアジア・トルコに対して、彼らが野蛮であって自分たちとは異なるものであり、自分たちが彼らを啓蒙しなければならない、という意識まで生じさせ得たのであり、西欧で生じた「アーリア・モデル」にアジアやアフリカへの差別意識が含まれていたのと同様、近現代ギリシアがアイデンティティー形成のために受け入れた「アーリア・モデル」にも東方差別が存在したのである。

続く章以降はニコス・カザンザキスの生涯と作品に話題を変え、彼のギリシア観がこれまでに見てきた「東方の脱アジア化」を経たギリシア観ではなく、「過度な西欧化」からの脱却とアジアを肯定的な形で取り入れたギリシア像であることについて、そしてその視点を支える彼の思想について論じていきたい。

第二部　ニコス・カザンザキス

第四章　青年期のカザンザキスのナショナリズムと政治活動

ここまで、カザンザキスの作品と思想を論じるための準備として、先行するギリシア人思想家や知識人たちのギリシア・ギリシア人観の形成と変遷について概観してきた。本章以下ではニコス・カザンザキスのギリシア・ギリシア人観の形成と変遷について論じていく。特に本章では、一九二二年までのカザンザキスの経歴と作品を分析する。この時期には、彼は前章で見たイオン・ドラグミスに強く影響を受け、口語推進運動やメガリ・イデア、ナショナリズムに基づいた政治活動に身を投じていた。以下では、時代潮流でもあった古代ギリシアへの傾倒やベルクソンやニーチェ等西欧の思想に親しんだ時期にあっても、カザンザキスにおいては、前章で見たギリシア啓蒙主義や西洋化のイデオロギーの影響下にあった思想家たちには考えられない、後の脱西欧化の思考やギ

＊本章の注は三七二ページから掲載している。

リシア及び自身のアイデンティティーを東方に求めようとする思考の端緒が見られることを明らかにする。

本章で扱う少年期から一九二二年までの時期は、オスマン帝国領だったクレタ島での反乱により生まれ故郷からの亡命や難民生活を余儀なくされたり、バルカン戦争と第二次世界大戦、そして実際に難民たちの救援活動に赴いたりするなど戦争と難民を間近に体験した時期であり、また学業教育を修めた時期でもある。本人の述べるところでは、この時期に「貴族的ナショナリズム」とイオン・ドラグミスの思想に傾倒し[1]、ヴェニゼロスのもとで働くことで実際にメガリ・イデアの実現に向けた政策に関わっていくことになった[2]。

一．青年期のカザンザキスの動向

本節では、彼の幼少期から一九二二年までの大まかな動向について記述する。まず、主なカザンザキスの伝記について紹介し、次いで実際に彼の事跡について、これから紹介する伝記に基づき概観していく。

本書で中心的に参照する主なカザンザキスの伝記

これまでに公刊されたカザンザキスの年譜の多くは、同じくクレタ島出身の作家で友人のペンデリス・プレヴェラキス[3]が一九六五年一二月に出版した、カザンザキスと交わした書簡集である『プレヴェラキスに宛てたカザンザキスの四百通の書簡』に掲載された年譜に基づいている。

同年、カザンザキスがフランス語で執筆した小説『石庭』に序文を付したアジズ・イゼにより、カザンザキスの作品と手記等の研究を反映させた『伝記ニコス・カザンザキ』がフランスで出版された。だが同書緒言によると、年譜の構成はペンデリス・プレヴェラキスと彼の有する上記四百通の手紙に基づいている。(4) 後に、彼の作品や手記、そしてプレヴェラキスの書簡には含まれていない情報を有する資料やカザンザキス作品の文学研究を踏まえて執筆された研究書や伝記が発表されたが、その中でもジャニオ＝リュストによる『ニコス・カザンザキ、その生涯と作品一八八三–一九五七』とピーター・ビーンによる二巻本の『カザンザキス 精神の政治家』の二冊が網羅性と各作品の分析にも踏み込んでいるという点で極めて重要である。

これらに加え、本書ではイゼの伝記に収録されていない数十点の写真と、特にカザンザキスの葬儀に関する記述と写真を含むアネモヤニスの手になる伝記『ニコス・カザンザキス 一八八三–一九五七』、その他カザンザキスが家族や友人たちと交した書簡に基づいて、彼の事跡を記していく。

誕生から大学進学まで（一八八三年二月〜一九〇二年九月）

ニコス・カザンザキスは、一八八三年二月一八日に、当時オスマン帝国の支配下にあったクレタ島イラクリオ近郊において商人で地主の父ミハリスと母マリゴの間に生まれた。後にアナスタシアとエレニ、そしてヨルゴスという妹と弟が生まれるが、ヨルゴスは生後間もなくして逝去した。(5)

一八八九年にクレタ島でオスマン帝国に対する反乱が起こり、家族と共に約半年間アテネ近郊のピレアスに難民として亡命した。本書第一三章で詳しく論じるようにカザンザキスは『キリストは再び十字架にかけられる』等の作品で難民を描いたが、幼少ながらここで初めて自分自身が難民生活を体験することになった。後にクレタ島に戻り一八九〇年から一八九六年はイラクリオで初等教育を受ける。(6)

一八九七年に起きたクレタ島でのオスマン帝国への反乱により、家族は再度クレタ島を追われることとなり、カザンザキスはナクソス島、フランス系学校のナクソス聖十字商業学校に入学することとなる。[7] ここでフランス語とイタリア語を学び、フランス文学やフランス語の書籍を通して西欧文明に触れる機会を得た。同校には一八九九年一月まで在籍した。[8]

一八九九年にはクレタ島に戻り、同年から一九〇二年まで再度イラクリオの学校に通った。授業で学ぶ勉強の他に、ナクソスで発見した偉大な詩人や作家たちの作品を読み漁った。[9] この時代に出会った人物の中には、後の人生を考える上で重要な人物が三人いる。一人目は当時同校に勤務していて、後にアテネ大学の教授を務めることになる神学者フリストトス・アンドゥルツォス[10]である。フランシスによって、カザンザキスが実際にアンドゥルツォス『東方正教の教義』を読んだ可能性が高く、ギリシア正教に関心を持ち基本的な教義を学び得たことが指摘されている。[11] 二人目が、一九一〇年に結婚することになる、同じくクレタ島出身のガラティア・アレクシウ（カザンザキ）であり、そして三人目が、カザンザキスがクレタ島を去る数ヵ月前にイラクリオにやって来て、彼に英語を教えたあるアイルランド人女性である。カザンザキスは彼女との間で青春期の恋を経験した。[12] こうして一九〇二年九月にクレタ島での高等教育を終わらせ、アテネ大学に進学する。この間、一〇代の早い段階で当時の国際共通語であるフランス語を学び、西欧の文物に触れて知識を蓄えていったことが、一九〇六年のアテネでの執筆活動やその後の人生に影響を与えていく。

大学進学からパリ留学まで（一九〇二年九月〜一九〇七年九月）

一九〇二年九月二〇日より大学教育を受けるために、アテネ大学法学部に進学し、アテネに居住した。この間の大学生活をどのように送っていたのかは、史料の不足もあり定かではないが、毎年夏季にはクレタ島に帰省していたようであり、都会アテネでの暮らしにあっても、物理的にも精神的にも故郷クレタ島との紐帯を欠くことはなかった[13]。大学生活も終わりに近づいた一九〇六年春より、カザンザキスは民衆語で作品を発表し始める。同年四月から五月にかけてエッセイ「世紀病」(Η Αρρώστια του αιώνος) を雑誌『ピナコティキ』[14]にカルマ・ニルヴァミ名義で発表し、ギリシア文壇にデビューする[15]。夏季はイラクリオに帰省していたが、八月には戯曲「夜は明ける」(Ξημερώνει) を執筆した。一〇月にはアテネに戻り、散文処女作となる日記体の小説『蛇と百合』(Όφις και Κρίνο) をカルマ・ニルヴァミ名義で出版した[16]。特に『蛇と百合』では、強勢記号の誤りや民衆語と文語が混ぜられた文体が見受けられ、雑誌『ピナコティキ』でこの点に関する非難が展開されたり、文芸雑誌『ヌーマス』[17]で口語文学の道を切り拓いたヤニス・プシハリスの文体とは異なる要素が見られるとして非難されたりもしたが[18]、当時文壇で大きな影響力を有していた詩人コスティス・パラマスによる称賛を受けており、一定の成功を収めた[19]。同年一二月に優秀な成績でアテネ大学法学部を卒業した。

一九〇七年四月から六月にかけて、アテネの新聞『アクロポリス』紙でコラムニストとして記事を執筆する。ここでの記事は、民衆語使用の推奨からトルストイの文学に関するものまで、幅広い主題に及んでいる[20]。そして五月と七月には戯曲「夜は明ける」が上演され、アテネのフリーメイソンとも関係を持ったりするなど、アテネの社交界で活発に活動していた[21]。

この時期に書かれた作品には、未だナショナリズム的な要素は見られない。ただし古代ギリシア崇拝を通して反キリスト教的倫理への反発と肉体的快楽をも含意する身体性の肯定という思考が見られることは、彼の後の思想を理解するのに有益である。ヘーゲルやニーチェの思想の影響の見られる「世紀病」では、古代ギリシアが人類史における理想時代であるという思考に立脚し[22]、ギリシア古典時代を美を保った理想時代として表象した[23]。この段階では、近現代ギリシアが古代ギリシアの直接の子孫であるかどうか、そして「ギリシアが西洋世界の一部であるかどうか」についての考察は一つも見られなかった。[24] この作品の中で、カザンザキスは科学と古代ギリシアへの情熱に基づき、ストア派の哲学、ついでキリスト教が古代ギリシア人の肉体と精神の調和の智恵、また美そのものを完全に破壊したのだと説いた。[25] こうしたギボンやヘーゲル等に影響を受けた歴史理解に基づき、彼は「ビザンツの堕落した子供たち」という表現を用い、中世ビザンツ・ギリシア文化に対して古代ギリシアと比べ非常に低い位置づけを与えている。[26]

一八八〇年代から一九一〇年代にかけてのギリシアの文壇では「風俗」的な物語や農村や島を舞台にした作品が多く書かれていた中で、[27] カザンザキスは戯曲「夜は明ける」と小説『蛇と百合』において現代ギリシアの都市民を取り上げた。「夜は明ける」では家庭のある女性の夫以外の男性への恋、そして『蛇と百合』においては一目惚れしてモデルになってもらった女性と無理心中をした芸術家の男性を描いた。のちのギリシア文壇においては一九一〇年から一九三〇年にかけて都市的「風俗小説」という潮流の中で都市民を描くことが流行するが、カザンザキスが一九〇六年から一九〇七年にかけて書いた「夜は明ける」と『蛇と百合』は、この潮流の先駆的な作品だともみなし得る。[28]

特に「世紀病」と『蛇と百合』には、後年のカザンザキス思想において重要な役割を果たす要素が早くも見られる。「世紀病」においては「古代人たちは完全に肉体の要求と魂の要求を結合させていた。歴史上、古代よりも完全に均衡［ισορροπία］というものが明らかになったことは決してなかった。肉体の教練の後でこそプラトンのアカデミアがある」と述べ、[29] また『蛇と百合』では「死こそが救い」であり、[30]「肉体を霊に聖変化[31]［transubstantiation］させていくことで自由に至る」という彼の主要思想の雛型が見られる。[32] 前者は本書第一〇章における肉体性の議論と第一一章における理性と肉体の調和の議論において、そして後者は第六章におけるカザンザキスの哲学的主著『禁欲』の分析において確認することになる。

ここまで見たどの作品にも、古代ギリシアと現代ギリシアの連続性については議論も描写も存在せず、古代ギリシアの後継者としての近現代ギリシアの文化的優位性という議論も自民族中心主義的要素も見られない。古代ギリシアに関する記述も西欧文化の中で語られるモチーフの域を出るものではなく、彼が未だ西欧文化の吸収と文芸の習作及び自身の文体の発見に取り組んでいた時期であり、ギリシアやギリシア人に対する思想的な考察が行われることはなかった。

パリ留学とナショナリズムへの傾倒（一九〇七年一〇月〜一九一二年）

一九〇七年一〇月一日に大学院で法学を修めるためにパリに留学する。留学中においても法学の勉強に加え、文芸創作と哲学や宗教研究を続け、コレージュ・ド・フランスでのベルクソンの講義を聴講し、またニーチェの作品に深く触れる機会を得た[33]。一一月には雑誌『ピナコティキ』に戯曲「ファスガ」（Φασγά）を発表し、そして同年末に戯曲「いつまで？」（Έως πότε;）を執筆してこの戯曲二つをアテネの戯曲コンクールに送っている[34]。一九〇八年には小説『崩壊した魂』（Σπασμένες Ψυχές）とアテネ大学法学部に提出する博士論文『正義と国家の哲学におけるフリードリッヒ・ニーチェ』（Ο Φρειδερίκος Νίτσε εν τη Φιλοσοφία του Δικαίου και της Πολιτείας）を執筆した。夏季はギリシアに帰国してクレタ島で過ごし、一一月末にパリに戻っている[35]。

翌一九〇九年は、三月よりイタリアを旅行しつつ四月末に戯曲『棟梁』（Ο Πρωτομάστορας）とニーチェに関する博士論文を携えギリシアに帰国した。ビーンの指摘によると、カザンザキスがパリで具体的にどのような活動に携わったのか明確ではないが、パリからの帰国後にクレタ島での積極的なナショナリストとしての政治活動が始まっていく[36]。具体的には、クレタ島のソロモス協会の会長として教育現場における民衆語使用の推進運動に身を投じた。[37]

この間カザンザキスはイラクリオで先述の博士論文を出版した。また同年八月には、ペトロス・プシロリティス名義で雑誌『ヌーマス』に小説『崩壊した魂』を発表し、同時に雑誌『パナティネア』に論文「科学は破産したのか？」を発表した。そして同年一二月には同じ名義で一人劇「喜劇」（Κωμωδία）をクレタ島で発表した。[38]

一九一〇年四月よりアテネに居住する。五月には戯曲『棟梁』（当時の題名は『犠牲』）により戯曲コンクールで賞を受賞し、同年の内に出版されることとなった。[39] 六月二一日には『アクロポリス』紙で戯曲に関する批評「ラーヤー」を発表すると共に、教育省に就職の誘いを受けたがこれを辞退している。またこの年の重要事項として、民衆語推進のためにアテネで結成された「教育委員会」の結成会員にイオン・ドラグミスと共に名を連ね、[40] 加えてドラグミスの『サモトラキ』に対して「我ら若者たち」という書評を執筆したことが挙げられる。この書評ではメガリ・イデアを推進するドラグミスの思想への共鳴を表明して、彼をギリシアの栄光を再び取り戻させてくれる人物として称揚するなど、ドラグミスの思想への深い傾倒が見られる。[41]

一九一一年の六月から一〇月初頭は、クレタ島で先述のガラティアやその家族と共に過ごし、一〇月一一日にイラクリオでガラティアと結婚した。[42] 一九一二年には、ベルクソンに関するエッセイを『教育委員会紀要』にて刊行した。[43] カンテラキによると、ベルクソン哲学はこのエッセイによってギリシアで初めて紹介されたのであり、カザンザキスはベルクソン哲学をギリシアで初めて受容した思想家とみなされている。[44]

以上のように、アテネ大学時代の最終学年時より民衆語を用いた執筆と民衆語推進のための活動に携わっていたが、ビーンの指摘によるとパリ留学を期にナショナリズムに目覚め、ソロモス協会や教育委員会等で実際にドラグミス等と関係を持ち、民衆語推進運動とメガリ・イデアを支持するナショナリズム運動の連動した活動を開始していくことになった。またこのナショナリズムに傾倒した時期に見られるもう一つの重要な傾向に、目的を達成する能力を備えた、大衆や凡人から区別された「選ばれた若者」という発想がある。例えば『棟梁』における主人公たちの大衆に対する軽蔑と優越意識に関しては本章で後述するが、批評「ラーヤー」の「ある民衆の中で選び抜かれた者とは、精神的生の代表者たちであり、前を進んで道を示すべき人々である。にもかかわらず、魂が奴隷のようであるというのなら、あなた方はどのように他の人々を導こうというのか？　そして、畜群と平々凡々な群れに、何の新生と革命を期待しようというのか？」という言葉に象徴されるように[45]、劇作家や批評家たちによる内輪話や大衆の表層的な酷評、「奴隷根性［ραγιαδισμοί］」を乗り越えて、戯曲と文芸の水準を前進させていく、大衆や凡人から区別された「選ばれた若者」の出現に檄を飛ばしている。

バルカン戦争と第一次世界大戦（一九一二年～一九二〇年一一月）

イオン・ドラグミスのナショナリズム的思想に共感し、教育委員会において彼と協働することになったカザンザキスは、一九一二年にバルカン戦争へ志願兵として従軍した。しかし、実際に戦地に赴くことはなく、首相エレフテリオス・ヴェニゼロスの事務室に勤務し、一九一三年まで彼のもとに仕えた[46]。またこの間に新しくギリシア領となったエデッサとジロカストロ（現在のアルバニア共和国の一部）を訪問している[47]。

一九一四年一一月一一日、教育委員会の事務所で詩人のアンゲロス・シケリアノスと知り合って意気投合し[48]、三日後に二人でアトス山に約四〇日間の巡礼に出掛けることになった[49]。なおこの時の巡礼をカザンザキスは日記に記しており、加えてこの時の体験をアテネのフランス語新聞『アテネの使者』（Le Messager d'Athènes）にフランス語で発表した。

このアトス山の巡礼を記録した日記には次のような内容が記されている[50]。彼は正教の聖地にあってキリストだけでなく仏陀やディオニシオス、そしてオデュッセウス等多くの人物に関しての本を読んだり思想を巡らしたりしていたが、一九一四年一一月二九日の日記で「宗教を作る」と書き記しているように[51]、特に宗教性を探求しようとしていた。とりわけ仏陀に関しては、カール・オイゲン・ノイマンの『仏陀の説法』のイタリア語訳をアトス山に持ち込んで研究しており[52]、一節をそのまま日記に書き写しもしている[53]。また仏教やトルストイが探求した新しい宗教についても書き残しており[54]、シケリアノスと新しい宗教を創造したいという旨の会話を交わしているところから[55]、作家や思想家としてギリシア的な聖地に身を置き自分の新しい思想的方向性を模索していたことがうかがわれる。なお、ギリシア民族に関しても、「最重要事項」という主題のつけられたページにおいて、「わが民族［ράτσα］を称えよう。キリストは危険にさらされたギリシアを慰めるために降りてきたのだから、彼は生き返って、満月の前に蘇るのだ。［中略］彼は危険にさらされたギリシアの故に死ぬことだろう」や[56]、「［ギリシア人たちが］帝都[57]を得るためにキリストはやって来たのだ」とも記しており[58]、これらの記述には曖昧で神秘的な要素も強いとはいえ、正教とイスタンブル（コンスタンディヌポリ）、そしてギリシアが結びついたギリシア・ナショナリズム的要素が強く垣間見えている。そうしてアトス山滞在の後一二月二五日にアテネに帰還した[59]。

一九一五年にはシケリアノスと共に再び「ギリシア人たちの大地と人種［φυλής］の意識」を発見するためギリシア国内旅行を行った[60]。二月にデルフィを訪れ、三月にペロポニソス半島のコリントス、ミキネス、アルゴス、テゲア、スパルティ、ミストラス等を訪れる[61]。そして四月から六月はアテネに帰り、妻のガラティアと共に過ごした[62]。

再びカザンザキスは旅行に出かけ、七月九日には一人でシフノに滞在している。また九月よりシケリアノスと妻と共にペロポニソス旅行を行う。しかし、この旅行の中でシケリアノスとの心理的な距離感を覚え始め、夫婦だけで同月末にアテネに帰還する[63]。もっとも、彼との関係が完全に途切れてしまったわけでなく、この後何度も彼と会っている。一〇月三日には、後年の『その男ゾルバ』のモチーフとなる炭鉱経営の資材を確保するためにテッサロニキに行き[64]、聖山アトス近くの材木の使用許可に関する署名をした[65]。

なお、一九一一年から一九一五年にかけては生活を支えるために、ヨルゴス・フェクシス出版よりニーチェの『悲劇の誕生』と『ツァラトゥストラはかく語りき』、そしてダーウィンの『種の起源』等を含む多くの外国の文学と哲学作品、及びプラトンの作品の近現代ギリシア語口語への翻訳を行っている[66]。

一九一六年には『棟梁』がマノリス・カロミリスによって「音楽的悲劇」に翻案され、上演されたり、また八月二〇日にはアテネの「社会・政治科学協会」の成員になったりするなど、彼の作品は着実に高い評価を受けつつあった[67]。秋にはマニのプラストヴァに赴き、オスマン帝国との戦闘で荒れ果てていた炭鉱を活用するための視察を行った。一九一七年一月三〇日にアテネでプラストヴァの炭鉱開発のため三二〇人の鉱夫を雇う契約を交わした上で、ヨルゴス・ゾルバスと共にプラストヴァに赴き褐炭炭鉱開発に着手した[68]。この間、復活祭の期間にガラティアが、そして六月にはシケリアノスが訪問しており、思想上の違和感を覚えていたとはいえシケリアノスとは未だ友人として良好な関係が続いていた[69]。この炭鉱経営は最終的には失敗してしまう。しかし後年の『アレクシス・ゾルバスの生涯と事跡』、すなわち『その男ゾルバ』という名で知られる映画化もされた小説の背景となる着想を得たのであった。鉱山開発の失敗を受け、同年九月末にはイタリアを経由し、チューリッヒ領事で友人のヤニス・スタヴリダキスを頼りスイスを訪問した。この後一九一八年は一〇月までスイス中を旅行し、ニーチェに関する場所などを訪問した後帰国している[70]。

一九一九年にはギリシアに帰国し、二月二七日から五月九日までシケリアノスと共にスペツェスに滞在した。四月二日から五月八日にかけて、テッサリアの小さな村ミリエスに韻文の戯曲「ヘラクレス」執筆のために滞在した[71]。

五月八日、ヴェニゼロス政府の要請により、第一次世界大戦とロマノフ朝崩壊の混乱の中で生命の危険にさらされていた、コーカサス地方に居住するギリシア人及びポントス系ギリシア人難民のギリシア本国への帰還支援事業のため、厚生省局長に任命された。先述の外務省に勤めていたヤニス・スタヴリダキスやヨルゴス・ゾルバスらと共に現地に派遣された。[72] カザンザキスの任命と時を同じくして、同月一五日にギリシア軍がイギリスの支援のもと休戦協定を破って小アジアのイズミルに侵攻し、政府はメガリ・イデアの実現に向け大きく舵を切っていた。カザンザキスはこの事業を引き受けた理由を、晩年の自伝的小説『グレコへの報告』の中で、人生で初めて「実践」の中に飛び込み、キリストや仏陀といった思想や理論ではなく生きた肉と骨を持った人間と共に戦うためであり、コーカサスで危機にさらされた「十字架にかけられた我が永遠の民族」を痛ましく思ったからだと述べている。[73] 難民たちの状況と問題を研究し、外務大臣ニコラオス・ポリティスや厚生大臣スピリドン・シモスらに報告書や意見書を提出するなど、実際にコーカサスに向けて出発するまでに精力的な準備を重ねた。[74]

七月に、アテネを出発してコーカサス地方に赴き現地で難民たちを収容する事業に着手し、現地の新聞では彼が人々に不断の努力と、自己犠牲をもって仕えたと記録されている。[75]

七月一一日には難民たちを収容した上で船でバトゥミを出発してイスタンブルに至り、ヴェルサイユ講和会議に参加していたヴェニゼロスに事業を報告するため、厚生大臣シモスにパリ行きの許可を取り難民たちと別れてアテネに赴いた。[76] イタリアを経由して、二一日にパリに到着した。その当時、首相のヴェニゼロスが難民たちの状況を正確に把握していなかったため、カザンザキスは難民たちの生活改善と定住を促進する政策を打ち出し予算を確保するためには、ヴェニゼロスに事態を直接報告する方が効果的だと考えていた。[77]

カザンザキスの到着当時、ヴェニゼロスはパリにおらず、代わりに外務大臣のポリティスに面会し、数日後にようやくヴェニゼロスに面会することができた。[78] しかし、第一次世界大戦の講和条約と小アジアへの軍事的展開に神経を尖らせていたヴェニゼロスは、難民の問題には大きな関心を示さず、自分自身で決断を下すことを避けて難民問題についてはヴェニゼロスの顧問のような役割を果たしていた府主教フリサントスに相談するようカザンザキスに促した[79]。しかし、この府主教フリサントスこそがパリでヴェニゼロスや列強の指導者たちにポントス難民たちの問題を過小評価させ、事態を楽天的に捉えさせていた人物であった[80]。実際、彼は当時小アジア黒海沿岸のポントス地方にポントスのギリシア人たちの主権国家を建設しようと企図しており、一九二〇年三月にロンドンでヴェニゼロスに面会した際にも、小アジアからのギリシア人難民たちがギリシア人としての言語やアイデンティティーを失っていて、ボリシェビキの影響を受けているが故に本国帰還後にマケドニアのスラヴ人たちと協働するかもしれないと吹聴した。彼は、ポントスのギリシア人たちがギリシア本国に定住するのを支援するどころか、コーカサスや小アジアからギリシア本国へのギリシア人の流入を防ごうと画策していたのである[81]。

このような経緯もあって、カザンザキスはヴェニゼロスから難民問題に関する肯定的な姿勢を引き出すことができず、彼がフリサントスにポントス問題を投げ出したことに深い失望を禁じえなかった[82]。失意の内にギリシアに帰国し、アテネでフリサントスに面会したり南ロシアとコーカサスのギリシア人問題に関する会議などに出席したりするも、事態を動かすことはできなかった[83]。

一九二〇年三月二一日に首相のヴェニゼロスによりマケドニア地方に派遣され[84]、また六月には難民たちの状況の変化を確認するためにマケドニア地方を視察している[85]。興味深いことに、カザンザキス本人がこの難民たちのマケドニア地方定住に関し、エデッサやカラジョヴァ（現アルモピア）一帯では、スラヴ語話者とトルコ語話者が優勢でギリシア語話者が少なく、国策のためにコーカサスからの難民をギリシアに定住させるしかない、と厚生省に書簡を送っている[86]。

また難民支援と定住政策の傍らで、一九二〇年春季はデルフィ近郊のアゴリアニやデルフィの預言者イリアス修道院に滞在し、戯曲「ヘラクレス」を書き続けた。夏は休暇のためクレタ島に帰郷し、一〇月一〇日にアテネに帰還したが、一一月一日のヴェニゼロスの選挙の敗北により職を辞すことになった。[87] そして失意の後、一一月から一二月にかけてパリに滞在し、その後一二月二〇日にベルリンに向けて出発する。以上、カザンザキスの幼年期から第一次世界大戦期間に至る、ギリシアで政治やナショナリズム運動に携わった時期の動向について確認した。

二．カザンザキスの作品分析と政治意識

本節では、この時期のカザンザキスのナショナリストとしての活動と口語主義者としての活動、また彼の作品分析を通してカザンザキスの民族主義に対する態度と後の彼の思想との連関について明らかにする。

カザンザキスの政治活動

ビーンの指摘によると、カザンザキスがナショナリズム運動に参加するようになったのはパリ留学以降である。[88] 前節で見たように、彼が執筆と実際の活動を通してナショナリズム的運動に関わったのは、一九〇九年のソロモス協会や一九一〇年の教育委員会での口語推進運動に関わる活動と、一九一二年からのバルカン戦争への従軍、そして一九一九年のポントス系ギリシア人難民のギリシアへの帰還支援である。

パリ留学以前より、カザンザキスは「夜は明ける」や『蛇と百合』等の作品において口語を用いて著述することで口語の使用を推進していたが、帰国後にソロモス協会や教育委員会での活動を通して、教育現場における口

語使用を説く或いは宣伝するという形で、口語推進運動に政治活動の方向から携わっていくようになる。一見すると彼の口語推進運動には、直接的にナショナリズムの影響やメガリ・イデアの推進に結びつく要素は見られにくい。しかし、新しくギリシア領となった土地では、迅速に現地の非ギリシア語母語話者にギリシア語を教えて国民として統合させるには文語よりも口語の方が理にかなっており、この観点で教育における口語促進はメガリ・イデアの推進にも大きく寄与した。

思想的にはイオン・ドラグミスの自発性、或いは行動主義と犠牲精神に心酔し、前節でも触れたように、『サモトラキ』への書評「我ら若者たち」を通し若者たちにメガリ・イデア実現に向けた行動と犠牲を促した[89]。この書評は一部の「卓越した若者たち」に向けられており[90]、自分たちの時代が野蛮な個人主義の時代（εποχή άγριου ατομισμού）であることを認めつつも、若者たちに自愛主義と他愛主義を調和させ、祖国愛を貫徹するように呼びかけている[91]。そして自身の戯曲『棟梁』を通しても、大多数の救済のための一人の犠牲という形をもってギリシアのための自己犠牲を呼びかけていく。ただし、彼自身について言えば、民族のために行動を起こしたのがバルカン戦争への従軍であったが、戦地に赴くことはなく行動を起こすこともギリシア民族への自己犠牲を捧げることもできなかった。

一九一四年から一九一九年までは、シケリアノスを伴った聖アトス山巡礼やギリシア各地の旅行を通して宗教性の探求やギリシアに関する精神的な思索を行い、また炭鉱経営やスイス旅行を行う等、ナショナリズムやメガリ・イデア実現のための運動には携わらなかったが、一九一九年五月よりポントス系ギリシア人難民の帰還支援という形を通して再び政治に関わることになる。難民の救済と帰還支援という人道的な活動の故に、自民族中心主義的な要素が意識されにくい側面がある。しかし、カザンザキスの厚生局での職務の拝命と同時期にギリシア軍は協定を破って小アジアに軍隊を派兵しており、また前節で見た一九二〇年に厚生省にカザンザキスが宛てた書簡に見られるように、コーカサスや小アジアのポントス人、或いはギリシア人たちのギリシア領マケドニア地方への定住支援が、依然ギリシア領マケドニア地方に多く居住していたスラヴ語話者やトルコ語話者の影響力を削ぎ、実際にギリシア領へと組み込んでいくための活動に他ならないことをカザンザキスは十分に理解していた。[92] 当然ここでの教育言語は口語が用いられ、ギリシア王国で用いられているギリシア語が理解できない難民や移民を、また彼らの子孫たちを、ギリシア王国の国民として速やかに統合していくことに彼は貢献したのである。ここにも、カザンザキスの一九一〇年前後の口語推進と教育に関わる論理が実行に移されている。

最後に、カザンザキスとヴェニゼロス、そしてカザンザキスとドラグミスの関係について整理したい。カザンザキスが政治活動を行うことが出来たのは、一九一二年のヴェニゼロスの事務所での勤務にせよ一九一九年からの厚生局での勤務にせよ、メガリ・イデアの旗手であるヴェニゼロスの庇護下であったからであることは疑いない。逆に第一次世界大戦の参戦を巡りヴェニゼロスと国王側に軋轢が生じ、彼が首相を罷免されたりテッサロニキに臨時政府を樹立したりした所謂「国家分裂」（Εθνικός Διχασμός）の時期、すなわちヴェニゼロスが十分な権力を掌握していなかった時期に重なる一九一四年から一九一九年までの間、カザンザキスはアトス山巡礼や鉱山経営、そしてスイス旅行などを行っており、全く政治活動に携わることがなかった。

しかし、カザンザキスがヴェニゼロスをどこまで信用していたかに関しては、当時の書簡や手紙等でヴェニゼロスの政策や「国家分裂」に関する態度に対して直接言及しておらず、その判断は困難である。ヴェニゼロスがカザンザキスをどう見ていたかということに関しても、実際にカザンザキスが一九一二年にヴェニゼロスの事務室で勤務しており、一九一九年に厚生省で難民支援事業を任せる人物として選出したように十分な面識があったと考えられるが、ゼルミアスはファヌラキスの書簡を援用し、ヴェニゼロスが一九一九年の段階でカザンザキスを認識しておらず、カザンザキスもまた積極的にはヴェニゼロスに近づこうとはしなかったと指摘している。[93] そして前項で見たようにカザンザキスは難民の定住政策進言のためにパリでヴェニゼロスと面会したが、彼の難民定住政策への無理解と無責任さに大きな失望を感じていた。そうしてヴェニゼロスが二〇年の選挙に敗北した後カザンザキスは、次章で見ていくようにメガリ・イデアの思想を放棄すると共に共産主義に傾倒し、人間関係としても政治思想的にもヴェニゼロスとの関係を完全に絶ってしまう。

またドラグミスに関しては、「国家分裂」後に彼が反ヴェニゼロス的な立場で活動し始めて以降、カザンザキスと面会した形跡は全くなく、一九年にはカザンザキスがヴェニゼロス政権下の厚生局で職分を得た以上、最終的にドラグミスとも一定の距離があったことも明らかである。しかしヴェニゼロスとは異なりドラグミスに関しては、一九三〇年代後半に書かれた『日中旅行記』や『石庭』、また「ペロポニソス旅行記」においてもその名と思想について言及しており、確かに政治的、或いは人間関係的には「国家分裂」の前後を経て断絶が生じたが、思想的には後年までドラグミスの影響はカザンザキスの中で保たれていく。

ここまで見てきたように、カザンザキスは彼のナショナリズム的活動とメガリ・イデア実現に対して大きな期待を託していたヴェニゼロスとドラグミスの両名に対し、当初は肯定的に捉えて両人と行動を共にしたが、「国家分裂」の時期に両者に対して曖昧な立場を取り、最終的にはナショナリズム的思想ともども彼らから離れていくことになっていった。

『棟梁』分析

本項では、この時期に書かれたカザンザキスの戯曲『棟梁』を分析し、そこに見られるナショナリズム的要素について論じたい。『棟梁』は、カザンザキスがパリでナショナリズムの影響を受けた後、一九〇九年に『犠牲』

(η Θυσία) という題名で執筆した戯曲であり、ビーンは作品の隅々に当時のギリシアを巡る状況の陳腐なほどに明快な比喩と、[94] ニーチェとドラグミスの影響があることを指摘している。[95] この戯曲は、イダスという人物に捧げられている。[96] このイダスは『サモトラキ』等を執筆した際のイオン・ドラグミスのペンネームであり、実質イオン・ドラグミスに捧げられた作品である。

この戯曲は、ギリシアの「アルタ橋」の民間伝承から取ったものであり、下記に『棟梁』のあらすじを簡略に説明する。作品の舞台はオスマン統治下にある、近代以前のギリシア人の村である。主人公で橋職人の棟梁(Πρωτομάστορας) は、氾濫を繰り返して舞台となる村に被害を与え続けている河に橋を架けたが、作中においてこの橋は崩れ落ちてしまいそうになる。村の祈禱師である老婆 (Μάνα) は、棟梁の愛する、村の名士の娘スマラグダ (Σμαράγδα) を橋の基に生贄に捧げれば橋は建つと予言した。なぜなら、老婆の言では、棟梁とスマラグダには肉体関係があり、このような汚れた男の手になる業を河は許容することができないからというものである。村人や職人たちのコーラスはスマラグダを早く犠牲に捧げるようにはやし立てるが、最後は両人で決断しスマラグダが犠牲となることで橋が完成し棟梁は村を離れる、という物語である。

先行研究の分析によると、主人公の棟梁にはドラグミスの行動主義的で肥大化した自我を持つ人物像と、また奴隷根性を払拭するニーチェ的な超人が反映されている。[97] 確かに作中でも、傲岸不遜な人物として描かれ、河の激流に比せられる「運命」に屈服することのない人物で、最終的にはスマラグダの犠牲をもって河に橋を架けることで運命を乗り越えていく英雄として表象されている。

村と村人たちを飲み尽くそうとする河は歴史の流れであって「運命」であり、[98] 押し流される橋はギリシアを象徴する。そして村人のコーラスはニーチェの「畜群」(Herde / Heerde) とドラグミスの「敗者たち」が反映されており、[99] 作中で棟梁とスマラグダによって「何の価値もない奴隷たち」[100] や「あっちへ行っていなさい、ラーヤーたち」と言われるように、選ばれた英雄であり大衆や凡人から区別された「選ばれた若者」を象徴する棟梁とは反対の存在として表現されているが、[101] これはギリシア社会を象徴するものだとされている。[102]

パリ留学以前の作品と共通の要素としては、女性と肉体に関する主題が挙げられる。作品の冒頭で、村の老人を通して河が「人間の肉体を求めている」ことが明かされる。[103] しかし、棟梁のスマラグダに対する「愛する人！愛する人！　今日一日どれほどあなたを欲していたことか！　私の手はあなたの身体を忘れられないでいたので欲望で震えているのだ！」という台詞や、[104] 老婆が名士や村人たちになぜ橋が崩れてしまうのかを説明する「女の暖かくて柔らかい肉体に打ち震えている奴の手が、偉大な業をやってのけるのに無垢というわけがない！　奴は無垢な男などではない！　奴は無垢な男などではない！　薔薇の如き女の接吻が奴の目の前で動揺を作り出し、この接吻が彼にものを遠くから明瞭に俯瞰させないようにしている」という台詞を通して、[105] 河は肉体の快楽に溺れ、村の名士に橋の報酬として家屋と世帯という個人の安寧を求めた棟梁を許さず、[106] 棟梁が自分の業を達成したいのであれば愛するスマラグダを犠牲に捧げるように求めていることが明かされる。[107]

スマラグダの父親である名士をはじめ村人のコーラスたちは、結婚前に棟梁と関係を持ったスマラグダを一斉に非難し、スマラグダは自分の意志で村の犠牲になることを決心する。作中において肉体の快と恋愛を享受することを非難する直接的な描写はないが、スマラグダの犠牲によって「橋が鉄とな」り棟梁の業が清められたように、[108] 肉体的快楽への耽溺は死につながるも、この死によってこそ芸術家、あるいは作家は自分の業を完成させることができるという、「肉体を精神に聖変化させる」という『蛇と百合』に見られる発想が継続して見られる。

本作は、ギリシアに見立てられた橋とギリシア社会に見立てられた村を救うために名士が口にする、「誓おうじゃないか。『運命』が望む者が誰だろうと、いや、私であろうと、この私自らの手で村を救うためにその者を死に捧げよう。一人を犠牲にして幾千人が救われる方がよいではないか！　民全体が死に絶えてしまうのだから、その者も本望であろう！　そやつが死に、この死によって不死に至るのだ……！」という台詞に見られるように、[109]棟梁は実際スマラグダを犠牲に捧げ、スマラグダは村を守るために我が身を捧げたというプロットで描かれている。これは前章で見たマケドニア地方を巡る領土紛争とメガリ・イデアへの献身、及び自己犠牲を促す文脈の中に位置づけられることが自明である。

パリ留学後の青年期に書かれた作品として見ると、舞台と時代をオスマン統治期に設定しているが故に、古代ギリシアという要素が直接作中に現れることはないが、肉体への快と死による昇華、或いは「肉体を精神に聖変化させる」という、留学以前より見られ、後の作品に受け継がれていく要素と、（ここではナショナリズム的文脈においてではあるが）第六章で詳述する犠牲という要素の両方が取り込まれており、カザンザキスの精神的な歩みを十分に証するものとなっている。しかし、確かに『棟梁』は賞を受賞し賞金を獲得する等一定の成果を収めたが、ドラグミスに感化され若者たちに犠牲を呼びかけたという観点から見ると、文学雑誌の書評などで本作が取り上げられることもなく、[110]カザンザキスの呼びかけに他のギリシア人の若者たちが応えた事例は見られなかった。この点でドラグミスのようにギリシアのために「犠牲」を捧げるように呼びかけるという面でも、且つカザンザキス本人がギリシアのために自己犠牲を捧げるという点でも（バルカン戦争において、彼は自分自身を犠牲に捧げることができなかった）、完全に失敗したのであり、[111]彼はこれ以降、ナショナリズムと決別したと本人が述べる一九二三年に至るまで、プロパガンダ的な要素を含む作品を再び書くことはなかった。

翻訳と教育

カザンザキスにとって、翻訳と教育は口語推進運動において結びつく。彼は一九〇九年のソロモス協会と一九一〇年の教育委員会において教育現場における口語使用の促進という形で政治活動に参加し始めた。パリに留学しナショナリズム的関心を持つ以前より、『蛇と百合』や「夜が明ける」のような口語による芸術作品を生み出し続けてもいた。特に、一九一〇年の『崩壊した魂』における『イリアス』からの引用では、『イリアス』の古典本文からではなく、新約聖書の口語訳において大きな非難を浴び口語推進派の重要人物とみなされていたアレクサンドロス・パッリスの手になる口語訳から引用しており、口語主義者の立場を一層明確に表明している。[112][113]

前節で見たように、一九一一年よりベルクソンやダーウィン等の西欧の思想を口語に翻訳することを通して紹介するという一種の啓蒙運動を行いつつ、一九一四年には妻のガラティア・アレクシウ（カザンザキ）と共に子供向けの書籍の創作を行っている。これは文語でなくとも、口語が十分に高度な思想を扱い、芸術性の高い創造を行うのに適した言語であることを示し、結果としてドラグミスの提唱する口語が未来のギリシア文化の創造を行うのに適した言語であるというテーゼを証明し、実現するものであった。カザンザキスは、ナショナリズム的立場を放棄した後も口語によって子供向けの本を書き、そしてダンテの『神曲』（一九三四）や『イリアス』の口語による現代語訳（一九四一）を行う等、生涯この姿勢を貫いた。

三．一九二〇年以前のカザンザキスのギリシア観

本章第一節で見たように、一九〇六年の「世紀病」の段階では、カザンザキスのギリシア観に関して古代ギリシア崇拝が見られる。そして古代ギリシアがルネサンスを通して西欧に新しい文明を花開かせたことに言及し、[114]この文明の延長に自分自身を位置づけている。カザンザキスはここでは依然、自身がどのような位置づけによっ

て、例えば同じくヨーロッパ人として、或いは都市に住む近代人、或いはブルジョアジーとしてこの西欧文明の中に位置づけられるのかに関する意識は有しておらず、またこれに関する考察も行ってはいない。オスマン帝国統治下のクレタ島に生まれたにもかかわらず、古代ギリシアを媒介に自分自身が素朴にヨーロッパ近代の文明圏の中に属する者であることを自明視しており、この段階ではまだ近現代ギリシアが古代ギリシアの真の末裔なのか、或いは古代ギリシアと近現代ギリシアがどのように結びつけられるのか、という理論を展開することはなかった。専ら『蛇と百合』に見られるように、現代のアテネ住まいの芸術家を主人公に立て、[115] ギリシア神話など古典古代のイメージとモチーフを多用することで「古代ギリシア」と作家、或いは芸術家としての自分とのつながりを作品の中で描いただけであった。

しかし、一七年のスイス滞在時のカザンザキスが親類のアンゲラキに宛てた書簡では、西欧文明への失望と、東方への関心の芽生えを書き留めた記述が見られる。一九一七年一一月一五日付のチューリッヒからの書簡で「ここで私は素晴らしき我が民族の満ち満ちた意識を得て、この地の輝かしき表面からこの西欧文明［ο φραγκικός πολιτισμός］の全てが滅び去る時に、私たち東方人［εμείς, οι Ανατολίτες］こそが再び生の種というものを再生させることになるのだろう。東方人たる私はここに留まり、希望の新しい縦糸という古い布を食べるために、蜘蛛のように自分の心を食べようではないか」と記述している。[116] ここにカザンザキスにおいて初めて自身の起源を「東方」に結びつける発言が見られる。ここで西欧と訳されている単語は「フランク」或いは「フランギア」（η Φραγκιά）とこれに派生する語に由来するものであり、元来は中世において正教圏に対し天主教圏を指す言葉であったが、イタリア以西の「西欧」を指す言葉として使用されるものである。このようなカザンザキスの発想は、前章までで見てきた啓蒙主義以降の近現代ギリシア人の発想、すなわち西欧の文化的祖先である古代ギリシアを理論的に自分たちの直接の子孫として位置づけることで自分たちが西方世界に位置づけられる存在であり、アジア・東方的な要素をギリシアの中から排除するとともに、西方たるギリシアが文化的に劣った東方を啓蒙し、またその過程で同化したり併合したりするべき存在なのだという思考とは、大きく異なるものである。

　また、一九一七年一二月五日付で同じくチューリッヒからアンゲラキに宛てた書簡で「西欧［Φραγκιά］はもはや私たちに与えるものを何も有さず、イスラーム教の魂が跪拝するかのように、私たちの魂の全ては礼拝する時には東方［Ανατολή］へと向けられ」[117]、「私は今や自分自身がアフリカのクレタ島の、アラビア人たちの子孫であることが分かった。神よ、私たちの血が今尚生き、統べ治める東方を旅させてください」と書き送っている[118]。この書簡では更に東方の内実が具体的に描かれるが、それはイスラーム教と結びつけられた「アラビア」であり、「アフリカに位置するクレタ島」である。ここでの「東方」においては、東地中海世界のアラビア・中東[119]とアフリカ、そしてクレタ島が漠然と意識されている。

　この時期は、カザンザキスがスイスに滞在していた時期であり、彼の同国での動向を明らかにしてくれる史料が乏しいことに加え、この書簡や周辺の書簡にこれに関連することを書いておらず、なぜカザンザキスが突然このような自身の起源を肯定的に東方に結びつける発想を持つにいたったのかを明らかにすることはできない。おそらく、一九一四年以来のアトス山滞在とギリシア各地の旅行を通して、長らくオスマン統治下にあり東方の習慣が色濃く残る現実のギリシアを目にし、またスイスという習慣の異なる西ヨーロッパの国に滞在したことで彼我の区別を意識せざるを得なくさせられたのかもしれないが、証拠はなく推測の域を出るものではない。なお前章で見たように、一九一四年にはドラグミスが日記において自分自身のアイデンティティーについて「ギリシア系ロシア東方人」と記述しており、西欧とは異なりギリシアとロシアには東方の魂があるのだと記していたが、一九一七年のカザンザキスの東方に関する記述にはロシアの要素は見られないばかりでなく、カザンザキスが後の人生においてドラグミスのこの記述に触れてもいなければ、管見の限り一九一四年以降ドラグミスと面会した記録も残っておらず、ドラグミスから受けた影響であるとも考えにくいのである。

こうして、カザンザキスの中で初めて東方が意識されていくことになるが、上記で見たようにここでの東方は「アラビア」であり、「アフリカに位置するクレタ島」であった。未だロシアや極東を意識したようなものではなく、加えて対象は「アフリカに位置するクレタ島」であってギリシアではなく、確かに依然としてギリシアと東方を結びつける発想やギリシアの東方性の探求にまでは及んでいない。しかし、ここにヨーロッパ・西欧中心主義的な世界からの逸脱と、併合すべき領土やともすると同時代の西欧人やギリシア人たちから野蛮とみなされていた東方に対する肯定的な視点、そして東方を自身のアイデンティティーに組み込もうとする発想が現れたことは、重大な転機としてみなすべきであろう。

四．小括

本章では、カザンザキスのギリシア・ギリシア人観を明らかにするために、一九二〇年以前に見られたカザンザキスのナショナリストとしての活動と作品を分析した。当初カザンザキスは、口語推進活動及びナショナリズム的政治活動の面でヴェニゼロスやドラグミスの影響のもとで活動をしていたが、結局は積極的にドラグミス派にもヴェニゼロス派にも属さず、ドラグミスの死とヴェニゼロスの失脚を契機にナショナリズム的な活動から距離を取るようになっていった。

また、カザンザキスが一九〇六年の「世紀病」等においては西欧文化や古代ギリシア崇拝を有していたことがうかがわれた一方、一九一七年には自身のアイデンティティーを東方にも位置づけようとする発想が芽生えてきたことを明らかにした。このようなギリシア人としての自己のアイデンティティーをアラビアというアジアやアフリカ世界に求めようとする発想は、前章まででで見てきたギリシア啓蒙主義者やギリシアの西洋化のイデオロギーの中にあった他の多くの思想家たちには考えられないものであり、カザンザキスに独特な、東方をその内に含むギリシア観の端緒になっていくものである。

次章では、ギリシア・ナショナリズムからの離反ののちに東方への関心が増していき、カザンザキスが一九二〇年代前半には社会主義者として実際に活動し、更に共産主義に興味を示し始めていったこと、またロシアや極東を含む東方という西欧とギリシア外の世界への関心が増大し、更に自身のアイデンティティーを東方に位置づけようとする思考が加速したことを明らかにしていきたい。

第五章　独墺期におけるカザンザキスの脱ナショナリズムと脱西欧化の思想

本章では、カザンザキスがドイツとオーストリアに滞在した一九二二年から一九二五年までの時期の文学作品と政治活動を取り上げ、この時期にメガリ・イデアに代表されるギリシア・ナショナリズムを捨て去り、社会主義と共産主義へ傾倒すると同時に、東方への関心の高まりと脱西欧化の思想の芽生えが見られることを明らかにする。

より具体的には、一九二二年はメガリ・イデアの最終的な頓挫を意味する「スミルナの大火」[1]の発生した年であり、本章で確認するように、カザンザキスも大きな衝撃を受けた。ドイツとオーストリアに滞在する以前をナショナリストとして過ごしていたにもかかわらず、彼はこの歴史的事件に対し政治的な関心を示しはしなかった

＊本章の注は三六六ページから掲載している。

のだが、この時点までにギリシア・ナショナリズム的な思想を捨て去っていたということを、妻ガラティアに宛てた書簡の分析と、特にドイツにいた時期にナショナリズムとは毛並みの大いに異なる社会主義や共産主義的な政治活動に関与した彼の動向を援用しつつ示したい。またこの時期に書かれたと推測されている哲学作品『饗宴』の分析を通して、この時期には前章で見たギリシアの起源を東方に結びつける発想と、次章以下で見る脱西欧を志向する思考と東方への関心の深化が見られることを論証する。

一．独墺期のカザンザキスの動向

本節では、カザンザキスが一九二〇年九月の選挙におけるヴェニゼロスの敗北後に西欧を訪れ、後のオーストリアとドイツでの生活を経て、一九二五年一〇月にソヴィエト・ロシアに赴くまでの大まかな動向について記述する。尚ここでのカザンザキスの動向も前章第一節で紹介した伝記及び先行研究に基づいて記述する。

独墺滞在以前（〜一九二二年五月）

一九二〇年一二月二〇日にパリからベルリンに向けて出発したカザンザキスは、一九二一年の大部分を旅行に費やした。一月はドレスデン、ライプツィヒ、ヴァイマール、そしてニュルンベルクとミュンヘンを訪れている(2)。一月二四日にはウィーンを訪れ、ここからオーストリアの他の都市とイタリアを経由して二月六日にアテネに帰国し、六月まで当地に滞在する。七月には戯曲「キリスト」を執筆し、八月の間はクレタ島に帰郷して、再びアテネに戻っている。また一二月二三日にはメソロンギを旅行している(3)。

一九二二年一月末には、アンゲロス・シケリアノスと共にエピダヴロス、ミキネス（ミケーネ）、ティリンタ、アルゴス等ペロポニソス半島を旅行している。[4] 五月にはユーゴスラヴィアを経由し、四ヵ月ほどの滞在のためにウィーンに向けて出発した。[5] このように、厚生省を辞職してウィーンに滞在を始めるまでの時期は、主に旅行に明け暮れており、特に長期にわたる執筆や政治活動に携わることはなかった。

オーストリア滞在期（一九二二年五月～一九二二年九月）

カザンザキスは、一九二二年五月一九日にウィーンに到着した。ここでは彼の思想的主著であり、次章で詳細に内容を分析することになる、カザンザキス自身が「純粋に神学的で新しい作品」と形容する『禁欲』の構想を練り始め、[6] 並行して戯曲「仏陀」を書き始めた。[7] また六月には文芸雑誌『ネア・ゾイ』に戯曲「オデュッセウス」を発表している。[8]

六月から八月にかけて重度の皮膚病に罹患してしまったが、[9] この中でも八月七日にはこれまで十分に触れることのなかったアジアの文化とロシアの文化に関する書籍を購入し、特にロシア文学に関する研究書を購入して読んだことを妻のガラティアに手紙で書き送っている。[10] またフロイトや仏陀に関する著作、[11] またゴーリキーやルクセンブルクの著作、そして共産主義系の雑誌を購読している。[12] この読書体験に見られるように、ギリシアで過ごしていた時期よりその関心が更に多岐に渡るようになり、妻への手紙の中でもギリシアに関する記述が減少し、むしろここで得た新しい知識に関するものが増加している。

ここで注目すべきは、カザンザキスと社会主義や共産主義との出会いが、ギリシアで読んだ書籍や人脈を通してではなく、ウィーンで得た書籍や人脈を通してであったということである。というのも、ギリシア共産党の設立は一九一八年四月であり、[13]ヴェニゼロスとイオン・ドラグミスの影響を離れる一九二〇年以前に、反ユダヤ・反共産主義的なヴェニゼロスの強い影響下にあったカザンザキスがギリシアで共産主義や社会主義に触れていたとは考えにくく、現に一九二二年以前においてカザンザキス本人による共産主義や社会主義に関する言及は管見の限り見られない。

ドイツ滞在期（一九二二年九月～一九二四年一月）

一九二二年九月一日、カザンザキスはベルリンに移動し、当地ではヴァイマール体制下でのインフレーションに苦しむドイツの実情を目の当たりにすることになる。そして同月九日にはベルリンで「スミルナの大火」により小アジアのギリシア領が失陥したことを耳にすることになった。[14]独墺期以前にカザンザキスが傾倒していた、メガリ・イデアの崩壊をも意味する「スミルナの大火」に対する彼の反応は次節で扱いたい。

一〇月初旬には、ベルリンで教育改革に関する会議（Tagung Entschiedenen Schulerformer）に出席し、[15]ポーランド系ユダヤ人のラエル・リプシュタインやその友人たちと面識を得、「アラビアのニコス」と署名している。[16]一六日から一八日には、ベルリンで前衛的な文芸雑誌『ノヴァ・グラエシア』の創設に向けた研究を共に行っていたディモステニス・ダニイリディス[17]とドレスデンで「性教育会議」に出席した。[18]特にベルリンでの教育に関する会議では主催者たちと接触したことをカザンザキス本人が明らかにしているが、この会議の具体的な内容やどのような人物がその場に出席していたのかは明らかにしていない。[19]また一二月まで急進的な社会主義者たちと接触し、運動にのめり込み始めた。[20]

また、ベルリンでも旺盛な創作活動を継続しており、一〇月から一一月には創作していた戯曲「仏陀」を放棄し新しく一から書き始めている。[21] アレクサンドリアの文芸雑誌『ネア・ゾイ』に戯曲「ヘラクレス」の原稿を送ったが、結局刊行されることはなく未だに原稿も見つかっていない。[22] 一二月末には『禁欲』を書き始めている。年末に妻ガラティアに宛てた手紙の中で、カザンザキスはロシアに行こうとしていることを言及しているが、人脈、手段、時期、目的については触れなかった。[23]

一九二三年の一月から三月はベルリンに滞在し、四月初めには『禁欲』を書き終えて再び「仏陀」に着手する。[24] またゲオルギオス・パパンドレウ[25]によってギリシアの図書館の館長職就任を斡旋されるも断っている。[26] 五月一日には王宮の前やホーエンツォレルンの像の前で行われた共産主義者の集会に参加し、ヴェニゼロスの影響下に留まっていれば考えられなかった左翼的な政治活動の場に身を置き続けている。[27]

同年六月から最終的にドイツを離れるまでの間、ドイツ国内旅行に時間を費やしている。六月にドルンブルク、ナウムブルク、ヴァイマールの順に出かけ月末にベルリンに戻っている。[28] この旅行の中でも政治的な活動も行っており、七日付のドルンブルクからの手紙の中でウィーンの共産主義者やベルリンの共産主義者、知識人、芸術家たちと連絡を取り合っていることを報告している。[29] 七月半ばには再度ナウムブルク、バルト海のプショヴへの旅行に出発する。八月には、南へ赴き、ミュンヘン、ウルム、ローテンベルク、ニュルンベルク、バンベルク、ルドルフシュタットを最後に八月八日にベルリンへという経路で旅行している。[30] 一一月から一二月初めには妻のガラティアがアテネからベルリンを訪問している。彼女がギリシアに帰った後、ギリシア学者のカール・ディートリッヒ[31]と『禁欲』の翻訳について相談している。[32]

一九二四年一月初旬は、再びドルンブルクとナウムブルクを訪れ、一月一八日よりイタリアを訪れ、ドイツを後にすることとなる。[33] 尚、ビーンの指摘によると、カザンザキスがこのベルリン滞在中に決定的な影響を受けたのがオズワルト・シュペングラーとレフ・シェストフ[34]の思想である。カザンザキスは、シュペングラーより文明というものは必ず滅びるものだということを学び、これ以前に親しんでいた彼のベルクソンに対する「新しい組織というものは絶えず生じるものであり、私たちの使命はこの生成を助けることである」という理解と合わせ、悲観的（シュペングラー）且つ楽観的（ベルクソン）な文明の生成観を得たとビーンは指摘している。[35]

更に、ビーンの指摘によるとシェストフからは、アルベール・カミュの引用を引きつつ、「シェストフにとって理性は無力であり、理性を越えた何かがある」ということを学んだとしている。[36] このシュペングラーより得た歴史における生起の理論とシェストフの非合理主義と自発性、そして魂への神秘主義的な信頼こそが、ベルリンにおけるカザンザキスの主要な学びの成果であった。[37]

ドイツ滞在とその後（一九二四年一月〜一九二五年一〇月）

一九二四年一月一八日、カザンザキスはイタリアに向けて出発する。ナポリやポンペイを訪れ、二月七日には未来派の作家フィリッポ・トンマーゾ・マリネッティに面会している。[38] 二月二二日から二五日までローマに滞在する。その後四月一三日までアッシジに滞在し、ここで戯曲「仏陀」を書き終え、当地でヨハネス・ヨーエンセン[39]を通して、アッシジの聖フランチェスコの生涯と思想に触れる。[40] 四月一三日から二九日まで、ラヴェンナ、ヴェネツィア、パドヴァを旅し、再びヴェネツィアを訪れたのち列車でブルンディジへ向かい、そこから船でギリシアに向けて出発する。五月五日から七月五日までアテネに滞在している。[41] この間、五月一八日には後に二人目の妻として結婚することになるエレニ・サミウ（カザンザキ）と出会った。八月には郷里のクレタ島・イラクリオに帰郷し、ここで現地の共産主義運動に関与していくことになる。

一九二五年二月五日には、イラクリオの聖ミナス大聖堂の前で共産主義者による大規模な集会が行われ、カザンザキスも自身の書いた文書の故に二月一四日に逮捕された[42]。この文章は『ネア・エフィメリス』誌に投稿されたが、そこで彼はギリシアにおいて階級闘争が実現していないことに触れ、ギリシア人の啓蒙と倫理性の改善のために教育の改革を「我々の義務」として訴えた[43]。またキリスト教の教義になぜ十全に従うことが出来ないのかという主題でも同誌に投稿している[44]。また一九二五年の七月にアテネに向かうまでの冬の間、カザンザキスは叙事詩『オディッシア』を書き始め、六章までを執筆している[45]。この一〇月一三日にソヴィエト・ロシアに派遣されるまでの間、エギナ島やキクラデス諸島などの島々を旅している[46]。このように、特にベルリンで知った社会主義及び共産主義のカザンザキスへの影響は甚大であり、独墺期以前に傾倒していたナショナリズム的運動には一切の関心を示さず、左翼活動の故に逮捕されたり、またソヴィエト・ロシア政府より革命一〇周年記念祭に招待される程までにのめり込んでいく。

次節では、ナショナリストであれば政治的な観点で何かしらの民族主義的な発言をしたであろう、メガリ・イデアの挫折を意味する「スミルナの大火」に示したカザンザキスの反応を見ていこう。

二．「スミルナの大火」への応答とメガリ・イデアの払拭

本節では、一九二二年の「スミルナの大火」とメガリ・イデアの挫折に際し、カザンザキスがこの「スミルナの大火」をナショナリズムやギリシアとトルコの政治問題としてではなく、人類の倫理に関する問題として捉えていたこと、そしてこの反応の中には同時期に書かれたカザンザキスの思想的主著『禁欲』の思想に繋がっていく要素が見られることの二点を明らかにする。

「スミルナの大火」と人類

前章で見たように、独墺期以前のカザンザキスはメガリ・イデアに共鳴するナショナリストに近い立場に立って政治活動や執筆を行っていた。しかし、厚生省を辞して以降はナショナリストとしての活動は見られず、ウィーンに滞在中には仏教や心理学の吸収に精を出すと共にルクセンブルク等の書籍を通して社会主義にも触れたり、またベルリンでは実際に社会主義者や共産主義者たちと関係をもったり、会議やデモ活動に参加したりし、その関心はナショナリズムを離れ多岐に渡っていた。「スミルナの大火」の発生した時期にカザンザキスが妻のガラティアに宛てた手紙を見ると、そもそもこの事件についてほとんど言及せず、領土や政治的な観点からの発言もしていないという点を指摘せねばならない。[47]

ここからは、一九二二年九月に妻ガラティアに宛てた「スミルナの大火」に言及した書簡を具体的に分析する。カザンザキスは、この出来事を一方的にギリシア側の視点に立って政治・外交的な観点から表現するのではなく、ギリシア人とトルコ人が犯した人間性への罪として表現していく。例えば、「ギリシア人とトルコ人が小アジアで行った虐殺と不名誉に関して、文明化された世界に対してだけではなく（もっとも今日そんなものは存在していないが）、人類の使命に対しても抗議することのできる、ギリシアに居住しているギリシア人に私たちはなっていなければならなかったのだろう」[48]及び「ギリシアを純粋なままに保っておこう。少なくとも私たちだけは、私たちの心の中で。［中略］ギリシア人たちの[49]犯した不名誉はトルコ人の犯したものに匹敵する。遠慮なく言わせてもらえば、今私たちの関心を捕らえているのは人類だ。ギリシア人とトルコ人はこの人類の価値を貶めたのだ」と書き送っている。[50]つまり、カザンザキスはギリシアとトルコ間における政治紛争をギリシア人の立場という一方的な立場から非難するのを避けたにとどまらず、この「スミルナの大火」を二国間の政治的な問題としてではなく、人類に不変な倫理の問題として取り扱っているのである。[51] このような倫理という観点からカザンザキスは「もう一つ言っておけば、ギリシアというのは何人かの人々、いや、ごく極めてわずかな人々のことを指している。ギリシアの価値はそのような人々にかかっている」と書いているが、[52] これは決してギリシア王国の領土獲得運動の失敗という政治的な観点からなされたものでないことは明らかである。

このように、カザンザキスは「スミルナの大火」についてそもそもあまり言及することがなかったのだが、ナショナリズムや政治の問題としては捉えずに、人類に普遍的な倫理の問題として捉え直している。そしてカザンザキスはこの同じ手紙の中で更に一歩踏み込んで、「スミルナの大火」を受けた倫理に関する考察を『禁欲』の思想に結びつけていく。一九二二年よりカザンザキスが構想を練り始めた『禁欲』は、彼の思想的主著と目される哲学的著作であり、以後の全ての作品の思想的基礎となる作品であり、次章で『禁欲』の内容を各章ごとに詳細に分析していく。

ナショナリズムから左翼思想、或いは『禁欲』の思想へ

本項では、カザンザキスが「スミルナの大火」に関して妻ガラティアに宛てた手紙の中に見られる『禁欲』的要素について言及する。一九二二年九月の手紙で「もし日々の細々とした細部に引きこもってしまうのであれば、ギリシア民族のたどったこの全冒険を、私たちの小さな生涯に比べればはるかに広大な時間間隔の中に定立することはできやしないだろう。私は、自分の心の叫びを越えて、私の生きる時代の外側に人類の激動を見ているのだ」[53] 及び「……だがもし私たちが目的を定めねばならないのなら、物質を精神に聖変化［μετουσιώνουμε］させる、とでもしておこうか。このギリシア人たちの不幸は後になって、もっと後の世代に、次の二つの内のどちら

かの結果をもたらすことだろう。今のギリシア全体の破滅となるか、ある叫びの血と涙に養われた上昇と開花であるか」と書き送っている。[54]

まず一つ目の引用に言及されている「叫び」(Κραυγή) は、次章で詳しく分析することになる思想的主著『禁欲』の中で「神」として表象される存在であり、また第一三章で分析するように、後年特に一九四五年からのギリシア内戦期に書かれた作品では文学上のライトモチーフとしての役割を果たす。つまり、現実の歴史事件としての「スミルナの大火」を、「叫び」や「叫び」に促された「上昇」という自身の『禁欲』の用語と思想を通して理解し描写しているのである。

また二つ目の引用に言及されたギリシアの目的、或いは使命としての「物質を精神に聖変化させる」という思想は、『禁欲』の中で「物質を精神に、つまり物質を自由にすることで神を救うことになる」と表現されるように、[55] 神の救済という『禁欲』の最終目標に位置づけられているものである。

ここまでをまとめると、「スミルナの大火」の前にウィーンで社会主義や共産主義、そして心理学や仏教等のナショナリズム以外の思想を学び始めていたカザンザキスは、「スミルナの大火」に対し、一九二〇年までに属していたギリシア・ナショナリズムの政治的な立場やメガリ・イデアの観点から発言しはしなかった。ナショナリズムではなく人類の倫理の問題として「スミルナの大火」を理解すると共に、「スミルナの大火」の後ベルリンで書かれ、その後カザンザキスの思想的バックグラウンドとなっていく『禁欲』の思想の重要な概念である「叫び」と「上昇」の思想の中で「スミルナの大火」を捉え直そうとしたのであり、青年期に傾倒したギリシア・ナショナリズムの思考は見られなかった。

三.『饗宴』分析及び脱ナショナリズム脱西欧思想の芽生え

本節では、「スミルナの大火」とドイツ滞在後に書かれたと推定されている『饗宴』(Συμπόσιον)を取り上げ、登場人物たちの対話を通して表現されるカザンザキスのナショナリズムに対する考え方の変化と、西欧崇拝を捨て去り東方への関心を膨らませていく過程が見られることを論じる。

『饗宴』執筆の推定時期について

『饗宴』は、カザンザキスの死後一九七一年に出版された短編小説であり、彼の生前に発表されることはなかった。[56] 故に、正確な執筆年代が特定されておらず、先行研究によって執筆推定時期が異なる。執筆時期を最も早く推定しているものにカラリスの研究が挙げられる。彼は、ガラティア・アレクシウの妹のエリ・アレクシウの発言を踏まえつつ、『饗宴』で用いられる文体と象徴から推測して執筆時期をアトス山に滞在していた一九一四年から一九一五年の少し後に設定している。[57] 次に、カザンザキスの二人目の妻となるエレニは、『饗宴』が一九二二年にベルリンにおいて『禁欲』と同時に書かれたことは確かである、と述べている。[58]

しかし、他の研究のほとんどはプレヴェラキスの一九二四年の九月から一二月の間にクレタ島で書かれたという指摘に準拠しているが、[59] ビーンはもっと広く一九二四年から一九二六年のどこかで書かれたのだろうと述べている。[60] 本書でも、他の先行研究と同じくプレヴェラキスの指摘に従って、『饗宴』は一九二四年の冬に書かれたものとする。

『饗宴』のあらすじと登場人物

同作の舞台は、ギリシアの海辺の小さな家のテラスの、夏の夕の食卓であり、[61]時代設定は、ギリシアとブルガリアのマケドニアでの領土紛争が描かれていることより、一九世紀後期から二〇世紀初頭と推定される。あらすじは、主人公のアルパゴスがコズマスとペトロス、そしてミロスという三人の旧友を舞台となる家に招き、昔の思い出と旧友三人の活動について話をしつつ、最後にアルパゴスがこの「饗宴」の目的である長広舌の「告白」を行うという三章構成の物語である。主人公のアルパゴスはカザンザキスが反映された人物であり、第二章においてコズマスとペトロスという旧友の思想と活動を最終的に否定しつつ、第三章ではアトス山での体験やアルパゴスの見た神へと至る神秘的な光景について物語る。

コズマスはメガリ・イデアに心酔した人物であり、ブルガリア人との領土闘争下にあったマケドニア地方において教師を務め、ギリシア人子弟の教育に当たっていた。[62]モデルにはイオン・ドラグミスが反映されているとされる。[63]また、ペトロスは西欧文明と古典古代の崇拝者で芸術と美を追求する詩人であり、アンゲロス・シケリアノスが反映されている。[64]最後はミロスであるが、カザンザキスの実際の学友の一人がモデルであるが、彼はギリシアの精神的潮流において活動した人物ではない。[65]

作中の特に第二章において、コズマスとペトロスの思想と活動を「饗宴」の会話を通して描写し、二人の思想の問題点を指摘し、これを乗り越えるためにアルパゴス＝カザンザキス自身の思想を述べる。つまり、カザンザキスは、コズマスとアルパゴスの対話を通してドラグミスのナショナリズムと行動主義を、そしてペトロスとアルパゴスの対話を通して耽美主義と西欧崇拝を乗り越える思想を提示している。次項以下では、それぞれコズマスとペトロスの人物像の分析を通して、カザンザキスのギリシア・ナショナリズムからの決別と脱西欧化の思想について論じる。

コズマス表象の分析

本項では、作中におけるコズマス表象を整理し、主人公アルパゴスがどのようにコズマスの思想と行動を理解し、そして乗り越えていこうとしたのかを分析することで、カザンザキスとドラグミスの関係、ひいてはカザンザキスによるギリシア・ナショナリズムと政治的行動主義への決別を確認したい。

先述の通り、コズマスの職業は教師であるが、第一章でミロスの口を通してなされる最初の言及で「コズマスは人間という堕落しきった次元に身をやつし、自分の実践と思想に均衡をとらせようと、そして大地の怠け者のロバをその疾風の鼓動と調和するように駆り立て戦っている」と描写され、ナショナリストとして表象される前にまずは「世紀病」にも見られたギリシア的な徳である調和を実践と思想の中で達成しようとする人物として表象される。[66]

また、コズマスの教師という職業は、単なる職業である以上にメガリ・イデア達成のためのギリシア人子弟の教育を目的としており、民族のための政治行動であり一つの「実践」であった。この実践のため「私がギリシアを救うのだ」という信念のもと、[67] ブルガリア人地区でメガリ・イデアの「宣教師」(ιεραπόστολος)として命の危険を犯した行動に身を捧げ、また教育を通してギリシア人の若者たちにギリシア人としてのアイデンティティーを確立させ、メガリ・イデアの戦いのために彼らを駆り立てていたのであった。[68] しかし、アルパゴスはこの実践の中にも同時に民族の探究と深く結びつく要素があるのだと理解しており、コズマスに対し、妥協は君の高い本性に相応しくなく、ある日、君は賢者たちの微笑を軽蔑しながらこう言った。「私がギリシアを救うのだ」。

しかし抽象的に祖国と言ってみたところで君の肉食性の魂を養うには及ばない。君はその肉体をもって直にギリシアに触れることを、ギリシアの泉から飲み、山々や城壁を踏破し、島々とルメリで、そしてバルカンの高地とさらに遠くアナトリアの奥地で、ギリシアの魂［τις ρωμαίικες ψυχές］に均衡を取らせることを望んでいたのだから。[69]

と語りかける。表面的には単なる政治活動にも見える教師という職業、或いは実践の根底には、紙で得た知識だけではなく実際に肉体をもってギリシアを感じ、ギリシアの「調和」或いは「均衡」を実現しようと欲する意志が存在している。つまり、アルパゴスはコズマス自身の自己理解を度外視し、彼を単なる政治活動家としてみなすのではなく、「ギリシアとは何か」を探求する思想家として一目置いているのである。

そしてアルパゴスは、ギリシアとは何かを深く探求し、またギリシアの救済のために身を捧げていたコズマスによる「私がギリシアを救うのだ」という政治的活動、或いは実践が、神――カザンザキスが『禁欲』で描いたのと同じ意味における神――を求める道であり、自分自身の救済に繋がる行動だったのだと理解している。尚、本項ではアルパゴスとコズマスの対話を理解するのに必要なものを『禁欲』から引用するが、先述の通り『禁欲』の分析については次章で細かく論じる。アルパゴスは、「君は『私がギリシアを救うのだ』と考えていたが、それは結局『私が私の魂を救うのだ』ということなのだ。君は犠牲と忍従に満ちた民族への愛に焼き尽くされながら、自分自身の完全性のために身を燃やしている」とコズマスの民族運動、或いは実践の本質を見ている。[70] これは第三章で見たドラグミスの言う「もし私たちがマケドニアを救うために駆けつけるなら、マケドニアが私たちを救うであろうことを諸君は知れ」にも通じる発想であり、自分自身の救済のためには自分を救済する救世主を救済せねばならないという『禁欲』の定式にも合致する。[71]

アルパゴスは更に続けて「コズマス、望もうが望むまいが、君もこんな悪路を通って神の山を登ってくれていることを私は何も口に出すことなく喜んでいる。なぜならいつも神性の本質というのは、私たちが物質を打ち壊し、私たちの不揃いの跳躍を荒々しい一つの律動に従わせる闘いだからだ」という言葉をコズマスに投げかけており、[72]アルパゴスはコズマスの民族主義的な行為と政治的な実践が、根本のところで自身の神を求める道と通底しているのだと告白する。なぜコズマスの実践とアルパゴスの道が一致しうるのかは次章第三節の「心と民族」の項で詳述するが、ここで述べられる「神の山を登る」という行為は、『禁欲』で描かれる、自分自身と神の救済のためになされる「上昇」であり、[73]結果的にコズマスのナショナリズム的な行為やメガリ・イデア実現のための実践も『禁欲』の思想の中で理解されていることが明らかである。

しかし、メガリ・イデアの現実と政治的実践に身を捧げていたコズマスには、自分がアルパゴスのいう神を求めた戦いや「上昇」の道をたどっているつもりは一つもなかった。故に、アルパゴスはコズマスに対し「秘儀の第一段階に立ったのは君だが、君の果たすことのできなかった上昇を恐ろしい戦いと共に超えるべく戦ったのが私だからだ」という言葉を語る。[74]つまり、アルパゴスは、コズマスが政治的実践にのみ意識を向けるばかりで、自身の実践の真の価値である「神の道を登っている」ことも、自分自身の救済を実現しつつあることも理解していないのだと非難している。アルパゴスにとって「ギリシアの目的」を探求することは、各々の「戦いの本質」である「神」を探求し「解放」を得ることに他ならず、[75]故にアルパゴスはコズマスに対し「君は自分の闘いが奉仕している全目的をまだ生きることができていないからだ。ただそれを求めれば、君は自由を得る。なぜならそれを生きることで、君自身の全目的を成すことになるのだから」とコズマスのギリシアの深い探求と政治的実践が有する真の価値に存することに気づくように自身の思想を告白したのだった。[76] しかし、コズマスはアルパゴスに対し皮肉を込めて笑い、「君は新しい宗教でも探しているのかい?」と突き放してしまう。[77]

このようにアルパゴスとコズマスを通してカザンザキスは、ドラグミスのギリシアの探求とギリシアのためになされる、その身を犠牲に捧げる実践を高く評価していることを示したが、それは前章で見た青年期のカザンザキスのようにメガリ・イデアの達成やナショナリズムの故にではなかった。ドラグミスは、その民族的な実践が『禁欲』的な神論と救済に関わるが故にカザンザキスの先駆者なのであり、「私たち二人の魂はよく似た律動で歩んでいる」のであった。[78] ギリシア・ナショナリズムの思想の観点からではなく、『禁欲』やカザンザキスの宗教観の中にイオン・ドラグミス思想の理解が包摂され始めていたので、「スミルナの大火」でのカザンザキスの反応でも確認したように『饗宴』においても、カザンザキスの関心がもはやギリシア・ナショナリズムやメガリ・イデアの実現にはなく、『禁欲』に見られる思想や或いは他の思想に移行していることが見受けられる。

ペトロス表象の分析

本項では、『饗宴』のペトロスの表象を分析する。ペトロスには、西洋文明の祖として古代ギリシアを捉え、そしてその古代ギリシアの末裔である近現代ギリシアという意識で著作を続けたアンゲロス・シケリアノスが投影されている。ビーンは、カザンザキスが『饗宴』を通してシケリアノスの耽美主義的な態度を避けようとしていると述べているが[79]、彼はアルパゴスのペトロスに対する批判の中にカザンザキスの脱西欧的な思想と東方への傾倒が見られることは指摘しておらず、本項ではこの点を中心的に論じたい。

同作中においてコズマスになされたようには、ペトロスの経歴や活動に言及されないが、彼は第一章でミロスによって「ペトロスはもっと危険で反抗的な敵、人間の手をすり抜けていくパルナッソスの獰猛な雌馬とあらゆる息遣い、そして襲歩たる――言葉と戦っている」と言われる詩人である。(80)

『饗宴』第二章において、アルパゴスとコズマスの対話の後に、星々の光の下で漁船がリズミカルに櫓を漕ぐ音と凱歌のような女性の歌声が聞こえ出す場面がある。そこでペトロスが突然この歌声に対し、私たちの理性(του νου)が制御することのできないでいる「世界の本質」であり、「不死の声」が叫び声をあげている、と言い始めるところからペトロスとアルパゴスの対話が始まる。(81) ペトロスは作中で理性によって「世界の本質」や「不死の声」という不合理なものを制御することができ、また自身の詩歌という芸術的「創造を通して虚無に勝利し、物質を永遠たらしめ不死の水を見つけ」、「世界を生み出す」こともできると信じており、(82) 理性と芸術の力に全幅の信頼を寄せる人物として表象される。

アルパゴスは、このようなペトロスの理性と芸術の万能性への信頼に対し異議を唱え、彼に対して、

> 君も西欧［η Φραγκιά］の関心事に惑わされ、病気にかかったように叫び声を上げながら女性を賛美し、或いは勇気、悲しみ、退屈を歌っている。そして西欧の風に震えながら君は今死んだ神々を温め直しているのだ。
>
> だが西欧だって過ぎ去ってしまうのだよ！　彼らの神々は地に倒れて破片になってしまったではないか！　主よ、主よ！　私よりも西欧を――論理と腹の崇拝、浅知恵、ご都合主義的でちっぽけな確実性を――憎んだ者がいるだろうか？
>
> 西欧が過ぎ去ったからと言って、誰が喜び踊り出すだろうか？　幾千もの不信心な者たちが死んでしまったが、再び、東方［στην Ανατολή］に、私たちの大地に、生に新しい意味を、新しく情熱的な希望を与えると

　いう最上の責任があるではないか[83]！

と言って非難した。しかし、ペトロスがアルパゴスに対し反論することはなかった。アルパゴスはペトロスのほとんど無批判に西欧に追従していく態度を「西欧の風に震えながら君は今死んだ神々を温め直している」と揶揄している。このアルパゴスの、ひいてはカザンザキスの西欧に対する疑念と距離感というものは、前章で見た一九一七年にアンゲラキに宛てた手紙にも見られるものであった。この引用の中に見られる、アルパゴスにとって忌避すべき西欧的要素は、「論理と腹の崇拝、浅知恵、ご都合主義的でちっぽけな確実性」という、理性的推論への固執と個人の欲求の追求にまとめられ得るだろう。ただしカザンザキスは『饗宴』において、アルパゴスに託して理性と個人を克服すべき西欧の問題点として述べてはいるが、この段階では十分にまだカザンザキスの中でそれらが主題化されていない。西欧の問題をカザンザキスがどう検討することになるかは、より具体的に、理性の克服については本書の第六章で、そして西欧的個人の有する問題点と解決に関しては第一二章で見ることになる。

　このペトロス或いはシケリアノスの過度の西欧への傾倒に対し、アルパゴス或いはカザンザキスが提示する解決法は、「東方に、私たちの大地に、生に新しい意味を、新しく情熱的な希望を与えるという最上の責任」を担うことである。ここで「私たちの大地」は「東方」と表現されており、文脈的にも西欧に対置されるものとして置かれている。つまり、アルパゴスは東方であるギリシアと西欧の間の距離を強調し、無理やりヨーロッパの一員、或いは西欧社会の一員として理解されるギリシアではなく、東方的な要素も含むはずのギリシアそのものを探求するように促しているのである。故にアルパゴスは「粘土でできたギリシア［ρωμαίικη］の心の中で、私は新しく奇抜な、そして純朴でもある文化を感じ取り、腐敗を招く西欧の心を超えて新しい最上の希望の顔を選び出して捉えるためこの岩で毎日戦っているのだ」と述べるのである。[84]ギリシア人の使命は、西欧の文化を奴隷的に模倣することではなく、ギリシアそのものを深く探求し研究することであった。

ペトロスとアルパゴスの表象を通して描かれる、西欧社会との断絶と東方への接近を含むカザンザキスのギリシア理解、或いはギリシア人としての自己理解は、前章で見た一九一七年の手紙に見られる東方への憧憬や、本章第一節で確認した「スミルナの大火」の後に教育に関する会議で行った「アラビアのニコス」という署名にも十分に表れていた。

四．小括

本章を通して、メガリ・イデアの崩壊と「スミルナの大火」に直面したカザンザキスが示した反応を、主に独墺滞在期の伝記的な事項を整理しながら示した。妻ガラティアに宛てた手紙や『饗宴』の分析を通して、カザンザキスがギリシア・トルコといった枠を超えた倫理や、ギリシア・ナショナリズムといった政治的な関心を離れて思想的主著『禁欲』に見られる思想に基づいて「スミルナの大火」を理解しようとしていたことを明らかにした。カザンザキス本人が一九二三年までがナショナリズムに耽溺していた時期だったと述べていたが、[85]確かにこの時期を境にメガリ・イデアやギリシア・ナショナリズムといった「表面的」なギリシアに縛られた思想とは距離を取り、関心が汎人類的で哲学的な方向に移行したのであった。[86]また、ギリシア・ギリシア人観に関しても、『饗宴』で確認したようにギリシアを東方に関係づける思考と過度な西欧崇拝を拒否する思想が推し進められ、一九一四年以来のアトス山滞在で見られたギリシアそのものを深く追求しようとする願望が深化していた。そして一九二五年にはギリシアと同じく東西の中心であり、人類的な歴史の中心になっていくとカザンザキスがみな

していたロシアに赴くことになる。(87)

カザンザキスのソヴィエト・ロシアでの体験とロシア文学の研究から受けた影響、またカザンザキスの東方観の発展については第七章で論じるが、その前に、次章で彼の思想的主著である『禁欲』を詳細に分析してみたい。

第六章

思想的主著『禁欲』分析

本章では、カザンザキスの思想的主著『禁欲』の思想内容を分析する。カザンザキスは『禁欲』を彼の思想の全てが表現された著作だと理解しており、本書第七章以下の章で見ていくように、以降の彼の作品の全てが『禁欲』の思想に基づいて執筆されており、その思想は極めて重要である。本章では、同書の思想内容を確認する前に、まずは同作の基本情報を確認し、次いで具体的に『禁欲』の内容を章ごとに分析し、特に「理性と心」や「心と民族」、そして「『禁欲』における英雄」という個別の主題について論じる。最後に、ギリシア正教の神学を援用しつつ、『禁欲』の思想に見られる「上昇」と「自由」について論じる。

*本章の注は三六二ページから掲載している。

一・『禁欲』の基礎情報とカザンザキス思想の中での位置づけ

本章で扱うカザンザキスの思想的主著の原題は、ギリシア語でΑσκητική、日本語では『禁欲』或いは『修道』と訳し得るものであり、副題はラテン語でSalvatores Deiであり日本語では「神を救う者たち」という作品である。[1]

前章でも確認したように、『禁欲』はベルリンにおいて一九二二年末から翌年四月初めにかけて書かれた散文であるが、[2]一人目の妻ガラティアとの手紙によると既に同年夏には本作の構成準備が行われていた。[3]一九二七年夏に文芸雑誌『再生』において公に刊行された。[4]一九二八年には修正を加えた上、「沈黙」の章が付け加えられた。[5]また一九三六年にフランス語で執筆された小説『石庭』では、一九二八年版の『禁欲』の本文全体が数カ所に分割されて収録されており、著者本人が『禁欲』の本文全体のフランス語訳を行っている。最終的には第二次世界大戦後にペンデリス・プレヴェラキスに捧げる形でアテネにおいて出版された。[6]尚この版には、ジャニオ＝リュストが「信条」(Le Credo)と呼ぶ大文字のみで書かれたエピローグが付され、[7]このエピローグまでを含めて『禁欲』の全体とされている。

同作品の重要性についてはカザンザキス本人が再三直接言及している。ジャニオ＝リュストによると、カザンザキスが『禁欲』のスウェーデン訳を作成したクネス(Börje Knös)に宛てた手紙では「その後私が書くことのできた全てのものは『禁欲』の注釈と説明に過ぎない」と書かれている。[8]他にも一九五七年にフランスのジャーナリストであるピエール・シプリオによってなされた対談では、後述する『禁欲』の主要概念「叫び」(η Κραυγή / le Cri)に結びつける形で、「私が創作したもの全て――小説、劇、詩――は全てこの「叫び」の注釈に過ぎません」とも述べている。[9]

このように、若干の修正と別作品への組み入れの末に二回新しい章が追加されたものの、内容そのものは書き換えられることなく、本書で明らかにしていくように『禁欲』以後に出版された小説やエッセイは全て『禁欲』の哲学と思想が反映されている。つまり『禁欲』は、カザンザキスの文学作品を理解する上で最も重要な作品である。フランスのギリシア研究者であり、クセジュ文庫『近現代ギリシア文学史』（一九五三）の著作で知られるアンドレ・ミランベルは、カザンザキスの死の翌年にあたる一九五八年五月一三日の仏希委員会の会合で、本作が、他者に薦める前に自分が前もって生きた助言と考察を含む哲学作品であり、これに対し副題として「思考と行動の技術」（L'art de penser et d'agir）を与えるのがふさわしいだろうと発言している。[10] 先行研究でも、ジャニオ＝リュストはこの作品を「純粋に神学的」と評価し、[11] またプレヴェラキスが与えた「哲学活動は『禁欲』をもって終了した」という評価に賛同している。[12] 次節以下では具体的に『禁欲』の構成とその思想を分析する。

二．『禁欲』分析

先述の通り、『禁欲』の副題は「神を救う者たち」（Salvatores Dei）である。この副題の通り、本作では「神の救済」と「人間自身の救済」が黙示文学の形で物語られる。言うまでもなく「神の救済」という概念はキリスト教では考えられもしない概念であり異端的、或いは異教的である。本章第三節で後述するように、この「神の救済」という概念はカザンザキスが生まれ育ったギリシアで信仰されている東方正教の中にその萌芽を求められる可能性を多分に有するものであるが、文学的なモチーフとしては彼が大きな影響を受けたニーチェの「神は死んだ」に由来しよう。[13] そしてこの作品は、論理的な論証を通してではなく後述の「光景」を黙示文学的な文体を通して描くことで、カザンザキスの神論・形而上学的思想を宣言している。

この作品は序文と五つの章、そしてエピローグで構成されている。そして五つの章は「準備」、「前進」、「光景」、「実践」、「沈黙」という名前が与えられており、カザンザキスにおける人間の意識の発展の段階を表している。以下にその内容を述べる。

「序文」

カザンザキスは序文において作品の導入として、自身の思想の背景となる世界観と作品を通して語られる人間の義務を提示する。この序文は唐突に「私たちは漆黒の深淵からやってきて、結局は深淵へと戻っていく。その間の明るい隙間を私たちは生［Ζωή］と呼んでいる」という書き出しから始まる。[14] ここで描かれる生の中で生きる私たちの儚い肉体の中では、「統合、生、不死への上昇」と「解体、物質、死への下降」という二つの交わることのない流れ、或いは跳躍が争っている。[15] そしてカザンザキスがここで提示した私たちのなすべき義務は、この本来交わることのない二つの跳躍を包含し調和させる「光景」を掴むことであり、この「光景」に合わせて自分たちの行動と思想の両方を適応させていくことである。[16] このように、序文において自身の思想の背景としての世界観と実際にこの世界を生きる人間のなすべき義務が宣言され、この世界観の中で物語が展開していく。

「準備」

この章は、「一つ目の義務」と「二つ目の義務」、「三つ目の義務」という三つの節で構成されている。

「一つ目の義務」と「理性」

この「一つ目の義務」の節は、語り手である私による「私が見て聞いて、味わって匂いを嗅ぎ、そして手に触れているものの全ては、私の理性［του νου μου］が生み出したものである」という言葉から始まる。(17)ここで理性と訳したνοῦςは知性とも訳し得る言葉ではあるが、この理性は私が現実の感覚世界で対面する対象の全てを、存在を欠いたものとして独我的に表象し、「自分の脳が消えれば天も地も消え失せ」てしまい、結局は自分の外には何ものも存在せず、自分だけが存在するのだと宣言する。(18)この理性は自身の力の及ぶ境界の内では「絶対の合法的君主」であり、「その王国の中には他のいかなる権威も存在しない」程に強大であるが故に、まず私たちの「一つ目の義務」は理性の力の限界と理性が対象とする範囲の境界線を見極め、その内に留まることなのだと説かれる。(19)

だが「序文」の項で見たように、カザンザキスが提示した、相矛盾する二つの潮流が存する生というのは、実際にこの現実世界の中に存在するものであり、肉体と感覚を有する人間の中で展開される。これは理性が作り出した抽象的或いは素材を欠いた世界とは大きく異なるものである。故に「一つ目の義務」の章の最後では、「現象の中で理性の全能と、現象を超えた先での理性の無能を明らかにせよ――救済を求めて動き出す前に。さもなければ、救済を得ることなどできはしない」(20)と告げる「閃光が私の中を走り」(21)、理性の境界を越えていくように促す「二つ目の義務」の前触れが告げられることになる。

「二つ目の義務」と「心」

「一つ目の義務」において、救済のために理性を乗り越えていくように促されるが、この理性と現象の境界の超克を担っていくのが心（η καρδιά）である。ここで示される二つ目の義務が「私の義務とは何か。肉体を砕き、目に見えないもの［τον Αόρατο］と一つになろうと飛び込むこと。目に見えないものの叫び声が聞こえるように、理性は沈黙するだろう」と述べられる。[22]

理性は自分が作り出した、自身で制御可能な領域から出ようとしないが、[23]心は現象の背後に隠れている「戦闘的な本質」［η μαχόμενη ουσία］と一つになるために理性と肉体を超えようとする。[24]こうして、「目に見えないもの」と呼ばれる理性や感覚を超えた何かとの合一と、その結果としての救済を得るための戦いが始まる。

「三つ目の義務」と「希望」の放棄

「二つ目の義務」の章において「私は理性を超え神聖な心の断崖に震えながら立っている。片足は安全な地にしがみつき、もう片方で深淵の暗闇の中をくまなく探しまわっている」と描写されており、[25]「三つ目の義務」の章では「すぐに心はまた血まみれになってしまい、希望を失って大いなる恐怖に捉えられる」と書かれる。[26]そこで「三つ目の義務」として、自己の領域の中に留まり続ける理性と、境界の先の「目に見えないもの」との合一を目指すも恐怖を感じ躊躇してしまう心を越えて先に進んで行く「前進」が提示される。[27]この「前進」においては、その先に「『目に見えないもの』や救済が存在するのだ」という希望を抱かず、報酬や最後の成功がなかったとしてもとにかく「前進」していくことが求められており、「あなたの義務は穏やかに、希望を捨て、そして大胆に、深淵へと舳先を向けることだ。そしてあなたは、何も存在しない！と言わねばならない」のだと宣告される。[28]

ここまで見てきたように、「準備」の章においてはこの『禁欲』の目的が提示されていた。ここで提示された「義務」は、自身の行為の成功や不成功を打算的に計算する「希望」を捨て、「目に見えないもの」と呼ばれる理性や感覚を超えたものとの合一と救済を得るために「前進」することだと説明されよう。続く章においては「前進」や「目に見えないもの」、そして「救済」の内実がより具体的に明らかにされていく。

「前進」

この「前進」の章において、私の内側から響いてくる「助けてくれ！［Βοήθεια!］」と訴えかける「叫び」と共に「前進」が始まることになる。(29) ここで提示される義務は、この唐突に表れた「叫び」に耳を傾け、この叫び主が誰なのかを明らかにし、彼を自由にするために戦うことだと述べられる。(30)「叫び」によってこの「前進」の章以降の『禁欲』の物語が始動していくが故に、「叫び」に耳を傾けなければ「前進」は始動しない、という構造になっていることには注意が必要である。

そして助けを求める「叫び」は、この「叫び」に耳を傾けた者に「上へ！　上へ！　上へ！」（Απάνω! Απάνω! Απάνω!）という形で「前進」を促していく。これにより、「前進」が上へと向かう「上昇」（τον ανήφορο）であることが示される。(31) この「叫び」は次項以下で見ていくように、作品を始動させ最後までプロットを牽引していく役割を担わされる。(32)

「前進」の「四つの階梯」

前項で見た「前進」は「上昇」であり、この「上昇」には、「自我」、「民族」、「人類」、「大地」という四つの階梯がある。この四つの階梯を駆け上がっていくことで、「叫び」が「上昇」、つまり「救済」のために「前進」していく物語が始動する。

「上昇」の一つ目の階梯は、「自我」である。「人間の心全体が一つの『叫び』である」のだが、(33)「助けてくれ！」

と言う「叫び」は、「この世界に根を持たないオーロラ」のような存在ではなく、[34]身体を持ち現実にこの世界に生きている個人の心の中に起こるものである。[35]そして「叫び」はこの個人に対し、「私こそは『叫び』、お前の主たる神だ。私は避け所ではない。家でもなければ希望でもない。父でもなければ息子でもなく、また聖霊でもない。お前の将軍だ！」と告げる。こうして、「叫び」が神という属性を持つものであり、[36]この神が「叫び」に耳を傾ける者に「上昇」に加わるように促していたのだということが明らかにされる。[37]

二つ目の階梯は「民族」(*η ράτσα*) である。前段階の「自我」の段階においては、「叫び」は自分一人に語りかけ自分一人の領域に属するもののように描写されたが、実際にはこの「叫び」に耳を傾ける者一人に対してではなく、自分を通して自分の属する民族全体に語りかけ民族全体に属するものなのだということが明かされる。「叫び」に耳を傾けた者が、自分が何かを語っていると思う時にも、実際には自分の心を通して「数世代後の無数の世代」が語っているのである。[38]この民族とは、ビダル＝ボディエが強調しているように単なる観念でなく、過去の歴史とまたこれからの未来において実際に「肉と血」という存在を有するものであり、自分自身がこの民族の一員として、子が父を越えていくように民族を栄えさせるべく生きることが自分の目的なのだと語られる。[39]ここでは、「あなたの血統の全体が救われないとするならば、如何にしてあなたが救われようか。あなたと同じ民族の一人が失われたならば、彼が同じ消失へとあなたを引き込むだろう」と語られ、自分自身の救済と民族の救済が同一視されると共に、自己の領域が自分だけから自分と自分の属する民族へと拡張していく。[40]

三つ目の階梯は「人類」である。ここで「叫び」が語るのは、自分だけでなければ民族だけを通してでもなく、「白色人種、黄色人種、黒色人種」を含む多くの世代を含む「人類」を通してなのだということが明かされる。[41]「叫び」に促されて戦う「戦士たちは照らされ、あなたの心と混ざり合い、彼らが自分の兄弟だと分かるようになる」[42]。「上昇」を続けていく自己の領域が、更に全人類にまで拡張していく。

最後の四つ目の階梯は「大地」（η γης）である。私の心を通して助けを求める「叫び」が「個人」から「民族」、そして「人類」全体にまでその範囲を拡張していることを確認してきたが、ここではこの「叫び」が水や木々、動植物といった自然から神々と観念までを含む「大地」に属しているということが示され、私の心の中で「大地」の記憶が展開されていく。(43) こうして「叫び」に促された「前進」は「叫び」を聞いた個人だけでなく、「民族」から「人類」を経て森羅万象を象徴する「大地」にまで行きわたり、「上昇」は全てを巻き込み永遠に続いていくことになる。カザンザキスにとって、「叫び」はあらゆるものに関係し、また「大地と天の小さな所で、私は神の叫びを聞いた。助けてくれ！」と述べられているように、森羅万象全てに神が存在し、「叫び」は全てのものをその射程に含めているのである。(44)

「光景」

前項では、「叫び」に促されて始まった「叫び」の救済のための「上昇」について確認した。この四つの階梯を踏んだ「上昇」は、この「光景」の章において、

あなたは体という小さな天幕の中で戦ったが、その闘技場はあなたにとっては狭かったようで息苦しく、飛び出してしまった。
あなたは自分の民族で野営し、手と心を一杯に満たし、あなたの血でもって恐ろしい先祖をよみがえらせ、死者、生者、まだ生まれていない子孫たちと共に戦うために歩みだした。
突然、全民族があなたと共に動きだし、人間による聖なる軍隊があなたの後ろに再編され、全地が野営地

のようにどよめいた。

あなたは上昇し、高い頂上からあなたの脳の回の中に戦闘の作戦図が拡げられ、全遠征軍があなたの心の神秘的な野営に溶け込んでいった。

そして後ろから動物と植物が人間の前線への補給隊として隊列させられた。今全地があなたの上で摑まれ、あなたの体となり混沌の中で叫ぶ。[45]

としてまとめられ、また「この絶対的で原始的な律動は、『目に見えないもの』がこの大地を歩む際の、目に見える行進である。植物、動物、人間、これらは神が一つ一つ踏みしめ上昇するために創造した階段の一段である」と表現される。[46]
また同章では、この「上昇」を通して進行していく一本の線が「赤い線」（κόκκινη γραμμή）として表現される。[47]この「赤い線」は神の全ての跳躍の内で人間に摑むことのできるものであり、闘いながら物質から植物へ、植物から動物へ、動物から人間へと上がっていく赤い血にまみれた線として描写され、[48]また後の「実践」の章では「目に見えないもの」の「前進」の跡として表象される。[49]つまり「序文」で見た私たちが摑むべき「光景」が、救済に向けての「上昇」であり、「赤い線」であることがここで明かされたのである。
しかし、この「赤い線」として描かれる「上昇」を求める『叫び』＝神」は、自分が求めた救難信号に応じたあらゆるものを捨て去ってでもさらに「前進」を続けていこうとする存在であり、このことは「来た――偉大な喜びと苦しみ！――私たち先駆者が置き去りにされる瞬間が！」という形で表現される。[50]故に当然のことながら、自分たちの救済もなく、自分たちに犠牲を強いるばかりで何の益も「希望」もない戦いになぜ参与せねばならないのか、またこの「上昇」を呼びかける「叫び」に聞き従う必然性があるのか、と理性がここでも疑念を差し挟む。[51] このような問いそのものが「この戦いの目標は何か。これこそ、『偉大な息』が人間の時間と場所、そして因果性の内で働くことはないということを忘れている、常に利己的で哀れな人間の精神が問うこと」だと断じられる。[52]

この「叫び」に従うことはまさしく「義務」であるが、「もしあなたがあなたの腸を二つに裂くこの『叫び』を耳にしていないとするならば、あなたは動いてはならない」と述べられているように、[53]「叫び」に人間が従うのは必然ではない。ここにはカザンザキスにとっての否定的な意味での「自由」、或いは任意性がある。この「上昇」の戦いには論理性も希望も存せず、[54] この「叫び」の救済のための戦いに身を投ずるかどうかは、打算的な「希望」を捨て、「叫び」を聞いた者が自分の意志でもって「自由」に選択しなければならないのである。

「実践」

「実践」の章は、「神と人間の関係」と「人間と人間の関係」、そして「人間と自然の関係」の三つの節からなる章である。まず「神と人間の関係」において、「叫び」と人間の関係が示されるが、ここから見ていこう。

ここで言及される「実践」は、心の提示する問に答えを与えるものであり、「最後の、最も聖なる理論の形態」であって救済のためになされる「実践」だと表現される。[55] この「実践」によって提示される義務は、「神の前進の律動を解明し照らし出すことではなく、むしろ可能な限り、私たちの儚い生の律動を神の前進に調和させていくこと」であり、[56]『叫び』を聞いて神の旗の下に走り寄り、神と共に戦うことである」。[57] 神は私たちに助けを求める存在であり、私たちが神の「叫び」に耳を傾け、共に「上昇」し始めなければ神は救済され得ない。つまり「もし私たちが自分自身の闘いで神を救うことができないのなら、神は救われない。神が救われないのなら私たちも救われることはあり得ない。私たちは一つであ」り、[58]「神を救うのか、或いは一緒に破滅してしまうのかの二者択一」だということになる。[59]

この神は確かに「不死なるもの」であるが、[60]この神は全能でも聖なる存在でもなく、危機にさらされた存在である。[61]「叫び」を耳にした人間はこの「叫び」の「動員」に応じ共に「上昇」し、[62]物質を精神に、つまり物質を自由にすることで神を救うことができると作中で説かれる。[63]こうして神の救済を達成することで人間も救済されることになり、死すべき人間も永遠なるものに参与することができるようになるのである。[64]

次にこの神の救済のために求められる人間の取るべき行動、或いはカザンザキスの倫理観が示される。私たちと森羅万象が一致した時に現れる最上の倫理は責任と犠牲である。[65]ここで語られる責任は、自分たちが皆一つであり、皆が危険にさらされていると感じることである。[66]世界の至る所で誰かが神の救済のために戦っており、「たった一人。もしその一人が失われたなら、その責任は私たちにある。もしその一人が失われたなら、私たちも一緒に消え去ることだろう。こういうわけで、森羅万象の救いは私たち自身の救いでもあり、人間たちの連帯は単なる贅沢な喜びではなく、深い自己保存であり必然である」と述べられる。[67]

ここで人間は、神の前に同じ目的と自由な立場をもって「自由のために戦う神の道具」として連帯し、[68]神のために、また神のために戦う他者のため常に自己を犠牲に捧げる覚悟をしておかねばならない。[69]そして神を、また自分自身を救い出すために、人は自分自身に備えられた道を辿らねばならない。その道は或る者には美徳であるが、或る者には悪徳である。たとえその道が一般的な道徳観では非道徳的なものであったとしても、神の救済のために定められているのであり、その悪徳を神のために実行せねばならない。[70]

この「上昇」の階梯を進む「叫び」の本質は、自由の享受そのものではなく自由を求めて戦うことである。[71]つまり、「最良の徳はあなたが自由であることではなく、むしろ自由のために戦うことである」と表現される。[72]ここでは戦いの果てに手に入る、成果としての自由が重要なのではなく、自由を求めて神と共に戦うことそのものが目的なのである。これをクマキスは、人間の理想状態が「自由である」ということではなく「自由のために戦っている」ということであり、自由とは生起した状態のことではなく、生起すべきものに他ならない、という形で表現している。[73]

神の本質とは戦いであり、神は「上昇」し、神のために戦った私をも捨て去って「上昇」を続けていく。そして「叫び」に耳を傾け、神の「上昇」を助けるために戦った者は、この神によって見捨て去られるという運命を英雄的に受け入れなければならない。「神は自分の好きな形で、例えば踊り、愛、宗教、殺戮、将軍、王、ブルジョワジー等の形で人間の下に下った。そこで人間は諸文明を生み出し、神性を自由にした」。[74] そして個々人はこの人類や世界の形を取った営みの中で、上述の責任と犠牲を引き受けなければならず、自分自身の能力に応じて、自分自身の救済のために、神の自由に貢献しなければならない。この点で「叫び」を耳にした人間は、神の自由と救済のために戦う「神の救世主」と言い得るものであった。[75]

「沈黙」と「エピローグ」

カザンザキスの『禁欲』の最終段階として登場するのが「沈黙」である。[76]「神＝『叫び』」に耳を傾け、この「叫び」と自分自身の救済のために戦った者は、最終的に自分の戦いを終えることになる。そして自分自身は森羅万象へと溶け込んでいくことにより、自身が出てきたところの深淵（η άβυσσος）に還り、絶対の自由を享受する。[77] そして自分自身を置き去りにした「叫び」は次の世代の耳を傾ける者と共に「上昇」を続け、世代から世代へとこの戦いは永遠に受け継がれていく。[78]

三．考察

ここまで『禁欲』の全体像の概観を行った。以下では、更に理性と心の関係、心と民族、そして最後に『禁欲』における英雄について詳細に論じていきたい。

理性と心

本項では、前節で見たカザンザキス思想における理性と心の差異を明確にし、心と物質・身体との関係を確認したい。ハジアポストルの指摘では、他のカザンザキスの作品でも重要な主題の一つである肉体と精神の関係性が、『禁欲』においても重要な主題の一つになっているが、[79] 本章では以下に見ていくようにこれを理性と心の問題として整理する。まず、『禁欲』における理性と心の重要な差異は、「上昇」を経た「救済」に関与していくのが理性ではなく心だということである。[80]

『禁欲』で言及される理性或いは知性は、前節でも見たように νους であり、秩序や原因、或いは同じく理性を表し得る Λόγος（ロゴス）ではない。[81] そしてこの『禁欲』で描かれた理性は、自身が対象にできる具象性を欠いた独我的観念の領域の外に出ることのない個的なものであり、自身の領域の外に存在する対象に対しては無力なものであった。いっぽう、カザンザキスにとって神、或いは叫び、及び外界世界と物質は現に存在するものであって議論の必要のない所与のものであり、[82] 人間も現に連動しあう精神と肉体を持った所与の存在として理解されていた。[83]

自己の外部世界を具象性や存在を欠いたものとして表象してしまう理性は、自身の境界の内に留まり真に存在する外界の事物に働きかけないという点で、決定的に救済の「上昇」に関与することができない。[84] というのも、「上昇」は「自我」を越えて、この世界のあらゆる事物を含む森羅万象までの現実に質量と具象性を備えた存在を上っていくものであり、また救済には「物質を精神に変える」或いは「物質の精神への聖変化」が含まれているというところより、「叫び」の「上昇」には物質世界と身体性が前提されているからである。この「物質を精神に聖変化させ自由に至る」という発想は、第四章で確認したように『蛇と百合』より見られる発想であるが、前章で見たように一九二三年のギリシア民族主義との決別や西欧文明への疑念を通してギリシアの使命として挙げられ、これと同じ時期に『禁欲』というカザンザキスの思想を展開する謂わば「理論書」に取り入れられたのであった。[85] 確かにこの「物質を精神に聖変化させ自由に至る」という主題の中では、物質と肉体は二次的であり、むしろ精神の方が重要だと思われるが、物質界の現実を避けてしまう理性のみでは、精神を聖変化させるための素材たる物質・肉体を欠いてしまい、「上昇」が起こりえず救済は達成され得ない。つまり、物質と身体が「上昇」と「聖変化」の必要条件とされており、まずは物質と身体が確保されなければならない。

抽象的で個的な存在である理性とは異なり、「叫び」の声を聞いて「上昇」を通して物質や自然・世界を含む万物を対象とし、また理性の働きを補完し訂正する役割を担わされるのが心である。[86] 独我論的で非物質的なもののみを対象とする理性は、カザンザキス思想の中ではまず「心」によって乗り越えられるべき存在であり、「救済」に対して貢献するところがないものである。その一方、「救済」に対して重要な働きをなすのが「心」であり、物質と肉体の「精神への聖変化」及び一者たる「叫び」への合一を意味する「上昇」において重要な役割を与えられていたのであった。

心と民族

次に、この心と民族の関係について説明する。「叫び」そのものであり、また「上昇」を担っていく心は、初めは個人の自我という範囲に留まっているが、「叫び」の求めに応じて個人を超えて民族、民族から人類、そして人類から自然を含む森羅万象へと一つの全体の範囲を拡張し、全てを巻き込みながら「叫び」へと合一し「上昇」していく。つまり民族は、この個を全体へと縮合させていくという思想において経るべき一段階として登場しており、また理性ではなく心がその対象とするものである。つまりカザンザキスは、個人に対して民族を一つ上位の全体として提示している。この「叫び」への合一の過程の中で民族も一つの乗り越えられるべき過程ではあるが、『禁欲』では「上昇」の過程において必ず通過しなければならない一段階であり、この民族の段階を経ることなしに人類全体や森羅万象を動員させる「上昇」を促すことはできない。『禁欲』においてカザンザキスが民族の定義や民族という概念の深化を行うことはないが、本書序論におけるカザンザキスの「文体論」で見たように、個別の民族性を経ない普遍性、或いは現実の歴史や風土に根を有さない普遍性は「百貨店」の文体として退けられており、カザンザキスにとって真に普遍的なものとは、作家の民族性を深化させ、それを突き抜けた時に現れ出てくるものであった。

　また前章で見た『饗宴』のコズマスの表象においても、確かに彼は自民族中心主義的な側面を有してはいたものの、この自民族中心主義を越えてギリシア民族に固有な使命と徳を探求し、ギリシアをその肉体を通して深く知ろうとするが故に意図せずして「神の山を登り」、「物質を打ち壊し、私たちの不揃いの跳躍を荒々しい一つの律動に従わせる闘い」という『禁欲』的な道を歩んでいるのであった。民族は、人類に真に普遍的に価値を有する作品を執筆するという観点においてだけでなく、『禁欲』における「上昇」においても、必ず通過すべき救済の階梯の一つとして不可欠なものであった。

『禁欲』における英雄

『禁欲』における「英雄」概念の役割を確認するため、まず作中で「叫び」が担わされていた役割について確認しよう。「叫び」は、これに耳を傾けることのできた人間を「上昇」へと動かす力のようなものであり、カザンザキスの思想と物語の出発を促しつつ『禁欲』の中で物語全体を牽引していた。そして『禁欲』で示された「実践」における最大の倫理は責任と犠牲であったが、グネラスは『禁欲』の世界観において人間になし得る救済或いは解放（λύτρωση）のための最高の「実践」とはまさに「死ぬこと」であり、この「死ぬ」という行為によってのみ人間は永遠という状態に至ることができるのだと指摘している。[87] カザンザキスは、「叫び」に耳を傾けて我が身を犠牲にし、神の救済と自由を実現するために戦って「叫び」のために死ぬ者を英雄と捉えているのだと解釈される。

確かに『禁欲』において直接「英雄」という言葉は登場するが、この言葉が大文字で使われ、特殊な意味を持つことが示唆されることはない。しかし、「私があなたにふさわしいと信じている狭きもの［τα στενά］を勇敢につかめ。それを手放してはいけない。あなたには義務があり、そしてあなたは自分自身の場所にとどまることで英雄になることができるのだ」という言葉に見られるように、[88] 英雄は助けを求める「叫び」を聞けば、戦わねばならないという自身の「義務」を受け入れ、最終的にはこの「叫び」に見捨てられることになると知っていても、これを受け入れ神と自分自身の救いのために戦うのである。そしてこの英雄は自分が生まれ、育った世界、民族の中で、自身の持てる力を尽くして死ぬまで戦い、この死を通して、人間が生まれた「深淵」と「沈黙」へと還り、不死に至ると述べられる。そしてグナラスは、カザンザキスがこのような「叫び」に従って死ぬことによって不死、或いは永遠に至る英雄を彼の文学作品に、とりわけ『ミハリス隊長』で描いたと指摘しているが[89]、本書の第一三章で見るように、「叫び」が作品のプロットにまで影響を及ぼしている内戦期の『兄弟殺し』と『キリストは再び十字架にかけられる』においても、本項で検討を加えた英雄像が色濃く反映されている[90]。

四．カザンザキス思想と正教神学

本節では、前節までに検討した『禁欲』における「上昇」と「自由」に関して、主に正教に見られる「参与」(μετουσία)と「神人協働」(συνεργεία)の用語を用いながら、さらなる分析を加え、西欧の神学や哲学との比較で捉えられがちなカザンザキスの哲学・神学思想にも、ギリシア古代末期や中世の思考が深く反映されていることを論じたい。

まず、カザンザキスを東方正教的な伝統の中に位置づけて解釈しようとする近年の先行研究を紹介したい。カザンザキスのキリスト論を正教の観点から論じた研究としては、マリア・ハジアポストルの『ニコス・カザンザキスにおけるキリストの顔』が挙げられる。更に、カザンザキスの『禁欲』の思想と正教の神学を結びつける研究に絞ると、パメラ・フランシスの「ニュッサのグレゴリオスを通してカザンザキスを読む」が挙げられる。フランシスは、カザンザキスを正教の文脈で読む根拠として、第四章で確認したようにカザンザキスがイラクリオで学生生活を送っていた期間に、『東方正教の教義』を著し後にアテネ大学で定理神学の教授職を務めることになるフリストス・アンドゥルツォスに影響を受けた可能性を挙げている[91]。つまり、カザンザキスが生まれ育った環境で十分にギリシア正教に触れる機会があったはずなのに、この影響がカザンザキス思想を論じる上で考慮されていないことを批判した上で、特に四世紀に活動したニュッサのグレゴリオスとカザンザキスの思想を比較し、カザンザキスの「上昇」や「自由」の典拠を東方正教に求めている。[92]

本書では、正教の神学理解に関してはメイエンドルフの先行研究に依拠しつつ、フランシスの研究を援用して『禁欲』の「上昇」と「自由」を分析する。

「上昇」と「神人協働」そして「神の救済」

本項ではまず『禁欲』における「上昇」概念について、そのモチーフを正教神学の中に見出すことができることを論じ、正教に見られる「参与」と「神人協働」の概念が『禁欲』の中に用いられる観念とどのように関わっているのかを論じたい。

前節で指摘したように、「上昇」に関与するのは「理性」ではなく「心」であった。アテムは、カザンザキスがギリシア内戦を主題に執筆した小説『兄弟殺し』における「キリストが蘇る唯一の方法は、心の中にある」という記述について、オリゲネスや告白者マクシモスら教父たちの「言葉」(Verbe)の魂における誕生に関する定式を思い起こさせると述べており、救済における「心」の重視に関して正教的な影響がここに見られることを指摘している。[93]

またフランシスは、「神化」に至る過程をニュッサのグレゴリオスが「上昇」と見做していたことを指摘し、カザンザキスの「上昇」のモチーフの典拠の一つとして指摘している。[94] ニュッサのグレゴリオスに限らず、例えば告白者マクシモスも「神化」に至る段階の一つに「上昇」を数え入れている。[95] またメイエンドルフは、ビザンツ・正教神学の中心的直観認識に関して、人間というものが神との「交わり」によって規定される力動的な存在であり、そしてこの関係が「上昇の過程」として理解されていると記述している。[96] 換言すると、人間の本来的状態の回復、つまり人間が救済に至るためには神との「交わり」という「参与」が必要であり、この「参与」を経て救済へと至る過程を「上昇」として理解しているのである。これに関し更にメイエンドルフは「上に向かって開かれた神の像」である人間が自己を超越し、神との「交わり」の中で「神化」を達成していくという見方を提示している。[97] 特にプロテスタントを中心とした西方の神学では、人間の救済においては人間の側の努力や意志は必要ではなく専ら神の恩寵により救済される教理も存在するが、この「参与」において人間は救済のために神との「協働」を自分の意志で自由に選択することができる存在であると理解されている。この「参与」と「協働」による救済観は、ニュッサのグレゴリオスの思想に限らず、カザンザキスが一般に東方正教から受けた影響とみなすことの方が理にかなうように思われる。

　カザンザキスにとってこの「上昇」の道は、その書名『禁欲』が示す通り「禁欲」であった。この作品の中でカザンザキスはたったの二度しか「禁欲」という単語を用いていないが、その内容が明らかになる仕方で描写されているのは、以下に示す一ヵ所だけである。

> 各々は自分を救済へと導く自分自身の道を有している——ある者には徳、またあるものには悪徳。[中略] むしろ私たちの [救済のための] 前進を追い求めよう。[98] セイレン [Σειρῆνες][99] を捕まえて、私たちの船の中に投げ込み、彼女たちと共に旅に出よう。戦友よ、これが私たちの新しい禁欲 [η καινούρια Ασκητική] だ!
> 神は私の心の中で叫ぶ:私を救え!
> 神は人間、動物、植物、物質の中で叫ぶ:私を救え!
> あなたの心の声に耳を傾け、その声に従え。あなたの肉体を粉々にして、視力を取り戻せ:

私たちはみなひとつだ[100]！

この引用箇所に、カザンザキスの救済への「上昇」と「禁欲」の関係が良く現れていよう。ここでセイレンは救済への前進と「上昇」を妨げる誘惑を表している。前節でも触れたように、この誘惑は、「上昇」の理由を問う理性であり、助けを求める「叫び」に耳を傾けるのをあらゆる手段を用い妨害しようとするものである。しかしこれらの妨げを振り切り、「叫び」と共に「上昇」することを自らの心で決断し、たとえ自分自身は滅びることになるとしても、「叫び」を救うために自身の生を「英雄的に」捧げることがカザンザキスにとっての「禁欲」であった。そしてこのカザンザキスの「禁欲」そのものは、東方正教における修道院の禁欲概念と大きく異なる。セイレンは怪物とはいえ、その性は女性であり、女性を自身と同じ船に置く禁欲というものは、明らかにキリスト教的な倫理観に反していよう。

ここまで見てきたように、『禁欲』における「上昇」はフランシスの指摘通り、正教の用語を用いて第一に神への「参与」であり救済に向けた神との「協働」と説明し得るものであり、カザンザキスが「上昇」の概念を東方正教の「上昇」観より得ていたと言い得るものである[101]。

しかし、キリスト教神学とカザンザキスの神論が根本的に異なる点は、前者における人間の側の神への「参与」と「協働」があくまで人間の救済のために行われるものであるのに対し、カザンザキスが『禁欲』の「上昇」で描いた「参与」、つまり「叫び」への応答と「協働」は、人間の救済だけではなく神の救済のためにも行われているという点である。確かにニーチェの「神は死んだ」のモチーフやその影響下にあるドラグミスの滅亡した神々というモチーフがあったからこそ、「救済されるべき神」という発想がカザンザキスに現れたのであろうが、救済に対する「協働」の考え方がなければ、「神の救済」のために英雄的に行為する人間という発想も、

「人間に助けを求める神」という発想も登場しえなかっただろう。逆に言えば、西方プロテスタントにおける救済思想に見られるような、人間の救済が全き神の恩寵によるものであるという信仰義認［Sola fide］に立てば救済という観点で人間に何かを行う余地は全く、人間の行為による「神の救済」という発想そのものが生じ得ない。救済における人間の行為に意義を認める余地のあるところでのみ、人間の救済における勲功を高め神の勲功を極小にすることで神の救済という可能性が論じえるのだ。

『禁欲』は一人称の視点から見た、一人称の自分が主体的に物質から観念までも含めた全てを巻き込みながら「上昇」していく物語であり、カザンザキスの「神の救済」は神との「協働」において、人間の行為と人間の主体性に大きな価値を置いた、物質から神といった全てを含んだ救済論である。また、このようなカザンザキスの「上昇」と救済論には正教からの影響が窺えるが、これはカザンザキスに独特な思想であり、キリスト教から異端的思想であると判断されることはやむを得ない。

ここまで、東方正教とカザンザキスの「上昇」の概念を軸に、両者の関係の相似性を示し、カザンザキスが「上昇」の概念を東方正教から得たことを示した。ところで、神への「参与」の仕方においても、両者には重要な共通点が存在する。それは「自由」である。次項においてはこの「参与」における「自由」について検討する。

「協働」と「参与」における「自由」

本項では人間の神への「参与」と「協働」とについて考察し、カザンザキスの救済に関する「自由」の思想と東方正教の「参与」に関する「自由」を比較する。メイエンドルフによると、救済と「参与」に関して大きく二つの「自由」が考えられる。[102]一つ目は神の似姿として創造された人間の積極的・本来的な「自由」である。『新約聖書』の「ヨハネによる福音書」八章三二節において「真理はあなたがたを自由にする」と述べられているように、[103]神との関係なくして真の「自由」を手にすることはできず、神を拒否することで人間は自分の身を破滅させることになる。しかし二つ目の消極的な意味として、「自由」とは全ての人間が現に有しているものであり、自分の自由な選択に反して神の国に入ることを強制されはしないという自由もある。つまり、人間には「神の外に留まる自由」が存在する。すなわち、人間の救済が神の一方的な意志にかかっているのではなく、人間の側でも神に「参与」することを選択し決断することが「自由」として委ねられている。フランシスもニュッサのグレゴリオスの自由意志に関して、神の救済に与ろうとする「協働」には、神の恩恵と人間の自由な意志が必要であり、ニュッサのグレゴリオスがこの自由な意志を徳と呼んだと述べている。[104]カザンザキスにおいても、助けを求める「叫び」である神の声に応じ、救済への「上昇」の道を選択するかどうかは、この声を聞く人間の側の「自由」に委ねられている。前節でも紹介したように、理性はこの「上昇」に加わる必然性を問い、救済への道に加わることを妨げようとする。カザンザキスにとって、たとえ自分自身が滅びたとしても、助けを求める神の救済のための「上昇」に加わることは、「英雄」的な決断を通して行われることであり、この助けを求める神の「上昇」のために自身の身を捧げた者が「英雄」であり、後に自身の文学作品を通して描き出す存在である。しかしここで言われる「自由」も、「参与」において言われた二つ目の「自由」と同じように、カザンザキスにとって本来的な意味での「自由」ではなかった。

カザンザキスにとっての本来的な「自由」は、助けを求める神と共に「上昇」し共闘する時に生じるものである。これは「従順を学べ。ただより上位の律動に従う者だけが自由なのだ」と述べられていた通りである。[105]正教的な文脈では、神との交わりと「協働」を拒否し、「参与」に加わらない「自由」が人間に保障されていることは消極的な意味しか持たない。カザンザキスにおいても、助けを求める神の「上昇」に加わらない「自由」は消極的な自由である。理性の声や誘惑を打ち破り、自身の身を犠牲にして神との「上昇」を選択する者が「英雄」であり、「英雄」は自分に与えられている消極的な「自由」を放棄し、最終的に目指されるべき「自由」への闘いに身を投じる。この点で神との「協働」と「参与」を拒否する「自由」は正教神学的にも、カザンザキスの思想の中でも同様の働きをしており、消極的自由と積極的自由の位置づけは共通している。

五．小括

本章は、ここまでカザンザキス思想及び彼の文学作品の基礎となっている『禁欲』の思想内容について分析した。加えて彼の思想を理解する上で重要な、「上昇」、「神人協働」、「自由」の概念を軸に、東方正教の神学に見られる要素とカザンザキスの思想の比較も行った。続く次章以下では、『禁欲』の思想が概ねカザンザキスの後のほぼ全ての作品の基礎として機能しており、特に第一三章で確認する内戦期の文学作品により強く『禁欲』の作品構造が反映され、直接的に「叫び」がライトモチーフの役割を果たしていることが明らかにされる。

第七章　カザンザキスのロシアでの活動と東方に関する思想

本章では、カザンザキスのソヴィエト・ロシアでの体験（一九二五―一九三〇）とこの時期に書かれた作品を分析し、第五章までで見た脱西欧化と東方の探求を継続したカザンザキスの、ロシアでの体験を通して深められた東方性について考察する。そしてこの東方性には、森羅万象との合一を志向する哲学的な側面と、支配と圧制にたいして「反抗」する諸民族の象徴としてのロシア像という政治的な側面の、二つの側面が見られることを論じたい。

カザンザキスのロシア体験を包括的に扱った研究にミハリス・パツィスの『カザンザキスとロシア――故郷嫌悪、対話関係、カーニバル』（二〇一三）が挙げられる。同書においてパツィスは、カザンザキスとフランス等

＊本章の注は三五六ページから掲載している。

を中心とした西欧との関係に焦点を当てた研究と比べた時に、カザンザキスとロシアに関する研究がほとんど見られないことを指摘している。[1] パツィスの『カザンザキスとロシア』においてもロシアの東方性については触れられてはいるが、東方が西方に比して宗教的で神秘的だと述べてはいるものの、この東方がカザンザキスの思想の中でどのように位置づけられるのかといった考察はない。[2] 本章ではカザンザキスの思想における東方性を掘り下げて探求し、カザンザキスの脱西欧化思想の中にロシアを位置づけたい。[3]

一．カザンザキスのロシア期の動向

本節では、カザンザキスがロシアに滞在した一九二五年から三〇年までの動向を、本書第四章で紹介した伝記と先行研究に基づいて記述する。

ロシア訪問以前のカザンザキスとロシア

本項では、実際にカザンザキスが一九二五年一〇月にロシアを訪れる以前に、どのようにロシアや共産主義に接点を持つようになっていたのかを整理したい。

そもそもカザンザキスがいつロシアやロシア文学と接点を持つようになったのか正確にはわからないが、[4] ジャニオ＝リュストによれば、カザンザキスが中学生時代を過ごしたナクソス島の学校で主にフランス語を通して西欧の小説や文明などに触れていたことから、[5] この時期に翻訳を通して主要なロシア文学作品に触れていた可能性があると考えられている。[6] カザンザキスは一九〇七年には『アクロポリス』紙にトルストイについての記事を書いており、[7] この時期には、一定以上のロシア文学及びトルストイ作品に関する知識を有していたようである。第五章で見たドイツ滞在期には、アジアの文物と共にロシア文化や文学に関する展示や書物に手を伸ばし始めており、[8] ロシアの思想家レフ・シェストフの作品に触れていることから推測されるように、主に理性への偏重に対する拒否を学んでいた。

独墺期にアジアやロシアに興味を示した理由としては、第五章で確認したように西欧文明に失望を感じ、東方に関心を抱き始めていた点が大きいと考えられる。また同時期にロシア人や共産主義者たちとの交流があったことはすでに指摘したが、一九二七年のコーカサス旅行で同行することになるヘレーネ・シュテッカー[9]やアルトゥール・ホリッチャー[10]が関わっていた、文化交流を目的とする「ロシア友の会」からソヴィエト・ロシアや共産主義について情報を得ていた蓋然性が高いとも考えられる。[11]

第一次ソ連訪問（一九二五年一〇月〜一九二六年一月）

一九二五年一〇月一三日にアテネの『エレフテロス・ロゴス』紙のソヴィエト・ロシア特派員として派遣されることによって、カザンザキスのロシア行が実現した。はじめにオデッサへ赴き、キエフ等を経由して一一月一二日にはモスクワに到着している。[12] この間、一一月一日にはカザンザキスの手による記事が「広大なロシアに向かって」というタイトルで『エレフテロス・ロゴス』紙に掲載されている。[13] 各月複数回の記事が掲載されたが、この間掲載された記事は彼が訪れた場所で見たり聞いたりした物を書いていくというよりも、むしろロシアにおける「ユダヤ人の役割」や「ロシアの女性」、また「赤軍」や「共産主義ロシア」等に関する自身の考察を記事にしており、[14] とりわけ共産主義に関するものの占める割合が高かった。そして一月の間は、レニングラードとモスクワに滞在し、一月二五日にはギリシアに向けて出発した。[15]
以上がカザンザキスによる一回目のロシア訪問である。このあと彼は一九二六年四月から翌二七年七月にかけて、パレスチナ、キプロス、スペイン、イタリアなどを訪れ、その旅行記を『エレフテロス・ロゴス』紙に発表している。[16]

第二次ロシア旅行と知識人たちとの交流（一九二七年一〇月〜一九二八年四月）

一九二七年一〇月二〇日には、ソ連政府による革命記念祭への招待を受け、ギリシアを出発して二七日にはモスクワに到着し、革命一〇周年記念式典に参加している。一一月一三日にはロマン・ロランの紹介で既に有名になっていたパナイト・イストラティと出会い懇意になった。[17]一一月一七日には先述のヘレーネ・シュテッカーやアルトゥール・ホリッチャー、そしてパナイト・イストラティや日本の詩人秋田雨雀[18]等と共に、コーカサス地方への鉄道での旅行に赴いている。バクーやトビリシ等の都市や、ロストフ等の重工業が盛んな地域を案内され、現地の民族舞踊を見物している。[19]同年一二月にはロシアを離れ月末にはイストラティを伴ってアテネに帰国している。三一日にはアテネの『プロイア』紙でカザンザキスとイストラティの帰国が報じられ、ギリシア公衆に対してイストラティが紹介される契機となった。[20]翌一九二八年一月八日には、同紙に「私がモスクワで見たもの」の連載を始める。また一月一一日に劇場「アルハンブラ」において、「教育委員会」を通してディミトリス・グリノス[21]が四千人規模の集会を開催し、この中でカザンザキスとイストラティはこれまでの体験に関する講演を行った。この講演によってカザンザキスとイストラティは共産主義を喧伝しているとの理由で訴えられることになり、四月から裁判にかけられることになった。[22]

第三次ロシア旅行とシベリア旅行（一九二八年四月〜一九三〇年）

前項で見たように、一九二八年四月には裁判が始まっていたが、同月一九日にはイストラティと共にロシアに向けて再出発した[23]。六月四日まで、「赤いハンカチ」というギリシア独立戦争を主題にした映画の脚本執筆を行ったが、実際に映画化にはいたらなかったようである[24]。

六月八日にはモスクワでイストラティと作家のゴーリキーを訪問した。「ゴーリキーはロシア語しか知らなかった。談話は困難を伴いながら始まった。イストラティはどうにかこうにか、派手に感情を込めて彼に話し始めた」とカザンザキスは報告しており[25]、彼自身が通訳を買って出ていないことからも、この時点でカザンザキスのロシア語力も概して高度なものではなかったことが推測される。そしてこの間『禁欲』の修正としてモスクワ近郊のビコヴォで「沈黙」の章を付け足し、ロシア共産党の『プラヴダ』に記事を書き、また「レーニン」という脚本を書いた[26]。

六月二二日にはイストラティとレニングラードに向かい、この間にヴィクトル・セルジュ[27]に出会っている。七月一七日には、イストラティと初めての大きな溝を感じたとカザンザキス本人が述べているが[28]、共にムルマンスクに向かい、その後モスクワに八月の末まで滞在しレニングラードに戻っている。七月二三日にイストラティがアンリ・バルビュスの『モンド』誌にカザンザキスを紹介する文章を発表し、これがフランスにカザンザキスが初めて紹介されたものとされる[29]。

八月の七日から一五日にかけては再びビコヴォに滞在し、「聖パホミオスとシア」という作品の脚本とロシアの雑誌にいくつか記事を書いた。またパリからエレニ・サミウが合流した[30]。

八月二八日にはカザンザキスとエレニ、そしてイストラティと彼の同伴者のビリリの四人でモスクワから南ロシアに向けた大旅行を敢行し、二人で「赤い星を追いかけて」という論集を書こうという話をしていた。旅行は、ニジニ・ノヴゴロド、カザン、サマラ、サラトフ、スターリングラード[31]、アストラハン、バクー、トビリシ、ボルゾム、エレヴァン、エチミアジン、再びトビリシ、スフミ、アハリ・アトニを一二月の末まで旅した[32]。

一二月にカザンザキスはイストラティがヴィクトル・セルジュとルサコフと共にトロツキーに与したことを知り、彼との決別を決意した[33]。またこの年にはロシアに関する記事をまとめた旅行記『ロシアで見たもの』（後に『ロシア旅行記』に改題）を発表した[34]。

そして一九二九年一月末には一人で旅行を続け、シベリア旅行のためにレニングラードを出発して、ムルマンスクを経由し二月初めにはシベリア入りしている。オムスクからイルクーツクを経由し、一一日にはチタを訪れ現地のポントス系ギリシア人たちと交流している[35]。そののち満州を経由して一八日にはウラジオストクに到着している。三月には帰還を開始し、ロストフまで帰還して二六日には当局の許可なくトルキスタンやサマルカンドを再度旅行している[36]。四月九日にはブハラを訪れ、モスクワに帰還している。四月一九日にモスクワを出発して二〇日にベルリンを訪れ[37]、『ケルニッシェ・ツァイトゥンク』紙の編集者や友人と面会している。この中で五月六日はソヴィエト・ロシアに関する講演を行い、また『ケルニッシェ・ツァイトゥンク』紙に記事を寄稿している[38]。五月九日にベルリンを離れ、一〇日にはゴッテスガープ（現チェコ共和国のボジー・ダル）で一年近くエレニと一緒に過ごすことになる。ここでの滞在中にフランス語で小説『トダ・ラバ』を書き、また翌一九三〇年三月にはギリシア語で『ロシア文学史』を執筆する[39]。そして四月にはパリに移動する[40]。

次に、このロシア期に書かれた小説『トダ・ラバ』と『ロシア文学史』の内容について簡潔に説明したい。『トダ・ラバ』の題名はヘブライ語で「ありがとうございます」を意味し、同作の主人公の名前と同じである。はじめは一九三〇年内にドイツでの出版を試みたが、余りにも共産主義色が強すぎるとの指摘を受け果たせなかった。[41]そして一九三一年にフランスで出版しようとするも果たせず、最終的には一九三四年に雑誌『ル・カイエ・ブル』(le Cahier bleu)にてニコライ・カザンのペンネームで出版された。同時代にこの作品に与えられた評価として、エレニ・サミウはシュテファン・ツヴァイク[42]とノーベル文学賞受賞者のロジェ・マルタン・デュ・ガール[43]が本作を読み高評価を寄せたと記録している。[44]

『トダ・ラバ』の概要について簡略に述べれば、本作の主人公で黒人のトダ・ラバや、日本人のアミタ、中国人のス・キ、またカザンザキス自身が投影されているギリシア人のイェラノスやイストラティの投影されたアルメニア人のアザドといった、多様な出自と視点を持つ主要登場人物七人が、様々な途中経過を経ながら革命記念式典出席を目指して、モスクワに集結するという物語である。そしてこの式典について、式典に出席する前からこの光景を受け入れられないだろうと思い列席を諦めてしまう者、式典の光景の衝撃に耐え切れず死んでしまう者、そして式典に最終的には賛同することが出来なかった者等、各々登場人物の心情と顛末を描きながら、多角的にソヴィエト・ロシアを描いた。カザンザキスは足掛け五年に及ぶソヴィエト・ロシア経験において、実際にシベリアやコーカサス地方に赴いて知識人や民衆たちと交流する中で、ソヴィエト当局が各国の知識人たちに見せたかったものと現地の実際の姿との矛盾を最も肌で感じることになった。故に『トダ・ラバ』の中で、この現地の民衆の口を通して、また危機の中でも時にユーモアを交えながら悪辣に生き抜いていく民衆の生き様を通してカザンザキスが表したものは、決してソヴィエトに対して肯定的な事柄ばかりではなかった。[45]

また『ロシア文学史』は、ビーンによるとカザンザキスが金銭を稼ぐため執筆したものであり、[46]先述の通りこれまでの先行研究でもほとんど触れられることがなかった。この『ロシア文学史』はカザンザキスによるロシア文学の七つの特徴の列挙に始まり、文学とは直接的には関係のない、ロシア民族の形成史を経て、同時代の一九二〇年代のソヴィエト文学までを時系列に沿って描いている。次節以下で述べるように、単に作家たちの歴

史的背景や作品を教科書的に解説しているだけではなく、所々自身の思想的な立場からロシア文学史を解釈している。(47)

二．『禁欲』とロシア

本節では、主に『トダ・ラバ』の作品分析を通して、カザンザキスの思想的主著『禁欲』のモチーフがロシア期の作品にも色濃く反映され、そして彼が『禁欲』で提示した世界観に基づく形でソヴィエト・ロシアを理解し描いたことを論じたい。このため、『禁欲』における主要概念である「叫び」と「赤い線」、そして「救済」という観点を中心的に取り上げる。

「叫び」の役割

本項では、「叫び」が『禁欲』において「上昇」を促して、自我拡張の物語を始動させ牽引していったように、『トダ・ラバ』においても「叫び」がカザンザキスの投影された主人公のイェラノスを通して物語を始動させて牽引していく役割を担わされていることを論じたい。

小説『トダ・ラバ』においては、クレタ人のイェラノスに対して、イェラノスとは別人格の「叫び」が彼に拒否する権利も残すような形で、ソヴィエト・ロシアに介入するよう決断を促す。まず、第一章におけるイェラノスの旅立ちの様子を確認したい。

この晩、イェラノスは、胸元に頭を近づけ、突然自身の内に大きな叫び［un grand cri］を聞いた。彼は飛び上がった。不安に襲われて浜辺を歩き始めた。貪るように潮風を吸いこみ、彼の精神はまさにぴんと張られた弓であった。モスクワ！　モスクワ！　誰が叫んだのだ？　嗚呼！　その叫びが彼の出発を待ち望んでいるかのようだ！[48]

第一章では、他の登場人物たちもイェラノスと同様にそれぞれモスクワに向けて出発する様子が描かれているが、イェラノスに関しては出発の動機に関して「叫び」による働きかけがあったことが明確に描かれている。第九章では、イェラノスがパナイト・イストラティの投影された人物であるアザドに出会い、互いに惹かれ合う描写が描かれる。アザドは、ソヴィエトの理想のために戦おうと志す活動家であり、行動を重視する人間であるのに対して、イェラノスは思弁的に悩むばかりで実際に行動に移るための一歩を踏み出すことができないでいる。以下に見るように、この出会いを通して「叫び」がイェラノスをモスクワへと向かわせることになる。

あの声［「叫び」］が突然とても悲しげに響き渡った。[49]

「おお、道中の友よ！」

イェラノスは心に動揺を感じた。震えているこの声を憐れに思った。彼は言った。

「なぜあなたは来たのか。ソ連には入りたくないと思っていたのに」

――おお、道中の友よ、叫びが私を北へと押しやるのだ。

――モスクワへ？

――そうだ。声が低く囁いた。

――介入するのか？　介入するのか？

イェラノスはあたかも全人生がこの返答に掛かっているかのような不安に襲われながら待った。彼はもう一度尋ねた。

――介入するのか？

しかし声は消え去ってしまった。

イェラノスはわずかばかり涙をこらえた。ベッドの上に身体を投げ出した。ゆっくりと右手で宙に文字と文を綴り始めた。

「小舟を瀑布に向ける流れに対し長い間闘ったインド人がいた。その偉大な闘士があらゆる努力は無意味だと悟った時、彼は櫂を交差させ歌い始めた」

「嗚呼！　我が人生よ、歌になれ！」

「私はもはや何も望まず、もはや何も恐れていない。私は自由だ！」[50]

この介入を促す「叫び」を耳にした後に、イェラノスは実際にソヴィエト・ロシアに深く関わっていくことになる。このような「叫び」の求めにより動かされていくというプロットは、本書第一三章で見るように、ギリシア内戦期に執筆された『兄弟殺し』や『キリストは再び十字架にかけられる』にも見られる構造である。また最後の台詞である「私はもはや何も望まず、もはや何も恐れていない。私は自由だ！」は、『禁欲』に見られる「私は今や理解している。私はもう何ものにも希望を抱かず、何ものをも恐れない。理性からも心からも自分自身を救い、さらに高く上昇した。私は自由だ」に由来するものである。[51]

また第一六章においてイェラノスはモスクワでの記念式典のパレードに対し、登場人物の大顎男に「見ましたか、同志？［……］聞きましたか？　偉大な『叫び』［Cri］でしたよ！」と述べており、[52] カザンザキスが実際にモスクワで出席し、その目で見た式典を、『禁欲』における「叫び」を通して自分の中で思想的に意義づけている。ここまで見てきたように、「叫び」は『禁欲』においてと同様に、『トダ・ラバ』においても物語を始動させて牽引していく役割を担わされていた。

「赤い線」（κόκκινη γραμμή / ligne rouge）

本項では同じく『トダ・ラバ』の作品分析を通して、カザンザキスがソヴィエト・ロシアを単に歴史上の出来事や政体として捉えていたのではなく、その意義を自身の『禁欲』等の思想に即した形で理解していたことを示す。このため前章で見た『禁欲』の「赤い線」が『トダ・ラバ』においても登場することを確認し、この「赤い線」を通してカザンザキスのソヴィエト・ロシア理解を論じる。

『トダ・ラバ』第一二章には、ソヴィエト・ロシアに訪問していた知識人たちをチェカのスパイとして監視していた主要登場人物の一人ラエルが、イェラノスに対し彼がソヴィエトを訪れた理由を尋ねる場面がある。このラエルの質問に対しイェラノスは「私は赤い線［ligne rouge］を探しているのだ」と答えている。[53]『トダ・ラバ』においてこの「赤い線」は「人間やロシアを喰らう炎」として、[54] また「熱のように昇って昇って昇り続ける生」として表現される。[55] カザンザキスはイェラノスを通して「ソ連を歩き回っている間、既にギリシアで私を貪り食った、この非人間的なものをますます感じるんだ。私に関心があるものは、既に人間でも大地でも天でもなく、人間と空そして大地を貪り食う炎だ。ロシアではなく、ロシアを貪り食う炎だ」と述べ、[56] また「私の眼は辛苦と幸福感をもって、頭蓋骨を繋ぎ合わせた数珠のように、人間たちに穴をあけさせておき、赤い線を追いかける。

この赤い線のみを愛し、私の唯一の幸福は、これが私の頭蓋骨を砕きながら、穴をあけて刺し通してくれるのを感じることだ」と述べている。[57]

この「赤い線」という言葉は『禁欲』の中でも用いられており、「大地の上に赤い線を、闘いながら物質から植物へ、植物から動物へ、動物から人間へと上がっていく赤い血まみれになった線」と表現されていた。[58]この「物質から人間にまで上がっていく」過程は、「前進」の章における「叫び」によって引き起こされる「上昇」を指すものであった。『禁欲』の「上昇」の過程において、あらゆる段階は自己犠牲を要求されるものであり、それ自体が乗り越えられ捨てられていくことが運命づけられていた。フィリッピディスも挙げているように、この「赤い線」という概念は『トダ・ラバ』においてのみ用いられていたり、或いは共産主義について何かを説明するために用いられていたりする概念ではなく、思想的主著『禁欲』と関連づけて位置づけられるべき概念であろう。[59]

他にも、『ロシア旅行記』の最終章「十字架に架けられたロシア」の章においても、カザンザキス本人が自身の信条がソヴィエト的な「共産主義」ではなく、「メタ・コミュニズム」だと表明しているが、[60]エレニ・サミウはこの「メタ・コミュニズム」の思想内容が『禁欲』に他ならないとしている。[61]実際『トダ・ラバ』においてイエラノスは共産主義を「自分を高みへと導いてくれるもの」であり、「洗礼者ヨハネの如き救済への予知」として理解しているが、正教徒で農民詩人のフョードル・トゥガノフは「共産主義のそんな定義は初めてお伺いしました。おそらくロシア共産主義の話ではないのでしょうね」と述べており、[62]カザンザキスにとっては共産主義そのものや目の前で展開されている歴史としてのロシアがその関心の主題になっていないことがうかがわれる。彼がロシアにおいて共産主義の成功や歴史的なロシアの意義を探求したのではなく、自身の「メタコミュニスト」的思想である『禁欲』における思想の「赤い線」を探していたのであれば、当然目の前で繰り広げられているロシアの経済的・政治的発展や共産主義の成功と不成功が問題になることはありえない。こういうわけで、カザンザキスにとってロシアは、『禁欲』の記述に照らし合わせれば一つの精神的発展の一段階に過ぎず、「上昇」の過程で「叫び」のために犠牲にならなければならない存在に過ぎない。この点に関しては、『トダ・ラバ』第一二章におけるイェラノスと年老いた労働者との間でのソヴィエト・ロシアの将来に関する会話の中で、

［労働者］「忍耐し、慎み深く、毅然としていなければならない。闘い苦しまねばならないだろう。私たちの世代はつまるところ、次の至極単純なことを学ばなければならない。望もうと望むまいと、知ろうと知るまいと、私たちの世代は新たな世代の犠牲となるだろうということを。私たちは未だ種蒔く人に過ぎない。私たち以外の者が収穫してくれる。これでいいんだ」

［イェラノス］「私は、この年老いた結核の労働者の燃えるような手を握り締めるのだろう。決して忘れぬように、私はもう一度、その悲しげで英雄的で、清らかな青い両目をじっと見つめた。このように、私たちの固い大地を血に塗れた足で歩んでいく理想の両目を私は思い描いていた。この老闘士たちのこめかみの間に、私が探し求めていたもの、赤い線をはっきりと見出した[63]」

という場面がある。「次の世代のための犠牲」になることの肯定や「英雄」といった『禁欲』で重要な役割を果たす概念を用いながら、最終的に「赤い線」を見出したとイェラノスは述べている。ここでも思想的・観念的な到達が話題となっており、この『禁欲』の「上昇」を導く「赤い線」にとって、現実のソヴィエト・ロシアと共産主義の理想の実現は関心の外に置かれていることは明らかである。

そして、カザンザキスがイストラティの投影されたアザドに「君［イェラノス］はここ［ロシア］に、私たち

の地に、飢えた人々、血にまみれた人々、闘う人々を眺めに来たんだよ、観客としてな！」と言わせることからも、[64]カザンザキス自身、自分の思想と立場が共産主義者たちには共産主義としては写り得ないこともまた自覚していることがわかる。

また『ロシア旅行記』の中では、ロシアでまさに「初めて」「目に見えないもの」を目に見える形で見たのだとも述べている。[65]『禁欲』における「神の全ての跳躍の内、人間にも摑むことができるのはどのような跳躍だろうか。一つしかない。大地の上に赤い線を、闘いながら物質から植物へ、植物から動物へ、動物から人間へと上がっていく赤い血まみれになった線を見つけ出すことである。この絶対的で原始的な律動は、『目に見えないもの』がこの大地を歩む際の、目に見える行進である。植物、動物、人間、これらは神が一つ一つ踏みしめ上昇するために創造した階段の一段である」を踏まえると、[66]「目に見えないもの」は『禁欲』においては「叫び」と同義であり、この「赤い線」を辿って救済に向けて「上昇」していくよう人間に促すものが「叫び」なのであり、「叫び」は森羅万象を用いてこの大地で「目に見える行進」を行っている「目に見えないもの」に他ならない。ここからもカザンザキスがロシアを今まさに歴史を通して「叫び」が働いている「場」とみなしているのであり、決してソヴィエト・ロシアそのものを考察と思索の目的とはみなしていないことが明らかである。

「救済」

前項では、カザンザキスがロシアを『禁欲』の思想を通して理解し記述していることを示したが、本項では「赤い線」に加えて、「赤い線」の目的である救済の観点でロシアをどのように描いているのかを示したい。

前章で確認したように、『禁欲』における「叫び」は人間に語りかけるが、これは人間と神の双方の救済をその目的としていた。カザンザキスは『ロシア旅行記』の「諸民族――ユダヤ人」の章において、救済の観点で特にロシアにおけるユダヤ人の特徴について詳述している。

カザンザキスによると、ロシアに居住していたユダヤ人こそがメシア論的な欲求を、つまり自分たちを解放してくれる救世主がいつか自分たちの集団の中から現れ、そしてこの救世主が自分たちだけではなく「世界を救う」のだという欲求をロシアの魂にもたらしたと述べており、カザンザキスはこの延長線上で救世主としてレーニンを思い描いている。[67] しかし一九三〇年に書かれた『ロシア文学史』においては、確かにロシア文学の特徴が美的な追求にではなく、「救済」を含む倫理的・哲学的な探求にあると述べているが、[68] ロシアの「救済」的特徴とユダヤとの関係は一切言及されず、ユダヤ人の特徴として見られたものがロシア的なものに解消されている。以後ユダヤに関する議論がカザンザキスの作品で見られなくなり、この時期にはユダヤ、或いはユダヤ的な物に対するカザンザキスの関心が薄れてしまっていることがうかがわれる。

そして『ロシア旅行記』と『ロシア文学史』の両著作での、一九世紀におけるスラヴ派[69]と西欧派[70]の論争と対立に関する記述の中にあっても、両者共ロシアの歴史的な使命が世界の「救済」であると主張する点では合致すると述べている。[71] そして『ロシア旅行記』においてこの「救済」は、「どのようにロシアを救うのか」というロシア固有の問題意識から「どのように人類を救うのか」にまで昇華したと述べられているが、[72] これは『ロシア文学史』における「かくも深くロシアの土壌に根差したロシア文学は、かくも速くそのローカルな国境を越え、全人類の普遍的な文学になったのである」という指摘と一致している。[73] このように「叫び」が求める「救済」と、カザンザキスがロシアの歴史的使命だとして想定した「救済」を媒介にして、『禁欲』の世界観と現実のロシアが以下に見ていくようにカザンザキスの中で結びついていく。

後半部は既に一度引用しているが、『トダ・ラバ』の第一章におけるイェラノスの初登場の場面を確認したい。

イェラノスは彼ら「クレタ島の青白い顔の毅然としたタバコ労働者や、港の荷揚げ人夫や水夫やみすぼらしい傷痍軍人」の苦しみを知っていた。しかし苦しんでいる個々人と彼らの苦しみを切り離し、この地上の闘いとの形而上学的総合を見出そうと彼は努めた。

リビアの海に浮かぶ古びたアペザネス修道院の中で、イェラノスは苦しみ、闘っていた。彼は言葉によって自身の魂を表現し、救済しようとした。彼を取り巻く人々の魂を表現し、救済しようとした。彼の痩せこけた身体は精神によって貪り食われた。

この晩、イェラノスは、胸元に頭を近づけ、突然自身の内に大きな叫びを聞いた。彼は飛び上がった。不安に襲われて浜辺を歩き始めた。貪るように潮風を吸いこみ、彼の精神はまさにぴんと張られた弓であった。モスクワ！　モスクワ！　誰が叫んだのだ。嗚呼！　その叫びが彼の出発を待ち望んでいるかのようだ！(74)

「叫び」の目的は自分自身とまた他者の救済であり、先程引用した箇所でも「叫び」がイェラノスをモスクワへ駆り立てていった。前項で見た正教徒で農民詩人のフョードル・トゥガノフとの会話でも、イェラノスは「私はまだ救済への道を探しています。私はまだ戦い、模索し苦しんでいます。共産主義は私にとって救済への予知以上のものではありません。洗礼者ヨハネです。彼が私の心を応答で満たしてくれはしません」と述べており(75)、自身の根本的な問題意識は共産主義やロシアではなく『禁欲』的な意味での救済であった。

ここまで三つの項を通して見てきたように、カザンザキスはロシアとその歴史的な意義、そして共産主義を『禁欲』の世界観を通して見ている。この時期に書かれた文学作品『トダ・ラバ』は始まりから終わりまで、「叫び」に導かれた物語であった。カザンザキスが描いたロシアは『禁欲』的な救済を実現するための「叫び」の道具のような存在であり、そして「赤い線」として表される「上昇」の中で取り残され乗り越えられるべきものとして表象されていた。『禁欲』の思想がこの時期のカザンザキスにおいても通底していることが明らかである。

三．ロシアと東方

本節では、カザンザキスのロシア観を特に東方という観点から確認する。カザンザキスにとって、ロシアもまたギリシアと同じくアジアとヨーロッパの間に位置し、西欧とは異なる存在である。[76] 本節ではカザンザキスによるロシアの起源についての思考を確認し、次いでロシアの東方性の有する哲学性と政治性について論じたい。

カザンザキスによるロシア起源理解とギリシアの東方性

本項では、カザンザキスがロシアの起源をどのように捉えているかを説明し、彼がロシアを西方に対して東方と捉えており、同じくギリシア・ビザンツをも東方として描いたことを明らかにしたい。

カザンザキスは、ロシアの起源について『ロシア旅行記』と『ロシア文学史』の中で概ね同じ内容を語っている。カザンザキスはスラヴ派のロシア論の言説を借りながら、ロシアがヨーロッパとアジアの間に位置しており、西欧とは異なる独自の存在であることを認めている。[77] そして広大なロシアはモザイクのようにスラヴ人、ヴァリャーグ人、ドイツ人、リトアニア人、アルメニア人、ギリシア人、ユダヤ人、ポーランド人、タタール人、モンゴル人、コサック等の異なる民族による調和の上に存在していると述べており、この中でロシア民族の形成過程で特に大きな影響を与えたものとしてヴァリャーグ人とビザンツ人（ギリシア人）の二つを挙げている。[78]

『ロシア旅行記』によると、ヴァリャーグ人はロシア人たちを外面的に組織し、自由と無秩序、反権力的な性格を与えた[79]。だが『ロシア文学史』にはそのような記述はなく、ヴァリャーグ人はスラヴ人たちの習慣や宗教に立ち入ろうとしなかったが、後に同化されてしまい、統一され始めていた大ロシアという国の中に自然と組み込まれていったと述べるにとどまっている[80]。そして次に両著作とも、ロシア人たちはビザンツ人（ギリシア人）によって内面的に組織されることになった、と述べる。つまりギリシアから文明と秩序、そして宗教を得たのだというのである[81]。

カザンザキスによれば、特にこのロシアのビザンツ・ギリシアとの接触の持つ意味は大きく、ビザンツによるキリスト教化は国家の運命に利便性のある影響をもたらした。ビザンツ人はロシアに初めての文明、つまり著述、共通の公式言語、技術に関する初めての諸著作をもたらした。しかしロシアを西の文明から隔絶させることにもなった。正教徒ロシア人は「異端的西欧人」に由来する体制を憎むべき悪魔的なものだとみなしていた。西の人々はとりわけロシアに関心を持たなかったというだけではなく、一三世紀頃に新生の正教の国家がモンゴル人の軛の下に陥った時は喜びさえした。西方からのロシアのこのような隔絶は――多大なる時間の損失と多くの困難を伴ったが――ビザンツの要素を下敷きにした豊かさを備えた、均質なロシア文明が形成される契機となった[82]。

と述べ、ロシアの西方との隔絶とロシアの均一化と統一について言及している。他の箇所でも「新しい宗教が野蛮な偶像を消滅させ、不揃いなロシアの民衆を精神的に統合した」と述べている[83]。ここではロシアと西方の断絶、そしてロシアの精神的な発展過程において、西方とは異なった文明世界であるビザンツ・ギリシアが大きな影響を与えたことを強調している[84]。この言説の中では、確かに古代ギリシアには言及されていないが、ロシアと西方との断絶は、少なくともビザンツ・ギリシアと西方との断絶も含意していよう。

ロシアの起源に関する記述と直接関係はないが、この西方と東方の断絶という点は、この時期のカザンザキスの作品において、特にコーカサス地方で東方の踊りを目にする場面で強調される。まず『トダ・ラバ』においては、

> 若い娘が入ってきた。重々しい金のあしらわれた肩かけを身につけていたので、穏やかな顔、赤い爪の手、小さなむき出しの足しか見えなかった。彼女はとても静かに神々しく踊った。彼女の輝く白い鋭い歯は、小さな齧歯類動物のようであった。イェラノスは凍りついた。この世界で二つの光景だけが神秘的な恐怖を伝えている。星空と踊る女。彼は一度アフリカの宗教的な舞踊を舞うセント・マヘーサを見たことがあり、一瞬のひらめきの内に粘土の男が突然生と死の境界を通り過ぎることができるのだと把握した。しかしこのバクーの若いムスリマの踊り子は、不動の舞踊によって彼に至高の逸楽、踊りの本質、決して離れることのない炎の頂点を与えた。彼は振り返った。アザドが彼の横で涙を流していた。ヨーロッパ人たちは皮肉っぽく退屈そうに微笑んでいた。初めてイェラノスは西方と東方の魂を分かつ深淵の存在を非常に強く感じた。同じ踊りで震え、涙を流す二人の人間は兄弟だ。他の者たちは不忠実な敵なのだ。
> イェラノスはそのときどれほど自分がアザドを愛していたのか悟った。友人の肩の上に優しく手を置いた。アザドは飛び上がり振り返った。涙を湛えた互いの両眼が一瞬ぶつかった。その瞬間二人とも言い表せない幸せを感じた。(85)

続けて、『ロシア旅行記』においては同じ場面が以下のように描写される。

踊りと満天の空というのは、思うに、人間の目を喜ばし得る最上の光景の二つである。何年か前、セント・マヘーサとパヴロヴァという二人の偉大な踊り手を見た時、彼女たちの螺旋の内に入り込みながら、地上の人間にも生と死の境を越えることが出来るのだと私は感じた。しかしこのバクーの未開の小さな踊り手は不動の踊りでもって私に最上の欲求、踊りの本質、螺旋の不動の心を与えてくれたのだ。

私は後ろを振り返った。隣ではイストラティが泣いており、日本の詩人秋田は真っ青になってもはや微笑んではいなかったのだが、残りの人々、西欧人の同行者たちは皮肉げに微笑んでいる。深淵が、私は再び思った、東方の魂から西方の魂を別っているのだ。アフリカの先住民たちは、外国人を見た時に「どの民族の出だ？」とは尋ねずむしろ「お前はどう踊るんだ？」と尋ねる。彼らにとって踊りはそれぞれの民族の最も深い特色なのだ。一つの踊りを見ながら同じように喜び泣く二人の人間は兄弟である。その他の人間は異邦人であり不信者なのだ。(86)

ここでは踊りという要因を通じて、西方と東方の区別について触れている。この際、踊りに心を動かされたのがギリシア人のカザンザキス（ギリシア人のイェラノス）とルーマニア人のイストラティ（アルメニア人のアザド）そして日本人の秋田雨雀である。ここにおいても、カザンザキス＝イェラノスの理解によるとギリシアが東方に含まれるのだという点は極めて重要である。

ここまで見てきたように、カザンザキスは、その理解が歴史的に正当かどうかはここでは議論の対象外であるが、ロシアをその起源から西方とは異なるものだとみなしている。そして、ロシアが西方から断絶しているように、ロシアの起源に深く関わっているビザンツ・ギリシアも同様に、西方とは距離のある存在であることが仄めかされていた。

東方に関する哲学的な理解

本項では、カザンザキスの東方と西方に関する哲学的な理解に関して取り上げたい。カザンザキスは『トダ・ラバ』の第七章で、実在の人物ではあるがイェラノスが登場人物の一人としてトビリシで出会ったジョージア人であり同じく東方に属する知識人グリゴール・ロバキヅェ[87]の台詞を通して、このテーマに言及している。第四章で見たように、ロシア期以前においても東方に関する言及は存在したが、東方の意味内容に関して言及するのは以下に紹介する引用箇所のみである。

——西［l'Occidental］の意識の中では、彼は続けて言った、最も重要な要素は個性である。東［l'Oriental］の意識では、森羅万象との深遠な一体化の感覚だ。西は偉大なる全から解放されている。その全と森羅万象の間のへその緒は断ち切られている。貧困と高慢さの力で、この全は推論するモナド、すなわち一体化の感覚の周りの溝をたどり孤立するモナドになったのだ。反対に、東は複合物だ。全に結びついて生き、動く。父は東の支配者であり、子は西の支配者だ。だが全の内に埋没するアジアと個的で推論するヨーロッパの間の聖なる婚姻は既に知らされている。[88]

この中で、「西方」の特徴は純粋な「個」であり、また「推論する」存在である。また引用箇所で述べられている「子」は、新約聖書に見られる「神の子」つまり「言葉」（理性／λόγος）を指しており[89]、「推論する」と合わせて考え、これらは人間の理性に帰されていることが明白である。そして東方の特徴は「一体化の感覚」、すなわち「統合」にあり、「複合物」だと述べられている。

理性と個性に象徴される西方と一への合一に象徴される東方というこの発想は、ギリシア語に翻訳するなど深く影響を受けたニーチェの『悲劇の誕生』の「アポロン的なもの」と「ディオニソス的なもの」という用語に由来していよう。『悲劇の誕生』において、「アポロン的なもの」は芸術と「個体化の原理」を司るものであり、[90]「ディオニソス的なもの」は「歌って踊りながら、人がより高次の共同体［Gemeinsamkeit］の成員であると表明する」ことや、[91]「根源的一者」(das Ureinen) への合一として表現されており、[92]構図的には『トダ・ラバ』に見られる西方と東方の理解はそれぞれ、「アポロン的なもの」と「ディオニソス的なもの」に対応している。[93]

ここで述べられている「森羅万象との深遠な一体化の感覚」は、『禁欲』における「叫び」の呼びかけに応えること、つまり前章で確認した神との合一を含意する「協働」に結びつく概念である。『禁欲』において「前進」が始まる前の段階で、推論的で分析的な人間理性が「叫び」の救済の過程の中で不適格な存在として否定されていることと合わせて考えると、ロバキヴェの口を通して語られた東方の特徴と『禁欲』に見られる「叫び」が人間に要求する「協働」は、同一線上にあろう。このように、東方の概念は『禁欲』の救済の概念と重なる点があったが、『トダ・ラバ』におけるこれに続く場面では、この発言に対しイェラノスは肯定も否定もしておらず、またこれ以上に深まった議論には発展していない。

東方に関する政治的な理解

本項では、カザンザキスの東方に関する政治的な側面について論じる。ロシア期においては共産主義の知識人としてロシアに招かれていたこともあり、政治的な活動や思考が散見される。先行研究でもビーンやゼルミアスが共産主義者としてのカザンザキスの思考に言及し[94]、彼のレーニンやトロツキーそしてスターリンに対する関係、そして共産主義を放棄して長編叙事詩『オディッシア』の完成に精神を傾けるようになった精神的過程を考察している[95]。しかし本項ではこれから見ていくように、ロシア期においては「反抗」を軸にして東方とロシアが特色づけられることを論じる。

カザンザキスは東方としてアジアを念頭に置いているが、ロシア期に記者として赴いた各国の記事を元に出版された旅行記「イタリア、エジプト、シナイ、エルサレム、キプロス旅行記」のエジプト旅行に関する章において[96]、彼は「全アジア」として「中国、タイ、インド、アラビア、シリア、パレスチナ、トルコ」そして「全アフリカ」を挙げている[97]。また『トダ・ラバ』第一四章におけるモスクワで開かれた「東方会議」では、東方として「インド、中国、タイ、アフガニスタン、ペルシア、アラビア、アフリカ。つまり私たち抑圧されている全ての人民」が挙げられている[98]。この東方会議においては資本主義による支配への被植民地諸国の抵抗と解放が訴えかけられていたが、東方に属する人々としてアフリカも含まれており、ここでは東方が単なる地理的な概念として扱われていないことがうかがわれる。

そしてエジプト旅行における「今日の生」という章において、現地の知識人との会話の中で東方と西方の関係が語られていく。まずこの知識人は歴史のある段階で東方が西方に遅れを取ってしまったことは明白であり、西方の文物を政治・経済的なものばかりではなく文化的なものまで吸収しなければならないと述べる[99]。そして「今日東方の文化などというものは存在しない。純粋に東方的なものは今日の生に適合せず、田舎的で日常的すぎる。東方が再び自分たち自身の文明を生み出すためには、必ず西方に耽溺せねばならない。まず西方文明での兵役というものを終わらさねばならないのだ」とも発言する[100]。なぜならヨーロッパが没落して初めて、東方世界は自分たちが過去にヨーロッパに与えた、文明の基礎にもなりうるものを再びヨーロッパに与えることができるからである。この点に関して、カザンザキスは「この大地の腸を動かしているあらゆる種は東方から来たものである。東方は今狂気に支配され焼かれている。西方はこれを受け入れて養い、混ざり気を取り、分析する――この炎を光へと変えるのだ」と考えている。[101]彼は西方が過去に東方の文物の多くを受容して発展させ、現在の「今日の生」を牽引しているということは認めるものの、東方と西方の特質は異なるものだと考えており、この特質の差を優劣の違いとしては理解していないことは明白である。

このような発想は、以下に見るように彼のロシア史理解と共通している。カザンザキスは、ロシアが西方と接触し文化や思想を吸収する過程で舵を取った人物として、イヴァン四世とピョートル大帝、そしてエカチェリーナ二世の名前を挙げている。その最初の人物がイヴァン四世で、「西方をゆくゆくは手中に収めるために、そこから最新の技術的手段を得るために西方世界との接触を求めた」と叙述している。[102]次にピョートル大帝が主にドイツを通し西欧文明の技術と実践に関するものを導入し、[103]エカチェリーナ二世が主にフランスから文物を導入してロシア魂を文明化したと説明し、[104]「ピョートルがロシアに体を与え、エカチェリーナが魂を吹き込んだ」という言葉を紹介している。[105]ここに見られる、いずれ西欧を越えていくために、まずは政治・経済的なものを受容した後に文化的なものを受容していくという観点は、エジプト旅行記で述べられた東方と西方の関係にも共通している構造であり、実際エジプトの近代化を導いたムハンマド・アリーはエジプトのピョートル大帝になぞらえられている。[106]

ここまで見てきた発想は、カザンザキス本人が『ロシア文学史』の「スラヴ派と西欧派」の章で述べた両派に対する理解とも一致している。カザンザキスは「スラヴ派」から、自分の文学創作のためには、「民衆」や「大地」、「西欧とロシアは根本的に相容れないのだ」という表現や「観念」を受容し、「西欧派」からは「ロシアは避けがたくヨーロッパが既に通過した発展段階を追うことになる。ロシアは同時代の必要に適応させるために極めて速やかにそれを通過せねばならない」という発想を受容していよう[107]。しかしカザンザキスは西欧派とスラヴ派の間の違いや派閥間の論争については、ほとんど言及していない。西欧派の中ではピョートル・チャーダーエフ[108]とアレクサンドル・ゲルツェン[109]を、スラヴ派と西欧派の思想をスラヴ主義的な思想に統合させようとした人物として挙げているが、カザンザキスによればスラヴ派と西欧派も「世界の救済をその目的としている」点は重要であろう[110]。確かにカザンザキスは「一八三〇年代のイデオローグたち」がドイツの哲学を受容していく過程で、「ロシアの全人類的な使命[111]とは何かを考察したが、哲学派の識者たちはスラヴ派と西欧派に分かたれた」と理解していた[112]。だが彼にとっては結局のところ、スラヴ派が考えていたロシア的な特質や、「民衆」や「大地」といった概念、そして「西欧とロシアは根本的に相容れないのだ」といった概念も、また西欧派的に見られた「まずは西欧が通過した道をロシアも通らなければならない」という概念も、「ロシアが全人類を救済する」といった大きな文脈の中に位置づけられる。これに関しては、カザンザキスと交友もあったシュテファン・ツヴァイクがドストエフスキーに関する評伝の中で書いた、ドストエフスキーはロシアこそが世界の唯一の救済の道であり、一国の国民的な理念が世界理念としてヨーロッパに告げられたことはなかったとも記述しており、これに影響を受けた可能性も考えられる[113]。

このようにロシアやエジプトと西欧とのそれぞれの関係に見られるように、東方と西方との関係において、カザンザキスは東方の独特さを認めながらも、現状として西方が東方の先を行っており、まずは東方が西方の技術や思想と文化を吸収し、没落している西方を越えて行かねばならないと捉えている。

そして「イタリア、エジプト、シナイ、エルサレム、キプロス旅行記」の「エジプト旅行」において、先に述べたようなエジプトの西欧文化の吸収と発展、そしてエジプトによる西方の超克について述べた終わりに、「そして私が東方と言う時には、これはロシアをも意味しているのだ」と述べて締めくくる。[114]『トダ・ラバ』で見られたように、東方の各国から（特にイェラノスは「叫び」に促されて）労働者や虐げられている人々がロシアに集まっていった。[115]そして式典においては、アミタのようにこれに先行する「東方会議」の時点で革命記念式典のエネルギーに耐え切れないと悟り先に逃げ出す者や、ス・キのようにこの式典の最中にこのエネルギーによって死に追い込まれてしまう者がいた一方で、イェラノスは先程引用したように、この式典を「叫び」（Cri）に関連づけて理解していた。[116]『トダ・ラバ』にも見られるように、ロシアは西方に追いつき、支配や抑圧に対し抵抗していく東方諸民族の終結点であり、またその象徴として表象されている。カザンザキスはロシアそのものの帰趨には関心がないと述べていた。彼にとってロシアは「叫び」が歴史を通して働く場所であり、抑圧からの自由を求めて叫びを上げる東方の諸民族が結集し、ロシアを通して歴史が動かされていくと理解されていよう。エジプト旅行において、カザンザキスは東方の労働者たちの叫びを大地の叫びだと表現したが、[117]これこそがまさに東方のロシアが体現しているものである。

ロシア期におけるギリシアの東方とギリシア性

本項では、ロシアを通して表象されたカザンザキスの東方観と、カザンザキスのギリシア観との関係について考察したい。カザンザキスにとってギリシアもロシアと同じく東方と西方の両方の要素を持っていたことは既に確認した。ロシア期においてカザンザキスは、独墺期に続いて西方或いは西欧にではなく東方に対する関心を抱き、『禁欲』の世界観に合致する形で東方としてのロシアを描き出していた。しかしこの時期に書かれた作品では、ロシアを通して描かれた東方とギリシアの有する東方的な要素の関係を明らかにしてくれる言及は、管見の限りほとんど見られなかった。

本節でも先に挙げたが、『ロシア旅行記』の中ではムスリマの少女の踊りを見た際に、「西方」の人々は感動せず東方に属する人々は感動を覚えたが、この中でカザンザキスは「西方と東方の魂を分かつ深淵」と述べていた。この発言からも、この時期においてカザンザキスの中で、ギリシアが東方に属していること、或いは東方的な要素を有していることは明白であろう。

『トダ・ラバ』においては、ギリシア人でありまたクレタ人であるイェラノスの描写で、ギリシアの「アフリカ性」についても言及されている点は重要である。イェラノスに対しラエルは「このアフリカ人はソ連で何を探しているのか」とイェラノスをアフリカ人として言及し[118]、またクレタ島についても、ヨーロッパ、アジア、アフリカの真ん中を漂う島と表現している[119]。本節で確認したように、アフリカもカザンザキスの政治的認識では東方に属するものであり、本書第四章で見たように、クレタ、アラビア、東方の三つが結びついた要素がロシア期においても自己アイデンティティーの中で重要な要素として見られる。ただ、この時期はギリシアそのものを思想的、或いは文学的に探求することはなかった。

四. カザンザキスの「ギリシア性」理解にロシア文学が与えた影響

本節ではロシア文学からカザンザキスが受けた影響について、彼の「ギリシア性」探求に関するものに限って論じたい。カザンザキスは『ロシア文学史』の中で、ロシア文学に全人類的な性格を与えた人物として特にトルストイとドストエフスキーの二人を挙げ、後に見ていくように彼らから大きな影響を受けている[120]。また同書において着目され、後の執筆活動の中でも重要な役割を果たす概念に、「民衆」と「大地」がある。続く項ではこれらの概念がカザンザキス文学の中でどのような役割を果たしているのか明らかにしたい。

「民衆」と「大地」の概念について

本項では第二次世界大戦期から晩年の作品にかけて、カザンザキス作品の中で大きな役割を果たしていくことになる「民衆」（λαός）と「大地」（γη）が、ロシア期においてカザンザキスの中で思想上の概念として形成され始めた点を指摘したい。

カザンザキスの執筆活動において、ロシア期以前は第四章で確認したように「民衆」や「大地」も作品の中で主題として取り上げられることはなく、むしろ風俗的な物語や農村を舞台にした風俗小説が隆盛を極めていた中で、『蛇と百合』や『夜が明ける』、そして『崩壊した魂』等において都市部の知識人青年の葛藤を描いたのであった。[121] つまり「民衆」や「大地」といった主題はこれから見ていくように、とりわけカザンザキス作品においてはロシア期において描かれ始めたものである。以下ではまず「民衆」の概念を分析したい。

『ロシア文学史』においてカザンザキスは、ロシア文学と「民衆」の関係について何度も強調している。主要且つ重要なものを紹介すれば、序章における「ロシア文学の主要な特徴」において、カザンザキスはロシア文学の民主的或いは民衆主義的（δημοκρατική）な性格を挙げており、[122] 著述家たちが「自分たちのことを理解してもらおうと民衆の中に下った者もいれば、民衆の心に火をつけようと戦った者たちもいた。皆絶えず大衆［μάζα］との接触を求めた」と記述している。[123] またカザンザキスは、特にレフ・トルストイの作品における「民衆」の表象に大きな意味を見出している。彼によるとトルストイの『戦争と平和』の登場人物であるプラトン・カラターエフは、確かに一介の農民であり一介の兵士に過ぎないが、彼こそが「この小説の主人公」である。[124] このカラターエフが「歴史を生み出し」、「真の救済の道を切り拓き」、皆このカラターエフを通して描かれる「神の力に自由に従わねばならない」と述べている。[125] また『アンナ・カレーニナ』における真の主人公として、地主であるにもかかわらず農民と深く交わり、純真な心を保ち続けながら救済という目的を追求したコンスタンティン・リョーヴィンを挙げている。[126] いずれの場合でも、カザンザキスはトルストイが素朴な「民衆」を通して「救済」への道を描き出したのだと理解している。[127]

本書第一三章で見るように、カザンザキスは『キリストは再び十字架にかけられる』や『兄弟殺し』において、トルストイが描き出したように主体的に救済の道を提示していく主人公としての「民衆」或いは「農民」像を描くが、『ロシア文学史』においてこの「民衆」は「大地」の概念と密接なつながりを持っている。これは通常西方に多大な関心を寄せていた文学者と目されるイヴァン・トゥルゲーネフの生涯に対して、[128] 彼がその全人生を農民の解放に捧げたと評価した点にも影響を与えていよう。[129] またトゥルゲーネフの作品創造に関しても、あらゆる登場人物が抽象的な思考、つまり彼の単なる想像の産物ではなく、彼らはロシア的生から取られたものであり、常に現実に忠実であったとカザンザキスは述べている。「創作の基礎として、実際の人物を据えることなく登場人物を創作したことは一度もなかった。自然が大いなる発案の才を私に与えたことはなかった。私は自分の身を確実に支えてくれることのできる狭き土壌を常に必要としていたのだ」というトゥルゲーネフの引用を紹介しているように、[130] 一般的なトゥルゲーネフ像ではなく、あくまでも自分のロシア文学史理解に沿うトゥルゲーネフ像をもって解釈しており、このように『ロシア文学史』の各所で「大地」と密接なつながりを持つ「民衆」が強調されている。

この「大地」だが、カザンザキスは『ロシア文学史』において「ロシア文学は、その萌芽の見られた土壌――ロシアの広大で肥沃な平野、不毛なステップ、森、大河なくして理解できない」と述べ、ロシア文学と「大地」

の関係を重視している。[131]そしてさらに一歩進めて、カザンザキスはロシア文学の普遍性について、自分たちの文脈に固有の問題を追求することによって、「かくも深くロシアの土壌に根差しつつ」ローカルな国境を越えて「全人類的に普遍的な文学になった」と説いている。[132]つまり個別的なものの深い探求が逆説的に最も広範な普遍性の獲得に至る唯一の方法であるという発想が垣間見えるが、これは序論で見た、カザンザキスが一九五七年にシプリオとの対談において発言した「地域的、或いは民族的小説」と「国境を越えた小説」が有する関係に等しく、ロシア文学の探求から概念を得、生涯を通して維持されたものであろう。

このようにカザンザキスの「大地」概念には、ロシア文学の探求を通して得た二つの要素が存在する。すなわち、「大地」に深く根を下ろしているのが「民族」であるという認識と、その「民族」を深く探求し描き切るが故に、逆に汎人類的な普遍性を獲得できるという発想である。カザンザキスは両者を通じて文芸創作の出発点としての「大地」という発想を獲得したが、重要なのは、特にこれがロシア文学から受容されたということである。

「民衆」と「大地」、そしてドストエフスキー

前項で「民衆」と「大地」の果たす役割と両者の関係について確認したが、『トダ・ラバ』の第一二章において、一層この二つの関係が明確に描かれる。それは、コーカサス地方に住んでいる、子供たちも土地も共産主義者に収奪された老農夫とイェラノスが出会う場面においてである。この中で老農夫は、共産主義者たち（反キリスト）が都会に住み、何一つ犠牲になることなく安全な生活を送っている存在であるのに対し、自分たちを火であり大地である、と位置づけている。[133]このようにこのロシア期において「大地」が創作の基礎となり、「民衆」

がカザンザキスの思想を伝えるために中心的な役割を果たしているが、このことはカザンザキスのドストエフスキー評に明確に現れている。少々長い文章であるが引用したい。

神は誰を救うのか？　ただ自分の内に謙遜と愛を感じている者だけである。これらの感情は――もちろん大体いつも輝いてはいるが――無神論者や犯罪者の魂の内でも輝き得るものだ。汝、暖かい魂、暖かい身体であれ。これは救済に欠かせないものである。あらゆる問題を解決し決して心乱されることのない者は、冷静で論理的であり、幸福ではあろうが、救済されることはありえない。

ドストエフスキーは、正義と幸福という福音に酔いしれる理性崇拝的な社会学者以上に、他の何ものをも軽蔑しはしなかった。平等をもたらし民衆を政治の場に引き入れようとする社会主義者と自由主義者を憎悪しているのだ。ドストエフスキーは、暗黒なる神の認識に形象を与えてくれるが故に教会を擁護している。もちろんニコライの専制ではなく、専制君主が民衆の父であった時代の、タタール以前の古ロシアの専制の熱心な信奉者であった。狂信的な汎スラヴ主義者であった。彼はロシア人で、つまり彼自身が強調しているように、人間でありたかったのだ。ロシア人は全てと共に全ての中に生きているのだ。国籍や民族、そして土壌の違いなく人間であるという点で一つなのである。ロシア人には「全人類」という本能があるのだ。ドストエフスキーは、ロシアが世界を救済するように「上から」定められていると固く信じていた。ヨーロッパは「墓場」であり、全ての偉大な魂は死に絶え、ただ魂を欠いた実践的で打算的な「乾物屋」だけが生きているのだとみなしていた。ロシアから復活の叫びが揺り起こされるだろう。ドストエフスキーは時折ロシアを、太陽がその上に沈み、受精して息子を生む黙示録の女になぞらえる。ロシアが生み出すであろう息子がこの世界を救済する新しき言葉である。

　トルストイの作品における罪、好色、熱情、「霊」は素朴であって普通であり、根本的に恐怖を抱かせる類のものではない。老人であればこれと戦い勝利しうるであろう。しかしドストエフスキーにおいてこの霊は、私たちの体だけではなく魂をもってしても克服することのできない、暗黒の神秘的な力である――ひょっとすると神をもってしても。調和とは人間論理［λογικού］の必然である。しかし神は論理［λογικό］にも調和にも超越するのである。おそらくトルストイとドストエフスキーの間に起こりうる深い区別は以下のものであろう。トルストイはこのような調和の預言者であり、ドストエフスキーはこのような神の預言者なのだ。(134)

　ここで確認した引用の中にも、「ロシア」或いは「民族」や「大地」に基づきつつ、そこから「全人類」という普遍に至るという、前項で見たカザンザキスの創作に関する文体論で見たものと同じ構造が見られた。加えて理性ではなく心の重視、そして個から出発し全へと意識を拡大させていく中で「救済」を達成するという、『禁欲』に見られる構成がここにも確認される。

五．小括

　ここまで見てきたように、カザンザキスはロシア期を通して先行する独墺期に執筆された『禁欲』の思想に忠実であり、とりわけ『禁欲』の主要テーマである「救済」の概念が小説『トダ・ラバ』においても『ロシア文学史』においても中心的な役割を果たしていることを確認した。ロシアの「東方性」についてはロシアを起源から考察し、その起源から西方とは異なる発展の道をたどっているとし、またその過程におけるビザンツ・ギリシアの果たした功績を強調していた。特にカザンザキスにとってロシアの「東方性」は、森羅万象との合一を志向する哲学的な側面と、ロシア一国だけではなく支配と圧制に対して「反抗」する諸民族の象徴としての政治的な側面という、二つの側面を有していた。確かに、独墺期の時点でメガリ・イデアと決別していたことに加え、ロシア期においては共産主義に傾倒し、自国ギリシアに関する考察がほとんど見られなかったこともあり、ここで見られたロシアの「東方性」が有するギリシアの「東方性」への影響に関する言及はなかったのは事実である。しかしこののちのカザンザキスの思想の歩みを考えると、この時期のロシア体験は、単に共産主義や政治的な観点でのみ重要なのではなく、その後の日本及び中国旅行での東方体験につながっていく「ギリシア性」と「東方性」の探求という観点でも、極めて大きな役割を果たしていた。

第八章

カザンザキスのスペイン体験と東方として理解されるスペイン

本章ではニコス・カザンザキスがスペインを訪れ、その体験を記した『スペイン旅行記』が執筆された一九三〇年代前半を中心に取り上げる。前章のロシア期の関心に引き続き、彼にとってスペインもまた「東方」に属する国であり、脱西欧化と『禁欲』的救済というカザンザキスの二大テーマの関心の中にとらえられていたことを明らかにする。前章で見たように、カザンザキスは一九二六年に一度スペインを訪れていたが、他にも一九三二年とスペイン内戦期の一九三六年、そして一九五〇年の計四度スペインを訪れている。[1] 本章では、主に一九三二年のスペイン旅行とその時の経験に基づいて書かれた旅行記を取り上げて、カザンザキスの「東方性」を分析する。

*本章の注は三四六ページから掲載している。

一．カザンザキスのスペイン期の動向（一九三一年〜一九三三年）

本節ではカザンザキスがソヴィエト・ロシアを出立してスペインを訪れ、この時の体験を元に『スペイン旅行記』を執筆した一九三〇年代前半の動向について、プレヴェラキスの伝記及びジャニオ＝リュストの先行研究に基づいて記す。尚、カザンザキスのスペインでの動向に集中した先行研究は管見の限り少なく、ローゼンベルクの『カザンザキスのスペインとスペインのカザンザキス』が挙げられるのみであるが、ここでもカザンザキスによって東方に位置づけられたスペインという主題は掘り下げられておらず、カザンザキスのスペインでの動向とスペインに関する作品の内容が要約されるに留まっている。

カザンザキスは一九二六年の八月から九月にかけて『エレフテロス・ティポス』紙の記者として一度目のスペイン訪問を敢行したが[2]、当時軍事独裁を敷いていたプリモ・デ・リベラに面会している[3]。この時の体験がカザンザキスにとっての初のスペイン体験であった。

一九二九年からゴッテスガープ（現在のチェコ共和国に位置するボジーダル）に滞在していたカザンザキスは、一九三〇年三月に『ロシア文学史』の執筆を始める[4]。四月にはエレニ・サミウと共にパリに向けて出発し、同年六月までパリに滞在する[5]。この間にはギリシア語百科全書執筆に必要な書籍を蒐集していた[6]。六月一〇日から一〇月一〇日まではエレニ・サミウと共に南仏ニースに滞在してその後ギリシアに帰国し、一度イラクリオに帰郷してから冬を過ごすためにエギナ島に向かった[7]。一九三一年冬から春にかけては知人のヤニス・アンゲラキスの家に滞在し、出版社を経営していたディミトラコスの依頼で仏希辞典の執筆に取り組んでいた[8]。六月にはパリを訪れ、叙事詩『オディッシア』の資料調査のためにフランスの植民地に関する展示等を訪れている[9]。七月から一二月まで再びゴッテスガープに戻り執筆に専念した。ここまで確認したように、この二年の間には大きな文学作品執筆活動は見られず、また出来事や事件に乏しい期間でもあった。

一九三二年は冬から春にかけていくつかの映画の脚本を試みたが、うまくいかなかった。六月から九月末にかけてはエレニとプレヴェラキスと三人で再びパリに滞在し、夏季にダンテの『神曲』の翻訳を行った。[10]一〇月三日より一人でマドリードに向けて出立した。マドリードでは美術館や博物館を巡るとともに、詩人のファン・ラモン・ヒメネス[11]と再会したり劇作家のハシント・ベナベンテ・マルティネス[12]の知遇を得たりした。[13]またマドリード滞在中の一一月二日には、自身の戯曲「ニキフォロス・フォカス」のフランス語への翻案を行っている。[14]一二月末には父の逝去の報に接し大きな衝撃を受け、傷心を癒そうと鉄道によるスペイン各地の旅行を敢行し、アビラ、サラマンカ、バリャドリード、ブルゴス、サラゴサ、バレンシア、アリカンテを訪れた。[15]一九三三年一月三日にはエルチェを経由して、一月四日にはマドリードに戻りスペインの印象について書き始めた。四月にはギリシアに帰国してエギナ島に滞在し、翌月より『カティメリニ』紙にスペインに関する記事を一ヵ月間投稿し、他にも翌年に至るまで断続的に文芸誌『キクロス』に現代スペイン詩人たちの作品を翻訳して投稿した。[16]この後は大きな動き無くエギナ島で過ごす。

上記で見た『スペイン旅行記』では、主に第二回目のスペイン旅行に関して書かれた記事を取り上げる。一九二六年の第一次スペイン旅行と一九三六年の第三次スペイン旅行に関してもカザンザキスは記事を書いており、特に後者は「死よ、万歳！」(Βίβα Λα μουέρτε) という章の下、『スペイン旅行記』に収録されているが、次章で詳しく論じるように極東旅行後のカザンザキスは東方の探求について関心を失っており、またスペイン内戦に関するルポルタージュに多大な労力が割かれていたこともあり、「東方」に関する主題は見られない。故に本章ではスペインと「東方」、或いはカザンザキスの非ヨーロッパ的なものの探求の中に位置づけられる形でのスペイン論が展開される、主に第二次旅行に関して書かれた『スペイン旅行記』のみを分析する。それによってカザンザキスが見た「東方」としてのスペイン、或いは彼の非ヨーロッパ的なものの探求の中に位置づけられる形でのスペインを論じたい。

二、カザンザキスによるスペインの非ヨーロッパ、脱西欧化理解

国家としてのスペインは、一九八六年より欧州連合に加盟しているヨーロッパ大陸の西端に位置する国であるが、カザンザキスは抽象性と理性に偏った「西方」に属する国としてスペインを表象或いは理解しはしなかった。本節では、主にカザンザキスの第二次スペイン旅行の体験を元に書かれた『スペイン旅行記』の記述に基づき、カザンザキスのスペイン観、及びカザンザキスの脱西方と「東方」思想の中でスペインが有する意義について論じたい。

地理的・歴史的観点から

カザンザキスに多大な影響を与えたイオン・ドラグミスがギリシア民族の起源や連続性を規定するのに血統的連続性に重きを置かなかったり、前章で論じたロシア期で見たロシアの起源でも血統的連続性が全く重んじられていなかったりしたように、カザンザキスはスペインの起源に関しても、アフリカから入ってきたアラビアやユダヤなどの非ヨーロッパの多くの民族や様々な身分や職業の人々の血が混ざっているとしている。[17] ロシアやギリシアと同様に、スペインの起源においても、ヨーロッパ内だけでの様々な要素の混合ではなく、ヨーロッパ外の民族や文化が多様に混合しあっているという指摘であり、且つスペインがアジアと起源的に混合していることを

好意的に理解している。スペインの起源に関して、そもそもこれにヨーロッパ外からの要素が見られることを指摘しているカザンザキスであるが、以下に見ていくように彼はスペインが文明論的にもヨーロッパから隔絶しているると考えている。カザンザキスの中でスペインとヨーロッパを決定的に分かつものは、「近代にイタリアで起こった文芸復興［ルネサンス］」或いは「近代化」を経なかったということである。彼の理解では、文芸復興はビザンツ帝国崩壊に際し西欧へと逃れたゲミストス・プリトンらのギリシアの知識人たちの影響で生まれたものである。[18] カザンザキスはこれを、アポロンと聖母の不法な結婚によってイタリアで生まれ、国境を越えてフランスまで到達してヨーロッパに文化の華を咲かせたもの、という形で表現している。[19] しかし、ヨーロッパとアフリカを隔てるピレネー山脈が、この古代ギリシアとキリスト教の統一である文芸復興をスペインに入らせることなく、ヨーロッパ的な意味での「近代化」を成し遂げさせなかったのだとしており、これこそがスペインとヨーロッパの間の文化的な差異を生じさせたのだとカザンザキスは理解している。[20]

カザンザキスはスペインの起源に関して非ヨーロッパ的なものがあると捉え、文化的にも「近代性」という点でのヨーロッパとの隔絶を強調していた。加えてカザンザキスは、スペインでも対ヨーロッパという態度に関して、ギリシアの近現代ギリシア啓蒙主義やロシアのスラヴ派と西欧派の対立に見られたように、「近代化」という名目でヨーロッパ化していくべきかそれともスペインの独自要素を深く探求していくべきかという対立があることを見出していく。次項では、カザンザキスが『スペイン旅行記』の中で論じたスペインとヨーロッパの関係について検討する。カザンザキスは同書で、この主題を論じた思想家たちを取り上げているので、彼らに着目しながら論じたい。

非西方としてのスペインと近代としてのヨーロッパの関係

本項ではカザンザキスが捉えたヨーロッパとスペインの関係について、彼が主に『スペイン旅行記』の「マドリード」の章で着目した一八九八年以降のスペイン人思想家や作家たちに関する記述を中心に見ていきたい。

「マドリード」の章の記述によると、一八九八年は米西戦争が勃発してスペインが敗北を喫した年であり、自国よりも遅れているとみなしていたアメリカ合衆国に完全に打ち負かされたことによって、スペインの知識人や作家たちの中には自国の近代化について大きな危機感を抱いた人々がいた。カザンザキスがヒメネスから直接聞いた言葉を記録したところによると、ヒメネスはこの米西戦争の敗北に衝撃を受けて始まった一九一八年世代の特徴を「学習し、国境を越え、他の世界で何が起こっているのか見よう」とした人々であり、「こうして私たちの新しい『ルネサンス［再生］』が始まった」としている。[21]

スペインの「ルネサンス［再生］」を達成するために知識人たちが様々な観点で改革案を提案したが、カザンザキスが特に着目したのは、スペインの伝統宗教である天主教に深く立ち返ることを含め、ヨーロッパにではなくスペイン自体を深く探求するという観点と、政治や宗教、そして教育と社会の自由化を通して中世のままに留まっているスペインをヨーロッパ化、つまり「近代化」しようという観点であった。[22] 自民族性の探求か或いは西欧化かというこの二項対立へのカザンザキスの注目は、前章で見たロシア期においても見られたものであり、カザンザキスはロシアと同じ構図でスペインの近代化、或いはヨーロッパ化を描写している。

この二つの観点を軸にカザンザキスが重要な知識人として取り上げたのが、ホアキン・コスタ[23]、アンヘル・ガニベット[24]、ミゲル・デ・ウナムーノ[25]、そして更にホセ・オルテガ[26]の四人である。

カザンザキスは、ヨーロッパ化の思想を抱いた一人目の人物としてホアキン・コスタを挙げる。コスタはスペインの新しい「再生」にとっての「洗礼者ヨハネ」であり[27]、スペインの後進性を認め、「先祖のことは放っておこうではないか。前を向き今日の必要に目を向けよう。エル・シッドの墓に二重の錠をおろそう」と述べ、伝統を重んじる人々からは裏切り者として扱われたと記録している[28]。コスタは、スペインには「パンと学校」、つまり「民衆を教育して経済を立て直すこと」が必要だと論じており[29]、この目的の実現のためのスローガンとして提唱したのが、「ヨーロッパを見よ。ヨーロッパに学べ」である[30]。ここまでの記述から、コスタをロシアにおける西欧派に類似の思想傾向を抱いていた人物としてカザンザキスが理解していたことは明白である。

二人目の「預言者」として取り上げられた人物は、コスタとは逆に、スペイン自体を深く探求しようという思想的潮流を有するアンヘル・ガニベットである。カザンザキスによると、彼はコスタとは真逆の気質を持ち、「快楽的なグラナダ生まれ」で、「昔のアラビア風の上品さ」を纏っていたような人物である[31]。そして彼は自分自身を探求するに際しヨーロッパ・西方へと向かっていったのではなく、スペイン民族（της ισπανικής ράτσας）の優れた点の探求に向かっていたのであった[32]。

彼はスペイン民衆を芸術家のような存在とみなし、彼らが「今日のヨーロッパ文化よりも深くて人間的な、異なった文化を生み出すことができると信じていた」[33]。そしてカザンザキスは、

私たちの家には二つの門がある。ピレネーとジブラルタルである。一方の門はヨーロッパに向けられており、他方の門はアフリカに向けられている。スペインのルネサンスは、ただ私たちが自分たちの持てる全ての力と活力を私たちの家の中に集中させる時にのみ達成されるのだ。鍵と鎖、そして門でもって、スペインの精神が四つの風になって散っていくためにそこを通って出ていく、全ての門を閉ざさなければならない[34]。

という「既にヨーロッパ化している」が、このスペインを深く探求しなおそうとしたガニベットの言葉を引用している。彼はあまりにも若くして死んでしまったが故に同時代のスペインで十分な影響を行使することができなかったが、スペインの民衆が当時は確かに十分な教化がなされておらず時代に取り残された存在であったことを認めつつも、「より深く、より内側に祖国の救済を探求」し自民族の可能性と再生を模索する、前章で確認したロシアのスラヴ派に比定されるような思想を展開した。[35] 同時に、スペインを深く探求しようとしたガニベットには「昔のアラビア風の上品さ」というアジア的な形容が付されており、ヨーロッパと峻別されるスペインにはアジア的な要素が付加されている点も見逃しがたい。

続いてカザンザキスが取り上げたのは、「スペイン最大の預言者」である、[36] 哲学者ミゲル・デ・ウナムーノである。カザンザキスはウナムーノと個人的な面識があり、スペイン内戦下にあった一九三六年、ウナムーノが死去する前にスペインで再会している。[37]

カザンザキスによると、彼は「スペインは、ヨーロッパ化すべきなのか、それとも国境の中に閉じ籠るべきなのか」という二項対立を抱えていた。[38] この問題に関しカザンザキスは「私たちはアフリカ人である。ヨーロッパ人のような皮肉屋でもがり勉でもなく」、「神秘主義者で悲劇的なのである」というウナムーノの言葉を引用するとともに、ウナムーノが退けたものとして「イデオロギーと抽象観念、知ったかぶりで無精者の理性［νου］の戯れ」という、カザンザキスも同様に退けたがっていた西方的要素を挙げている。[39] ウナムーノが欲したのは具象的な「血と肉を持った」人間であった。

カザンザキスの理解によると、ヨーロッパかスペインかという二項対立を解消するためにウナムーノが提示した解決策は、「ヨーロッパをスペインにすること」である。カザンザキス自身はこの「ヨーロッパのスペイン化」が何を意味しているのかを説明していないが、スペインの救済はスペインのヨーロッパ化によってではなくむしろヨーロッパのスペイン化によって達成されるのだとしている。[40] この「世界観」の中で、ウナムーノの不安の中心は永遠の領域に属する神と個人の関係であり、[41] 論理や理想、そして科学的真実よりも深い不死を実現することなのだとしている。[42] カザンザキスの理解では、ウナムーノの不死は哲学的な観念などではなく、骨と肉に満ちた個人の救済である。[43]

カザンザキスは何よりもまずウナムーノをヨーロッパかスペインかという二項対立で思考した思想家として取り上げているが、ヨーロッパの形象に論理や抽象的という性質を与えるウナムーノの視点は、カザンザキスの脱西欧化、或いは「故郷嫌悪」との親和性が極めて高い。加えて、ウナムーノの最終的な哲学的目的に神と人間との個人的な関係や不死が置かれているなど、『禁欲』の思想とも強く共鳴しており、カザンザキスがウナムーノを高く評価し、彼に親近感を抱いていたことも不思議ではない。

四人目の「スペイン・ルネサンスの偉大な預言者」としてカザンザキスが取り上げた人物はオルテガである。[44] カザンザキスはオルテガとウナムーノの教説は真逆であると理解しているが、[45] オルテガがスペインに求めた近代化は、端的にスペインのヨーロッパ化を意味するとしている。ヨーロッパ的論理（ευρωπαϊκή λογική）のみが豊かだが乱雑なスペインの魂（τον ακατάστατο πλούτο της ισπανικής ψυχής）とスペインの情熱を純化することができ、「科学、論理、体系的作業、完全に現代的な技術、そしてヨーロッパとの密な接触――これこそがスペイン救済の道である」としている。[46]

ここまで、カザンザキスが『スペイン旅行記』で取り上げた一九世紀末から二〇世紀初頭にかけてのスペインの思想家たちによる、ロシアにおけるスラヴ派と西欧派の対立にも類似した、スペインと近代ヨーロッパとの関係に関する思想を概覧した。これら思想家たちがヨーロッパ・西方に対してどのような関係を取るかにはそれぞれの思想があることを認めつつも、カザンザキスは彼らの間にヨーロッパ・西方から距離を取るにせよ近づくにせよ、「スペインの非ヨーロッパ性」の意識が共通していることを強調している。次に問題になるのがこの非ヨーロッパ的なスペインの有する性質であるが、「東方性」の探求の中にあったカザンザキスがスペインの中に見出した、彼のギリシア性の探求にもつながる東方要素について見ていきたい。

三．カザンザキスによるアフリカ、或いは「東方」としてのスペイン

本節では、非西欧的なものの探求という思想的流れの中に位置づけられる、カザンザキスのスペイン像について論じる。前節ではカザンザキスがスペインとヨーロッパ・西方との関係についての思想を展開した思想家たちをどのように理解したのかを確認したが、カザンザキスは「私たちはアフリカ人である」と書いたウナムーノの「ヨーロッパのスペイン化」という思想や彼のスペイン観について、残念ながら詳しくは論じていない。故にスペインとアフリカに関する関係は『スペイン旅行記』においては社会的、或いは思想的な方面での十分な考察はなされていない。しかし以下に見ていくように、同書においてアフリカの形象を通してスペインがギリシア・クレタに結びつけられていく視点と、またアフリカを通してスペインが東方に結びつけられていく視点が与えられる。

同書においては、一六世紀から一七世紀初頭に活躍したエル・グレコが、スペインとギリシア・クレタを結ぶ要素として重要な役割を果たしている。本名ドミニコス・テオトコプロス（Δομήνικος Θεοτοκόπουλος）というギリシア人であり、カザンザキスと同じくクレタのイラクリオに生まれた人物である。カザンザキスが最晩年に執筆した自伝的小説のタイトルは『グレコへの報告』であり、芸術創造の目的は美ではなく、救済であり自由であるというカザンザキスの芸術観を体現する人物として理解されている。[47]

前章で見たように、『トダ・ラバ』においてカザンザキスは自身が反映された登場人物イェラノスを通して、クレタとアラビア・アフリカの結びつきが自己同一性形成において重要な役割を果たしていると述べていた。そして『スペイン旅行記』においても、スペインを襲ったのと同じアラビア人が「乳と蜜の流れる」クレタに侵攻したのであり、クレタとスペインには同じ血が流れているが故にエル・グレコはスペインに真の故郷を見出すことができたのだと論じている。[48] 前章までで確認したように、このアラビア・アフリカという要素はたびたびカザンザキスの自己同一性探求の中で重要な役割を果たしていたが、クレタと共通のアラビア・アフリカ性を彼がスペインの中に見出していることが明らかである。

このスペインの根底にあるアフリカ性を象徴するものとしてカザンザキスが取り上げるのが、アフリカの面である。これはすでに『トダ・ラバ』において主人公トダ・ラバのアフリカ性を強調する要素として登場していたが、『スペイン旅行記』においてもアフリカ人が生と死、或いは結婚の聖なる舞踏に際し身に着ける面には技巧が施されていない、と述べており、[49] またスペインのアフリカ性を象徴するものでもある。[50] こうしたスペイン人が有する性質が「世界を東方的なまなざし」で見ることであり、西方的・アポロン的な形を与える夢とは異なり、神秘的で形を欠いた、アポロン的な夢とは異なる微睡の夢の中で現実を見る眼差しである。[51] この眼差しは、西欧人のように生を数値化したり科学的分析の対象としたりするものではなく、むしろスペイン人に生を直観的に眺めさせることを可能にしているものである。[52]

前章で確認したように、そもそもカザンザキス的東方観においてはアフリカも東方に属するものであったが、こうした非西欧的要素としての東方観はスペインにも反映されており、またクレタ・ギリシア或いはカザンザキス自身の自己理解・探求の中で結びついているものである。

四．小括

本章では、「脱西欧化」の思想を抱いていたカザンザキスによって「東方」に属する国として理解されたスペインの表象について論じた。前章で見たロシアやエジプトと同じく、スペインにも独自性を追求しようとする知識人たちとヨーロッパ化・近代化を成し遂げようと志向した知識人たちがいたことに触れた一方で、カザンザキスは自身の故郷でありアラビアやアフリカ、そして東方的な要素を強く持つクレタを媒介にして、スペインの「東方」的要素に強い関心を示したのであった。カザンザキスは、この非西欧的要素を通じてスペイン性を探求し、西欧文明の有する問題点を克服していこうとしたウナムーノにとりわけ関心を抱いた。カザンザキスがこのスペインの非西欧的要素、或いは「東方性」に着目したのは、青年期より見られた非西欧的なものと「東方」の探求の潮流の中にいたからに他ならない。

次章では、カザンザキスが日本と中国を訪れた極東期を取り上げ、中東やロシア、そしてギリシアやスペインよりもはるかに東方にあり、文化的にも人種的にも大きな断絶がある極東の「東方性」をどのように理解したかを、そして極東での体験が単に旅行や物見遊山に終わったものではなく、カザンザキスのギリシア性の探求において一定以上の役割を演じたことを論じたい。

第九章

カザンザキスと極東体験

本章では、一九三五年から一九三六年にわたる極東での体験と、この時期にカザンザキスによって書かれた極東に関する作品を取り上げる。脱西欧化の思想を温め、スペインにまでも東方や脱西欧的な要素を探求しようとしたカザンザキスは、極東の国をどう捉えたか。彼の描いた日本の特徴と脱西欧性の探究について論じ、極東旅行が単に「物見遊山」に終わったものでなく、彼の思想と作品の中で意義を与えられたものであったことを論じたい。特に本章では、「日本旅行記」にも『禁欲』の思想が貫徹されており、この『禁欲』の価値観で日本が「心」、「桜」、「富士山」、「不動心」を中心に描かれているということを論じる。

＊本章の注は三四四ページから掲載している。

一、一九三五年から一九三六年までのカザンザキスの動向

本章では、カザンザキスが極東を訪れた一九三五年から『石庭』を執筆した一九三六年までの動向を、本書第四章第一節で取り上げた伝記及び村田（二〇二二）を中心とした先行研究に基づいて記述する。

極東訪問以前（〜一九三五年二月）

カザンザキスは、極東を訪れる以前より日本及び中国に対して一定の関心を示していた。例えばドイツ及びオーストリアに滞在した一九二二年にはアジアに関する書籍を購入しており[1]、この時期には英独仏の文献を中心に極東に関する知識を得ていたことが推測される。また一九二九年一月末より始まったシベリア旅行では、ウラジオストクから日本への渡航を企図していたことが後に正式に二人目の妻となるエレニ・サミウの証言より判明している[2]。そしてロシア期の体験を元に一九三〇年にフランス語で執筆された『トダ・ラバ』の主要人物七人の内には、アメリカに住む中国人のス・キと日本人のアミタの二人がおり、この時期にも一定以上極東に対する関心を有していたことが窺われる[3]。

カザンザキスが往復五ヵ月にわたり極東に赴くことを初めて明らかにしたのは、プレヴェラキスに宛てた一九三四年一一月八日の手紙においてであり[4]、加えて東洋（Ανατολή）に関する書籍をかなり読み込んだことを伝えている[5]。しかし、ここでは自身がどのような書籍を読んだのかについての具体的な報告はしていない。妻エレニによると、当時カザンザキスより前にギリシア人記者が一人、同じく取材目的で日本を訪れてはいたが、ギリシア語で十分な極東に関する書籍があったとは考えにくい[6]。ただ、『日中旅行記』序文の中で、日本に関する

複数の著作を著し、西洋世界で十分にその名の知られていたピエール・ロティ[7]とラフカディオ・ハーン[8]の名前が挙がっており、彼らの作品から日本に関する知識を得ていたことが窺われる。[9]そしてプレヴェラキスに宛てた一一月二〇日付の手紙によると『カティメリニ』紙が、日本大使館にカザンザキスが日本に向かう船の手続きを依頼しており、[10]極東に向かう準備が整えられた。

極東訪問（一九三五年二月～一九三五年五月）

本項では、実際にカザンザキスが日本と中国を訪れた時の足跡について記述する。ただしジャニオ＝リュストが指摘しているように、カザンザキスが日本及び中国から送った書簡にも限りがあり、日程の詳細は不明である。[11]

一九三五年二月二〇日にピレアス港から蒸気船「コシマ・マル／鹿島丸」（Κοσιμα Μαρού）に乗船し、極東に向け出発する。[12]二月二二日にスエズ運河を経由し、コロンボとシンガポール、そして上海を経て三月二四日に神戸に到着した。そして大阪、奈良、京都、鎌倉に滞在した後、四月五日に東京に到着した。[13]先述の通り、どの都市に何日間滞在したのかは不明である。[14]東京には四月二二日まで滞在し、次いで中国に向かって船出している。[15]中国ではまず天津に到着し、すぐに北京に向かっている。[16]北京での滞在は極めて短かったが、[17]紫禁城や雍和宮を訪れ、胡適と面会している。この間の滞在に関する詳細は不明ではあるが、五月六日まで滞在し上海よりギリシアに帰国している。[18]

極東訪問後（一九三五年六月～一九三六年）

極東からの帰国後、一九三五年六月九日から一〇月一九日まで『アクロポリス』紙で極東旅行の印象を発表しており、書籍としては一九三八年末にピリソス社から『日中旅行記』[19]として出版されている。[20]一九三五年夏には第二次世界大戦の間も滞在することになるエギナ島に土地を購入した。[21]また、一九三六年初頭よりライプツィヒのグレトライン社の依頼で小説『石庭』の執筆を開始した。[22]

この小説『石庭』は直接フランス語で執筆された。カザンザキスの生前にフランスで出版されることはなく、ナチス政権の下にあったドイツでも、またギリシアにおいても出版されることはなかった。[23]カザンザキスはこの作品を、ヨーロッパの魂が自分を一新するために極東に答えを求めた小説だと位置づけており、[24]主人公はカザンザキスが投影された人物で、[25]実際の日中旅行と近似する旅程で旅行している。だが結果として、自分自身を仏陀に没入させるために極東に来た主人公「私」は、仏陀を奉じる仏教国の中でも大きな問題が生じていること、新しい中国のナショナリズムと日本の帝国主義を目の当たりにすることとなったのであった。[26]

カザンザキス思想の面でこの小説を見ると、『石庭』の序文を執筆したアジス・イゼが「『禁欲』の確認」と表現している通り、カザンザキス本人が仏訳した『禁欲』の記述が数箇所に渡って散りばめられているだけでなく、小説全体が『禁欲』の思想に沿う形で表現されている。[27]以下の節では、カザンザキスの『禁欲』の思想と日本理解について確認していきたい。

二．カザンザキスが捉えた極東・日本

本節ではカザンザキスが彼の脱西欧化的な思想をもって極東を訪れ、そして特に『禁欲』の心と民族の概念を日本理解に用い、脱西欧化の思想を更に肉づけていったことを明らかにしたい。

極東訪問の目的と「脱西欧化」

本項では、まずカザンザキスが自身の思想の中で極東旅行をどのように位置づけているのか、そして極東を訪れた思想的な理由を『日中旅行記』と『石庭』の描写から明らかにしたい。

まず『日中旅行記』の「序文」は、以下の書き出しで始まる。

私が知った国を見て聞いて、匂って触れようと瞳を閉じると、愛する者の顔が私の近くに現れたかの如く、自分の身体が震えて大喜びするのを感じるものだ。

かつてラビにこう問うた人がいた。

——確かに、我々ヘブライ人が皆パレスチナに帰還するのだとあなたが言う時には、天上にある非物質的［άυλη］で、精神的［ψυχική］なパレスチナ、我々の真の故郷のことをおっしゃっているのですよね？

だがラビは腹を立てて、地面に杖を突き刺して叫んだ。

——それは違う！　私が望むのは、天の下にあってこの手に摑むことのできる、石と棘、そして泥を持ったパレスチナだ！(28)

ここには、「非物質的で精神的なパレスチナ」と「現実の物質的なパレスチナ」という対立が見られる。これに続けてカザンザキスは「肉体を欠いた抽象的な記憶が私を養うことはなく、私が理性［νού］[29]によって淀み切った肉体的喜びと苦しみから、非物質的で完全に純粋な思考を抽出するのを期待しなければならなかったとするならば、空腹によって餓死していたことだろう」と記述している。[30]上記の引用では「肉体を欠いた抽象的な記憶」と「理性」の導く「非物質的で完全に純粋な思考」が取り上げられているが、これは「非物質的で精神的なパレスチナ」に対応し、いずれもカザンザキスの中で退けられる立場に置かれている。

また「中国旅行記」及び『石庭』において、中国人に中国を訪れた理由を尋ねられた場面で、極東を訪れたのは「知的な意味で理解する」（να καταλάβω / comprendre）ためでなく、古代ギリシアのプルタルコスに由来する言葉で「全感覚の訓練／五感の訓練」（συγγυμνασία πασών των αισθήσεων / coexercice des cinq sens）のためだと答えている。[31]また同箇所で自身のことを「この世界を愛撫する五つの触手をもった儚い動物だ」と表現している。[32]カザンザキスの中に理解・理性・抽象観念と感覚・物質・肉体という対立軸の存することが読み取れる。

ここで見て取れるように、カザンザキスは極東に対し感覚的・物質的という形象を関連づけ、これに反し退けるべきものとして理性・抽象観念を置いている。ここでは以下に見ていくように、自分自身の青年期のギリシア民族主義と西欧崇拝への傾倒に対する反発が反映されている。例えば同序文において、

かつて私がまだ若かった時、自分の飢えきった魂を抽象概念で養いながら鍛錬しようともがいた。肉体は奴隷であり、手つかずの第一物質を運び出して、開花させて実をならし、そして理想に成らせるために知性の園に投げ込まなければならないのだ、と口にしていたものだ。私の内でより世界が非肉体で無臭、そし

て無音になればなる程、自分が人間的な尽力の高き頂上を駆け上っていたのだと思っていた。私は喜びに浸っていたのだ。[33]

と表現している。上記に引用した序文の文章からも、「魂を抽象概念で養いながら鍛錬し」たことへの反省と「知性の園」という西欧的な特徴を忌避する態度、そして物質と肉体の探求への傾倒が窺える。ここに示された彼の精神的経歴は、「全感覚の訓練／五感の訓練」という極東訪問の目的とも一致している。

特に西方に距離を取って東方に接近しようとするカザンザキスの態度は、『日中旅行記』中の「日本人基督者」で日本に向かう船の中で自分が単なるヨーロッパ人ではなく、ヨーロッパとアジアの間に生まれたギリシア人であると述べた台詞に強く現れており[34]、これはラフカディオ・ハーンが「ヨーロッパ人」には日本は決して理解できないだろうと述べたことのアンチ・テーゼの一つにもなっていよう。[35]

またブシェは、先ほど引用した「中国旅行記」の「この世界を愛撫する五つの触手をもった儚い動物だ」という箇所を取り上げ、カザンザキスに西方世界とは異なる他文化に接しようとする態度があったのだと理解しているが[36]、ここまで見てきたようにカザンザキスの「感覚」に関する議論は単にロシアや日本・中国といった、西方世界から見た他者との文化的接触があったという文脈のみで論じられるだけではなく、カザンザキスの『禁欲』を中心とする哲学的思想や彼の文明批判の中に組み込んで論じるべきものである。そしてカザンザキス思想において物質と感覚を捉え理性を乗り越えていく主体が心であるが、次項ではカザンザキス思想における心の働きを彼の『禁欲』を中心に見ていこう。「日本旅行記」の主題の一つである民族は、この心と密接な関わりをもつのである。

「日本旅行記」と『禁欲』における心と民族

本項以下で見ていくように、カザンザキス思想において物質と感覚を確保した上で、理性を乗り越えていく心を通して「日本旅行記」で焦点が当てられていくのが「物質・身体」と「民族」（ράτσα）[37]の二概念である。

第六章で見たように、『禁欲』において理性は自己が対面する対象の全てを、存在を欠いたものとして独我的に表象し、そして自身が対象とできる具象性を欠いた観念の領域の外に出ることのできない個的なものであり、カザンザキス的な「救済」に対し必要な、自身の領域の外に存在する対象に対しては無力なものであった。「日本旅行記」では西欧的な理性・「個」は乗り越えられるべきものとして表象され、「我々白人は［中略］個という地獄［κόλαση της ατομικότητας］の中で彷徨い」、「何も信じず、惨めに生きて、永遠に死ぬのだ」と記述している[38]。

それに対して『禁欲』における心は理性とは異なり、外界の物質や肉体を対象としこれに働きかけていく。カザンザキスは第六章で見たように、この「心」に、万物を一者的存在者である「叫び」へ合一させ、そしてカザンザキス的な意味での「救済」を促す役割を担わせていた。

第五章で見た「物質を精神に変化させる」という主題は、一九二三年のギリシア民族主義への決別と『禁欲』の執筆と同時期に表れる発想であった。これは一見すると物質と肉体は二次的であり、むしろ精神の方が重要なようにも思われるが、カザンザキスによると、抽象的な理性のみでは精神を変化させるための素材たる物質・肉体を欠いてしまうことになる。つまり物質と肉体が「聖変化」の必要条件とされており、まずは物質と肉が確保されなければならなかった[39]。この点で独我論的で非物質的なもののみを対象とする理性は、カザンザキス思想の中ではまず心によって乗り越えられるべき存在であり、救済に対して貢献するところがないものであった。そして救済に対して重要な働きをなすのが心であり、物質と肉体の「精神への変化」及び一者たる叫びへの合一を意味する「上昇」において重要な役割を与えられていた。

次にこの心と民族の関係について説明する。それ自体一つの心である「叫び」への合一の過程の中で、民族も一つの乗り越えられるべき過程ではあるが、『禁欲』においては「上昇」の過程において必ず通過しなければならない一段階であり、この民族の段階を経ることなしに人類全体や森羅万象を動員させる「上昇」を促すことはできなかった。『禁欲』においてカザンザキスが民族の定義や民族という概念の深化を行うことはないが、民族が「上昇」の階梯の一つに組み込まれていたように、民族に関わるのは理性ではなく心である。この民族が「日本旅行記」において一つの主題として取り上げられ、一貫して『禁欲』的なニュアンスを与えられる。

三．極東期における心の、個人と民族或いは全体との関係

本節では『禁欲』の心と同書における民族の理解を通して見た、カザンザキスの民族という用語の使用と日本の関係について確認する。カザンザキスに先行するラフカディオ・ハーンは、日本を取り上げた『心』（Kokoro）の冒頭において心を定義して、心が心臓・心情（heart）だけでなく様々な精神作用を意味し、加えて英語の the heart of things のように「事物の核心」を意味すると述べている。[40] また直接心に関してではないが、日本と他の箇所で東洋人の自我が個的なものではなく、多重体であり、魂を複合体としてみなしている、とも指摘している。[41]

カザンザキスにとって、心はそれ全体が一つの叫びであり、ただ個人にのみ属するものではなく、自我を超えて、自己を超越するより大きな存在に合一していくように位置づけられる存在であった。そしてカザンザキスは、日本において人々は政治的にも精神的にも「より優れた、危険な目的［but］に個人が喜んで服従する」と理

解しており、[42]民族或いは全体の個への優越という発想がカザンザキスの中で一貫している。カザンザキスが「日本旅行記」で民族に関して思い描く心は、東洋人の自我が個的なものではなく多重的であるというハーンの指摘に近く、カザンザキスは次のように記している。

日本人は、心に信念を持っている。なぜなら、心は鼓動している儚い一切れの肉でしかないような個人的な所有物ではない。心は民族全体のものである。日本人が正しい道を見つけ、自分たちの行動を規制するためには形而上の方法は必要でない。間違いのない心の声、すなわち民族の声を聞いて、それぞれの行動を定める。この確実性、すなわちほとんど肉体的なこの確実性は日本人の活動を単純に素早く確かなものにしている。[43]

ハーンと同じく心が個人に属するものではないとしつつも、更に一歩進めて、これが民族全体に属するものであると論じている。また心が理性・形而上学的なものではなく、肉体的なもの及び民族的・集団的なものに属しているものだとも指摘している。この記述は前節で見た『禁欲』における心の概念とも一致している。また『石庭』においても「クゲは自身の心に信を置いていた。というのもこの心は、よくよく感じていたことだが、個人の心ではなかったからだ。［中略］それは民族の永遠の心であった」と記述しており、ここには整合性が存在する。[44]

そしてカザンザキスが日本の民族に見た重要な要素で且つ『禁欲』の主題の一つともなるものに「不死」がある。ハーンは『心』において、「神道に独特な真理の要素であるが、生者の世界は死者の世界に直接的に支配されて」おり、[45]「日本人たちの死者は生きているのだ」と日本の先祖崇拝に関して記述している。[46]カザンザキスは日本だけでなく中国も死者に支配された国だと述べている。

彼によると、「中国人にとって仏陀でも孔子でも道でもなく、中国の唯一の真実の神は先祖であり、先祖崇拝こそが中国人の固有の宗教であり」[47]、「死者たちが中国を支配し」ていて、「死者たちが中国の土台である」[48]。このように先祖崇拝に関するハーンとカザンザキスの理解は極めて近いが、カザンザキスにおいては極東地域の習俗や信仰形態としての先祖崇拝を超えて、民族と不死という主題として彼の『禁欲』の思想の中に取り込まれていく。例えば『石庭』ではクゲの口を通して「私たちの所では、死者は先祖たちの聖なる集まりに戻り、神になるのです。［中略］死などは存在しないのです。死は西洋［occidentale］の発明ですよ」と記述している[49]。また「日本旅行記」の「奈良」の章においては、

> 誇り高いこの神道の義務感が日本人の上にどれほど大きな影響をかつて与え、今も与えているのかを深く理解しなければ、日本人の心を理解できない。この影響を深く感じる時、初めてそれぞれの日本人の悪魔的な強さの源がどこにあるか分かるだろう。なぜこのように死を軽視し、全ての者が祖国のために死ぬことを不思議な高揚を持って受け入れるかを理解することが出来るだろう。祖国、ミカド、神々、先祖、そして子孫、これらは日本人にとって、分かつことのできない不死の力である。死んで民族全体と一体となり、不死になると信じている時、どうして人は死を恐れるだろうか。

と記している[50]。『禁欲』において民族は、心が促す「叫び」の「上昇」において必ず経なければならない一段階であり、救済或いは「不死」に至る重要な階梯の一つであった[51]。そして『禁欲』のみならず一九二〇年代後半のロシア期にも見られた「赤い線」についても、『日中旅行記』で「赤い皇室の線［η κόκκινη αυτοκρατορική γραμμή］

は途絶えることなく続いている」と表現されており、[52]『禁欲』やロシア期の文学でも用いられた「赤い線」が、本書の対象とする極東では民族との一致と民族の継続性を強調する形で登場している。カザンザキスは日本を通して、かつて自分が決別した「西欧と理性に対する過度な信頼あるいは崇拝」に対し、物質的・肉体的で「不死」に至る階梯の一段階としての『禁欲』的「民族」像を見出しており、極東旅行での体験と現地の思想との出会いが、カザンザキス思想の脱西欧・理性崇拝という流れの中で意味を有していることの証左となろう。

次節では、このように『禁欲』的に解釈された日本と日本の「心」が「桜」と「富士山」、そして「不動心」という言葉を通して表象されていくのを確認する。これらの言葉の分析を通して、カザンザキスの見た日本の「心」の内実により深く迫りたい。

四．日本旅行で描かれるカザンザキスの心と日本表象

本節では、前節までに確認した『禁欲』の心に結びつけられる形で理解される、カザンザキスが見た日本の心について述べる。桜と富士山、そして不動心の三つの言葉がどのように表象され、それらを通してカザンザキスが日本の心をどのように説明しているのかを、主に「日本旅行記」と『石庭』に基づきながら明らかにする。

桜の表象

本項では、カザンザキスの桜に関する表象と思想を取り上げる。以下に見ていくように、桜に関しては新渡戸やハーンが彼らの著書の中でもその美しさや日本文化の中での意味を論じている。カザンザキスも日本文化理解

としては桜をステレオタイプ的に理解してはいるが、桜を第六章で論じた『禁欲』の思想の中に位置づけている点がカザンザキスに独特な点であろう。

そもそもカザンザキスは、日本に来る前には桜と心の二語しか日本語を知らなかったことを強調しており、この二語が彼にとって重要であったことが想像される。[53] カザンザキスは、「ハーンの信奉者たちに日本の心［η καρδιά της Ιαπωνίας］とは何かと尋ねれば、彼らは朝日の中の山桜と答えるだろう」と述べている。[54] 彼はこの言葉の出典を明かしていないが、ハーンが『日本の面影』の「日本の庭」の章の中で本居宣長の「敷島の 大和心を人問はば 朝日に匂う山桜花」を引用しており、[55] カザンザキスはこの箇所を参照したのだと考えられる。

このようにカザンザキスの中で、ハーンを通して日本の心と桜が結びつけられるが、『石庭』の第二章で日本に入港する前の場面で「だが、全生涯は――かくも高邁なこのもう一つの桜は――死の偽装以外の何物であろうか？」と書いているように、[56] ステレオタイプ的ではあるが桜は死や「不死」にも結びつけられていく。「日本旅行記」の奈良の章において、カザンザキスは、桜が「咲く」という物質の持つ最高の任務を果たす花であり、萎れる前に散ってしまう様を通して恥をさらす前に死を選ぶ侍を象徴する花である、と述べている。[57]「花は桜木、人は武士」に見られるような、[58] 潔く散る桜と武士という組み合わせ自体は新渡戸の『武士道』や、ハーンの『怪談』の「十六桜」や彼のエッセイなどから得た発想であろう。[59]

また桜以外にも死に関しては、「日本人キリスト者」の章において日本人キリスト者のカバヤマ・サン（より正確にはカヴァヤマ・さん／Καβαγιάμα-Σαν）の口を通して、彼が理解したキリスト教の本質に関する理解と共に語られる。

キリスト教が今私たち日本人を惹きつけていますが、それは優れた思想［ιδεολογία］や倫理、或いは儀式の方法の故ではないのです。私たちを惹き付けるのは、その奥深くにまで犠牲という考え方を有しているからなのです。キリスト教の本質は犠牲です（そして再びこの日本人は極めて激しくて迫真の切腹の動作をし、私自分の方に彼の腸がぶちまけないように頭を後ろに動かした）。

犠牲、これこそが私たち日本人を惹き付け、私たちをキリスト者にしたものです。何故なら犠牲こそが私たちの民族［ράτσας］の最上の欲求だからです。あなたの先祖の土地のために犠牲となれ。偉大な太陽の神の子孫たる帝のために犠牲となれ。腹を切り、あなたの名誉のために犠牲となれ。そして今やキリスト教が一歩先へ前進しています。あなた個人の、あなたの王たちの、あなたの民族［ράτσα］のもっと大きな何かのために犠牲となれ。人類のために犠牲となれ。これが犠牲の最高点ではないですか[60]！

カバヤマ・サンは日本人が太古から仏教や外来の思想を受容するだけでなく取捨選択して日本の文化に同化してきたと述べているが[61]、カザンザキスがカバヤマ・サンの口を通して描いた日本化されたキリスト教では、何にもまして「犠牲」による死の選択が強調されている[62]。

だが先に確認したように、カザンザキスの理解した日本の死と「不死」観においては、死とはただその死によって終わるようなものではなく、より無力な個人がより大きく一者に近しい存在である民族に合一し「不死」へと至る階梯の一段であった。これは第六章で見た『禁欲』において、自らの命を犠牲にして「叫び」の「上昇」に参与していくことがカザンザキスにとって本来の自由、或いは「不死」を獲得する手段であったのと同じ構造であった。カザンザキスにとって「桜」は見た目に美しく、死を美化しごまかすような存在ではなく、むしろ『禁欲』的な意味で「民族」の中で「死ぬこと」によって「不死」へと至るという構造を示している。

富士山の表象

桜についでカザンザキスが日本の心を表象するものとして取り上げるのが、富士山である。富士山については、カザンザキスに先行する作家たちが昔からの日本の象徴の一つであると描いている。例えばロティは『秋の日本』にて、日本の象徴としては昔から紙の上にその風景が描かれてきた「富士山」(Fusi-yama) でよかろうと述べている。[63] ハーンは『心』で、外国から日本に帰国する船から見えてくる富士山に関し、「嗚呼！　あなた方は下の方を見過ぎです！　もっと上、——もっと上です——［中略］彼は高くそびえる富士山も、青から緑に靄が変わって下方に近づきつつある丘も、湾の中で込み合う船も、近代日本の何をも見ていなかったのだ。彼は旧き良き日本［the Old］を見ていたのだ」と書いており、富士山を高い崇高なものであって「旧き良き日本」と解している。[64] 松浦はこの箇所をもって「富士山の描写には日本人の魂、日本人の心根の核心の神髄についてハーンは書き込もうとしている」としている。[65]

これらの富士山観に対し、カザンザキスは富士山と心を結びつけていく。「日本旅行記」最終章の「富士」の章で、「日本の心とは、日本の歌に歌われるような桜の花などではない。日本の心とは富士である」と記しており、[66] ハーンの「日本の心は桜である」を受けて、カザンザキスは一歩進めて「日本の心は富士山である」と論じる。

では、カザンザキスにとってなぜ富士山が日本の「心」なのだろうか。カザンザキスは富士山と日本人の関係について、

日本人は澄み切った目で富士を見ている。確かに、これを目にしながらその魂は厳格で忍耐強い、喜びに満

ちた輪郭を手にするのだ。この山はその像と肖によって日本人を創り出した真なる先祖の神なのだ。伝承、神々、小説、妖怪、これら全ての日本の想像力の玩具がその像と肖によって形作られたのだ。日本の全ての子供たちが学習用ノートに千差万別の形で富士山を描き、ここから力と喜びを結び付けるしっかりとして素朴な線の引き方を学んだのだ。富士山が日本人の手をその律動に、まだまだ小さな手を木や石や象牙に彫られた富士山に従わせ、こうしてあなたは富士山の形とその決然とした波形を、目を瞬かせることなく思い描くようになるのだ。(67)

と書いており、大胆にも富士山を「その像と肖によって日本人を創り出した真なる先祖の神なのだ」と表現し、富士山と日本の先祖を結びつける描写を行っている。カザンザキスにとってこの富士山が日本人の典型となっていると同時に、「日本人の生に律動を与え」て「その心に答えを与える」ような、(68)日本人の生き方を律する存在として捉えられている。

特に『禁欲』の術語との関係では、富士山は「日本の『光景』［όραμα］を全て単一の形象にした」ものであり、富士山の輪郭（περίγραμμα）は「全てを収めきる一筆の線［η απλή γραμμή］、救済であり」、「仮面ではない、真実で最上の日本の顔」と表現される。(69)富士山の形と輪郭に対するカザンザキスの着目はここの箇所にのみ見られるものではなく、カザンザキスが日本に入港する前に、先述のカバヤマ・サンによって自身の手帳に富士山を描いてもらっており、(70)また上記「日本旅行記」の引用部分でも、子供たちが富士山を描くことを通して「力と喜びを結びつけるしっかりとして素朴な線の引き方を学」ぶと書いている通り、感覚的・肉体的所作と倫理に富士山を結びつけている。

富士山とこの山の持つ形象について、カザンザキスは「富士とは、日本の精神的な言葉において義務を表す表意文字」だと述べ、また「不滅の炎、未踏の雪を被った絶対の服従」であり、これが「最上の徳」であると表現している。[71] カザンザキスが富士山を通して見た日本の「義務」と「絶対の服従」とは、理性・形而上学の領域に属すのではない、心の領域に属する「民族の声」に従うことであった。尚、『禁欲』の思想の面から見ると、「服従」とは決して受動的な行為ではなく、救済と自由を求める「神＝叫び」のために戦う要請に自発的・能動的に応じることを意味していることも、ここで振り返っておこう。

ここまで見てきたように、日本の富士山はカザンザキスにとって単に日本の風景を象徴するものとしてではなく、『禁欲』における一者たる「叫び＝神」への服従をそこに当てはめていた。

不動心の表象

本節の最後として、不動心に関する表象と思想を取り上げる。「日本旅行記」と『石庭』において不動心という言葉が使われているが、それぞれにおいて意味づけがカザンザキスの中で異なっている。「日本旅行記」において初めて不動心が言及されたのは「日本の蒸気船にて」の章において、ある老人が日露戦争時の明治天皇について語った物語の中においてである。この中で老人は、明治天皇が戦果に対しても損害に対しても微動だにせず心の平静を保っていた様について、不動心（Φουτνόσιν）という言葉を使っている。カザンザキスに解説を求められた老人は、不動心を「心をしっかりと動じないようにしておくことだ。幸福にも不幸にも揺さぶり動かされずに。日本の言葉だ。他の言語にはありはしない。メイド・イン・ジャパンだよ！」と述べている。[72]

次に不動心が登場するのは「武士道」の章で、「血と恋愛、そして人情と死を恐れない人間の新しい典型を創り出すというゆるぎない非情な目的。昔の日本的な美徳であり、心の堅固たる不動心が回帰する」と描写されるが[73]、「心をしっかりしておく」ことや「心の堅固さ」に加えて更に「死を恐れない人間の新しい典型」という要素が不動心理解に加えられ、文字通りの「動かない心」という意味から、解釈に発展が見られる。

また『石庭』においては、日本が主人公に教えたものは何なのかというクゲの質問に対し、一語の日本語で答えると「不動心」という言葉だと答えている。そしてこの「不動心」を、

心［coeur］の不動。喜びを前にしても苦悩を前にしても魂は同じです。自制［se dominer］。私たちには自らの品位を落とす権利などないと知ること。というのも、私たちの各々はその肩に民族［sa race］全体の運命を担っているからです。

責任の悲劇的な意味。これこそ日本の偉大な教訓です。私は一人ではない。私は自分が軽蔑している、この束の間で惨めな存在ではありません。私は永遠で偉大なるもの――私の民族［ma race］なのです。そしていつでも私の心を不動で、恐怖心と呵責なくこの永遠で偉大なるものにふさわしい状態に保っておかなければならないのです。[74]

と説明している。喜びにおいても悲しみにおいても心を動じさせないことは「日本旅行記」と共通しているが、そこに更に自分を超越する存在としての民族が加えられている。重ねて同書では、クゲは不動心を日本人の新しい典型、そして我々の心（coeur）と述べている。[75]ここまで見てきたように、カザンザキスは不動心の「いかなる状況にも心を動かされないこと」という文字通りの意味を踏襲しているが、更に進めて死と民族という『禁欲』的な議論の中に還元していた。[76]

五．小括

本章を通して、カザンザキスが西欧・理性から脱却を目指し「東方」に赴いたという背景を整理しつつ、西欧・理性的な側面を乗り越える力を有する『禁欲』の心を日本に投影したことを論じた。そして『禁欲』の心に準じる形で理解された日本の心を中心に、桜、富士山、不動心という言葉もカザンザキスの中で思想的な意味を与えられて作品の中で描写された。これは『石庭』の一節「人は自身の魂の周り以外を決して旅することはないということをご存知ではないのですか？　たかだか自分の魂の内側だけですよ？　世界の向こう側の端へ行こうと、かけ離れた異国に行こうと、自分が抱いている形象しか見出しはしないのですよ？」と一致している。[77]しかしここまで見てきたように、特に日本を通して描き出された心の有する全への合一と複合性という性質は、カザンザキスが一九三〇年に執筆した『トダ・ラバ』の中で哲学的な観点から述べられていたように東方の特徴でもあった。[78]カザンザキスの中で心と個の否定[79]を通して日本が単に地理的な意味のみならず思想においても意味を与えられ、「東方」として位置づけられていることも明らかである。[80]故にカザンザキスは自分の思想に適合させる形で新たな日本理解を自身の中に生み出したと言えるものであり、その日本理解こそ、ギリシア文学と日本が交錯する重要な場所であることに変わりはない。

次章ではカザンザキスによる日本と古代ギリシア比較を検討し、彼の日本理解を確認すると共に、東方に属する日本と西方の文化的祖と目される古代ギリシアの比定がギリシア知識人たちの間で持つ意味について確認する。そして極東訪問を通してカザンザキスがギリシアの西方性、或いはギリシアの固有性に関する探求に大きく舵を切っていったことを論じる。

第一〇章

カザンザキスのギリシア像——古代ギリシアと日本の比較を中心に

本章では、カザンザキスが「日本旅行記」において提示した古代ギリシア文化と日本文化の類似性と、「ペロポニソス旅行記」[一]において提示した古代ギリシア論という二つの要素に着目し、彼の古代ギリシア像に「東方・アジア」的な要素が肯定的な形で反映されていること、そしてカザンザキスの古代ギリシアに対する思想や古代ギリシア像の構成には、日本或いは極東での体験が活かされていることを論じたい。一九世紀後半以降の「近現代ギリシア国家の脱東方化」を目指したギリシア知識人たちは、「東方・アジア」的要素を排除した上で古代ギリシアを描いたが、それらとカザンザキスの古代ギリシア像は大きく異なる背景を持つものであり、彼の描き出した古代ギリシア観が当時のギリシアにおいて極めて独特なものであったことを論じたい。加えて、一九一〇年

＊本章の注は三四〇ページから掲載している。

代後半より西欧文明への懐疑と東方への関心の中で知的探求を続けてきたカザンザキスが、一九三五年に行われた日中旅行を境に自分自身と極東或いは東洋との差異を意識するようになり、それまでは東方に対して向けられていた彼の自己同一性の探求が、古代ギリシアを中心とした西方にも向けられていったことを明らかにしたい。

一．『日中旅行記』から「ペロポニソス旅行記」と『イギリス旅行記』執筆にかけての動向（一九三六年〜一九四〇年）

本節では『日中旅行記』と「ペロポニソス旅行記」、そして『イギリス旅行記』を執筆した時期の動向を、本書第四章第一節で見た先行研究に基づいて記述する。

極東から帰国して『石庭』(Jardin des Rochers) を執筆した後、カザンザキスは一九三六年一〇月から一一月にかけて内戦状態にあったスペインに特派員として赴いてウナムーノやフランコへの取材を敢行し、(2) その動向を『カティメリニ』紙に寄稿している。(3) 帰国後はエギナ島で執筆に専念し、一九三七年の九月四日から一〇月一日まではペロポニソス半島を旅行し、パトラ、オリンピア、ヴァッセス、ミストラス、モネンヴァシア、スパルティ、アルゴス、ミキネス（ミケーネ）を周遊している。(4) この時の体験を『カティメリニ』紙に一一月七日から一二月二一日付で発表している。(5) ここでの記事が本章で取り上げる「ペロポニソス旅行記」に収録されて書籍化されることになる。(6)

一九三八年は叙事詩『オディッシア』の完成に向けた執筆に明け暮れ、一〇月に『日中旅行記』と共に出版している。続く一九三九年もエギナ島の自宅で執筆に専念するが、七月から一一月にかけてイギリス旅行を行っており、(7) ロンドンやリヴァプールを訪れ、一二月にエギナ島の自宅に戻っている。(8) このイギリス旅行においてストラトフォード・オン・エイヴォンに滞在している間に戯曲「背教者ユリアノス」を執筆しており、一九四〇年にはエギナ島で第二次世界大戦に巻き込まれていくことになる。

二．古代ギリシアと日本の比較——カザンザキスが見ようとしたギリシア

本節では主に「日本旅行記」と「ペロポニソス旅行記」に見られる古代ギリシア像と、「日本旅行記」に描かれた日本像との比較について論じたい。

日本と古代ギリシアが地理的に隔たっており、文明的にも直接的な相互影響が見られなかったのは自明であるが、それでもカザンザキスは「日本旅行記」において「この世界に、その最も輝かしい瞬間において古代ギリシアがどのようであったのかを日本ほど思い起こさせてくれる国はない」と述べ[9]、また「他のどの国も日本ほどギリシアに似ていない」と書いている[10]。このようにカザンザキスは日本とギリシアの類似について述べているが、以下ではカザンザキスが「日本旅行記」においてどのような点に着目して日本とギリシアの類似を思い描いていたのかを明らかにしたい。

カザンザキスの古代ギリシア像の基礎的特徴

カザンザキスは「日本旅行記」と「ペロポニソス旅行記」において、古代ギリシアの特徴を具体的に列挙している。それぞれの検討は次項以降で行うが、本項ではまずこれらの項目の確認から行いたい。

まず、「日本旅行記」の「日本に別れを告げて」の章の中でカザンザキスが日本と古代ギリシアの共通の特徴

として指摘するのは、「手工芸品」、「笑いと悲劇」、「肉体的修道」、「同化力」であり、[11] そして「女性と恋愛」、「母体に根を持たない『個』の否定」、も共通するものとして挙げられる。

次に「ペロポニソス旅行記」において古代ギリシアの特徴を記述している箇所を引用する。

こうしてアルゴスの平地を見ながらコリントスへと上って、私の理性の中に古代の先祖の主な特質を並べ立てる。生への愛、穏やかな死との対面、肉体の修練、理性と肉体の調和、自由への愛、他のより良い世界を羨望することなく大地に喜ばしく根付くこと。[12]

これらの内「日本旅行記」と「ペロポニソス旅行記」の中で共通しているのは、「肉体的修道」と「肉体の修練」であり、言葉の上で同じではないが実質的に共通するのは「女性と恋愛」と「生への愛、穏やかな死との対面」である。

以下では、これらの項目を整理して分析し、カザンザキスによる日本と古代ギリシアの比較を見ていこう。

母体に根を持たない「個」の否定

まず、「日本旅行記」に見られた日本と古代ギリシアに共通の、「母体に根を持たない『個』の否定」について論じる。

第三章で見たようにカザンザキスに先行するイオン・ドラグミスにも「個」を忌避する発想が見られたが、レーヴィットは、カザンザキスの思想にとって集団や民族を乗り越えていくことは重要なことであり、心の内こそが精神的な場であり、これは個的なところであるが故に、「個」こそが最重要なものなのだと論じている。[13] だが

「叫び」は確かに個人の心に働きかけ、英雄を通して「叫び」の要請するところを実現させていくが故に「個」が大事だという点は誤りではないが、民族や集団は乗り越えられはするが棄却されはせず、むしろ前提とされていたように、あくまでもカザンザキス的な「個」は民族や母体たる集団を前提とし、これに基づくものである。『トダ・ラバ』においてカザンザキスは、東方の特徴が「全への合一」であるのに対し、「個」は西方の特徴だとしている。(14)「日本旅行記」では、彼の思想的主著『禁欲』の思想に沿う形で、個人は生き方においてもその芸術的創造においても民族に属するものとして理解されており、民族という根差すべき母体から離れてしまった個人主義は退けられるべきものとして描かれていた。(15)

「ペロポニソス旅行記」の中で、カザンザキスは「古代ギリシアは匂いも手垢もついていないような、超自然的なものではなかった。深く大地に根を下ろし、泥を食べて花を咲かせる木のようなもの」であり、(16)「芸術とは個人的なものではなく全体に属するものであり、芸術家はその邦［πολιτείας］と民族［ράτσας］の代表であり、この全体の生きていた偉大な瞬間を不死にするという目標を有していた」と記述している。(17)カザンザキスにとって古代ギリシアの創造は、時代背景や社会環境とは無関係な特定の人物、或いは孤立した天才の手になるものでもなければ、個人の心情や事情、またその勲功のみを表現するものでもなかった。それは確かに汎人類的な側面を持つものではあるが、(18)何よりもまず自分たちが生きる時代と場所、そして自分たちがよって立つ文化や伝統に属するものであり且つこれを表現するものである。そして古代ギリシア人たちが自分たちの間で共通財として、そして先祖たちとの共通性を担保してくれるものとして有しているのがギリシアの風景である。(19)この風景は常に同じであり続け、ギリシア民族に一貫性を与えるものであり続けたのだとカザンザキスは論じている。(20)

一方カザンザキスは、ギリシアが退けられるべき個人主義（ατομικισμός）に陥ってしまったのはペロポニソス戦争以降のことであり、「人間に到達可能な頂点を示した均衡」のパルテノンの時代から混沌の時代になってしまった、と述べている。[21] この混沌の時代は、「不信心で現実主義的な、超人間的な理想もない大口叩きのヘレニズム時代 ελληνιστική」であり、ギリシア人は古代時代のポリスの擁護者たる市民ではなくなって祖国への信頼を失ってしまい、そうしてこのヘレニズム時代のギリシアが東方（ανατολίτικη）になっていったのだと理解している。[22] カラリスはニーチェを援用しつつ、この個人主義に陥りポリス或いはギリシアへの根を失ってしまったこの時代を「アレクサンドリア文化時代」と呼び、個々人が「自分が世界の中心である」と宣言することにより個人と社会が分断され、ギリシアの徳である均衡及び調和を失った時代だったと論じている。[23] このような「個人」（το άτομο）は『禁欲』において自分だけが存在し、全ては自分が作りだした表象であると述べる独我論的な「理性」であり、[24] 最初に乗り越えられるべきものであった。カザンザキスにとってこのような「個人」は混沌を象徴するものであり、「日本旅行記」では「我々白人は［中略］個という地獄［κόλαση της ατομικότητα］の中で彷徨い、「何も信じず、惨めに生きて、永遠に死ぬのだ」と記述している。[25] この「個人」は「個人と社会の均衡の取れた古代のギリシアの理想時代」と文化を象徴する「自分自身」（ο εαυτός）とは全く異なるものであり、カザンザキスは古代のギリシアをこのあるべき「自分自身」から「個人」に堕してしまった歴史として描く。[26] ここまで見てきたように、カザンザキスは日本においても古代ギリシアにおいても母体或いは民族に根を持たない「個」を否定しており、カザンザキス的な「個」は民族或いは基づくべき集団や母体を前提としたものである。[27]

「同化力」

「日本旅行記」を通してカザンザキスは、日本とギリシアに共通する要素として「同化力」の高さを挙げている。カザンザキスに先行し、彼に思想的に影響を与えたギリシア人思想家たちの中に古くはプラトンがおり、[28] 同時代人にはペリクリス・ヤンノプロスや先述のイオン・ドラグミスがいる。ヤンノプロスは他文明及び他文化を「ギリシア化」する意味でのギリシアの「同化力」の高さを指摘し、ドラグミスは他文化がギリシア化される原動力としてギリシア文化の優越性を指摘した。確かに、カザンザキスも「日本旅行記」の中で古代ギリシアがエジプトや東方或いはオリエント（Ανατολή）から宗教や芸術など文明の第一要素を受け、それを「ギリシア化」して同化したと論じている。[29] そしてヤンノプロスやドラグミスの指摘するように、[30] このギリシアの他文化を同化する力は、古代のギリシアのみならず中世から現代にかけても同じ特質を有するものだと理解している。[31]

第二章で確認した西洋の文化的な祖先であり、東方・オリエント世界からは文化的な影響を受けることがなかったと理解されていた古代ギリシア観に対し、カザンザキスは古代ギリシアの起源を「古代ギリシアの民衆たちは、ヨーロッパと東方の古い人種と新しい人種［φυλές］の様々なものの混合」であり、周囲の民族や文化を同化してきたと理解している。[32] そして彼は、古代ギリシアが歴史上卓越した時代であったことは無論認めつつも、純粋な存在ではなく多民族の影響を受け混合しているものだとし、理想化された古代ギリシアの様々な祝祭なども現代のギリシアの「どんちゃん騒ぎ」と変わるものではなく、声と喧嘩そして商売に満ち、馬や豚などの家畜の呻きに満たされていた、と述べている。[33] 理想とされる古代ギリシアの白さも作り物であって、振る舞いや倫理、またその魂においても野蛮なものがあったとしている。[34] このように、カザンザキスはヴィンケルマンやヴォルフ等とは異なり、古代ギリシアをオリエント世界或いは東方から切り離して理解せず、またヴォルフやドラグミスのような、古代ギリシア世界が劣ったアジア・東方世界から文化的な影響を受けることはないといった考え方を排斥している。

日本の「同化」(assimilative) に関しては、カザンザキスがその作品を精読したことが明らかであるラフカディオ・ハーンも指摘しているように、[35] カザンザキスは彼の古代ギリシアの同化とその起源に関する理解と同じく、日本もインドや中国、そして朝鮮から宗教や文明を受容して同化し、日本独自の文化を形成したと記述している。[36] また著名な日本学者でカザンザキスが参照した可能性の高いグリフィスも、日本人はタタール人や朝鮮人、台湾や南太平洋の諸民族など様々な人種の混合であり、[37] 他民族から借用したものを「取り入れて、適合させて、熟達する」(adopt, adapt, adept) 点を日本の特徴だと記している。[38]

カザンザキスは日本の特徴の一つは、この「同化力」或いは「日本化」にあると考えている。「日本旅行記」では日本に入港する前に、日本人キリスト教徒のカバヤマ・サンの口から、日本の伝統的な宗教とは異なるキリスト教を彼が受容できた理由として、日本の魂の特徴が語られる。それは、日本は外国の思想を受容するが、単に影響を受けるだけでなく従来の日本の思想と調和させて同化してしまう、というものである。[39] この主題は「日本旅行記」及び『石庭』の中で繰り返し語られる。例えば「奈良」の章においても「日本人の魂は、いつも何か女性的なものを持ち、外国の種に憧れ、受け入れることさえも切望している。次第に日本人の心の内で、取り込みと実り豊かな同化が始まった。役に立たないものは追い出し、同化され得るものだけを取り入れた」と論じている。[40]『石庭』ではクゲの口を通して「ひとたび同化［assimilées］すれば、日本の伝統の中にもう溶け出して出て行ってしまうことのないように統合して、全てを均質にしてしまうのです」と語らせている。[41] 加えて、この日本の外来物の同化を「日本の奇跡によって同化し［assimilions］」て「民族主義［nationalisime］の中に取り込」んでしまう「俳諧［haïkaï］」とさえ呼んでいる。[42] このように、カザンザキスにとって「同化」及び「日本化」の力は日本の大きな特徴の一つであり、外来の文化を吸収しつつ自国独自のものに昇華させたという点が、日本と古代ギリシアに共通しているといえよう。

手工芸品

次にカザンザキスがギリシアと日本に共通しているものとして挙げているのは、両者が古代から有している

「手工芸品」についてである。同じく「日本旅行記」においてカザンザキスは以下のように述べている。

古代ギリシアと同じように、ここでも古代日本においても、今でも生きているのだが、人間の手より出る、日常の生活の中で使われる極めて小さなものでも、それは愛と喜びによって作られた工芸作品［έργο τέχνης］である。全ては美と素朴さ、そして喜びを欲求する、喜ばしい有能な手から出るのだが、日本人はこれをたった一言「渋い」［σιμποί］と呼んでいる。

日々の生活の中の美しさ。他にも類似点はある。

両民衆とも宗教に朗らかな見方というものを与え、神を人間との思いやりのある接触の中に定立した。両民衆とも同じ素朴さと喜びを、衣装と食事、そして住居の中に有しているのだ。(43)

古代ギリシアと日本の工芸品を比較するという視点は、当時のギリシアの知識人たちを見るとカザンザキスに独特な視点だと言えるだろう。また、古代ギリシアの美を論じるに際し、古代ギリシア彫刻といった古典的な芸術作品などのいわゆる「古典ギリシアの美」を象徴するような対象ではなく、従来知識人たちが看過しがちな当時の「民衆の生」を取り上げている点も注目に値する。この民衆への着目は、極東期に先行するロシア期にも見られたが、極東期においても十分に継続されているものである。

「悲劇」と「笑い」

カザンザキスは日本と古代ギリシアの悲劇に関して、「ディオニソスの花祭と花見という同じような自然を崇拝する祭り、そして同じ根から出た踊りがあり、そして同じ神聖な果実から悲劇を取り出したのだ」と論じている。[44]「日本旅行記」の「日本の悲劇が生まれたところ」の章において、日本の悲劇「能」の作家として、「日本のソフォクレスでありアイスキュロスである観阿弥・世阿弥」の名前を挙げている。[45]この日本と古代ギリシアの「悲喜劇」には、古代スパルタと日本に共通する「笑い」[46]、そしてロシア期においても『その男ゾルバ』においても哲学的な意味を与えられる「踊り」が含まれている。しかし、同じギリシアであっても「ペロポニソス旅行記」の中で、現代のギリシア人には古代人に見られた笑いや微笑みは見られないと述べており、古代ギリシア時代の笑い、悲劇性が現代では失われていると指摘している。[47]

「女性」と「恋愛」

さらにカザンザキスが日本と古代ギリシアの類似点として指摘するのは、「女性観」及び「恋愛観」である。たとえばハーンも、東洋の魂（that Oriental soul）の自然と生への喜ばしい愛は古代ギリシア民族（the old Greek race）と奇妙な類似があると述べている。[48]カザンザキスは「日本旅行記」において京都の芸者や街の女性たちなどの描写を多々行っているが、東京滞在中のことを描いた「日本人女性」の章の「吉原と玉乃井」という項と「芸者」という項で特に集中的に描いている。本書は、カザンザキスの女性論やフェミニズムといったこれまで十分に論じられた分野を論じるものではないので、ここでのカザンザキスの日本人女性観については論じず、身体的快楽の肯定に結びついた非キリスト教的現世肯定という観点から、カザンザキスの言説を分析したい。[49]

まず「吉原と玉乃井」[50]の項でカザンザキスは、「日本人たちはキリスト教的な身体への呪いを経ておらず、彼らにとってつかの間の快楽は罪ではないのだ」と述べている。[51]次に「芸者」の項で、「ここ［東京の料亭］であるいは古代ギリシアの恋愛に対する理解の――女に喜びを与え、女から喜びをもらうということは死に至る罪ではない――雰囲気を感じたことだろう」と記述している。[52]カザンザキスにとって、特に恋愛と女性は小説家として処女作となる『蛇と百合』（一九〇六）から晩年の『最後の誘惑』（一九五一）まで一貫して見られる重要なテーマである。

「ペロポニソス旅行記」において古代ギリシアの女性や古代ギリシア人の恋愛観、或いは上記で見た「古代ギリシアの恋愛に対する理解」について細かい描写がなされることはなかった。カザンザキスは「日本旅行記」で恋愛と生の喜びの肯定を提示したが、この思考は「日本人たちはキリスト教的な身体への呪いを経ておらず」と書いているようにキリスト教と対比される。ニーチェ哲学に大きな影響を受け一九〇六年に執筆した最初期のエッセイ「世紀病」以来継続した見方であり、ここでも「イエスの到来まで人間は生とこの世の善を尊重し」、「美しく健全で、若くて豊かでいたい」と記述している。[53] 逆に「ペロポニソス旅行記」においてカザンザキスは、「ビザンツ人或いは東方人」の特徴を神権政治、封建制、生の嫌悪、虚無、厭世主義、神秘主義、大地の軽蔑と永遠の天への憧憬として列挙している。[54] このように、現在のギリシアにつながるキリスト教化した中世ギリシアの「ビザンツ人或いは東方人」の特徴は、日本の特徴と、また同じギリシアにもかかわらず古代ギリシアの特徴と対比される形で書かれている。

残念ながら、「ペロポニソス旅行記」の中で古代ギリシア人の死に対する態度や思想に関する具体的な記述は見られないが、カザンザキスの日本人の死に関する議論は「日本旅行記」及び『石庭』でなされている。特に『石庭』では、死は西欧の発明であり、不死を信じる日本人が死を恐れることはないと記述しており、[55]『禁欲』や日本の武士道に結びつける形で日本の死生観を捉えている。ここでは、日本と古代ギリシアにおける女性を通した身体性と現世の肯定という議論を、ステレオタイプ的ではあるがキリスト教と対比させる形でカザンザキスが想定していることを確認し、併せてこの観点における古代ギリシアと中世以降のギリシアが断絶しているとみなしていることについても確認するに留めておく。

肉体的修道

最後に、カザンザキスが日本と古代ギリシアに共通する重要な要素とみなした、「肉体の修養」について述べる。新渡戸も『武士道』の中で、武士には「鍛錬［exercise］と模範［example］によって訓練［trained］されうる若者の精神［mind］」という発想があり[56]、武士が「行動の人」(a man of action)であり[57]、教育において武術や馬術を兵法や文学、そして歴史などと共に学んでいたと記述している[58]。この肉体と人格及び精神の結びつきは、極東旅行、及び「故郷嫌悪」・「東方探求」の文脈において、物質を欠き抽象的過ぎる理性に重きを置く「西方」から距離をとるというカザンザキスの目的と合致するものであった。「日本旅行記」でカザンザキスは次のように書いている。

> 両民衆［日本と古代ギリシア］は肉体的修練［σωματική άσκηση］に霊的な目的［πνευματικό σκόπο］を置こうと努めている。日本人は弓を使った修練を崇拝する。なぜか？　日本の体術家［γυμναστής］が以下のように私にまっとうな理由を説明してくれた。一）弓術が思考を定めてくれる。あなたは習慣的に矢を射る前に考えるようになる。そしてあなたが偉大な倫理的な生活を獲得したいのであれば、この習慣は日常生活で必要不可欠である。二）弓術は服従［πειθαρχία］を強調する。あなたは冷静さを保つ習慣が身につくが、これは人間の生の中で計り知れない価値を有している。三）弓術はあなたの各々の動きを喜びの中で完成させることを教えてくれる[59]。

また古代ギリシアにおける肉体の修練という観点については、「ペロポニソス旅行記」から引用すると、ギリシア人は決して芸術のための芸術に従事したことはなかった。常に美とは生に仕えるという目的を有していた。古代人たちは均衡が取れて健全な理性を受け入れるために、美しくて強い肉体を欲していたのだ。そして更に――最上の目的として――都市を守ることができるように。

ギリシア人にとって鍛錬は都市での公共の生にとって欠くべからざるものであった。完全なる市民とは鍛錬と格闘を通して、肉体を仕えさせて、より強くて調和した、つまり美しい肉体を創造して人種を擁護する覚悟のできている者のことであった。[60]

と述べており、加えて「あなたは古典時代の像を見ればただちに格闘技で戦っている男性が自由人なのか、奴隷なのか理解するだろう。彼の肉体がそれを明らかにしてくれる。選手の美しい肉体、静寂な静止、苦痛の絶対服従。これらは自由な人間の特長である」と記しており、[61] 極東期を通して描かれた肉体の修練の重要性が継続されている。[62]

また一九三九年の『イギリス旅行記』においても、日本の侍とイギリスの紳士（gentleman）を比較しつつ、[63] イートン校やオックスフォード大学、そしてケンブリッジ大学における、ギリシア古典とスポーツや身体の鍛錬を重視する教育を肯定的に描いている。[64] 特にイートン校における教育では、個人ではなく団体スポーツを重視し、このスポーツ教育を通して肉体を鍛錬することと集団に対する個人の犠牲の重要性を学ぶことになると指摘している。[65]『日中旅行記』の「序文」で見た極東旅行の目的は、「脱西欧化」と過度な合理主義と抽象性を脱して『禁欲』で描かれた「心」が対象とする肉体性と感覚性を再獲得することであったが、カザンザキスは古代ギリシア世界と古代ギリシア教育の根づいたイギリスでの教育、そして日本の武士道や弓術の中に共通するものを見出していた。

ここまで、カザンザキスが提示した日本と古代ギリシアの五つの類似点について論じた。彼は日本と古代ギリシアの類似性を作品の中で言及していたが、そもそもラウルダスによるカザンザキスのギリシア観に対する非難や当時の時代背景に見られたように、古代ギリシアと東方は切り離されてしかるべきものであり、当時ギリシア人の間で十分に知られていたとは言い難い日本文化と古代ギリシア文化の比定は、当時のギリシアの知識人たちの知的傾向の中で見るとカザンザキスに極めて独特な視点だったと言っても過言ではないだろう。特に本項の「肉体の修練」や前章で見たような彼の日本理解は、思想的主著『禁欲』の思想に適合する形で行われていた。『禁欲』の思想の枠組みの中で、日本に関する思索と考察が古代ギリシアに対する考察や思索と交錯しあい相互に影響を与え合っていた点も、カザンザキス思想を論じる上で極めて重要な視点である。これはカザンザキスの古代ギリシア観の形成において、古代ギリシアとは直接の関係を有さないはずの日本が一定以上の役割を果たしていることの証左であろう。

三．「東方」との距離感の芽生えと「西方」への回帰

前節までは、日本との類似点を通じて見られたカザンザキスの古代ギリシア像を見てきたが、本節では「日本旅行記」と『石庭』に見られる、カザンザキスの極東との心理的な隔たりの生起と西方への回帰について確認していきたい。

「日本旅行記」における描写

ここまでで「日本旅行記」において日本と古代ギリシアに対し基本的には近似性を認めていたことを確認した。そして前章でも確認したように、ハーンの「ヨーロッパ人には日本は分からない」という考え方に対して、自分が単なるヨーロッパ人ではなく、ヨーロッパとアジアの間に生まれたギリシア人であると述べていた通り[66]、基本的に極東地域に親しみをも感じていた。また、当時のカザンザキスの中で故郷嫌悪による西欧忌避の指向が強かったこともあった。

このような傾向に変化が見られるのは、日本を経て中国に向かう前の第二二章「日本の工芸」の章においてであり、「確かに信心深い日本人であれば私よりももっと深くこの感動を感じるのであろう。そしてこの感動がその全人生に律動を与えている。私は窮屈な論理［λογική］と狡賢い商人に満ちた祖国に帰るのだ。だが日本人はここに留まるだろう」と記している[67]。また第二三章「日本人女性」第二項「芸者」において、日本人の微笑みという仮面の下にある本当の「日本の顔」が摑めないことに苛立ちを覚えてもおり[68]、東京で日々を過ごし日本を離れる日が近づくにつれ、カザンザキスは日本に感じていた近さよりもヨーロッパ・西方への近さを感じ始める。当初は日本を理解できると発言していたが、自分たちの間における理解の不可能性について意識している描写が見られるようになる。

『石庭』における描写

前項で見たように、カザンザキスは「日本旅行記」において少しずつ極東や日本との距離感を感じ始めていたが、本項ではギリシア帰国後にギリシア人に向けてではなくヨーロッパの読者に向けてフランス語で書かれた『石庭』における、カザンザキスの極東に対する距離感を見ていきたい。まずこの作品を執筆していた一九三六年の五月にプレヴェラキスに宛てた手紙の中で、カザンザキスはこの作品が「ヨーロッパの魂が極東の魅惑的で危険な、英雄的な魂との接触によって我が身の一新を求めるような」小説であると書いている。[69] そして自身の人格が投影された主人公は、最初の嫌悪感を乗り越えて無数の黄色人種（την αναρίθμητη φυλή των Κίτρινων）の人々を理解し愛することができるようになっていくと述べており、[70] そもそも執筆段階からヨーロッパと極東の間の差が深く意識されている。では実際に『石庭』本文を見ていこう。

日本に向かう船の中の出来事を描く『石庭』第二章において、本節で後述するポーランド人バイオリニストに「日本人の男や女たちと話をして何か楽しいことでもあるのですか？」と尋ねられた主人公は、「彼らが好きなのですよ」、「私たちに似ていないので好きなのですよ。白い顔はもうたくさんです」と答えている。[71] このように日本との距離感という点では「日本旅行記」と真逆の展開で始まっている。また人種（race）に絡めた話題では、白色人種と黄色人種が異なる存在で、黄色人種の雑踏に身を馴染ませることができず、兄弟として認めることを拒んでしまっていたこと、[72] そして初めて黄色人種（race jaune）に接触した時に生理的嫌悪感があったことを主人公に告白させており、[73] 当初から心理的に隔絶があったことがより一層強調されている。

また同章の同じく日本に向かう船中で、この主人公は日本人女性の友人で日本軍スパイのヨシロと会話を交わす。「日本旅行記」とはうって変わり、ヨシロは「あぁ、白人たち！」、「白人たちに青白い思想。自由、平等、博愛ですって……キリスト教が作り出したキマイラよ……植物的美徳だわ！」と述べ、加えて当時の日中をめぐる国際情勢の故に「中国は私たちのものよ！　中国に手出しする者は用心することね！」と発言しており、[74] ここに穏やかで相互理解を求める雰囲気は一切見られない。加えて、このヨシロの次に登場するポーランド人バイオリニストの描写が「日本旅行記」と『石庭』で異なっているのが極めて興味深い。ポーランド人バイオリニストという属性を持つ人物は「日本旅行記」の「日本人基督者」の章に登場するも、特に印象的な役割も果たさず日本について述べることもない。[75] しかし『石庭』において「白い肌と蒼い目を誇りにする」、「温厚な平和主義者」という性格が与えられた彼は、

だが、あなたのおっしゃる日本人というのは猿に過ぎないですな！　果実を盗み食いする木登り上手な猿といったところです。宗教をインド人から、芸術と文化を中国人と朝鮮人から、科学と組織を白人から盗みました。彼らが何を発明したというんです？　何もありはしませんよ。全て猿真似です。黄色いアメリカ人ですって？　とんでもない。黄色い猿ですよ！[76]

と述べ、日本に上陸する前から人種差別的発言を含んだ最悪な雰囲気で話が展開するとともに、日本とヨーロッパの断絶が強調されている。

またカザンザキスが投影されたギリシア人主人公の表象に関しても、「日本旅行記」に見られるようなアジア等東方に属する人間の要素を少しも含むことなく、『石庭』においては日本人のクゲを通して主人公が「憎むべき人種」（une race haïe）に属していること、[77] そして中国人のリ・テからも「友よ、私は君をよく知っているんだよ。君は海賊で、略奪を働いている。正真正銘の白人だよ［un vrai Blanc］」と表現されている。[78] また主人公自身からして、東京において日本の石庭を理解できるかと仏僧に問われた際に、この日本の石庭が理解できなかったことに対して「西洋人［occidental］としての私の皮膚は厚すぎた」と答えている。[79]「日本旅行記」では主人公がギリシア人であることが描かれ、またしばしばギリシアの文物が登場したのとは異なり、『石庭』においては

主人公がギリシア人として重要な位置づけをもつことはなく、もっぱら日本人や中国人といった黄色人種（race jaune）とは極めて異質な白人（race blanche）として表象されている。

ここまで見てきたように、ギリシア人に向けて書かれたわけではなくフランス語でヨーロッパ人に向けて書いた小説ではあるが、『石庭』の中で日中の文化について描写した箇所でも、極東と古代ギリシア或いはギリシアとの共通性を探ろうとする姿勢は見られない。執筆時（一九三六年）の時代背景もあってか、白人と黄色人の融和的描写も見られず、違いが強調されるのみである。「日本旅行記」では初めは極東に対し親近感を抱いていたのが最後には差異を意識するにいたった構成であった。だが「日本旅行記」の後に書かれた『石庭』では、初めから差異が強調され、第一八章で東洋の女性との邂逅を通して「女性性一般」を見出すことで「人種［les races］を引き裂いていた嫌悪感が消える。越えることのできない深淵の上に橋を架けることができる」と思い至るも[80]、結局これは「東方」を理解し受け入れたのではなく「一般」を創り出しそこに逃避したのである。日本人のヨシロと再会することもできなければ中国人のリ・テ、シウ・ラン兄妹とも和解することなく、日本や中国で出会った誰とも人格的な相互理解を経ずに終わってしまう。ここにはアジアとヨーロッパの間に生まれ、非西欧的なものを探求するギリシア人・カザンザキスは見られず、オックスフォードに学んだ[81]、ヨーロッパ人・白人としての主人公・カザンザキスが見られるのみであり、極東とギリシア或いは自己を比定する際に「アジア・ヨーロッパ」という区分から「黄色人種・白色人種」という区分に移行していた。

四．小括

前章でのカザンザキスの引用では、日本やギリシアの民族や黄色人種や白色人種を言い表すのにフランス語で

race、ギリシア語でράτσαという言葉が当てられ、民族と人種を区別せずに使用されていた。しばしばράτσαの代わりにφυλή（人種）やέθνος（国民）という言葉も用いられるが、カラリスは「カザンザキスのράτσαは人種［φυλή］や血統を示すこともあれば、伝統や文化を示すこともある」と指摘しており[82]、カザンザキスにおいては「民族」にあたる語の定義が曖昧であり、日本語でいう人種と民族の明確な区別がなされていない[83]。

「日本旅行記」の中でράτσαという言葉を通して民族という観点をもって古代ギリシアと日本の親近性が議論されたが、「日本旅行記」後半と『石庭』では同じράτσαという言葉で白色人種・黄色人種という人種の観点が主題になり、極東とギリシアを含むヨーロッパの差異が強調される結果となった。そして日本旅行後に執筆された「ペロポニソス旅行記」、及び『イギリス旅行記』の中では、ヨーロッパとしてのギリシアという主題の探求が見られるようになっていく。

本章を通して、カザンザキスによる日本と古代ギリシアの文化比定を見てきた。一九世紀以降の知識人たちはギリシア観及び自己像形成の中で、ギリシアを西方・ヨーロッパ化させ東方或いはアジア的な要素を排除しようと努力していた一方で、カザンザキスは「日本旅行記」及び「ペロポニソス旅行記」の中で東方・アジアに属する日本文化との比定を交えながら古代ギリシア文化を描き出し、自身を悩ませていた過度の抽象性と個人主義といった西欧文明の問題点を乗り越えるべく思想を巡らしたことを論じた。そこでは、日本を巡る思索と古代ギリシアを巡る思索が交錯し、相互に影響を与え合ったのであり、カザンザキスの古代ギリシアに対する思想或いは古代ギリシア像の形成に、日本或いは極東での体験が多分に活かされているものだといえよう。

だが極東旅行の後には民族ではなく人種という観点で彼我の差異を実感し、西方、或いはヨーロッパの一部としてのギリシアの特質への探求に向かうことになる。すなわち、一九二〇年代より脱西欧化の思考の中で東方を大きく捉えていたカザンザキスが極東を訪問したことで、人種の違いの大きさにも気がついたということである。かくして自身の白人性を中心に西方性の重要さにも気がついたと考えられるが、カザンザキス本人はこの変節に関して何も述べておらず、推測の域を出ていない。

なお、ヨーロッパの一部としてのギリシアの特質としては、理性と肉体の調和、自由への愛、そして彼岸を求めず大地に根づくことの三つがあったが、次章において西方、或いはヨーロッパの一部として、ギリシアの特質の探求を進めた点について論じる。

第一一章

カザンザキスによるギリシアの西方性の探求と古代ギリシア

本章では、独墺期やロシア期、そして極東期において脱西欧化や東方性の探求を目指したカザンザキスが、前章で見た極東との断絶の意識を経て、一九三〇年代後半に行われたペロポニソス半島やイギリスへの旅行とそれら旅行記の執筆を通してギリシアの西方性に関する思索を行い、ヨーロッパの一員としてのギリシア像、或いはギリシアの西方性について描こうとしたことを明らかにする。

ニーチェの「アポロン的」・「ディオニソス的」に比定されるギリシアの「西方要素」と「東方要素」を抽出し、ギリシアが単に東と西の両方の要素を持つということではなく、「東西の融合」という単なる東方とも単なる西方とも異なる独特の性質を有するのだと考えていたことを、「ペロポニソス旅行記」と『イギリス旅行記』

＊本章の注は三三六ページから掲載している。

を中心に分析しながら論じたい。なお、これらの旅行記を書いた時期のカザンザキスの動向については前章で触れているので、そちらを参照されたい。

一．地理的、歴史的なギリシアの東西性

本節では、まず「ペロポニソス旅行記」に見られる、古代ギリシアから現代のギリシアまでを継続した統一体として理解するカザンザキスのギリシア史観を確認する。次いで、カザンザキスの「地元の」（ντόπιος）という形容詞に着目し、カザンザキスが古代ギリシアの子孫である近現代ギリシアを、周辺の他民族との関係において東方に属するものとして理解することもあれば、西方に属するものとしても理解することもあるということを論じる。最後に、古代ギリシアが単に近現代ギリシアの先祖であるだけでなく、白色人種の祖として理解されていることを確認する。

カザンザキスの理解した古代ギリシアと近現代ギリシアの史的連続性

カザンザキスは、自身の著作において古代ギリシアと近現代ギリシアの連続性を直接の主題としては論じておらず、また管見の限り、学問的な史的連続性の証明に関心を示したこともなかった。だが「ペロポニソス旅行記」第一章の書き出しは、カザンザキスによるギリシア史理解に関する珍しい記述で始まる――「ギリシアの顔は一二の主要な上書きによるパレンプセストである。同時代、一八二一年、トルコ、フランク、ビザンツ、ローマ、ヘレニズム時代、古典期、ドーリア的中世、ミケーネ、エーゲ、そして石器時代である」。[1] パレンプセスト

は過去に書かれた文字を消して上から新しい内容を書き直した主に羊皮紙の写本のことである。確かに、どのような内容が上から上書きされようと、文字が書き込まれるパレンプセスト自体は、切り取られたり書き込まれる方向が変わったりしたとしても、本質的には同じものであり続ける。表面に書かれたものしか目には見えなかったとしても、その下に書き込まれてきたものはそこに痕跡をとどめており、パレンプセストの中で一つの連続体を形成している。

カザンザキスの理解では、古代ギリシアはペロポニソス戦争後に調和を欠いたヘレニズム時代になってしまったが[2]、古代ギリシアにせよヘレニズム時代にせよ、この二つの時代は同じパレンプセストに書き込まれた一つの連続である。それらを引き継いだ近現代ギリシアは、古代ギリシアの上に書き込まれその痕跡を継承するものであり、その間には更に西方フランク（西欧世界）や東方のトルコをギリシアに取り込み同化しているという構造になっている[3]。

次項以下では、カザンザキスの近現代ギリシア人（Νεοέλληνες）観、東ローマ・ビザンツ帝国を経て西欧世界とも異なる西方に属しつつ、かつアジアとも異なる東方に属するものとして理解される近現代ギリシアの東西性の思想について見ていこう。

近現代ギリシアの東西性

本項では、カザンザキスの近現代ギリシアの東西性に関する議論を確認する。一九二〇年代前半にドイツでカザンザキスと交流し、「ペロポニソス旅行記」においてもその名前の挙がっているディモステニス・ダニイリディイスは、著書『近現代ギリシアの社会と経済』の中で、近現代ギリシアの起源について、ヘレニズム時代、それからローマ時代に徐々に近現代ギリシアの個性が生まれ始めていたと記述している。[4] カザンザキスは、古代ギリシアがいつ近現代ギリシアになったのか、或いは古代ギリシアと本質的に何が異なっているのかという議論をしてはいないが、ダニイリディスとカザンザキスが共通して近現代ギリシアの象徴とするのがディゲニス・アクリタス（Διγενής Ακρίτας）である。ディゲニス・アクリタスは、およそ一一世紀中頃に起源を遡る、多くの場合近現代ギリシア文学史の嚆矢に数え入れられる叙事詩『ディゲニス・アクリタス』の主人公である。[5]「アクリタス」は中世の国境警備兵を意味しているが、「ディゲニス」という言葉は彼がイスラーム教徒のアミールとキリスト教徒のアンドロニコス将軍の娘イリニの間に生まれた子であるという逸話に由来している。[6]

カザンザキスより前にダニイリディスは、近現代ギリシアが東西両方の特性を有していることを述べるのにディゲニス・アクリタスを取り上げており、東西の仲介者としてのクレタの役割を「ギリシア的地中海の真のディゲニス・アクリタス」と表現している。[7] 続く項では、カザンザキスによる近現代ギリシアの東西性の象徴としてのディゲニス・アクリタスの表象を確認し、カザンザキスの記述した他民族との関係で見た近現代ギリシアの東西性について論じる。

西方として表象される近現代ギリシア

「ペロポニソス旅行記」最終章「現代ギリシア文明の諸問題」において、カザンザキスは近現代ギリシアが「二重［διγενή／ディゲニ］の魂」を有していると記述している。[8] この「二重」の指す意味内容は、ギリシアの有する東方性と西方性であるが、ここでは「ギリシア人の父と東方人［ανατολίτισσα］の母を持つディゲニスは私たちの民族［ράτσας］の象徴的英雄である」と叙述される。[9]

ディゲニス・アクリタスに象徴されるように、ギリシアは東西の二重の特性を有すると表現されているが、上記の引用において東方は「東方人」であるが、西方としては「ギリシア人」であった。つまりこの比喩では、ギリシアは西方と東方の両要素を併せ持つと同時に、「ギリシアはギリシア［西方］と東方という二つの特性を有する」という一見奇妙な言説が展開されている。

ディゲニス・アクリタスの比喩で言及される西方としてのギリシアについて、カザンザキスは更に「私たちは地元のギリシア［το ντόπιο ελληνικό］と東方［το ανατολίτικο］の二つの潮流が、交わることなく平行に走ることもあれば、混ざり合って怒りに狂い闘うこともあり、また稀に組織的な統一に達そうとしているのを見ている」と記述している。[10] そして「ディゲニスである近現代ギリシア人［Νεοέλληνας］」[11]は、「東方」の諸民族との相対的な関係において「地元のギリシア」と表象され、「西方」に属するものとされており、文化、宗教的な面でイスラーム世界・東方とは異なる西方世界に属するものであるということが意識される形になっている。[12]

東方として表象される近現代ギリシア

本項目では、「ペロポニソス旅行記」に描かれた近現代ギリシアの東方性について確認する。カザンザキスは東方としてのギリシアと他者としての西方との接触として、一二〇四年の第四回十字軍による西欧・天主教勢力のフランク人（Φράγκοι）がギリシア本土に勢力を伸ばし始めてから一四五三年のコンスタンディヌーポリ（現イスタンブル）の崩壊までの、フランク人とギリシアの関係を挙げている。[13] カザンザキスは近現代ギリシアの起源には西方のフランク人と「東方の精神性を含んだ地元の［εντόπιο］要素」の融合も含まれると考えていた。[14] 実際に彼はギリシア人がフランク人を同化したと考えており、

だが少しずつ女性的な風景が漏れもなく甘美かつ静かな包囲を開始した。風景、そして硬くて黒い髪の、

大きな目をした地元の女たち［ντόπιες γυναίκες］。金髪の蛇たちは自分たちの肝臓が少しずつ切り取られていくのを感じていた。女たちと混ざって祖国を忘れてしまったのだ。ガスムリ［Γασμούλοι］と呼ばれる子をなした。子供たちは母親に付き従って母の言葉を話し、ギリシア人になった。幼児たちの中の西欧人の［φράγκικο］血は後退してしまうのだ。この血の上に、不思議な化学反応を起こさせる強烈なギリシアの血が落ちて、西欧の血は消え失せたというわけだ。[15]

と表現している。ここでも「地元の」という形容詞が使われているが、この「地元のギリシア人」は同書「ペロポニソス旅行記」においてオスマン期以前のはずであるにもかかわらず「フランクたちは堕落したラーヤーたるギリシア人たちに何と驚くべきことをなしえただろうか」という言葉で形容されたり、[16]「ロミィ［Ρωμιό］の下でだらしのない東方人［Ανατολίτης］が姿を表していた」と表現されたりする。[17] フランク・西欧と対比される文脈ではギリシアは東方として表象され、かつ非文明人的で田舎者のような表象を与えられているのである。

また、西欧との関係でギリシアを東方とみなすカザンザキスの記述に、彼のゲミストス・プリトン（Γεμιστός Πλήθων）に関するものがある。プリトンはビザンツ帝国末期を生きたギリシア知識人である。カザンザキスによるとプリトンは「東方を嫌って軽蔑していた」のだが、この東方とは「くすんだ欲求と不均衡」に陥り、「不揃いな諸民族［έθνη］からなるモザイク」であって「内的な連続性も単一の魂も持たずに死んでいく」ビザンツ帝国或いは「地元のギリシア人」を指していた。[18] このようなプリトンのビザンツ理解は、『近現代ギリシアの社会と経済』において多くの紙幅をプリトンに割いたダニイリディスにも見られる。そもそもダニイリディスは、ビザンツ帝国が古代ギリシアとは何の組織的な繋がりも有さない東方的な帝国であると考えていたが、[19] 彼によると、プリトンにとってビザンツ帝国もオスマン帝国と同じく東方的な専制国家であり、アジア的絶対主義に属する国家であった。[20] プリトンはあらゆる東方文化からの離脱が必要で、近現代ギリシアはただ純粋にギリシアでなければならず、その目をヨーロッパに向けねばならないと信じていた、とダニイリディスは理解している。[21]
　このプリトン理解はカザンザキスと共通の点が多く見受けられ、カザンザキスによると、プリトンは古代のプラトンに範を取り、理性［Νούς］によって導かれた人間像を理想としていた。[22] そしてこのプラトンの理性は東方ではなく西方に向かうことになり、曰く、

　だが彼［プリトン］の声を止めることのできる者はいなかった。彼の肉体は破門され骨も追いやられたが、その声は留まって叫び続けていた。師から弟子へと駆け抜けたのだ。弟子たちは、西欧［φράγκικης］のルネサンスの神々しい瞬間にある西方へと散って師の言葉を述べ伝えていた。プラトン・アカデミーが設立され、プラトン、つまり理性［νούς］の自由は西の国々を跨いでいき、そこでは春が芽を出させたのだった。こうして、東方が死んだ時に彼は「プラトンの理想を真実として受け入れる者たちに災いあれ」と叫んでいたのだ。西方はこの呪いを受け、ギリシアの理性［ο έλληνας νούς］は亡命者として、地球の他の場所で人間性を刷新していったのだ。[23]

と表現される。

　ここまで見てきたように、カザンザキスは「地元の」という言葉をギリシア或いは近現代ギリシアに結びつけることで、近現代ギリシアは自身より東方にある人々との関係で見ると東方を啓蒙すべき西方であるが、西方との関係で見ると非文明的で啓蒙を必要とするような東方として表象していた。この近現代ギリシアの「地元性」を通して、西欧世界とも異なった伝統や使命を持つとともに、イスラーム圏或いはアジアとも異なってはいるが

両者をその内に含んでもいる、というギリシアの特殊性を表現していた。言うならば、一九世紀以降のギリシアの知識人が目指した、「脱アジア化」と「脱西欧崇拝」の両方を達成したギリシア像が、「地元のギリシア」を用いて実現されている。

次項では、プリトンが回復しようとした真のギリシア或いは古代ギリシアであり西方としてのギリシアと、これを引き継いだとされる西欧とギリシアの関係についてみていこう。

古代ギリシアと白色人種

本項では、カザンザキスにとって近現代ギリシアの直接の祖先であるばかりでなく、西方或いは西欧世界に代表される白色人種の祖として理解される古代ギリシアについて論じたい。

前項のプリトンに関する引用に見られたように、西欧文明にルネサンスを引き起こしたのが古代ギリシアの文物や精神だと理解していたカザンザキスは、古典ギリシアを「全白色人種の祖［όλης της άσπρης φυλής］」だと表現している。[24] ここでは、強調しておくべきことが二点ある。第一に、この記述と前項の引用を合わせて考えると、近現代ギリシアは古典ギリシアの少なくとも一つの子孫であり、カザンザキスの中で西欧諸民族と同じくギリシア人も白色人種として同じ範疇に位置づけられているということである。第二に、ビザンツ末期にプリトン等ギリシアの文人を通して西方に伝えられたものは、他でもなくプラトンに象徴された理性であり、カザンザキスにとっては東方ではなく西方の性質に位置づけられるものであった、ということである。

このことからすれば、当初はアジア・東方に親近感を抱きつつも日本旅行を経て黄色人種や白色人種といった人種の観点で実感した極東との違和感と、「ペロポニソス旅行記」における著述の主題における西方的なものへの関心の移行も、当然のこととして理解されよう。だが、ギリシアがカザンザキス的な人種の理解を通して西欧世界と同じ範疇に属するとはいえ、日本を訪れる以前より「脱西欧化」の思考の中で自己理解やギリシア像を探究していたのも事実である。カザンザキスにとって西欧は「個」に偏りすぎて不均衡に陥ってしまったものであり、彼の中では依然乗り越えねばならない要素を含んでいた。そしてカザンザキスにとって古代ギリシアも近現代ギリシアも、西方的な要素を持ちつつも多分に東方的な要素を含んでおり、かつ日本という極東に属する文化との比較を通して表象及び理解されたものでもあり、依然西欧世界との明確な峻別が存在するのも事実である。

東西に跨る「地元」、或いは「いわゆる」ギリシア

ここまでの白色人種の祖としての古代ギリシアと「地元のギリシア」を中心にしたギリシアの東西性の議論をまとめよう。

カザンザキスは、既にロシア期に執筆した『トダ・ラバ』で、ギリシアの純粋に西方でもなく東方でもない性質を「全の内に埋没するアジアと個的で推論するヨーロッパの間の聖なる婚姻」と表現しており[25]、また『その男ゾルバ』の分析においてビーンは、ギリシアの「東方と西方の融合」を「いわゆる、ギリシア」(Namely, Greece)と表現していた[26]。しかしここまで見たように、カザンザキスのギリシアの東方性についての検討は、ギリシアが単に西方なのか東方なのか、或いは西方と東方の両方なのかという議論に収まるものではなかった。ギリシアは自身より西方に位置する人々に関係づけられるのか、それとも自身より東方に位置する人々に関係づけられるのかによって、西方とも東方とも捉えられる、一種特別な位置に置かれているという認識なのである。

前項で述べたように、カザンザキスはギリシアを大きな意味ではいわゆる古典ギリシア・キリスト教世界の

「西洋」に属するものとして理解している。しかし、個と抽象性に偏重した西欧・西方との関係ではギリシアは東方に属するものであり、この差異を可能にするものが「地元のギリシア」であった。この「地元」の概念を通してカザンザキスは、地中海世界において文化、宗教的な面でイスラーム世界・東方を啓蒙すべき西方であるのだが、西欧世界に対しては東方だというギリシアの位置づけを可能にしたのであった。

ギリシアが単に地理的に東方と西方の間に位置しているが故に両方の要素を持っているのだということではなく、カザンザキスが「私たちは東方と西方の間にいる。曰く、ギリシアの位置は特権的であると同時に、世界の極めて危険な、地理的且つ精神的な指標である」と記述しているように、「東方と西方の間」という「東方」とも「西方」とも異なる「地元」という範疇の特質を有していることを示している。[27] 次節以降で、このカザンザキスの思い描く東西の性質とビーンの言う「いわゆる、ギリシア」の性質について考察していこう。

二. ギリシアの東西性に関する哲学的考察

前節では、白色人種の祖としての古代ギリシアと「地元のギリシア」という理解を通して、カザンザキスがギリシアを「東方と西方の間」という独特な性質を有するものとして表象していたのを確認した。本節では、カザンザキスが見たギリシアの西方性と内実或いは思想的側面について見ていこう。より具体的には、前章において紹介した、日本と古代ギリシアの文化比較を通してカザンザキスが見た古代ギリシアの特徴のうち、そこでは論じられなかった、西方の個としての性質と、「理性と肉体の調和」、「彼岸を求めず大地に根づくこと」を取り上げ、カザンザキスの見たギリシアの「西方性」と「東方と西方の間」にあるギリシアの性質の内実を明らかにする。

ギリシアの有する「個」の性質と「地元の」風景

前章で論じたようにカザンザキスは「集団に根を持たない個」を否定していたが、カザンザキスが『トダ・ラバ』の中で「西方」の特徴として指摘したのが「個」或いは「個体化する力」であった。ここには一種の矛盾があるようにも感じられるが、本節では、この西方の「個体化する力」と「彼岸を求めず大地に根づくこと」を関連づけながら、西方としてのギリシアの「個化する力」或いは「個体化」について論じる。カザンザキスが「西方」に対し与えた「個体化する力」という発想は、ニーチェの『悲劇の誕生』の「アポロン的なもの」とそこで論じられる「個体化の原理」に由来していよう。[28] カザンザキスも、東方が神秘主義的で形を欠いたものであり、西方、つまりギリシアの理性（νους）は常に形を愛してこれを追い求める力であると表現している。[29] カザンザキスは自身の博士論文でニーチェをテーマにするとともに、『悲劇の誕生』と『ツァラトゥストラはかく語りき』を翻訳しているなどニーチェの思想には精通していた。以下で見ていくように、カザンザキスはニーチェから思考の枠組みを借りつつ、「ギリシア人をギリシア人たらしめたものとしての『地元の』ギリシアの風景」と「個体化する力」を結びつけながら論じていく。

ギリシアの風景

カザンザキスの「個体化」について論じる前に、それと結びつけられる「風景」について見ておきたい。まずはカザンザキスに先行するギリシア人知識人たちの風景論について整理する。

ペリクリス・ヤンノプロスによるギリシアの大地論

カザンザキスに先行する思想家でギリシアの風景或いは大地を思想的・美学的に論じた人物に、本書第三章で反西欧崇拝的な思想を有していた思想家として論じたペリクリス・ヤンノプロスがいる。「ペロポニソス旅行記」の中でペリクリスの名前が挙げられていたり、彼の文章が引用されていたりすることに加え、[30] 彼はイオン・ドラグミスの友人でもあり、カザンザキスがその作品を読み込んでいた可能性は極めて高い。

ヤンノプロスは、文語で執筆された『ギリシアの線・ギリシアの色』の中で、ギリシア美学の基礎をほかならぬ「ギリシアの大地」だとしている。[31] 彼によれば、このギリシアの大地からギリシア芸術の基礎となる「線」と「色」が生じる。[32] そしてこの線が直線であるにせよ曲線であるにせよ、[33] 私たちが自然の中で探求することになるこの「線」の性質は「明晰さ」(*Σαφήνεια*) と「単純さ」(*απλότης*) であるとも論じる。[34] この「線」のおかげでギリシアの芸術は秩序と律動、そして調和と単純性が与えられる。[35]

ペリクリスはこの「ギリシアの線」に反する形で、奴隷的に西欧の外国から導入された絵画や建築に見られる「ヨーロッパの線」を取り上げて批判を加えていく。「ヨーロッパの線」は、その本性が野蛮で「下碑た精神、粗野、過剰、混合」であり、「ギリシアの線」とは何の交わりもなく根本的に区別されるものである。[36] 故に、ギリシアの芸術家がなすべきことは、「ヨーロッパの線」を単純化してヨーロッパの模倣と戦うことである。[37] そしてギリシアの知識人と芸術家たちに対し、この大地の上で「ギリシアの線と色」の原則である非物質性と明晰性を表現しながら、[38] 自分自身を自由にしてルネサンスの道を得ようではないかと檄を飛ばしている。[39]

ここまで見てきたように、西欧化一辺倒への批判を含みカザンザキスの脱西欧化の思想とも親和性の高い表現が用いられているが、何よりもヤンノプロスがギリシア芸術の基礎がギリシアの大地にあると指摘している点でカザンザキスのギリシアの大地と風景論に関する先駆者と見なせよう。

ヨルゴス・テオトカスによる風景論とギリシア文学理解

次に、カザンザキスと同時代に生き、また同時代の「ギリシアの風景論」に関して否定的な説を唱えた、「三〇年世代」の理論家とされるヨルゴス・テオトカスの文学と風景論について確認したい。

テオトカスは、一九二九年にオレスティス・ディゲニスの偽名で文学エッセイ『自由な精神』（Ελεύθερο Πνεύμα）を発表し、その中で同時代のギリシア文学の問題を論じた。それは、ギリシア文学がギリシア的な問題に閉じ籠るにせよ外国で学んだ文物を導入するにせよ、精神的に汎ヨーロッパ・国際的な貢献ができていないという批判である[40]。

テオトカスは、外国で学んだ文物を自身の創作に導入しようと試みていた作家たちに対して、外国の進んだ文物をギリシアに導入することを急ぐあまり自分の書きたいものを書くのではなく、奴隷的に外国の形式を模倣しているだけだと批判している[41]。そしてギリシア国内の問題に閉じ籠っている作家に関しても、その多くが伝統的な民衆歌やパパディアマンディス、そしてソロモスといった過去のテキストに拘泥するあまり、新しい技術や風習に支えられた現代の生を描くことを拒否し、他の作家たちを非ギリシア的な外国の模倣者だとする非難に終始してしまっているのだと指摘している[42]。彼の主張では、このような二つの傾向の下で執筆されたギリシアの散文作品は、芸術的創造性を欠くのみならず散文の水準の向上に寄与するところがなく、ギリシアの短編作品も小説も「風俗小説」（ηθογραφία）のままに留まってしまっている[43]。これらの作家たちは地元の色（τοπικό χρώμα）を出すことが民族的義務なのだと思い込み[44]、表面的な変化を除いて五〇年の間本質的に同じ芸術理解を保ち続け[45]、風景や大地との交流と喜びを実感することもなく惰性で執筆活動を行ってきた[46]。テオトカスは、このようなただ奴隷的に生活の外面的な姿だけを書き写してきた作家たちを「写真派」と呼び、このような作品をして「風俗小説」と呼んだのであった[47]。これら「風俗小説」は時代の変化と人生の中絶えず変化していく、人間精神内部の世界に一切結びつくこともなければ、文芸に対して技術的な貢献をなすこともなく、ギリシアにおける汎ヨーロッパ的貢献の創造を阻害する元凶なのだと断じている。[48]

これに対しテオトカスは、ギリシアの作家たちに真のヨーロッパ人として汎ヨーロッパ・国際的貢献を成すよう促した。この呼びかけにより、国際的色彩及び都市の現代的な生を描いていく三〇年世代の潮流が生じていくことになった。そしてこの新文学のマニュフェストである『自由な精神』において、テオトカスはカザンザキスを偏狭なリアリズムと文学的因習を打ち破って、より高度な魂と精神の地平を目指す例外的な作家として高く評価した。[49]

同書は、八〇年世代に倣い表面的にギリシアの風景やギリシアを主題に取り扱うこと、或いはギリシアという雰囲気に浸るだけでは、ギリシア文学の芸術的な向上も汎ヨーロッパ的貢献も達成できないことを強調していた。だがカザンザキスは三〇年世代の方針に合流することはなかった。彼は、ギリシアの風景或いは大地をただ表面的に取り上げるのではなく、それをギリシアの有する哲学的・文学的な側面から探求し、自身の作品に表していく。

カザンザキスにおける風景或いは大地と西方の個体化

前項で見た「風俗小説」に関するテオトカスの議論にかかわらず、カザンザキスは「ペロポニソス旅行記」において「ギリシアの風景」という章を設け、ギリシアの風景のもつ性質について論じている。

美学的な観点で「ギリシアの大地」が有する性質について論じたヤンノプロスとは異なり、カザンザキスは「ギリシアの風景」が有する固有の特質を「均衡」(ισορρόπηση)と「自由」(ελευθερία)だとしている。[50] この

「均衡」と「自由」の思想内容については次節以下で見ていくことになるが、今節ではこのギリシアをたらしめるものとしての「風景」と、ギリシアの西方性の個という性質について見ていこう。

　カザンザキスはギリシアの風景とギリシア人の関係について、確かに風景を受容するギリシア人は歴史の中で変化していったかもしれないが、ギリシアの風景は常に同じであり続け、古代ギリシアを知るためにもこの風景を知らねばならないと記述している。[51] そして、古代ギリシアの芸術家たちもギリシアの風景から必要なことを学び取ったのであり、古代ギリシアに独特な芸術を生み出したのはまさに風景であると述べる。[52] 言い換えると、ギリシアをギリシアたらしめる要素を生み出したものがギリシアの風景であり、この風景の中でギリシア人の歴史は展開してその伝統が受け継がれていったのである。つまり、この風景は、古典主義者や古典崇拝者が思い描いた幻想のギリシアとは異なり、ギリシア人としての個性を生み出し保たしめ、「地元」のギリシア人たちの生が展開し彼らの歴史が刻まれ続ける、不変のパレンプセストとして機能している。

　更に、カザンザキスはギリシアの同化に関してヤンノプロスの文章を引用し、ギリシア人がたった一人だけになったとしても、この人物が外国の野蛮な征服者たちにギリシア語やギリシアの文化を教え、また大地と岩々そして山々は変わることなくギリシアであるのだから、これらがギリシア人を生み出すのだと述べている。[53] この引用で描かれる外国人のギリシア化という主題は、第二章・第三章でも見たようにコンスタンディノス・パパリゴプロスやイオン・ドラグミスの「ヘレニズム論」にも共通して見られる主張であり、カザンザキスにおいてもギリシアの同化力として現れているものであった。

　ではこのギリシアの同化という文脈において、ギリシアの大地、或いは風景はどのような働きを担っているのであろうか？　ここで確認すべきは、ギリシアの風景は外国人のギリシアへの同化が行われる場であり、ここでもギリシア人たちの生が展開し彼らの歴史が刻まれる、不変のパレンプセストとして機能しているということである。つまり、「地元の」ギリシア人から見て西方にいる人々でも東方の人々でも、彼らをギリシアというものに統合し「地元の」ギリシア人に組み込むこと、謂わば他民族や有象無象をギリシアという個体へと統合させていくことを可能ならしめているのが、カザンザキスの理解したギリシアの風景であり大地である。

カザンザキスの論じたギリシアの大地或いは風景は、ギリシアの西方性の「個」という特性と、「ペロポニソス旅行記」における古代ギリシアの特性の一つである「大地に根づくこと」に関連づけられている。つまりそれは、ギリシア人をギリシア人という個たらしめるものであるとともに、ギリシア人以外の他者をもギリシア人に同化してしまう力をギリシア人に与えるものであり、「地元の」ギリシア人たちがその上で芸術を生み出し歴史を展開したパレンプセストであった。またこの大地或いは風景とアポロン、つまりカザンザキスにとっても個体性を司る衝動という組み合わせはニーチェにも見られる。個体をも解体するディオニソスとは異なり、アポロンは「個体化の原理」の守護神であると同時に国家形成の神であるが、このアポロンの故に「全」に関わる国家と「個」に関わる郷土愛は同時には成り立たないと論じており、[54]ギリシア共同体という一つの個の成立を促す衝動として捉えられうる。

しかしカザンザキスにおいては、個別化と秩序化を司る西方・アポロン的なものは、調和や均衡をもたらすものではない。というのも、以下で見ていくように、西方・アポロン的なものの超過によりギリシアの調和及び均衡が崩れて行ったからである。ニーチェが『悲劇の誕生』で書いたように、「アポロン的なものの上にのみ演劇を築き上げ」ようとしたエウリピデスが登場した時、[55]ギリシア悲劇からディオニソス的要素が追放された。こうしてギリシア的明朗さが失われ、ギリシア悲劇は論理的人間の明朗さ、アレクサンドリア的明朗さを特徴とする美的ソクラテス主義に陥ってしまった。[56]三島は「ソクラテス主義は、明澄さを求める『アポロ的傾向』――悲劇を支える一原理として肯定されるべき――の一形態、その極端な形態として考えられているのではなかろうか」

と指摘しているが[57]、謂わばこの個と論理に傾きすぎた「過アポロン・過西方」というべき状況にギリシアは陥った。カザンザキスにとってはこうした個別化と秩序化を司るアポロン的なものが行き過ぎた結果、ギリシアは一面では民族や風景との交流を欠いた個人主義や過度な抽象性といった西欧社会の抱える問題に陥り、また他面では東方のヘレニズムという本来のギリシアから離れてしまう結果に陥ってしまったのであった。次節では、西方だけに傾いた「過アポロン」のような状態でもなければ東方に傾き過ぎた状態でもない、「いわゆる、ギリシア」の特質である「調和」と「均衡」について見ていきたい。

三．ギリシアの「調和」と「均衡」

ここまで主に、ギリシアは歴史を通して確かに西方世界の一部ではあるが、単に西方に属するだけでもなく、また単に東方に属するだけでもない、特殊な位置にいるのだとカザンザキスが理解していたことを確認した。加えて、ギリシアの西方としての特性である「ギリシアをギリシアたらしめる個体化」について確認した。

本節では、先述の単に西方と東方の両方の性質を分かち持っているということではなく、カザンザキスが『トダ・ラバ』において表現した「聖なる婚姻」、或いはビーンが言及した「いわゆる、ギリシア」について、カザンザキスが「ペロポニソス旅行記」の中で特に古代のギリシアの特質として挙げた「調和」と「均衡」に着目しつつ見ていこう。

ギリシアにおける肉体と理性の調和

「調和」と「均衡」に関しては様々な観点で語られるものであるが、ギリシアの風景が与える「均衡」及び「調和」についてカザンザキスが「ギリシア人の崇高な理想」として描き出したのは、「理性と肉体の調和」(Αρμονία νου και κορμιού) である。[58] ギリシアの「調和」に関する議論は青年期にも見られ、例えば一九〇六年のエッセイ「世紀病」の中で「古代よりも完全に均衡［ισορροπία］というものが明らかになったことは決してなかった。肉体の教練の後でこそプラトンのアカデミアがある」と記している。[59] 他にも一九一〇年に執筆した「ジャン・モレアス」というエッセイにおいて、古代の調和について言及している。そこにおいて、

ジャン・モレアスは古代の「調和［αρμονίας］」の偉大な神秘に気がついたのだ。この調和は、一方が他方と争ったり論破したりすることは決してないが、似たりよったりな単調な音だけで構成されるわけでもない。そうして、魂と人生の内に存在しない調和は偽りであり、この作品はかくも調和的で完全なのにどうして感動を与えることがないのかという理由を見極めることはできず、やはり私たちに感動を与えることはない。古代人たちの調和はより複雑で困難であり、完全に生を模写したものである。調和は、ぶつかり合って互いを補いつつ、均衡を取っていく多様で不揃いな音によってつくられるものである。[60]

と記述しており、調和を構成する要素の一つ一つには多様性が前提され、また「魂と人生の内に存在しない調和は偽り」であり「古代人たちの調和はより複雑で困難であり、完全に生を模写したものである」と記されていることからも、カザンザキスが描いた古代ギリシアの「調和」は、単に観念的なものではなく、現実と肉体性に強

く結びついたものとして意識されている。このように、執筆活動を始めた最初期の段階より、古典古代における理性と肉体の「均衡」という発想はカザンザキスにとって根本的である。[61]

カザンザキスにとって肉体或いは物質は『禁欲』的な救済に欠くべからざるものであり、彼が「故郷嫌悪」の中で距離を取りたがっていた、当時の西欧の思想に欠けているとみなしているものであった。確かにギリシアの「理性と肉体の調和」は古代ギリシアの芸術作品を通して美的に表象されてはいたが、この「理性と肉体の調和」、カザンザキス的には「健全な理性を受け入れるための強い肉体」を鍛える目的は、美にではなく都市[62]、つまり共同体に仕えこれを守るということにあった。[63]

カザンザキスによると、この人間の理性と肉体に調和が実現されていた古代ギリシアという時代は、人間のロゴスが混沌に打ち勝ち[64]、理性が時間に、光が狡知と暴力という暗闇に打ち勝っていた時代であった。[65]『イギリス旅行記』においてカザンザキスが大英博物館に展示されたパルテノン神殿の彫刻を見た時に、彼がそこに見出したものは「生と技芸における完全性の偉大な神秘」たる「均衡」(ισορρόπηση)であった。[66]そしてこの「均衡」の内実は「肉体と魂の調和［Αρμονία σωματική και ψυχική］」であり[67]、この「均衡」こそがギリシアの奇跡であって[68]、「完全性が有するギリシアの神秘」だと述べている。[69]そしてこの「調和」は、カザンザキスが探求し続けてきた、過度に抽象的で肉体や具象性を欠いた西欧文明とは異なる、ギリシアの大地に結びついたギリシアの美であり、肉体・具象的なものを有するというあり方は『禁欲』の世界像に合致する。[70]

最後に、カザンザキスが最初の近現代ギリシア人として描き出したプリトン像にここまで論じられた点が明快にまとめられていることを指摘したい。カザンザキスが見たプリトンによると、人間の導き手は西方的な理性ではなくギリシア的ロゴスであるべきである。過アポロン的、或いはグノーシス主義的世界観とは異なり、人間の五感は神聖なものであって身体感覚が知に対して何ら劣ったものではなく、そしてこの五感こそが私たちの内に不死の本質を有している。[71] というのも、まさに人間の肉体的感覚を通して最も尊い光景（όραση）が出てくるのであり、この光景にこそ私たちは世界の美と調和を見ることができるからである。[72]

カザンザキスの理解では、この肉体と理性の調和が崩れた時に全体との結びつきを失ったギリシアは個人主義に陥り、東方的側面もアレクサンドリア的側面も持つヘレニズム時代に入ったのであった。[73] このギリシアの技芸の奇跡は、無価値な細部への拘泥と論理（λογική）への過信という西欧が陥ってしまったものをも乗り越えていくことができるものであった。[74]

ギリシアの「東方性と西方性」とギリシアの使命

前項では、肉体と理性に関するギリシアの調和について確認したが、本項ではカザンザキスによるギリシアの東方と西方の調和とその歴史的使命について確認したい。

カザンザキスは「だが私たちは東方と西方の間にいる。曰く、ギリシアの位置は特権的であると同時に、地理的に極めて危険で、世界の精神的な指標である。私たちの中に、西方の律動に敵対する深い力」つまり東方の律動も同時にあり、[75] また前節で見たようにギリシアは大きくは白色人種として西洋に属しつつも、周辺の民族にはないギリシアの風景と結びついた「地元の」東西性を有している、と理解していた。

ここで、東方は神秘主義的で形を欠いたものであり、西方、つまりギリシアの理性（νους）は常に形を愛してこれを追い求める力として表現されており、[76] またその東方性と西方性は本来交わることがなく対話することのないものとして理解されている。[77]

しかしカザンザキスはギリシアの義務であり使命は、東西のどちらかを選ぶのではなく、ギリシア的調和の中でこれらを統合させていくことだと考えていた。より具体的に、カザンザキスはギリシアの義務を、形を欠いた無定形で物質・延長的性質を持つ東方を、西方が光を与えるという意味で啓蒙し、形を与えて無意識ではなく意識の領域に属するものにすることであると述べている。(78) つまり、全に属するだけで自他の境界をもたない不定形なものに自他の境界を与えることを通して、調和の中で「個体化」或いは「ギリシア化」を達成することであり、この過程を通して多くのギリシアの芸術作品が生まれたのであった。

そしてカザンザキスは、この「東方の西方への蒸留」、「つまり極めて困難な統合」を再度「ギリシアの奇跡」と呼んでいる。(79) 調和を体現したギリシアの技芸の奇跡が細部への拘泥と論理に打ち勝っていたように、この奇跡によって、「ギリシア人種［η ελληνική φυλή］はいつでも、今なおそうであるが、奇跡を起こす危険で偉大な特権を有する人種［φυλή］である。［中略］力のない民族なら滅んでしまうような極めて危険な瞬間において奇跡を起こすのだ。あらゆる徳を動員して途中で立ち止まることなく一気に救済の頂上に飛び出す。この突然の論理［το λογικό］からの思いがけない上に向かっての跳ね上がりが奇跡と名づけられる」。(80) つまりギリシアにおける東西の調和は、単に東方の西方化或いはギリシアとしての個体化に終るものではなく、理性や抽象性という西方的な要素が行き過ぎることによって生じる不調和、あるいは不均衡、いわば「過アポロン性」、ニーチェの言葉づかいで言う「ソクラテス主義」という西方文明がおちいっていた問題に解決を求めるものである。こうして東方がギリシアの論理［λογικής］の皮を打ち破り上昇し、「物質を精神に聖変化させる」。西欧文明とギリシア・ナショナリズムへの失望を確かに経験した一九二二年に、ギリシアの使命としてカザンザキスが描いた、自由と救済が達成されていくのである。(81)

この構造の中で、ギリシアは自分たちの軛になっていた面での西欧を乗り越える。カザンザキスが青年期に耽溺しつつも「故郷嫌悪」において乗り越えたがっていた、肉体・物質性を備えず過度に抽象的で、全体や集団との紐帯を欠いて破滅へと向かう個人主義に陥ってしまった西欧を、そしてメガリ・イデアというナショナリズムや西欧からの視点と肥大化した自己認識の中で明瞭な自我像を提示できないでいた同時代のギリシア知識人たちを、単に東方と西方の両方にまたがっているだけではない、東西両方を合わせ持つ歴史上に特別な地位にあるギリシアが、乗り越えているのであった。

四．小括

ここまで、一九一七年以降西欧文明に対する疑問から東方を探求しつつも、極東旅行を期に西方への帰属意識を取り戻しつつあったニコス・カザンザキスのギリシア観とギリシアの東西性について確認した。ギリシアが地理上ヨーロッパとアジアの中間に属しているという発想自体は、古くはアリストテレスの『政治学』第七巻第七章[82]や同時代のドラグミスにも見られるものであり[83]、カザンザキスに独創的な発想ではなくむしろ時代を超えてギリシア人たちによって提示されてきた。

カザンザキスによると、ギリシアは古代ギリシアとキリスト教を文化的基礎とする白色人種に属しつつも、西欧民族とも異なる性質を持ち、また近隣の東方民族とも異なる性質を持つ特別な存在、「地元の」ギリシア、或いは「いわゆる、ギリシア」として描き出されていた。彼が描き出した世界に唯一な存在であるギリシアという形象からは、二つの「ギリシアの奇跡」が生まれる。それらを通し、西方性を確保しつつも東方を取り込むことで西欧世界とは異なる西方に留まるという、往年のギリシア知識人たちが欲していたギリシア像を描き出すことに成功し、且つ「故郷嫌悪」に代表される積年の西欧と同時代のギリシア知識人に感じていた自身の哲学的問題点を解消することに成功した。本書はこれをカザンザキスによる「過アポロン性」（υπεραπολλωνιότητα）の克服という形で主題化して論じた。なお、この「過アポロン性」という単語は筆者の造語であり、管見の限り、同じく造語したギリシア語の υπεραπολλωνιότητα もここが初出である。英仏独などの主要な西欧語でも同様である。換言すると、一九世紀以来のギリシア知識人たちが志向してきた「ギリシアの東方性の脱アジア化」のみならず、エフタリオティスやドラグミスらが指向した過度な西欧崇拝の拒否を、東方的な要素を取り込みつつ達成したのだった。

この単純に西方でもなければ東方でもないが、西方と東方の両性質を併せ持つ「地元の」ギリシア、或いは「いわゆる、ギリシア」は、ギリシアとは何かという問いを改めて突きつけられた第二次世界大戦及びギリシア内戦を通して、戯曲及び小説といった文学作品の中に表象されていくことになる。

第一二章

第二次世界大戦期におけるカザンザキスのギリシア性探求

一九四〇年にギリシアはナチス・ドイツによる占領を受け、ドイツ軍と戦いつつも、ギリシア人の中でもそれぞれの政治的立場に分かれて同士討ちを行っていくことになる。カザンザキスも第二次世界大戦の中で飢餓と銃弾を被ったが、「民族を助けるために」政治活動と執筆活動に取り組んでいくことになる。

この中でカザンザキスは、戦禍の中の執筆活動を通してギリシアとは何かを探求し、古代から現代までのギリシアを主題にし続けていくこととなった。本章では、ビーンの先行研究に依拠しつつ、前章までで見てきたカザンザキスの脱西欧化の思想と西方としてのギリシアの探求の観点を踏まえ、ビーンがこの時期の文学作品の中で書き表されたとしたカザンザキスのギリシア性を、「ギリシアの歴史的連続性」と「ギリシアにおける東西の融合」という形で主題化して論じたい。

*本章の注は三三三ページから掲載している。

一・第二次世界大戦下のギリシアとカザンザキス

本節では、カザンザキスの第二次世界大戦下での主に執筆活動と政治活動を中心にした動向を記述する。ギリシアにおいて彼の動向が有している意味と、次章で論じる『キリストは再び十字架にかけられる』と『兄弟殺し』の作品背景をより理解しやすくするために、第二次世界大戦下におけるギリシアの歴史的な状況もごく簡潔に記す。

第二次世界大戦期のギリシアの情勢

本項では、第二次世界大戦期にギリシアが置かれていた状況について、ウッドハウス（一九七七）やゼルミアス（一九八六）に依拠しながら簡単に記述する。

第二次世界大戦の中でギリシアが初めて軍事侵攻にさらされたのは、一九四〇年一〇月のイタリア・ムッソリーニによるアルバニア戦争である。ここでギリシア軍はイタリア軍を撃退し反撃することに成功するも[1]、四一年四月にはナチス・ドイツによる進軍を受けることとなった。同年五月にはギリシアのほぼ全土が占領され、国王、政府ともに亡命を余儀なくされる。以降は独軍占領の下、各地でレジスタンス活動が繰り広げられる。そして四四年九月に独軍がギリシアから撤退したことを受け、ギリシアは解放される[2]。

このナチス・ドイツ軍による侵攻の中で特筆すべきこととして、この期間に内戦の前段階となるギリシア人の間での対立構造が確立されてしまったことが挙げられる。具体的には、冷戦構造での王党派・政府側と共産主義勢力といった対立軸である。ギリシア占領以後のレジスタンス活動は、主に共産主義勢力が中心となって行われる。この時にイギリスも対独のために共産主義勢力等にも援助を行った。しかし共産主義勢力の中で、将来のギリシア像をめぐって分裂が生じ、味方同士で闘い始めるとともに、元来敵対していた王党派と戦闘を起こすなど、ギリシア人同士の間での戦いが発生し始めていた。このギリシア人同士の内輪もめを占領政策のために利用しようと、独軍は四四年二月に傀儡政権に治安大隊を設置させた。共産主義に脅威を感じた多くのギリシア人たちが治安大隊に加入し、ギリシア人同士の間の溝は更に深くなってしまった。本項では触れないが、このようなギリシア人同士での対立の構造は、亡命していた国王のギリシアへの帰還問題を巡って武力衝突に結びつき、ギリシア内戦へと発展していく。上記のように、ナチス占領下の中でギリシアの情勢は、対独レジスタンス活動や同士討ちによって混迷を極めていた。(3)

しかしビーンの指摘では、このような政治的に混乱した状況にあって、パラマスやシケリアノス、そしてセフェリス等のギリシア人作家や知識人たちが特に古典古代をテーマにしたギリシアに関する作品を書き始め、ギリシア性（Greekness）の探求を行った点は特筆に値する。(4)カザンザキスも例外ではなく、この時期に「ギリシア性」の探究を行うための文学活動を展開している。第一次世界大戦後の「メガリ・イデア」の崩壊によって、軍事的な対外拡張と結びついた戦闘的なナショナリズム運動はほとんど顧みられることがなくなってしまったが、第二次世界大戦期において外国による自国の占領と荒廃を機に、自民族を見つめ直そうとする精神的な風潮や文学作品が見られたのであった。

第二次世界大戦期のカザンザキスの動向（一九四〇年〜一九四六年）

本項では、第二次世界大戦期のカザンザキスの動向とこの時期に執筆された作品について紹介する。

イギリス旅行から帰還したカザンザキスは、一九三九年一二月にエギナ島の自宅に戻った。[5] 翌一九四〇年は第二次世界大戦の戦火に巻き込まれつつも執筆に集中し、年初には『イギリス旅行記』を執筆している。また春には、友人たちとクレタ島を訪れている。[6] 後にエギナ島の自宅に戻り、一〇月一日にはフランス語で執筆していた『わが父』を書き終えた。[7] そしてプレヴェラキスに宛てた一一月一日付の書簡では三三、三三三行に及ぶ叙事詩『アクリタス』の構想の全体像が浮かんだと伝えている。[8] それ以外にも児童文学『アレクサンドロス』と『クノッソス宮殿』を書いた。[9]

カザンザキスの著書の流通とエギナ島からの出立が禁じられていたこと、また日常物資が不足していたことの故に、[10] 一九四一年から四二年にかけての冬期はエギナ島において飢餓と戦火に苦しめられることになった。[11] このような限界状況の中で『その男ゾルバ』の構想を膨らませていった。またピルソス社から『イギリス旅行記』を出版し、戯曲「仏陀」を完成させ、戯曲「ソドムとゴモラ」を書き始めた。[12]

一九四二年は、エギナ島からアテネにいたプレヴェラキスに宛てた一月八日付の書簡の中で、「私はついに、数年の間は書き物はやめてできる限りこの危機的な瞬間にある私たちの民族［τη ράτσα］を助けようと決心するに至った。この決心は、私の論理［η λογική］が介入することなく、静かにひとりでに成熟したものだ。木に実がなるようにね」と書き送り、ナチス・ドイツの占領下に置かれていた民族のために働こうと決心したと伝えている。[13] そうして二月中にはドイツ人に許可を取ってアテネに向かい、当地にあるプレヴェラキスの家で二十数年ぶりにシケリアノスに再会し、[14] また古典学教授のカクリディスにも面会した。[15] この後すぐにエギナ島に戻り、カクリディスの文献学的な助力を得つつホメロスの『イリアス』の現代ギリシア語訳に着手し、一〇月二三日にはまず独力で翻訳の初稿を書きあげた。[16] またこの年には後の『最後の誘惑』に繋がる小説を構想し、またアエトス出版より『日中旅行記』の第二版を出版した。[17] ナチス・ドイツの占領下にあるギリシアの危機のために「私たちの民族を助けようと決心するに至った」カザンザキスであったが、主に独軍へのレジスタンス活動に身を投じていたギリシア人の左派たちからはイギリス側の人間だとみなされていた。この間カザンザキスと頻繁に面会していたヤニス・マングリスも、カザンザキスが頑なにギリシア共産党に入り抵抗活動に身を投じようとしない理由は彼がイギリスのスパイだからなのだと罵っている。[18] カザンザキスがナチス・ドイツ軍への抵抗活動に際し、地元のギリシア人の左派にも右派にも属さなかったこと、また民族を救う活動としてあえて「書き物」を、ホメロスの翻訳を選択したことは注目に値しよう。

一九四三年も一年中エギナ島で執筆とこれまでに書いた原稿の修正に明け暮れ、五月一九日には『その男ゾルバ』を脱稿し、八月六日には三部作の戯曲「プロメテウス」を書き始めた。また同年の内にホメロスの『オデュッセイア』の翻訳を行う計画を立てた。[19]

一九四四年一月には戯曲「プロメテウス」三部作を完成させた。プレヴェラキスに宛てた三月二日付の書簡では、彼の『オディッシア』と同じ形式でビザンツ期を取り上げる『アクリタス』を書き進めていると述べつつも、[20] カザンザキスの目はより現代に向けて注がれていくことになった。四四年七月にはギリシア独立戦争後に初めて大統領となったイアニス・カポディストリアスを取り上げた戯曲「カポディストリアス」を完成させた。そして同年末まで最後のビザンツ皇帝を取り上げた戯曲「コンスタンディノス・パレオロゴス」を執筆するとともに、ここまでに執筆した作品の推敲を行った。[21] ナチス・ドイツ軍撤退後にアテネに移り政治活動を進めていくのだが、その前はエギナ島で「民族のため」に神話時代から現代に至るまでのギリシアを題材にした翻訳や創作活動に専念していたのであった。

ナチス・ドイツ撤退後の四五年の一月にカザンザキスはアテネに移住する。この後アテネを活動拠点としつつ、エギナ島と行き来をする生活を送ることになる。[22] 年初の月々より社会主義者の団結のための政治活動を開始し、自身の政治信条を発表した。これは三月二九日と三〇日付で『アクロポリス』紙に掲載された[23]。

二月二五日にはギリシア人文人協会の会長に選出され、三月にはアテネ・アカデミーの書記に二度自己推薦したが、こちらは達成されなかった[24]。また七月には政府によって古典学教授のカリチュナキスとカクリディスと共にクレタ島に派遣され、クレタ島でのナチス・ドイツによる被害の調査を行った。そしてアテネに戻った後すぐに政治活動を再開し、八月一四日には「社会主義労働統一党」(Σοσιαλιστική Εργατική Ένωση)の党首として「同志たちへ」という演説を行い、社会主義者たちの統一という行動原理を持つように呼びかけている[25]。一一月一一日にはシケリアノスとその妻アンナ立ち合いの下、エレニ・サミウと結婚した。そして一一月二六日にはソフリス政権の無任所大臣に任命された[26]。

一九四五年は社会主義的な政治活動に専心しており闊達な執筆活動は見られなかったが、この年の文芸活動としては、戯曲「背教者ユリアノス」を出版し、また第六章で見たように『禁欲』の最終版を出版した[27]。

一九四六年一月一一日には自身の社会主義者たちの統一という目的が達成されたとして大臣を辞任する[28]。三月二五日には王立劇場で戯曲「カポディストリアス」が上演され、そして四月一八日から五月末はエギナ島で「コンスタンディノス・パレオロゴス」を書き直す。そしてイギリスの議会に招かれることとなり、イギリスに向けた出発の準備を行う[29]。尚、この五月にギリシア内戦が勃発する。また五月二七日にはシケリアノスとともに、ノーベル賞に推薦される。そして六月二日には船で「文人と芸術の会議」に出席するためイギリスへ向かい、トゥーロン、マルセイユ、パリを経てロンドンに到達した。六月一四日から七月二六日まで当地で多くの詩人や作家たちと交流し、七月三〇日から九月一九日まではイギリス議会の斡旋でケンブリッジに滞在する[30]。この間『ネア・エスティア』に『上昇』という小説を発表するが、その全てが紙面で発表されることはなかった[31]。

また九月にはイギリスの『生と文芸』誌に文章を発表し、世界の知識人たちの団結を訴える文章を発表した。

そしてこの文章がイギリスの知識人たちの間で高く評価され、英国ＢＢＣでこの原稿を読み上げたと思われる写真が残されている。[32] そして九月二八日にはフランス政府の招待でパリに赴くことになり、以降生活と活動の拠点をフランスに移していく。また四六年には『その男ゾルバ』がギリシアで出版されることとなり、ほぼ同時にフランスでも同書のフランス語訳が出版された。[33]

ここまで見てきたように、第二次世界大戦期のナチス・ドイツによる占領期の中で、カザンザキスはギリシアを主題に置いた作品のみを執筆していた。特筆すべきこととして、著作のタイトルが全てギリシア人の英雄の名前或いは名前を中心においたものであること、そしてこの英雄たちがギリシアの神話時代から現代に至るまでの全時代に及んでいることである。特に、この間に自分自身やギリシア・ギリシア人について考察を深め、一年以上の年月をかけて作品を執筆し自身の思考を結晶化させたことが、アテネでの政治活動やギリシアを立て直すための運動に繫がった可能性もあろう。

以上本節において、カザンザキスが第二次世界大戦期に置かれていた状況と、カザンザキスの文学作品の執筆が、後にギリシアのための政治活動に発展していくまでに、ギリシアに焦点を絞られたものであったことを確認した。

二．カザンザキスのギリシア性

本節ではビーンの先行研究に依拠しつつ、第二次世界大戦期に形成されたカザンザキスのギリシア性認識について論じる。

ビーンはその著書において、『その男ゾルバ』の分析に第二〇章「アレクシス・ゾルバス：哲学的解釈」と第二一章「アレクシス・ゾルバス：政治的解釈」の二章で取り組んでいる。この中でカザンザキスのギリシア性(Greekness)に触れ、これを第二〇章では「ギリシアにおける東西の融合」、そして第二一章では「ギリシアの歴史的連続性」として言及している。(34)

序章で述べたように、本書は彼の「ギリシア性」理解に基づいて論を進めていくことになるが、ビーンはカザンザキスの「ギリシア性」の探求を『その男ゾルバ』の分析のみで完結させており、カザンザキスのギリシア性といいつつも『その男ゾルバ』以前と以後の作品との関係は言及されておらず、カザンザキスの作品と思想全体の中で理解するような分析及び研究は行っていない。故に本書では、このカザンザキスの「ギリシアの歴史的連続性」と「ギリシアにおける東西の融合」という「ギリシア性」の探求を中心的な主題に据えて、『その男ゾルバ』以前の作品から『その男ゾルバ』に至る道筋を確認すると共に、この「ギリシア性」が次章で見るギリシア内戦期の作品に如何に結実していくのかを示したい。

カザンザキスのギリシア性としての「ギリシアの東西性」

本項では『その男ゾルバ』に見られるギリシア性の、特に「ギリシアの東西性」の思想内容を論じる。まずその準備として、前章までで論じてきたカザンザキスの脱西欧化及び東方性と西方性に関する探求の流れを整理し、ビーンも論じた『その男ゾルバ』に見られる「ギリシアの東西性」に繋がる流れを確認したい。

『その男ゾルバ』に至るまでの東西性の探求

本書第四章で見たように、当初は古典崇拝と「メガリ・イデア」の達成を企図するギリシア・ナショナリズムに傾倒していたカザンザキスの中に、自身のアイデンティティーを東方に求める思考が突然芽生えたのは一九一七年のことであった。そして独墺期では「スミルナの大火」を前後して『禁欲』の思想が熟成され、ナショナリズムから距離を取り始めると共に、『饗宴』の分析に見たようにギリシアを探求するということと脱古典崇拝と脱西欧化の傾向が見られた。とはいえ、過度な西欧化と距離を取り、同時代のギリシア人たちの「西欧かぶれ」を批判してギリシアそのものを探求しようとする態度は、カザンザキスに先行するヤンノプロスやドラグミスにも見られるものではあった。しかしここで一歩進んで、多くの近現代ギリシアと西欧の知識人たちによって禁忌とされた、ギリシアと東方を肯定的に結びつけてギリシアとは何か、或いはギリシア性を探求しようとする発想を有していたのは、カザンザキスに独特の点であった。

本書第七章で見たロシア期においては、『トダ・ラバ』の中でフリードリッヒ・ニーチェの『悲劇の誕生』の「アポロン的なもの」と「ディオニソス的なもの」を下敷きにしつつ、西方と東方の有する哲学的な意味が明らかにされた。そしてこのロシア期を通して、東方にロシアや（ビザンツ・）ギリシア、そしてアフリカから極東まで様々な地域が含まれていき、本書第八章で見たようについにはスペインまでもその射程とするに至った。

続く極東期では、当初カザンザキスは脱西欧的なものを探求に来ていたこと、そして自分が「アジアとヨーロッパの間に生まれ」た者であり、東方と西方の両要素を有するが故にアジア的なものも理解できるのだと述べていたが、次第に「人種」という観点で極東との差異を感じ始め、古代ギリシアを介して共通性を持つ西方文化圏に属するものとしてのギリシアの探求へと向っていった。しかし極東期においても、古代ギリシアを単に西欧の精神的源泉や一切のアジア的要素の無い存在として見るのではなく、当時のギリシア人としては先駆的に、古代ギリシアの中に肯定的な形でアジア的要素を指摘し、そして最後には日本の文化と比較対照する形で古代ギリシア像を描きさえした。

そして本書第一一章では、「ペロポニソス旅行記」を通してカザンザキスの西方性を確認し、そして西方と東方の両方に属しつつも東方でも西方でもない、独特な存在としてのギリシアの性質について論じた。

ここまで整理してきたように、カザンザキスはメガリ・イデアと古典古代崇拝を中心としたナショナリズムから、脱古典崇拝と脱西欧化、そして東方の探求を経た自己のアイデンティティーとギリシア性の探求へと向かっていた。そこにおける「ギリシアの東西性」の探求は青年期より見られる基本的な要素であり、ニーチェの思想を借用しつつ哲学的な観点からも探求された思想であった。

以上を踏まえてここからは、『その男ゾルバ』の主人公の親方とゾルバの活劇を通して、前章で見た、東方にも西方にも属してはいるが単に東方でも西方でもないギリシアが、どのようにカザンザキスの文学作品の中で描かれているのか見ていこう。

『その男ゾルバ』におけるカザンザキスの「東西性の探求」

本節で既に言及しているように、ビーンは『その男ゾルバ』の「哲学的側面」の分析において、「いわゆる、ギリシア」の使命として「ギリシアにおける東西の融合」を上げている。[35] ビーンは『その男ゾルバ』の作品の分析を通して謂わば間接的に作中での「東西性の探求」を論じるものの、そもそも『その男ゾルバ』の中でギリシアの「東西性」について直接言及されている箇所があり、まずはこれを確認しよう。第一二章における主人公がコーカサス地方におけるギリシア人難民たちを救援しようとしている友人のスタヴリダキスに宛てた、さながら一九一九年のカザンザキスの体験が直接反映されたかのような箇所での描写である。[36]

五〇万ものギリシア人［Έλληνες］が南ロシアと南コーカサスで危機に瀕している。彼らの多くはトルコ語かロシア語しか話さないが、彼らの心は熱狂的にギリシア語［Ρωμαίικα］を話している。彼らは我々と同じ血なのだ。彼らを見ろ。笑う時のあの貪欲な、イタチの様に光る目［中略］これらはまさに君の愛するオデュッセウスの子孫であることを証明するのに十分だ。だから、［ギリシア人である］あなたも彼らを愛するようになるだろうし、あなたも、彼らが滅びるに任せることはできないはずだ。[37]［中略］こうすることが何万というわが同胞を救う唯一の道だ。そして彼らと共に、我々は自分自身を救うのだ。もし、僕がこの全体を救うことができれば、自分も救われるのだ。ところで、もしそれができなければ、自分自身も破滅だ！［中略］ポントス人、コーカサス人そしてカルスの住民たち。トビリシ、バトゥミ、ノヴォロシスク、ロストフ、オデッサ及びクリミアの大商人や、ささやかな商人たちは、我々と同じ血なのだ。［中略］もっと完全にわが民族［τη ράτσα μας］、東と西の素晴らしい結合を表すであろう。[38]

上記の引用に見られるように、ポントスのギリシア人を通して、一九三〇年代後半と同じくギリシアが「東と西の素晴らしい結合」であるという形で、ギリシアの東西性について言及している。では、以下で『その男ゾルバ』分析を通して、主人公の親方とゾルバの関係の描写によって表現される、ギリシアの「東西性」について確認する。

ビーンは一般的に西方の特質を理性と個、そして美に結びつく論理的体系と特徴づけ、また東方の特質を本能であり、また個の無限への合一であると特徴づけた。[39] ビーンの理解によると本作での東西の融合は、それぞれ西方の象徴として位置づけられる主人公で作家の親方と、東方の象徴として位置づけられるゾルバの交流を通して理解される。『その男ゾルバ』という作品は、西方の表象として位置づけられる親方の語りによって記述される作品であるが、この親方が遺産を引き継いで炭鉱を経営するために、クレタに向かう道中でゾルバに出会い彼を鉱夫として雇用するところから物語が始まる。親方には個人的に二つの目標があり、一つは仏陀に関する作品を書くことであり、[40]もう一つは鉱山経営を成功させ理想の社会主義的な共同社会を建設することであった。[41]そして作中ではゾルバとの交流を通してこれら二つの目標を捨て去っていくことになるのだが、二人の交流過程を通してカザンザキスによるギリシアの東西の融合が描き出されていくことになる。

仏教は、親方にとってはニーチェの否定的ペシミズムそのものであり、[42]親方に情念を否定して無を探求させ、そして生き方としては禁欲的な生活を志向させていた。[43]何よりも親方にとっては釈迦及び仏教は一切の感覚を排した純粋性と抽象性の象徴として理解されている。[44]カザンザキスにとって、仏教は確かに一九二〇年代前半のギリシア・ナショナリズムへの絶望、そして一九二〇年代後半の共産主義への絶望の都度、彼に慰めを与えた思想であり宗教であったが、[45]同時に自身が乗り越えたいと思い続けていた思想でもあった。

そして先述の親方が思い描いた理想の社会主義社会は、全ての物が共有され、衣食住を共にする新しい共同体として描写される。[46]親方が自身の社会主義的理想社会について語るたびにゾルバは激怒しこの理想を真っ向から否定する。[47]ビーンの指摘によるとこの理想社会は、行動することで社会変革を行うことができるという、行動による救済への妄信を含む理性が作り出したソクラテス的楽観主義と幻想に基づくだけのものであり、現実に生を一切有さない純粋に抽象的で空虚なものであった。[48]以下に見ていくゾルバという人物が、親方の過度な抽象性を有するこの二つの思想を乗り越えさせていくことになる。

東方の表象として位置づけられるゾルバはギリシア人であり、作中において「ゾルバこそ私が求めていた人」であり、「生き生きとした心をもち、［中略］未だ『母なる大地』から切り離されていない」人物と表現される。[49]そしてこのゾルバの雄弁さの魅力は東方の人であるパナイト・イストラティにもたとえられている。[50]ビーンによると、ゾルバはカザンザキスのディオニシオスであり反キリスト、そしてツァラトストラとして作中で表象され、彼の内なる情動が一者への合一へと彼を駆り立てていく働きを担っている。[51] また作中でゾルバが自身の意志を伝えるために踊りをもって伝える箇所があるが[52]、彼の踊り或いは音楽は万物を自身に合一させようと欲する一者の意志の、言語を介さない直接の表出、或いは非アポロン的な表現であり[53]、ゾルバ自身は対象を加工し受容者に何かを伝達する働きを担う芸術家ではなく、ゾルバそのものが一つの芸術であり、一者の伝達されるべき内容なのだと理解している。[54]

では、この同じくギリシア人である西方の親方と東方のゾルバの交流によって、単なる東西の折衷ではない「いわゆる、ギリシア」がどのように作中で理解されていくのであろうか。ビーンの指摘では、まずゾルバは一見すると破天荒で無秩序にも思われるが、厳格に自身の内側の声に結びついた生き方を通して、親方の仏教的諦念とソクラテス的楽天主義というカザンザキスのいう西方の有する抽象性の病をいかにして克服することができるかを示した。そして作中で親方は、もしゾルバの学校（*το σκολειό του Ζορμπά*）に入り直し真のアルファベット（*την αληθινή αλφαβήτα*）を学ぶことができるのなら、抽象的で空虚な思考から離れ、肉体と五感を訓練することと魂の肉体という永遠に敵対するはずのものの調和を和解させたことだろう（*θα φίλιωνα*）と述べている。[55] こうして親方は、仏教に魅力を感じていた理由である絶対の抽象性と空、そして否定的ペシミズムを捨て去り、ありのままの生を肯定することができるようになり、また現実を欠いた理性が形成するソクラテス的楽観主義とこれに基づいた空想的な社会主義的理想、そして行動による社会と個人の救済への妄信を捨て去ることができた。[56] これらは、まさにカザンザキスが「故郷嫌悪」の思想のもとで克服を志向していた、西方的理性の超越に由来するものであり、東方のディオニソス的ゾルバの力を通して克服するに至ったのであった。

今度は反対に西方・アポロン的要素を担わされた親方がどのようにゾルバに、或いは作品に対して働きかけたのかを確認する。ゾルバは自分の本当の意志を伝えるのに言葉ではなく、ディオニソス的手法である舞踏をもって表現することを好んだが、それに対し親方はその職業が作家であり、東方の毒を含むゾルバの叫び[57]と彼の生涯を『その男ゾルバ』という作品を通して言葉にした。つまり、物語の語り手である親方は、個々の描写と話の筋にアポロン的個体化の原理を施し[58]、ギリシア悲劇のアポロン的部分である対話のように[59]、この言葉にならないゾルバという人間とその衝動を言葉にし、一つの芸術作品として形象化したのであった。芸術家たる親方は、アポロン的美という媒体を介して、ディオニソス的ゾルバが教える生の現実を肯定的に受け入れることができるようになったのだとビーンは指摘している[60]。親方のアポロン的美の技芸を通して、理性と論理、そして個を特性とする西方と、言葉にはならない叫びと情念、或いは一者への合一を志向する東方の融合が、ゾルバというカザンザキスの聖人の物語を通して実現した[61]。謂わば親方は「『その男ゾルバ』という主題のつけられた、ディオニソス的知恵のアポロン的例え話［parabole］」を生み出したのであった[62]。

　ここまで見てきたように、ゾルバという人物を親方が言葉をもって芸術に形象化するという行為を通し、まさに単に西方でもなく単に東方でもない、東方と西方があるべき形で調和した「真にギリシア的な方法」がこの『その男ゾルバ』という作品を通して実現されていた[63]。ビーンは『その男ゾルバ』の「哲学的側面」を分析した章において、最後の段落で親方が「東と西、つまり情念［passion］とロゴス［logos］の融合を実現することで『その男ゾルバ』と呼ばれる『聖人伝』でゾルバのディオニソス的知恵に形を与えるためにアポロン的技巧という技術を行使」しようとしたと書いている[64]。しかし本書で『禁欲』や西方の特徴について分析してきたように、西方・アポロンに結びつけられ、時にカザンザキスが乗り越えねばならないと感じたものは「ロゴス」ではなく「過アポロン」的状態に陥りやすい合理主義に代表される理性であった。故に言葉を補いつつ、ビーンの記述は次のように修正されるだろう。ギリシアの「東西の融合」を通して東と西、つまり情念と全、そして理性［reason / raison / νους］と個の融合を実現することで、『その男ゾルバ』と呼ばれる『聖人伝』でゾルバのディオニソス的知恵に形を与えるためにアポロン的技巧という技術を行使し、東方でも西方でもない、両者の真なるギリシア的調和、或いはギリシア的ロゴス［logos / λόγος］が描き出された、と。

第二次世界大戦期における「ギリシアの歴史的連続性」

本項では、カザンザキスにおける「ギリシアの歴史的連続性」について論じる。まず『その男ゾルバ』に至るカザンザキスのギリシアの連続性に関する言及を整理し、続いて『その男ゾルバ』作中におけるギリシア人の連続性について整理したい。

ビーンは、カザンザキスが第二次世界大戦の飢餓と戦禍の中でギリシアとは何かを探求するに際し、彼がかつて信奉したメガリ・イデアやギリシア古典崇拝に見られるナショナリズムに立ち返ることはなく、これをギリシア人の「忍耐［endurance］と連続性［continuity］」、つまり耐えて生き残る能力」として捉えたとしている。[65] ただし、ビーンは「ゾルバのような人物こそが、ギリシア民族を何千年の苦難の中でも生き残らせてきた」のであり、『その男ゾルバ』はギリシア性を探求した作品として理解されるべきだ」と述べはするものの、[66] 具体的に同作におけるどの描写にギリシア人の「忍耐と連続性」に関する描写があるのかという作品分析は行っていない。また、ギリシア人の「忍耐と連続性」に関する描写は第二次世界大戦期以前にも見られる要素であり、本書次章で論じる後のギリシア内戦期の作品により強く描かれるものである。故に本書では、このビーンがギリシア人の「忍耐と連続性、つまり耐えて生き残る能力」としたものを、カザンザキスの「ギリシア性」の内実の一つとして、すなわち「ギリシアの歴史的連続性」として主題化し、それが確かに第二次世界大戦期、特に『その男ゾルバ』において顕著に表れた要素ではあるが、この作品のみに見られるものではなく、これ以前の彼の活動と著述の中に位置づけられるものであることを論じる。

『その男ゾルバ』に至るまでのギリシアの連続性に関する言及

前章でも述べたように、カザンザキスが学問的にギリシアの民族性や歴史的連続性を論じることはなかった。ギリシアの歴史的な連続性について明確な形で述べたのは前章で見た「ペロポニソス旅行記」第一章の書き出し、「ギリシアの顔は一二の主要な上書きによるパレンプセストである。同時代、一八二一年、トルコ、フランク、ビザンツ、ローマ、ヘレニズム時代、古典期、ドーリア的中世、ミケーネ、エーゲ、そして石器時代である」が初出である。[67] ここでも象徴的にパレンプセストという言葉を使って石器時代から現在に至るまでのギリシアの連続性に言及しているが、彼はこの事柄に関する検証や論証は行っていない。

ギリシア民族が歴史的に連続した存在であるためには、まずはギリシア民族が歴史の中で生き残っていかねばならない。古典ギリシアの哲学や芸術、近現代ギリシアの政治や文化といった話題ではなく、様々な環境の中でも生き抜いていく現実のギリシア人に目を向けたカザンザキスの記述は、管見の限り彼がシベリアのチタからエレニ・サミウに宛てた以下の一九三〇年二月一一日付の書簡にまず見出される。

昨晩私は望外の喜びを得た。ここ、チタには一五〇〇人のギリシア人がいた。彼らは私の到着を知って一軒の家に集まり、私をそこに連れて行って興味と非常に熱烈な愛をもって長時間語り合った。彼らはパン屋、靴直し、軍靴磨きなどの純朴な人々であった。孤独の中彼らは数え切れないほどの問題を抱えており、曰く毎晩集まっているが、まだ答えを見つけ出してはいない。——共産主義とは何か？——なぜギリシアは負けたのか？——なぜ人は生まれたのか？——「名誉」とは何か——戦争は起こるだろうか？——私たちはどこを歩んでいるのか？　もし私がキリストであったなら、このような人々こそが私の使徒であっただろうに。愛、人の温かみ、信用。知識人というのは非生産的で、不正直で、地獄に落ちるべき輩である。私は疲れて悲しく、そしてこの純朴な人々と共に、人間に対する信頼を取り戻した。チタよ！　満洲の小さな街よ。一昨日まではまだなかったものだ。嗚呼、リルケの言うごとく、**旅行！　旅行！　旅行！**［**Reisen! Reisen! Reisen!**］[68]。

ここでカザンザキスがギリシア人として言及している人々は、ポントスのギリシア人だと考えられる。というのもアグツィディスの研究によると、一八九五年頃にはシベリアのイルクーツクに、全員がポントス地方のサンダ（現ドゥマンル）出身のギリシア人たちが千五百人程居住しており[69]、この中の少数の集団が更に移民してモンゴルとの国境付近のチタに居住したと記述しているからである[70]。カザンザキスはシベリアの厳しい環境の中で日常を生き抜いているギリシア人たちに温かな眼差しを投げかけている。

より直接的にギリシア人の生命力に言及した次の例は、『ペロポニソス旅行記』第一四章「死すべき者と不死の者」におけるポントス出身のパパ・パナギオティスという凡そ七〇歳の司祭に関する記述である。この司祭は自身の生涯を物語り、「彼らポントス人たちがどれほど甘美で正確に賛美していたかを示すために神を賛美し始め」る[71]。このパパ・パナギオティスの物語と賛美を聞いたカザンザキスは、

私は彼の話に耳を傾けたが、感動と喜びが抑えがたかった。これらこそが生きたギリシアの魂なのだ。あなたは街々と村々を歩き渡って何千の人々と話し、あなたの心は怒りと恥から彷徨い出ることになる。この軽やかな二本の脚が私たちの民族［ράτσα］なのか？　ならば私たちの血はこのように落ちぶれたというのだろうか？　商人で、ずる賢くて、妬み深くて泥棒ではないか。そして突然あなたの前に、勇敢さを知識に、

情熱を戯れに混ぜ合わせるというギリシアの使命の頂上に達した魂が飛び出した。そうしてあなたは深呼吸をする。あなたの血への信頼が、この民族［ράτσα］は簡単には死なないという確信が再び去来する。

　ギリシア民族［φυλή］はいつでも、今尚そうだが、奇跡を起こす危険で偉大な特権を有する民族［φυλή］である。あらゆる力強い、偉大な忍耐の民族［φυλές］と同じように、ギリシア民族は崩壊の底に到達するのかもしれないが、まさにそこから、力のない民族なら滅んでしまう最も危険な瞬間において奇跡を起こすのだ。そのあらゆる徳を動員し途中で立ち止まることなく一気に救済の頂上に飛び出すのだ。この突然の、理性［λογικό］からの思いもがけない上に向けての飛び上がりが奇跡と名づけられるのだ。[72]

と述べる。この「ペロポニソス旅行記」においては、イオン・ドラグミスのヘレニズム論に見られるギリシア文化の優越性に基づいたものとは別の、ギリシア人共同体の連続性が捉えられている。他民族を支配したり支配されたりしながら、美徳を成したり悪行を犯したりしつつもしたたかに生き抜いて「奇跡」を起こしてきたのは、謂わば現実の「泥臭い」ギリシア人であり、人々の観念の中に存在するギリシア人ではない。そして、シベリアのチタから宛てられた手紙にせよ上記のパパ・パナギオティスへの言及にせよ、両方ともギリシア人ではあるがとりわけポントスのギリシア人に対する言及であり、カザンザキスが初めてギリシア人たちの命を救うために起こした行動も一九一九年のポントスのギリシア人難民たちのギリシア王国領内への帰還支援であったことはここで言及するに値しよう。

『その男ゾルバ』及び第二次世界大戦期における「ギリシアの歴史的連続性」

既に指摘したように、ビーンは作品全体を通して、したたかだが力強く生き抜くゾルバの表象に「ゾルバのような人物こそが、ギリシア民族を何千年の苦難の中でも生き残らせてきた」と述べるが、[73] どのようなゾルバの表象がこれに該当するのかについて、また作中におけるゾルバとギリシアの「歴史的連続性」については分析していない。

第二次世界大戦期にカザンザキスがギリシア性の探求に関して「歴史的連続性」に至ったと本章では指摘したが、そもそも前節で指摘したように、飢餓と戦禍に苦しんだ後に一九四二年一月八日付の書簡でギリシア民族のために戦うことを決心したカザンザキスが実際に行ったことは、ギリシア民族最初期の古典であるホメロスの叙事詩の翻訳であり、また戯曲「プロメテウス」という神話時代からビザンツ期の「コンスタンディノス・パレオロゴス」、近代を舞台にした「カポディストリアス」、そして現代を舞台にした『その男ゾルバ』にまで至る、古代から現代までのギリシアの歴史全体を範囲にした作品の執筆であった。「ギリシア性」の探求をただ古代の栄光にのみ求めるのではなく、古代と同じくギリシアであり続けた中世や近現代にも目を向けると共に、ギリシアの栄光だけでなく、「コンスタンディノス・パレオロゴス」に見られるビザンツ帝国の滅亡や独立ギリシア初の大統領であるヨアニス・カポディストリアスの暗殺を描くなど、決してギリシアの栄光に溢れた面にばかり光を当てるのではなく、悲惨な歴史や負の面にも取り組んだ。ここに古代ギリシアの栄光に依拠して民族を鼓舞しようとする過去のナショナリストとしての面影は微塵も見られない。

このようなギリシアの「歴史的連続性」、或いはギリシア人の生存への意志に関する記述や描写が第二次世界大戦期の作品に見られる。例えば「コンスタンディノス・パレオロゴス」において皇帝がトルコ人に降伏をすすめられる場面での、「親愛なる数千に及ぶ先祖が、何千年間も私たちを見ている、彼に言ってやれ、私は逃亡を恥に思う」という台詞や、[74]「カポディストリアス」の「三千年の間二人の偉大なギリシア人たちは闘い続けている」が挙げられる。[75] カザンザキスは第二次世界大戦期に先述の通り古代から現代までのギリシアを取り扱っているが、このことはカザンザキスがギリシアの歴史が古代から現代まで一直線に繋がっているということを意識しているからに他ならない。

『その男ゾルバ』においてギリシア人の「歴史的連続性」或いは生存への意志が表現されている箇所としては前項で見た、コーカサス地方の五〇万人のポントスのギリシア人に関する表象が該当する。そこではギリシア人の「東西の融合」についてだけではなく、「歴史的連続性」に関しても、「あなたも、彼らが滅びるに任せることはできないはずだ。[76]［中略］こうすることが何万というわが同胞を救う唯一の道だ。そして彼らと共に、我々は自分自身を救うのだ。もし、僕がこの全体を救うことができれば、自分も救われるのだ。ところで、もしそれができなければ、自分自身も破滅だ！［中略］ポントス人、コーカサス人そしてカルスの住民たち。トビリシ、バトゥミ、ノヴォロシスク、ロストフ、オデッサ及びクリミアの大商人や、ささやかな商人たちは、我々と同じ血なのだ」という形で表現されており、ギリシア人であればギリシア人を滅びるに任せるのはできないと述べられている。ここでは難民側のポントス人の視点に立った描写はないが、後年の自伝的小説『グレコへの報告』において一九一九年のポントス人難民帰還支援を扱った箇所では、全財産を失ってギリシア本土に生きる場所を求めて来たポントス人難民の男性を以下のように描写する。

泣くな、マリオリーツァ！　彼は言った。たった二人でもこの世に生き残るんだ。私とあなたで、さぁ、このギリシアの地に再び子を残そう！［中略］彼は神が聞き入れてくれるように大声で叫んだ。主よ、主よ！あなたの民を救い、私たちの根を新しい大地に根づかせることが出来るように、石と木を取って教会を建てることができるように、あなたの愛する言葉で、あなたの名を称えることができるように、助けてください。[77]

この記述の中では、ギリシア本国へ難民として赴くポントスのギリシア人の個人の生きる意志と、ギリシア人というものを絶やさないようにするという意志が描かれている。

独墺期やロシア期のような直接的な関心がギリシアから離れていく時期を経て、『その男ゾルバ』においては、ポントスのギリシア人たちを通してギリシア民族の「歴史的連続性」、或いはギリシア人の生存への意志に関する記述がみられ、これが同作での一九一九年の難民帰還支援の描写に結実している。

三．小括

本章では、第二次世界大戦期のカザンザキスの動向と主に『その男ゾルバ』に関する記述に基づきながら、カザンザキスの「ギリシア性」に関する考察を行った。第二次世界大戦という民族の危機の中で、飢餓と戦禍に苦しむ中で彼が民族の救済のために行ったことは何よりも執筆であり、ギリシアに関する思考を深めることであった。

本章は、先行研究においてビーンが指摘した『その男ゾルバ』に見られたカザンザキスの「ギリシア性」を受け、その内実であるギリシアの「東西の融合」に関しても「歴史的連続性」に関しても、これが単に『その男ゾルバ』のみに見られるものではなく、第二次世界大戦以前のカザンザキスの思想の継承であり、この中に位置づけられるものであることを示した。そして、このカザンザキスの「ギリシア性」における二つの要素を図式化して表すならば、「東西の融合」が空間的・水平的であるのに対し、「歴史的連続性」は時間的・垂直的なものだと言い得るであろう。

特にギリシアの「東西性」に関しては、「メガリ・イデア」に代表されるナショナリズムや古典崇拝の後に志向された、カザンザキスのロシアや極東での経験を含む脱西欧化の探求が多分に含まれるものであり、通例ギリシアを西欧に位置づけ、ギリシア性の中からアジア的なものを排除しようとした古典崇拝の西欧人やギリシア知識人たちの傾向とは大いに異なるものであった。しかし、カザンザキスの理解したギリシアと同じく、インドや中国の文化のみならず明治維新以来西洋の文化を自民族の中に「同化」し取り入れていった日本に関しては、「東西の融合」がその特徴として挙げられることはなかった。著名な日本学者であるグリフィスは、日本の発展の中で東洋と西洋の最良の力（the best powers of the Orient and the Occident）が合体しており（coalesced）[78]、更にコレティスやカザンザキスがギリシアに関して理解したのと同じく、日本も自国を東洋と西洋の中間に適合させているのだと論じた[79]。グリフィスは日本の伝統が失われていくことを惜しみつつも[80]、日本の因習や前近代的な物からの脱却と「欧米化」、つまり近代化を肯定的に捉えていた[81]。それに対しカザンザキスは、例えば『石庭』第三章でのヨシロとの会話に見られるように、日本が欧米の物質文化を貪欲に吸収する過程でその伝統が失われていくことを嘆かわしくも避けられないことだと理解していたが[82]、決してこの日本の「欧米化」或いは近代化を「東西の融合」だとみなすことはなかった。本書第一〇章で見たように、カザンザキスにとって日本は、人種の観点で見てギリシア或いは西方と絶対に区別される東方に位置する国であり、決して「東西の中心に位置する国」とは理解されなかった。ギリシアが単に東方と西方の中間に位置しているのではなく、「いわゆる、ギリシア」として「東西の中心」という特殊性を有することは、カザンザキスにとって真にギリシアに独特なものなのであり、ロシアやスペイン、そして日本の特徴にもなりえないものであった。

だがこの第二次世界大戦期にあっては未だギリシアの「歴史的連続性」、或いはギリシア民族の生き残ろうとする意志に関する表象は、直接的なものではなかった。それが次章で見るギリシア内戦期のギリシアを扱った作品において、更に生々しい描写をもって描かれていく。

第一三章　ギリシア内戦期におけるカザンザキスのギリシア性探求

本章では、一九四六年のパリ移住後から一九四九年のギリシア内戦終了までのカザンザキスの動向と作品を取り上げ分析する。特にギリシア内戦の影響が色濃く反映された『キリストは再び十字架にかけられる』と『兄弟殺し』の二作品を分析し、この二作品に『禁欲』のプロットの構成が色濃く反映されており、また前章で見たカザンザキスの「ギリシア性」がこれらの作品を通して表現されていることを論証する。

一．内戦期のギリシアとカザンザキス

本節では、カザンザキスのギリシア内戦期の主に執筆活動を記述するが、彼の動向をより理解しやすくするた

*本章の注は三二九ページから掲載している。

めに、ギリシア内戦期におけるギリシアの歴史的な状況もごく簡潔に記す。

内戦期のギリシアの情勢

ここでは前章でも言及したウッドハウスとヴェルミアスの先行研究に基づいて叙述する。一九四四年九月に独軍はギリシアから撤退したが、ギリシア人同士で争い合うギリシア内戦の構造は既に第二次世界大戦末期に見られるものであった。独軍撤退後は国王の帰還を認める王党派と認めない共産主義者の間の闘争が起こり、四四年一二月にはアテネ市内でデモ行動中に起こった発砲がきっかけとなって、共産主義勢力が六週間アテネを占領する事件が起きた。四五年の初頭から一九四六年の三月まで、政治的に両者の歩み寄りが模索されるも、四六年三月に実施された総選挙を共産党がボイコットし、翌四月にユーゴスラヴィアよりティトーの支援を受けて共産主義勢力の進軍が行われ、五月にギリシア北部での戦闘開始をもってギリシア内戦が勃発する。四六年から四八年の中頃まで共産主義勢力が優勢であり、四七年一月にはイギリスにかわりアメリカ合衆国がギリシアに調査団を派遣し、三月にトルーマン宣言を行うも一二月の段階でギリシアのほとんどの領域が共産主義勢力に制圧され、共産党の焦土作戦によりギリシアは荒廃した。

しかし事態はギリシア国内の状況ではなく、国外の政治状況によって大きく変わることとなる。ギリシア共産主義勢力を支援していたティトーは一九四八年六月にスターリンによってコミンフォルムを除名されたことを受け、スターリンの側についたギリシア共産党の支援を打ち切ることを決定した。これによって最大の援助者を失ったギリシア共産党は一気に弱体化の道をたどり、翌四九年の一〇月には休戦が宣言され、内戦は事実上停止した[1]。

内戦期のカザンザキスの動向（一九四六年〜一九四九年）

カザンザキスは、一九四六年九月二八日にフランス政府の要請でパリに移動している。[2]この間に多くの友人たちに面会しており、その中でも特にパリを訪れたプレヴェラキスに会い、一二月にはブリュッセルを訪れた。[3]この年には他にパリの文芸雑誌『ドキュマン』で『禁欲』の一部を発表し、またアテネでは戯曲「カポディストリアス」を刊行した。[4]

一九四七年には、カザンザキス本人の働きかけとゲオルギオス・パパンドレウ等の幾人かの政治家の推薦状により、[5]五月一日よりユネスコの文学部門の評議員に就職し生活のために勤務した。[6]そしてこの年にイヴォヌ・ゴティエ（Yvonne Gauthier）の翻訳でシェヌ出版（Édition du Chêne）よりフランス語訳『その男ゾルバ』が出版された。[7]

一九四八年の初頭は東と西の諸文化の懸け橋になるという目標の下、全世界の古典文学の翻訳推進のためのユネスコでの仕事に従事しつつ、[8]自身の戯曲作品をフランス語に翻訳し、『メリッサ、ユリアノス、オデュッセウス、火をもたらしたプロメテウス』として出版した。[9]

三月二五日には文芸活動に全力を傾けるためにユネスコを辞し、[10]三〇日にはパリの国際文学会議で近現代ギリシア文学について講演した。[11]この講演の中でカザンザキスは、本章第二節で見るように近現代ギリシア史及び近現代ギリシア文学史に関して自身の見解を提示するとともに、ポントスのギリシア人難民についても言及している。

そして五月三一日には一人で南仏へ向かった。六月二日にアンティーブに到着し、以降この街での生活を始める。[12]六月六日から一九日まで戯曲「ソドムとゴモラ」を執筆した。[13]そしてこの間に妻のエレニもアンティーブにている。[17]

到着し、二人での生活が始まる。[14] そして七月七日より『キリストは再び十字架にかけられる』の執筆に着手し、九月七日には一度『キリストは再び十字架にかけられる』を書き終えている。[15] この九月にはプレヴェラキスもアンティーブを訪問している。[16] 一一月から一二月には再度『キリストは再び十字架にかけられる』の手直しを行っている。[17]

一九四九年はアンティーブで執筆に明け暮れることになり、一月から二月は直接ギリシア内戦を題材とした『兄弟殺し』を執筆した。しかしこの作品がカザンザキスの生前に出版されることはなかった。四月には戯曲「クーロス」を執筆し、五月から八月にかけては戯曲「コロンブス」を書いた。そしてギリシア内戦の終結宣言がなされた同年一〇月にはギリシアの文芸雑誌『ネア・エスティア』に「ソドムとゴモラ」を発表した。[18]

以下では、本章で中心的に分析することになる『キリストは再び十字架にかけられる』の内容を簡単に叙述する。舞台は第一次世界大戦後、トルコ統治下の小アジアに位置するリコブリシ村という小さな村である。村では四年に一度の受難劇が催される年になり、主人公で善良な羊飼いのマノリオスはキリスト役に選ばれた。そして友人たちもそれぞれヨハネ、ヤコブ等の役に任命される。キリストや使徒に任命されたマノリオスや仲間たちが自身の役をどのように演じればよいのか葛藤し、生き様そのものをキリストや使徒に似るものとして恥ずかしくない生き方をしようと試みていた時に、トルコ人に村を焼かれ迫害されたギリシア人たちがフォティス司祭に導かれ村に逃げ込んできた。この難民たちはリコブリシ村近傍への定住を希望するも、リコブリシ村の裕福な長老たちは彼らの受け入れを拒否する。そして難民たちを受け入れるかどうかを巡って村が二分され、村の長老たちと司祭は彼らの受け入れを拒否し、難民たちに味方したマノリオスたちを迫害し始める。そして新約聖書の受難さながら、マノリオスは難民たちをかばい村人たちに虐殺されてしまい、難民たちはリコブリシ村への定住を諦め新たに流浪を始めることになってしまう。

次に『兄弟殺し』のあらすじを簡潔に述べる。物語の舞台はギリシアが赤ベレー（共産主義勢力）と黒ベレー（王党派、政府軍）にわかれて内戦を繰り広げている、ギリシア内戦期のカステルロス村である。物語はある受難週の一週間に繰り広げられる。主人公であるヤンナロス司祭は、赤ベレーと黒ベレーが母なるギリシアを引き裂き殺し合いを続ける状況を黙認し、飢えと戦争に巻き込まれて死んでいく子供たちや民衆に対し何の手も下さない神に怒りを覚え、司祭であるにもかかわらずキリストの復活を否定し復活祭の儀式の執行を拒否する。そしてパンと正義を約束する共産主義に惹かれ赤ベレーに味方することさえも考え始める。その時、キリストの形を取った、助けを求める「叫び」を耳にし、赤黒両軍を和解させて殺し合いを終わらせ、ギリシアとキリストを救うことを決心する。そして司祭は村の黒ベレー・長老たちを立ちあがった民衆と共に武力で制圧し、村を赤ベレーに明け渡す。赤黒両軍と共に復活祭を取り行い、ギリシアとキリストの復活を噛みしめる。しかし、赤ベレーが和解の約束を裏切って黒ベレーと村の長老たちを処刑し、共に立ち上がった民衆たちも散り散りに逃げ出してしまう。ヤンナロス司祭は赤ベレーの非道を述べ伝えるため、一人で立ち上がり「叫び」を導きながら村を出ようとした矢先に赤ベレーに銃殺される。

物語の概要を確認した上で、次節以下で実際に両作品の作品内容を分析していこう。

二．内戦期の二作品分析

この節では、『キリストは再び十字架にかけられる』と『兄弟殺し』の舞台設定を、難民に関する視点から細かく検証していく。まず両作品の歴史的背景として執筆時にギリシアで展開されていた内戦が反映されていることを確認する。次に本書第六章の『禁欲』の分析で見た「叫び」がこの内戦期の両作品において物語を始動・牽引する役割を担わされていることを論じる。次に両作品におけるギリシア人表象を検討していくが、両作品における難民たちがポントスのギリシア人ではないにしても、この難民たちにポントスのギリシア人難民、或いは東方のギリシア人のイメージが投影されており、『その男ゾルバ』で見たように一九一九年の難民帰還支援事業の体験が反映されていることを論じる。そしてこの難民たち、或いは難民の側に立つことを選んだギリシア人たちの表象を通して、カザンザキスが前章で見たギリシア性を表現しようとしたことを説明する。

両作品における内戦の反映

『兄弟殺し』は作品そのものが内戦をその主題としていることもあり、この作品にギリシア内戦が反映されていることは論じるまでもないが、『キリストは再び十字架にかけられる』では論証の必要があろう[19]。まず『兄弟殺し』において、ヤンナロス司祭は赤ベレーとも黒ベレーとも戦うことになり、勢力分布としては作中に三つの勢力が見られる。ヤンナロス司祭と餓えた民衆たちは、ギリシア内戦下で殺し合っている黒ベレーと赤ベレーのどちらにも属しておらず、歴史上の両陣営の対立を中心にして見た時はむしろ彼らは「モブ」である。特にこの赤ベレーと黒ベレーの関係に関して言うと、本書で確認してきたように、カザンザキス自身もナショナリストとしてまた共産主義者としても行動して決別しており、両方の立場を経験し、両方の立場のよい点と悪い点を熟知していた[20]。

『キリストは再び十字架にかけられる』では、リコブリシ村にあった当初の対立は、キリスト教徒のギリシア人と村を統治しているトルコ人という構図である。この中では未だ主人公たちとリコブリシ村のギリシア人たちとの対立、或いはギリシア人同士での対立はない。難民たちがリコブリシ村に到着した第二章で、難民たちに同情した主人公たちが彼らに協力するようになってから、ギリシア人同士で心的にもまた物理的にも対立するようになる。ここに現れる対立は、トルコ人のアーヤーンを味方につけた村人と裕福な長老たち、トルコ人による迫害を受けてリコブリシ村に辿りついた難民たち、そして難民たちに同情して難民たちに寄り添うマノリオスたち有志という三つの勢力が見られる構成になり、村のギリシア人同士の対立が始まっていく。

ここで指摘しておくべき重要な点として、『キリストは再び十字架にかけられる』においてはただギリシア人の村人や難民といった素朴な人々の対立が描かれるにとどまらず、『兄弟殺し』と同様にイデオロギー対立的な要素が挿入されていくという点である。『キリストは再び十字架にかけられる』第二〇章において、リコブリシ村の人たちは戦闘態勢を取って村に押し寄せた難民たちを「ボルシェビキ」であり反キリスト者である「破門された人々」だと言って非難する。[21] もちろんこの村人たちは普通のキリスト教徒のギリシア人であり共産主義者ではないが、このリコブリシ村の人々は難民たちが共産主義者であって「アカ」であるが故に自分たちには同胞でもある難民たちを追い返す権利があると主張し、彼らを助けず「ことなかれ主義」的に難民たちが村に到来する前の安穏な生活を維持しようと試みる。同作二一章で、善良なマノリオスに好意的な態度を示していたトルコ人アーヤーンが、本気でマノリオスを憎み彼を処刑することが出来るように、マノリオスに対し自分に悪口を吐くように強いる場面がある。このとき、マノリオス本人も自分が秩序破壊者であって「アカ」であり、ボルシェビキ・ロシアと共謀してイスタンブルを取り返しギリシアに編入させたいと言ってしまう。[22] このように、作中における役割上、マノリオスと難民の側に『兄弟殺し』の赤ベレー側のような立場が与えられている。

またリコブリシ村側と難民たち側に対するマノリオスの立ち位置は、ヤンナロス司祭と黒ベレー側と赤ベレー側の立ち位置に関する関係と相似する点がある。『キリストは再び十字架にかけられる』において、マノリオスは『兄弟殺し』で赤ベレーに比せられる難民側に立ち、打ちひしがれ餓死の危機の中に置かれていた彼らを先導して村の裕福な人々を襲撃させ、食料を奪わせる。[23] 一方『兄弟殺し』では、ヤンナロス司祭はマノリオスのように、内戦の中で餓えに苦しんでいた民衆たちを先導して村の黒ベレーを襲撃して虜囚にし、村の黒ベレーと共に赤ベレーに投降し村の平和を実現しようとした。[24] つまり、『キリストは再び十字架にかけられる』で取られている主人公と難民、そしてそれ以外のギリシア人に対する構造は、『兄弟殺し』のヤンナロス司祭と民衆、そして黒ベレー・赤ベレーの構造と相似しており、故に『キリストは再び十字架にかけられる』はギリシア人が二つの立場に立って戦った、執筆時にギリシアで展開されていたギリシア内戦を念頭に置かれた作品だと言うべきであろう。そしてこれらの作品において主人公たちは一方のギリシア人に味方し、他方のギリシア人に敵対することになり、他でもなくギリシア人の問題を描く作品になっている。以上のように、これらの作品はイデオロギー対立や民族対立等の要素を含みつつも、ギリシア人がギリシア人に対して、ギリシア人としてどう向き合うかに焦点を当てているのである。

『禁欲』の思想とカザンザキスのギリシア史理解

カザンザキスは、一九四八年三月三〇日に行われたパリの国際文学会議において、近現代ギリシア史及び近現代ギリシア文学史に関する講演を行った。冒頭「あまりに偉大な先祖の子孫であることは極めて厄介なことではありますが、私の方では敢えて近現代ギリシアの詩人と散文作家たちがその父たちの恥とはなっていないと断言いたします」と述べ、まず古代からの連続性を強調したうえで講演に臨んでいる。[25] 続けてカザンザキスは古代から現代までのギリシアの使命について言及し、自由はまさにギリシアで生まれたものであってこの自由を求める戦いこそが真のギリシアの自由なのだと発言している。[26] 人間の権利と義務に関してこの自由は、「自身の権利だけを思って酔いしれる」こともなければ「自身の義務ばかりを思って押しつぶされてしまうこともなく」、「どんぴしゃりな程度、完全なる配分」だと表現され、東西両方の要素を持ちつつも単なる東方でなければ単なる西方でもない、ギリシアに固有の独特な均衡であって調和なのだと表現される。加えて、ギリシアの美そのものは目的とはならないが、「ギリシアのあらゆる知的で芸術的な創造は物質に対する精神の戦場の上に建てられた戦勝碑であり、隷属に対する自由の勝利」だと理解されている。[27] つまり、世界史の中で特筆される古典時代等に花開いたギリシア美術は、物質を精神に聖変化させる「上昇」の中で指向される自由を表現したものである。この自由が『禁欲』における上昇に結びつけられるのは、カザンザキスがこの自由を求める戦いとして辿られるギリシア史を「上昇する血塗られた線」であり、[28] また「先史時代から近代及び現代に至るまで、途絶えることなく上っていき、ギリシア民族［la race hellène］の歩みを見せてくれる赤い線［la ligne rouge］」として表現していることからも明らかである。[29] つまり、第二次世界大戦を経てギリシア内戦期に入ったこの時期では、古代から現代まで一直線に続くギリシア史が『禁欲』的な「上昇」する「赤い線」として表象されており、「この線は赤色で、というのもあなた方はこの線をご存知ですが、自由の足取りはいつも血に塗れています。この線が現代のギリシアにおいても今でも続いている」と表現されるに至る。[30] そして更に、この講演の中で「自由の発展の歴史」として理解されたギリシア史の流れが明確に「上昇」の「赤い線」と同一視されていることより、謂わば『禁欲』における「上昇の物語観」と主に「ペロポニソス旅行記」で描かれたギリシアに固有の徳目である調和と自由がここにおいて結び合わされており、カザンザキスの中でギリシア史が『禁欲』の思想の中で理解されていることが窺われる。

　ここまで見てきたように、カザンザキスの調和と芸術を含めた自由に関する議論は本書第一一章で見た「いわゆる、ギリシア」の徳目に合致するものであり、これをフランス語で外国人に向けても講演したのであった。

内戦期両作品における「叫び」の役割

前項において、内戦期のカザンザキスの思想の中でギリシア史の展開が『禁欲』的な「上昇」と自由の中で理解されていることを確認した。本項では更に、ギリシア内戦期の両作品において、第六章の『禁欲』の分析で見た「叫び」が、第七章で確認した『トダ・ラバ』における描写と同じく、物語を始動させて牽引していく働きを担っていることを論じる。

『キリストは再び十字架にかけられる』における「叫び」の役割

『キリストは再び十字架にかけられる』において、「叫び」はより間接的に、「声」や「キリスト」また「聖エリヤ」を通して、物語が転換する重要な場面で二度登場している。一度目は第八章のユスファーキ虐殺事件においてである。(31) この事件はトルコ人アーヤーンの侍従であるユスファーキが何者かに殺害されたことにより、リコブリシ村の住民たちが激怒したアーヤーンによって皆殺しにされそうになったことに端を発する。主人公マノリオスは村人や長老たちを助けるため自分が犯人だと名乗り出て犠牲になることで、村を虐殺から救おうとする。この考えが浮かんだ時、マノリオスは我が身を犠牲にしてアーヤーンに嘘の報告をすることを躊躇するも、彼に「叫び」或いは神の声が臨み、物語が大きく動いていく。

> キリストが来た。そしてマノリオスが夜明け前に目を覚まして十字を切った時、まだ夢が明けの明星のように輝いていた。［中略］
> 「マノリオスは」逃げようとしたが腕が一本伸び肩を摑まれた。「信じるか？」という声が聞こえ、マノリ

オスは「信じます、主よ！」と答えた。［中略］マノリオスは逃げ出したかったかの如く震え上がった。だが再び「立ち止まるな、歩け！」
叫び声を上げ目が覚めた。「立ち止まるな、歩け」。これは神の声だ。行こう。[32]

マノリオスは「立ち止まるな、歩け」という声を聞き、これを自分が聞こうと求め続けた声の「叫び」であって彼にとってはキリストの意思に他ならないことを確信し、自己犠牲のための行動を起こしたのであった。[33]第七章の『トダ・ラバ』で見た「叫び」の働きのように、躊躇する登場人物の行動を促す役割を果たしている。
二度目は、難民たちの飢餓が限界に達した状況に直面したフォティス司祭が、いよいよ村に降りて暴力を用いてでも自分たちに与えられているはずの土地を占拠するかどうかの決断を下す、第一八章と第一九章の場面である。難民たちはリコブリシ村の長老たちの悪辣な策略により、自分たちに与えられているはずの豊かな土地に入ることができないでいた。飢えを克服し生き抜くためとはいえ、暴力という不正な手段を用いてもよいものか決断を下しかねていたフォティス司祭は、マノリオスとの会話の中で「マノリオスよ、私は自分の中で私に『行け！』と命令を与えてくれる声を待っているのだ。人生の中でこの声を聞く前に大きな決断を下したことはない」と発言する。[34]そしてフォティス司祭はこの声を聞き、この声と向かい合うために山に上って一夜を明かし、マノリオスはこの様子を「神と話している」と描写する。[35]
このフォティス司祭と神との対話では、司祭は聖画に描かれた聖エリヤに対し、どうして難民たちの窮状を知っているのに何も助けてくれないのか、何故人間の声に耳を傾けてくれないのかと詰問する。これに対し聖画の預言者の唇が動く。司祭は「私は『行こう！』という大きな声を聞いたかのようだった」と述懐する。[36]この声が要求したのは、社会正義と誰かを生かすために戦うことであり、難民たちが生き残ることができるように、自己の命を犠牲にしてでもこの声に従って行動を起こすことであった。こうして司祭と難民たちは村に降りて本来自分たちに与えられていたはずの土地に力ずくで侵攻していくことになり、流血と登場人物の死を伴いつつ物語が大きく展開していくことになる。

この「叫び」に促され行動を起こした人々は、「叫び」のために、この物語においては難民を救うために自分自身を犠牲に捧げる。こうしてマノリオスは最終的に罪を背負って村の住民たちの私刑によって虐殺される。『禁欲』の思想に照らせば、「叫び」に従って「叫び」のために戦ったマノリオスは、自身の死を通して不死に至ったということになろう。(37) この『キリストは再び十字架にかけられる』の物語においては、次項以下で確認するように、マノリオス個人の死を通して難民たちは再び立ちあがって新しい村を探し、力強く生き、歩き続けることを選択することになった。

『兄弟殺し』における「叫び」の役割

「叫び」は『兄弟殺し』においてもキリストの形を取って現れる。(38) 第九章において、黒ベレーと赤ベレーによる内戦と民衆の飢餓を前にしたヤンナロス司祭の悲痛な祈りに対し、神は何も答えなかった。そこでヤンナロス司祭は神に対し「嗚呼、もうよい。復活など存在しないのだ。聖墓行進に担ぎ出され、座して待っていればいい。あなたはギリシアと共に復活するのですぞ。聞いていますか？　そうでなければ復活などありません！　他にどうすることもできませんが、私は聖職にある身にあってこの力があるわけですので、そうさせていただきます」と聖職の身にありながら神を冒瀆する。(39)

このヤンナロス司祭の悲痛な祈りと冒瀆に対し「彼は重く悲しい声を聞いた。この声を知っていたのだ。キリストの声であり、いつでもその内側から、腸から話すのだ」と記述されるように、キリストが内側から彼に話しかける。[40] ここでは内なる声、或いは「叫び」は直接キリストと名状され、またヤンナロス司祭と対話する場面も描かれている分、『キリストは再び十字架にかけられる』よりも更に直接的な形で登場している。また兄弟同士で殺し合い深い傷を負わされてしまった母なるギリシアの救済と神なるキリストの復活を結びつけて表現している点で、「叫び」とギリシア史が直接結びつけられている。[41]

そしてこの「叫び」は『禁欲』における「叫び」のように、ヤンナロス司祭が自分自身の意志と責任でこの「叫び」或いは「キリスト」を導くように要求する。[42] 彼は当然この神の要求に当惑し心には迷いが生じたが、キリストは自らが創造した人間の助力を必要とする存在であり、[43] そして「ヤンナロス司祭、お前は恥ずかしくはないのか。なぜ私に説明を求めるのだ？　お前は自由だ。私がお前を自由な存在として創造したのだ。まだ私に頼るのか？　悔い改めなどやめてまっすぐ立つのだ、ヤンナロス司祭。責任を負うのだ。誰にも説明を求めるな。お前は自由ではないか？　選ぶのだ」と「叫び」に従うのか従わないのかの決断を迫る。[44] ここでは本書第六章の『禁欲』の分析で見たように、「叫び」はヤンナロス司祭に対し自身に従うことを強制しておらず、「自由な存在として創造された」司祭には「叫び」に聞き従わないという消極的自由が保証されている。実際司祭は、「いいでしょう、私の村の破滅の救済を引き受けましょう。私は決断を下しましょう。私は自由であり、あなたのおっしゃる通りです」と答え、自由であるが故に、自分の決断で自由に「叫び」を受け入れ村の平和のために活動を開始する。[45] こうして、「叫び」がきっかけとなって、ヤンナロス司祭は打ちひしがれて不平をこぼすばかりの民衆たちをまとめ上げ、村の黒ベレーたちを武力制圧し、赤ベレーに村を引き渡して平和の実現に向けて行動していく。

キリストの姿をした「叫び」が次に登場するのは、第二〇章である。この前の第一九章では、赤ベレーたちに村を無血占拠させて戦闘を終わらせるため、ヤンナロス司祭は黒ベレーの軍人たちを捕縛することに成功していた。そうして赤ベレーを村に迎え入れ村人たちと共に復活祭を祝っていた矢先、赤ベレーたちは司祭との約束を裏切って黒ベレーたちの粛清を開始し、村人たちは散り散りになってしまう。

村の黒ベレーの粛清という赤ベレーの裏切りに対し、ヤンナロス司祭は身の安全を顧みずこの裏切りに対する抗議の行動に出るが、この時にキリストが現れる。(46) 黒ベレーたちの銃殺の中でこの「目に見えないもの」は恐れを感じ震え始める。ヤンナロス司祭はキリストに対し奇跡を起こしてこの不正な粛清を止めるように懇願するも、キリストは「私にはできない……」と答える。(47) この「叫び」としての神は全能の存在ではなく、赤ベレーの凶行を止めることが出来ず黒ベレーたちは銃殺されてしまった。そしてこの処刑の後、ヤンナロス司祭は「目に見えないもの」に優しく話しかけて手招きをし、(48) 共に赤ベレーの裏切りと全ギリシアの和解を告げ知らせる旅に出掛けようとする。しかし団結して立ち上がったはずの村人たちが黒ベレーたちが殺されてしまった時に散らされてしまったのと同様、司祭も旅を始める前に赤ベレーによって射殺されてしまうことになった。物語は主人公や「叫び」の求めるようには展開しなかったが、『兄弟殺し』においても物語の転換点の中で「叫び」が登場し、主人公の行動とその行動を通して民衆に大きな影響を与えたのであった。

ここまで見てきたように、内戦という状況に振り回され嘆息するばかりのヤンナロス司祭が、内戦に苦しむ村とギリシアを救うために行動を起こすことを決心し、飢餓の中で大いに苦しんでいた民衆たちに呼びかけ決起を促す「英雄」としての働きを担うきっかけに「叫び」があった。しかし『兄弟殺し』のプロットにあっては、確かに民衆たちは「叫び」に促されたヤンナロスによって励まされて蜂起し、黒ベレーと命がけで戦ったものの、赤ベレーが裏切った際には四散してしまい、根本的には「叫び」の提示する生き方へと変えられることはなかった。またヤンナロス本人も「叫び」と共に赤ベレーの不正を告発する旅に出ようとした矢先に射殺されてしまう。『兄弟殺し』においてカザンザキスは、「叫び」によって変えられ未来を提示していくことのできる人間像を描き出すことができなかった。

両作品における「叫び」と物語

先行する二項目で『キリストは再び十字架にかけられる』と『兄弟殺し』における「叫び」の役割について確認した。本項では両作品での「叫び」の共通の働きについて確認し、「叫び」或いは『禁欲』の思想が内戦期の両作品においても貫徹されていることを確認する。

本書第六章で見たように、「叫び」が「英雄」に相応しい人物に直接に、或いは「英雄」を通して人々に働きかけたとしても、人間には神の招きに従わなくてもいい消極的な自由があり、必ず全ての人間が動かされるというわけではなかった。例えば『キリストは再び十字架にかけられる』において、ミヘリスは[49]「叫び」、キリストの声を聞こうと福音書を読んでいたが、自身の婚約者と父の死を受け読んでいた福音書を閉じ、隠者となることを決意する。そして難民たちが「叫び」に促され山を下る時に、「叫び」の意思を知りつつもそれを自らの意思で無視した。[50]また難民と共に山を下り共に闘ったヤナコスとコンスタンディス[51]も、最終的にはフォティス司祭と難民たちの永遠の流浪に加わらず、それぞれ自分たちの元の生活を守るためにフォティス司祭の村に帰るようにという勧めに従った。[52]彼らは「叫び」に促された前進に加わらなかったのである。また村の教師であり、リコブリシ村の司祭の弟であるハジ・ニコリスも、ギリシアの使命を悟って難民を助けることが正しいことだと悟りながらも、兄や村の人々の目を畏れ常に何もすることができず、「叫び」の示した道に従う一歩を踏み出すことが出来なかった。

また『兄弟殺し』においても、ヤンナロス司祭と共に蜂起した民衆たちは先述の通り赤ベレーの裏切りによって司祭を見捨て逃げ出し、村の教師は『キリストは再び十字架にかけられる』のハジ・ニコリス同様に自身の使命を理解しながらも何の行動も起こせなかった。確かに『兄弟殺し』の中で、赤ベレーが勝利したことによって現状は変化したが、作品の中のギリシア人たちが変化したのかは依然わからない。第六章で確認したように、「叫び」に耳を傾けるかどうかは人間に委ねられた（消極的）自由であり、「叫び」に耳を傾けた人々は自身の命を賭してこれに従った「英雄」であった。

また『キリストは再び十字架にかけられる』においては、『禁欲』にも見られる「上昇」（ανήφορος）のモチーフが現れている。第一三章においてマノリオスに「正しい道」を尋ねられたフォティス司祭は、この「正しい道」を「上り道」（ανήφορος）だと答え、[53]第一四章でミヘリスはギリシア民族が何千年の間辿ってきた道こそが「上り道」（τον ανήφορο）だと述べている。[54]他にも、父と絶縁して難民たちと苦楽を共にすることを決めたミヘリスに対し、フォティス司祭は共に「上り道」を進もうと言って彼を受け入れた。[55]本書第六章の『禁欲』の分析において「叫び」に促されて始まる「上昇」が救済と自由を目指すものであることは既に論じたが、このように『キリストは再び十字架にかけられる』で表象される「叫び」を受け入れた人々と「叫び」に導かれる難民たちの生き方には、『禁欲』の「上昇」が反映されている。[56]

ここまで見てきたように、『キリストは再び十字架にかけられる』において主人公マノリオスが現状を変え物語を能動的に動かしていく「英雄」に変化していくのは、まさに「叫び」を耳にしてからであり、難民たちが村へと下りて行くという決断を下すのにもフォティス司祭と「叫び」の交流があった。そしてこの構造は『兄弟殺し』のヤンナロス司祭に関しても同様であった。もし「叫び」が「英雄」を動かすことがなければ、両作品において民衆、難民が立ちあがることは決してありえなかった。この両作品とも『禁欲』の「叫び」が物語の上で重要な役割を果たしており、『禁欲』の思想はこのギリシア内戦期においても、カザンザキス思想と作品の基礎的な要素であり続けている。

両作品における難民のモチーフについて

本項では、一九四八年の国際文学会議におけるカザンザキスの演説の中でポントスのギリシア人について触れた箇所と、また彼の両作品における難民のモチーフを分析することで、そのモチーフが一九一九年からのポントス人難民帰還支援から得られていることについて確認したい。

カザンザキスは一九四八年のフランス語で行われた講演の中で、第一次世界大戦後に難民としてギリシアにやってきた人々について以下のように言及している。

> 詩人と散文作家のこの世代が最上の果実を与えた瞬間、一連の天変地異がこの世界に、とりわけギリシアに襲いかかりました。第一次世界大戦と小アジアにおけるギリシア軍の大惨事の後で、一万五千人の生まれ故郷からその根を断ち切られてしまったギリシア人難民がギリシアの乾いた土地に命辛々助けを求めたのでした。これらの小アジアのギリシア人たちはイオニアの海岸、黒海とカッパドキアの奥底から自分たちの豊かな方言と中世の伝説、民衆の詩とビザンツの聖像をその身に携えてやって来ました。そして彼らは突如母国の血を豊かにしてくれたのでした。新しい綱が、かくしてギリシアのリラ、深くて情熱的で東方的な調べにも結びつけられたというわけです。移民一世の時代におけるように、アジア人の魂がヨーロッパに移植されたのです。この亡命者たちの間の中に起こった詩人と散文作家がギリシア文学の少々狭められていた地平を広げてくれたのでした。彼らがこの文学に平野と山への望郷の念、水と大地、そして見て生きる喜びと共に原始的な熱情への接触を思い起こさせてくれました。というのもこのアジア人たちは玄人で敏感な手であらゆる事物を愛撫することができる人々だったのです。(57)

この引用に見られるように、難民たちのギリシア本国への定住を、ポントスや小アジアのギリシア人という「アジア人の魂」を有するギリシア人たちの、「ヨーロッパ」でもあるギリシアへの移植だと表現している。そして、確かにポントス人だけに限らないが、「このアジア人たち」がギリシアの中で発展していた「文学に平野と山への望郷の念、水と大地、そして見て生きる喜びと共に原始的な熱情への接触を思い起こさせた」ことによって、「この亡命者たちの間の中に起こった詩人と散文作家がギリシア文学の少々狭められていた地平を広げてくれた」のだと結論づける。[58] このようにカザンザキスの中で、ポントスや他の小アジアのギリシア人たちを通して、単に東方でも単に西方でもない、ギリシアの真に「東西の融合」が強められる。多くのギリシア国内外の知識人たちがギリシアの文化からアジア性を排除しようとしたのと異なって、カザンザキスが東方・アジアからの要素を高く評価し、これらが更にギリシアの文化を高めてくれたという評価を与えていることは特筆すべき点である。更に、ギリシアの文化を高めるということが、ここでは古代ギリシアの復権や西欧からの知識の導入など知識人の知的な活動によってなされたものではなく、難民という素朴な人々であり、また惨めな環境の中で生きているギリシア人によって担われているということも、併せて忘れてはならない点である。

こうした難民のモチーフが、内戦期の文学作品にどうあらわれているか、分析していこう。『キリストは再び十字架にかけられる』では、作品の舞台となるリコブリシ村は小アジアに位置する黒海沿岸の村として描写される。[59] 村にトルコの地方名士のアーヤーンがいて統治していることより、この作品の時代設定がオスマン帝国期に置かれていることが窺え、加えてロシアやモスクワ、またボルシェビキという単語が登場していることより少なくとも一九一七年のロシア革命以後のことである。[60] これらの情報から判断するに、地理的には舞台が地中海側や中央部などではなく、ロシアの影響の近いコーカサスやポントス地方の小アジアであり、そして時期的にもカザンザキスがポントス・ギリシア人を含む在外ギリシア人の帰還支援を行った一九一〇年代後半から二〇年代初頭が想定されていると判断し得る。

続いて『兄弟殺し』では、作中の舞台がギリシア内戦期ということからカステルロス村はギリシア王国内であることは確かだが、そもそも主人公のヤンナロス司祭はこのカステルロス村に来る前はトラキア地方の「黒海から遠くない豊かな村」で生活しており、(61)ギリシアとトルコの間の住民交換によって難民としてギリシアにやってきた人物であった。(62)

両作品の難民表象において、確かに彼らがポントスのギリシア人であるとは明言されてはいないが、「小アジアに位置する村」や「黒海から遠くない村」という描写、また村にトルコ人アーヤーンがいたり住民交換によってギリシア本国へ追放されたりする描写より、彼らが共通してギリシア王国領ではないオスマン帝国領等の東方に居住していたギリシア人であることは明白である。そして作中での時期的にも、両作品ともカザンザキスが深くポントス人難民と関わった一九一〇年代後半から一九二〇年代前半を想定し得るものである。つまり、地理的に東方のギリシア人であるという事実と想定される年代より、『キリストは再び十字架にかけられる』と『兄弟殺し』作中での難民が、実際カザンザキスが支援したポントス人として想定されている蓋然性は高く、またポントス人ではなかったとしてもここに帰還支援で接したポントス人のイメージが多分に反映されたものであることは論を待たないであろう。このように、前章の『その男ゾルバ』分析で見たように「東方と西方の融合」を体現する難民のギリシア人、或いはポントスのギリシア人が、内戦期においてもカザンザキスのギリシア性を表現する媒体として用いられていく。

飢えと苦難を生き抜くギリシア人難民とギリシアの「歴史的連続性」

本項では、両作品の中に現れた「叫び」に導かれた主人公が「英雄」として必ず「飢えて苦しみ、迫害を受けるギリシア人」の民衆の側に立ったということ、そして民衆の表象の内に第二次世界大戦期間に見られた「ギリシア性」の「歴史的連続性」が表現されていることを論じたい。

ビーンは難民やありふれたギリシア人たち（modern Greece's common people / romiosini）がギリシア性を体現すると主張したが[63]、本節で見たように『キリストは再び十字架にかけられる』の難民も『兄弟殺し』の民衆たちも、「叫び」に促されたマノリオスとヤンナロス司祭という「英雄」の導きがなければ、困難な現状に強く立ち向かい、もう一度歩き出そうとする決心とその実行はできなかった。彼らは戦争と飢えの中で死んでいくか虐げられている状況に不平を言うだけで、力強く自分たちの生を生き抜いていこうとする意志は持つことはできなかった。つまり、ギリシア人難民や民衆たちが「ギリシア性」を表現する媒体となるには、「叫び」に促された「英雄」が必要であった。

『キリストは再び十字架にかけられる』においては、リコブリシ村に到達した難民たちは初め、彼らを歓迎しない村の司祭にここに来た目的は何かと尋ねられた時、「土地のため」であり「大地に根づくためだ」と答えている[64]。このモチーフは作品の中で繰り返し登場し、「生き残る」という言葉と同義として用いられる[65]。そしてギリシア人たちの「大地に根を張る」や「生き残る」ということに関しては、同書第二章においてフォティス司祭と難民たちがトルコ人の迫害を受けてリコブリシ村に辿りついた時、村人たちに支援を求めたフォティス司祭の最後に言った言葉が「私たちもキリスト教徒です」、「私たちはギリシア人であり偉大な民族です。滅びてはなりません！」であり、「私たちが滅びることはない！　私たちは何千年も生きてきたのだ、これからも何千年と生きるだろう」であった。[66] また同書第五章でフォティス司祭は不毛な山で餓え続けている難民たちを励まして、「私たちはギリシア人［Ρωμιοί］であり、キリスト教徒である。不滅の民族であって滅びることはない！」と語っている。[67]

ここでは何よりもまず、このような歴史的苦難と飢餓の中でも生き抜いていくことがギリシア人難民たちの当面の使命として描かれる。モートン・レーヴィットは、このギリシアの不滅について言及されるシーンに関して、ここではギリシアの遺産に対する誇りと東方のギリシア人たちへの土地に対する愛が表現されていると同時に、迫害を受ける東方のギリシア人の歴史とクレタ島の歴史を通して「目に見えない力に対する不断の人類の戦いの比喩」が描かれているのだと論じている。また、ヴェニゼロスの「エーゲ海を越えて」、つまり「メガリ・イデア」的なものを越えた何かがある、とも論じている。[68] しかし、これから見ていくように、単に生存する或いは延命するというのではなく、またレーヴィットの指摘の他に、徳を持って生き続けるのが重要であることが作中で語られていく。

カザンザキスはギリシア民族の歴史的使命が自由にあると述べていたが、本章でも見た『キリストは再び十字架にかけられる』第一四章では、何千年と途切れることなく歴史上生き続けてきたギリシア民族が辿っている道筋は『禁欲』の思想では自由と救済を目指す「上昇」の道であった。[69] この道は「叫び」に適う「正しい道」であり、[70] フォティス司祭やマノリオスたちに促された難民たちが作中で歩んだ道だと記述されている。『兄弟殺し』においても、民衆或いは難民は「ヤンナロス司祭の目の前を、黒衣を纏った女性たち、腹を空かせた子供たち、そして焼ける家々と山の中で腐敗していく死体、失われていく全ギリシア［η Ρωμιοσύνη］がちらついた」と記述されているように、[71] 苦境と生死の境の中で生き続けていく民衆こそがギリシアだと形容されていた。[72]

『キリストは再び十字架にかけられる』第一一章でリコブリシ村或いはリコブリシ村近傍での定住を諦め、再度の流浪の旅に出るのを余儀なくされた時、フォティス司祭と難民たちは次のように述べている。

――皆さん、彼〔フォティス司祭〕は叫んだ。心をしっかり引き締めなさい！　これからあなた方に言うことは重いことだが、私たちの背は頑丈で立っていられるはずだ。これにもまた耐えられることだろう。昨晩、トルコの軍隊が私たちを追い払いにやって来るという知らせを得た。さぁ、急いで腕を上げて持てる限りのものを取りなさい。リコブリシにもサラキナ〔難民たちが定住を試みた不毛な山〕にも何も残さないようにして立ち去ろう。この世にはほとんどギリシア人〔οι Ρωμιοί〕は残っていないが、私たちこそがギリシア人なのだ。敵どもには好きなことを言わせておけばいい。私たちこそが地の塩なのだ。私たちは滅びてはならない、そうではないか！

――長老様、私たちが滅びることはありません。心配は無用です！と既に騎乗の聖ヨルギスの幟を掲げていたルカスが叫んだ。兄弟姉妹の皆さん、前進だ！　道がどこへ通じていようとも聖ヨルギスについて行こう。

難民たちはパトリアルヘアスの豊かな邸宅を襲撃して略奪した。フォティス司祭は貯蔵室を開いて皆に物を分け与えた。〔中略〕

――まずはサラキナに立ち寄ろう、とフォティス司祭は叫んだ。マノリオスを埋葬し、父たちの骨を持っていくために掘り起こし、再出発しよう。さぁ、勇気を出しなさい。ここからが忍耐の真骨頂だ〔πείσμα το πείσμα〕。私たちは不死なのだ。さぁ、もう一度前に進もう。(73)

この引用に見られるのは、豊かに生きたり文化や教養をひけらかしたりすることのできる余裕を有するギリシア人ではなく、トルコ人の支配下にありまた同胞からも軽蔑され、貧困の中を生き、あまつさえ略奪という犯罪さえ犯していたギリシア難民こそが真のギリシア人だということである。このギリシア人像は、第一一章でギリシア人であるにもかかわらずトルコ人アーヤーンをけしかけてマノリオスを殺害し、村にトルコ軍を招聘させることでギリシア人の難民たちを村から追い払ったグリゴリス司祭とは真逆の姿である。「この世にはほとんどギリシア人は残っていない」や「敵ども」という言葉に見られるように、ギリシア人として生まれギリシア人として単に生きていることが重要なのではなかった。そしてマノリオスやフォティス司祭といった「英雄」は、難民や虐げられているギリシア人たちを、ただ単に彼らに苦難の中を生きさせる、つまり生存或いは延命させるだけでなく、彼らに団結して不正な現状に立ち向かうこと、そしてたとえこの試みが失敗したとしても再び歩み続けることをその身を犠牲にして示したのであった。この点には、リコブリシ村の住人など古い因習に囚われ、安住の内に生きているギリシア人に対して、自分たちこそがギリシアの徳を実現する真のギリシア人であることを確信している様が受け取られる。

逆に『兄弟殺し』においてはヤンナロス司祭と赤ベレーの側の交渉は決別し、司祭は「さらばだ、人殺しの隊長よ！」という台詞を残して立ち去ろうとするが銃殺されてしまう[74]。この作品では内戦における悲惨さを描きはしたが、この悲惨を越えていくギリシア人像を描くことができておらず、また民衆も変えられることはなく散らされて元の悲惨な状況に後戻りしてしまっていたのであった。この点で『兄弟殺し』はカザンザキスの理想とするギリシア人の姿を描くという点では失敗であり、その故に彼の生前に刊行されることがなかったのだろうと推測される。

前章で見たように、第二次世界大戦の戦禍の最中、ギリシアの「歴史的連続性」は神話時代から現代にまでいたるギリシアの考察と執筆、そして小説『その男ゾルバ』におけるギリシア本国へ難民として赴くポントスのギリシア人の、個人の生きる意志とギリシア人というものを絶やさないようにするという意志として描かれていた。そして内戦期の『キリストは再び十字架にかけられる』と『兄弟殺し』の両作品においては、古代の哲学や美術といった現代世界でも広く認知されているギリシアではなく、数千年の間途絶えることなく生き続けてきたギリシア人民衆や難民という、ある種惨めでもある存在が、ギリシアの歴史的連続性と生存の意志を表現する媒体として選ばれていた点は特筆に値しよう。

また第二次世界大戦期と内戦期の作品を比較した時、『その男ゾルバ』におけるギリシアの歴史的連続性の表現を担った難民たちの表現は更に進展し、『キリストは再び十字架にかけられる』と『兄弟殺し』のプロット及び民衆と難民たちの表象に『禁欲』の思想が反映されていた。内戦期の作品を通して描かれた「英雄」及び「英雄」に導かれた民衆と難民は、「正しい道」と形容される「上昇」の道を辿りつつ、この「英雄」の犠牲によって生かされたのであり、この難民の生き残っていく意志と生き様を通して「ギリシア性」の「歴史的連続性」が表現されていたのであった。ここでカザンザキスが「ギリシア性」を表現するのに選んだ媒体は、輝かしい神話や古代ギリシアの英雄でもなければ、勝利と美に満ちた古典崇拝者たちの思い描いたようなアテネに代表されるようなギリシアでもなかった。これは、本書第四章で確認したように、パリ留学の後ナショナリズムに傾倒し始めた一九一〇年代初頭にとりわけ『棟梁』や「ラーヤー」で示したように、彼が「大衆や凡人から区別された『選ばれた若者』」というエリート層をナショナリズムの担い手として意識していたのとは大きく異なっている。むしろギリシア内戦期において「ギリシア性」の発露で大きな役割を果たすのは小アジアの農民や村民であり、既存のギリシア人共同体の中に入れられることさえも拒まれるような難民という、社会の中で虐げられる立場に置かれたギリシア人であった。ギリシアの知識人や外国の古典崇拝者の視線からは漏れ出てしまう、彼らのようなギリシア人民衆を通してカザンザキスが自らの「ギリシア性」を表現しているのは、極めて独特な点であろう。

ところで、カザンザキスの友人であるシケリアノスも、二つの大戦争や小アジアの災難と難民、そして内戦とロシア革命といったギリシアと人類の危機を通して、カザンザキスと同じく民衆たちに焦点を当てつつ、友愛と自由の中で民衆たちが共同体を形成する「デルフィ的理想」［Η Δελφική ιδέα］を唱えた。一九二七年にはデルフィの古代遺跡で祭典を組織して大きな成功を収め、一九三一年には彼の主導によりデルフィ協会が設立された。[75] だがこのシケリアノスが古代ギリシアに依拠して見つけ出した理想と光景は、カザンザキスにとってはまさに『饗宴』でアルパゴスがペトロスに言ったように「西欧の風に震えながら君は死んだ神々を温め直している」ことに他ならず、自身の思想と文学、そしてギリシアとは何かを見つけ出すために古代ギリシアに戻るという選択肢を取らなかったカザンザキスが、シケリアノスと道を同じくすることはなかった。

ニーチェと古代ギリシアに関しても、ニーチェは『権力への意志』において「よりヨーロッパ的になり、より超ヨーロッパ的になり、より東洋的になり、ついにはギリシア的になることだ――なぜならギリシア的なるものは、一切の東方的なものの最初の偉大な結合であり総合であって、まさしくそれによってヨーロッパ精神の発端であり、われわれの『新世界』の発見であったのだから」と記述している。ここではギリシアが「東方的なものの最初の偉大な結合であり総合」でありまた「超ヨーロッパ的」なものとさえしており、『人間的、あまりに人間的な』に見られたように必ずしもギリシアをヨーロッパ的なものとはしていない。氷上は「東洋でもなく、西洋でもなく、むしろ東西の仲介者であり、その対立の止揚者とニーチェの考えた古代ギリシア（ソクラテスやプラトンのギリシアではない）へもどったと見るべきであろう」と述べ、これを「ニーチェの精神的帰郷」と表現している。[76] ニーチェにとってもシケリアノスにとっても、古代ギリシアは自分たちがそこに戻るべき対象であり、理想であり、いわば自分たちが今はそれを生きていないものである。

だがカザンザキスにとっては、古代ギリシアは戻るべき対象などではなく、自分たちが今その子孫としてそれを今、この瞬間も生きているものであった。それは理想であったり現状を越えたものとして言い表されるような、自分たちが戻るべき憧憬の対象としてであったり、民衆たちが美しく生きるための模倣の対象として表象されるようなものではなく、むしろ惨めな状況の中にあっても途絶えさせてはならない、生き抜かねばならないものであり、血と肉の備わったものであった。カザンザキスの「ギリシア性」の「連続性」において、古代ギリシアはまさに現代ギリシア人に直接つながっているものであるが、それは現代人が基づくべき輝かしい模範や理想ではなく、ドラグミスがそう考えていたように、現実を生き抜いていく人々の中でさらに発展していくものであった。自身の歩むべき道を進んで行く、今を生き抜いているギリシア人たちは、本章で見たように、過去と現在において同じギリシアであるところのギリシアの徳を表現し続けていくのである。

三．小括

本章では、まず「叫び」のライトモチーフとしての働きや「上昇」や「英雄」といった『禁欲』で描かれた思想が内戦期の作品にも投影されており、『禁欲』の思想がこの時代にまで貫徹されていることを確認した。そして第二次世界大戦期を通してカザンザキスは、執筆によって「ギリシアの東西性」と「ギリシアの歴史的連続性」としてのギリシア性の探求に取り組んだが、ギリシア人同士の内戦という悲惨な状況の中でその探求が深められ、作品を通して表現されたことを明らかにした。特に、「ギリシアの歴史的連続性」という重要な文学上のモチーフの表象媒体としてカザンザキスによって選ばれたのが、栄光や勝利を属性づけられるようなギリシア人ではなく、異民族に迫害され自民族にも虐げられる民衆であり難民であった。『キリストは再び十字架にかけられる』と『兄弟殺し』で描かれた、惨めで悲惨な状況に置かれていた民衆や難民を通して、『禁欲』の「上昇」的な生き方の内に包括されるであろうギリシアの徳、或いはギリシア性を体現する生き方が描かれ、特に『キリストは再び十字架にかけられる』では「再出発しよう。さぁ、勇気を出しなさい。ここからが忍耐の真骨頂だ。私たちは不死なのだ。さぁ、もう一度前に進もう」という言葉に見られたように、[77] 生への意志、或いは連続性を保ち更に困難な道を歩んで行くギリシア人像を描き出すことに成功していた。そして内戦期の両作品において歴史的連続性と生存の意志を媒介する民衆或いは難民たちは、ギリシア本土や「西方的なギリシア人像」ではなくトルコ領に生きていた「東方のギリシア人」であり、同時代に展開していた三〇年世代の作品に見られたように、西欧的な背景を持ったギリシア人や西欧人が作品に多く登場した潮流とは一線を画すものであった。

第一四章　終論

本章では、本書がカザンザキス研究の領域において達成したことと、カザンザキス研究を通してギリシア思想史、或いは文明史の観点で指摘し得ることを整理し、結びとしたい。

一・カザンザキスの「ギリシア性」と本書がカザンザキス研究で達成したもの

本書では、ギリシアと欧米におけるカザンザキス受容の経緯により注目されてこなかった、ギリシアの「国民的作家」であり、「国際的作家」であるニコス・カザンザキスのギリシア・ギリシア人観を彼の哲学的、或いは

＊本章の注は三二五ページに掲載している。

神学的主著『禁欲』の思想に位置づけつつ明らかにする研究を行った。本書はこの目的のため、「カザンザキスとギリシア」というテーマに取り組んだ数少ない研究の中でもピーター・ビーンの「ギリシア性」の概念を借用し、その内実としての「ギリシアの歴史的連続性」と「ギリシアにおける東西の融合」を取り上げ詳細に論じた。

本書がビーンの先行研究を引き継ぎつつも一歩進めた点は、彼が『その男ゾルバ』の作品分析に絞って適用していた「ギリシア性」の考察を、これが決して第二次世界大戦期に一過性のものではなく、カザンザキスの青年時代からギリシア内戦期に至るまでの執筆と思索に通底的なものだということを明らかにしたことである。加えてナショナリズムや『禁欲』の思想を用いつつ、この「ギリシア性」がギリシア思想史・文学史の中に根拠のあるものだと示した点も重要である。

本書第四章で論じたように、そもそもカザンザキスは一九〇〇年代よりギリシアの探求に大きな関心を有していた。パリ留学以降は「メガリ・イデア」的なナショナリズムに共感した、古典崇拝や自民族中心主義的(Εθνοκεντρισμός)なものに移ったが、一九一〇年代後半を境に東方・アジア的な要素を取り入れつつ独特なギリシア・ギリシア人観を形成していったのだった。こうして形成された彼のギリシア・ギリシア人観は、ミハイル・パツィスが提唱した「故郷嫌悪」に見られるように、第三章で論じたイオン・ドラグミスら過度な西欧崇拝を拒否しつつギリシアそのものを探求しようとした知識人たちの系譜に属し得るものであった。これは後に述べるように、テオトカスが「ギリシア文学のヨーロッパ・普遍への貢献」を目指す作家として理解したカザンザキス像とは異なるものであった。

カザンザキスの「ギリシアの歴史的連続性」に関して、特にドラグミスの「ヘレニズム」に比せられる、歴史的・学問的なアプローチに基づくものとは異なり、想像力に基づいて歴史的に一貫して存在し続けてきたギリシアがこの連続性の前提とされていた。しかし、ドラグミスやパパリゴプロスがヘレニズムの担い手たるギリシア人を高次文化の担い手、或いは他民族に対して優越する「劣った民族を同化する」存在として描いた一方、カザンザキスは特徴的なことに、内戦期に他民族からも自民族からも迫害される、凡そ栄光あるギリシア像を表象するにふさわしくない、東方に出自を有する難民ギリシア人を通して「ギリシアの歴史的連続性」を表象した。これはカザンザキスとギリシア・ナショナリズムとの関係で言うと、「大衆や凡人から区別された『選ばれた若者』」というナショナリズムの担い手としてのエリート層という意識をも完全に克服したものである。この点は次節で「代替的民族主義」として概念化し取り上げたい。

そしてカザンザキスの「ギリシアにおける東西の融合」に関して本書で明らかにしたことは、第一一章で見たようにカザンザキスが、ドラグミスらにも見られた過度な西欧崇拝や個と理性への傾倒を、『禁欲』の思想に適合する形で哲学的に「過アポロン性」(υπεραπολλωνιότητα)を用いて批判したことである。加えて、「東西」という言葉に関してカザンザキスが、単にロシアや日本のように地理的或いは文化的に東方と西方の間に位置しているのではない、「東方と西方の間」という特殊な位置にある「地元のギリシア」、ビーンのいう「いわゆる、ギリシア」(Namely, Greece)というべき唯一無二の性質と使命を有するものとしてこの東西性を理解していたことも確認した。

この「いわゆる、ギリシア」が含む東方は、アレクシス・ポリティスが提示した「ギリシアの脱アジア化」に見られるアジア・東方を差別してはじき出した「東方」ではなく、カザンザキスのロシアから極東、そしてアフリカでの経験を肯定的な形で内に含んだ「東方」であった。すなわち、西欧のギリシア観の影響を受けた西欧中心のギリシア観とは大いに異なる、謂わば禁忌であった。この点は次節でScandalizing Greeceとして論じたい。

本書がカザンザキス研究において達成したことをまとめると、第一にカザンザキス研究の領域において未踏であった、彼のギリシア・ギリシア人観を摘出した。加えて第二に、この文学的想像力に基づくギリシア・ギリシア人観の根底には、彼の思想と思索の通奏低音であり続けた思想的主著『禁欲』の思想が機能していることを明らかにし、カザンザキス作品の中における彼のギリシア・ギリシア人観の重要性を改めて「発見」した。第三に、西欧のギリシア受容に本質的な影響を受けたギリシア思想史の流れの中へと再編し移植した。そして、カザンザキスとギリシアそのものの探求に関してだけでなく、欧米でもギリシアでも等閑視されていた、カザンザキスとロシアや極東までを含む東方世界との関係を研究したものであり、カザンザキスの東方での体験と執筆が、欧米の文物がカザンザキスに知的な影響を与えたのと同様、彼の作品と思想に精神的な面で影響を与えたことを明らかにした。

二．本書の有する文明史的意義

カザンザキスが志向したギリシア・ギリシア人観は、メガリ・イデアに象徴される軍事拡張を志向するナショナリズムや、近現代ギリシアの知識人たちの多くが陥った、西欧の淵源たる古代、あるいは古典ギリシアとの紐帯への固執と自民族ナルシシズムを乗り越えていた。そして西洋・古代ギリシアとは対極に位置づけられる、主にアジア・東方に位置する他民族への蔑視を克服していた。

一九五七年に行われたシプリオによるインタビューの「自分の民族という背景に根差したからこそ普遍に至る」という、『禁欲』の「上昇」にも即応する「三つの文体」に見られるように、彼が普遍的な文芸的価値を志向していたことは事実である。しかしながら、西欧を志向して「ギリシア文学のヨーロッパ・普遍への貢献」を目指したテオトカスら「三〇年世代」と異なる道をカザンザキスは歩んだ。彼は、西方に属することを前提とされたギリシアと普遍なるヨーロッパのみを通してではなく、むしろアジア・東方をも内に含む「ギリシアそのもの」を探求することにより、「三〇年世代」が目指した道を逆走し、使い古された言葉を用いるならば「西洋中心主義的」な視点を乗り越える形で「普遍に至る」ことを目指したのであった。故に本書はカザンザキスが、西欧の影響により強化された古代ギリシア観とこの影響を強く受けた排外的で軍事拡張的なナショナリズム及び自民族ナルシシズムという、近現代ギリシアが陥ったナショナリズム的傾向とは異なる、いわば「代替的民族主義」(εναλλακτικός εθνικισμός / nationalisme alternatif / alternative nationalism) とも言い得る自民族の探求を、思想的・文芸的想像力をもって提示したのだと結論づける。

　このような自民族中心主義的傾向を有さなかった彼のギリシア・ギリシア人観、或いは「代替的民族主義」に関して、本書の序論で挙げたミランベルがカザンザキスを「世界市民」だと指摘したのと同様に、主にスイスでドイツ語を用いて著述を行ったギリシア研究者のパヴロス・ゼルミアスは「国際的正義の関係においてカザンザキスはあらゆる人々、あらゆる民族の平等を求めた」と指摘している。[1] ゼルミアスはこの根拠として、『キリストは再び十字架にかけられる』におけるトルコ人のアーヤーンがギリシア人のフルトゥナス船長に語った「もし俺たちのムハンマドとお前たちのキリストがお前さんと俺のように酒を酌み交わして座ったのなら、いい親友になって互いに目をくりぬき合うこともなかっただろうにな……。だがな、腰を下ろして酒を酌み交わしはしなかったんだ。その代わり、世界全体が血反吐に沈んじまったってわけだ」という台詞を挙げている。[2] 偏狭な民族主義と現実のトルコとの政治的鬱積を乗り越えていくヒントがカザンザキス作品の中にあると信じていたが故に、[3] ゼルミアスは著書『キプロス共和国史』の扉でもこの『キリストは再び十字架にかけられる』のアーヤーンの台詞を引用し、二〇二四年現在でも未解決の領土問題として認識されるキプロス史を論じ始めるのであった。

　ゼルミアスは指摘していないが、彼の「国際的正義の関係においてカザンザキスはあらゆる人々、あらゆる民族の平等を求めた」という指摘や「現実のトルコとの政治的鬱積を乗り越えていくヒントがカザンザキス作品の中にある」という事態が可能であるためには、一見すると大きく矛盾しているが、カザンザキスの「三つの文体」でいう「自民族を深く追求すること」が不可欠であった。というのも、カザンザキスの理解では「自民族を深く追求すること」なしには彼の求める「普遍に至ること」ができないからである。カザンザキスにとって、博愛や人類性等の概念、そしてそういった概念から抽出される行動原理としての格率は、それが現実に根を有していないものであるならば、『禁欲』でいう理性に属するものであり、「三つの文体」でいう「大百貨店的なもの」として退けるべきものであろう。一般的に、博愛や平等といった人類の理想とされるべき観念に対し西洋の哲学や理想主義が強く連想されるが、むしろカザンザキスはニーチェの影響もあり既存の道徳や倫理を拒絶し、ドグミスや「故郷嫌悪」の傾向のもと、過度な西欧文化崇拝とその範疇の内側でのみ理解される古典ギリシアを拒否する脱西欧的な思想を展開していた。故に、アジア・東方をも射程に含み西欧とは異なる文化圏にも属する「ギリシアそのもの」の探求から、一般に西欧的なものに関連づけられる「理想」へとカザンザキスはアプローチしたのであり、ここではアジア・東方が彼の「普遍」への探求に欠かせない役割を果たしている。この点こそが、他の西洋の思想家たちとカザンザキスを大きく異ならしめる点であろう。

最後に、ゼルミアスがカザンザキスに見出した、国際関係や民族間の問題という文脈における、カザンザキス作品が有する価値について触れよう。それは、現実のギリシアの歴史と伝統に基づくギリシア・ギリシア人観の探求が最終的に行きついた「代替的民族主義」というべき民族性の探求から出たものである。決してギリシアとトルコの現実とは独立に「普遍的」或いは「超越的」に存在する知的格率から演繹的に導き出した上で現実に適用されたものではなかった。

加えて序論で指摘していたように、カザンザキスのギリシア・ギリシア人観探求は、西洋文明の根幹となるキリスト教に挑戦するScandalizing Jesusだけでなく、第一章及び第二章で確認した、西欧で形成され、その後近現代ギリシアに輸入された西洋文明の根幹の一つとされる古代ギリシア像にも挑戦するScandalizing Greeceというべき禁忌をも犯すものであった。

本書が提示したカザンザキスのギリシア像は、同時代に活動した古典学者であるラウルダスによって、古代ギリシアの伝統にも現代ギリシアの伝統にも属しておらず、アジア的な世界観を有してさえいるという批判を受けていた。[4] ここに見られるように、マーティン・バナールが『ブラック・アテナ』において提示した、古代ギリシアをアジア・オリエント世界から切り離して純粋に西方的なものだと規定する「アーリア・モデル」的な発想は、カザンザキスが生きた時代のギリシアにおいても自明のものであり、これに反する発想には強い拒否感が示されている。近現代ギリシアにおいては、第二章で見たヨアニス・フィリモンが『ギリシア革命に関する試論』第三巻で「ヘレニズム」（Ελληνισμός）と「トゥルキズム」（Τουρκισμός）を対立させ、トルコ主義（トゥルキズム）を「人の姿をした野蛮と退化」であり、ヘレニズムを「人の姿をした自由・平等・進歩思想」だとしたように、ヨーロッパ的ではなくアジアだという理由でトルコを格下に位置づけようとしていたことにその例を見ることができる。近現代ギリシアの知識人たちが一九世紀にかけて西欧とアジアとの間で「脱亜入欧」と「東方の脱アジア化」をもって形成したナショナリズムも、このバナールが指摘した「アーリア・モデル」的な思考がその根本にあった。

バナールの指摘する「アーリア・モデル」的、つまりギリシアが西洋文明の文化的な祖先であるが故にアジア的な要素を含まないという発想、そしてここから派生する「（一般に）ギリシアはアジアではない」という発想は、単純に素朴な歴史的認識を述べるものではありえない。それは、西欧で形成された「人種的」なイデオロギーと固定観念が強く前提とされたものであり、近現代ギリシアのナショナリズム形成において強く前提として取り込まれたものであった。

バナールは、『ブラック・アテナ』において提示した古代ギリシアの捏造という論が有する意義を、『西洋文明』の土台そのものの再検討」とアジアに対する「人種主義」的な優越意識と差別意識があることを明らかにすることだと述べたが、ここまで見てきたように、後者の優越・差別意識は近現代ギリシア思想史の中で強く顕在化する。ともすると自分たちも東方に位置づけられることで西欧人たちから「格下」の評価を受けかねない立場にあった近現代ギリシアは、「ギリシアの脱アジア化」をナショナリズムのイデオロギーの中で企図したのであった。そこではアジアやトルコに対して、「『西洋文明』の土台そのもの」として理解された古代ギリシア観は「人種主義」的な優越意識と差別意識の象徴でありさえしなかっただろうか。

本書で論じたように、カザンザキスが東方に関心を抱いたのは、単なる「アジア趣味」や「オリエント趣味」によるものではなく、東方の理解がギリシアを深く探求することと本質的に結びついたものだったからである。その古代ギリシア像把握に日本文化理解が影響を及ぼしていたように、これは多くの知識人たちがギリシアからアジアを排除することこそが西方・ギリシアとしての純粋なギリシアに達することができると考えたのとは真逆の事態であった。西洋文明一般に対しては古代ギリシアの西方性に疑義を呈することにより、また近現代ギリシアに対しては古代から現代までを含めたギリシアの西方性に対し疑義を呈することにより、西洋文明の柱としてのキリスト教の根本を揺さぶるScandalizing Jesusに加えて、西洋文明のもう一柱としての古代ギリシア受容に疑義を呈することで白人優越主義やアジア差別までを射程とする、Scandalizing Greeceという隠れたScandalizingがカザンザキスの文学に存することを本書は明らかにした。

以上、本書はカザンザキスの作品と思想には、近現代のギリシアで自明視された古代からの連続性を前提にしたギリシア・ギリシア意識とそこから避けがたく生じる西欧へのコンプレックス及びその裏返しとしてのアジア蔑視への「処方箋」が含まれるだけでなく、キリスト教と（古代）ギリシアという『西洋文明』の土台そのものの再検討」と「アジアに対する『人種主義』的な優越意識と差別意識」を解決していくことを可能にする、西洋文明に対する二つのScandalizingを有するものであると結論づける。

2015, 69-70)。ただ、ギリシア語原文は το Χριστός κάμαμε Λαός であり、赤ベレーがそう主張しているだけであってこれにヤンナロス司祭は「民衆［人民］は神ではない」と返しているように（Καζαντζάκης, 2009c, 185)、ヤンナロス司祭はこの言説を認めていない。だが、上記のアテムの指摘には、民衆に「物質を精神に変える歩み」と「神」を読み込む点で『禁欲』の思想が反映されており、民衆が『兄弟殺し』において重要な役割を果たしているとする点で本書と理解を同じくしている。

(73) Καζαντζάκης, 2010b, 451

(74) Καζαντζάκης, 2009c, 264

(75) Ρωμάς, 2015, 186

(76) 氷上、2019、274-275：なお上記の『権力への意志』の引用部分も同箇所より引用した。

(77) Καζαντζάκης, 2010b, 451

第一四章　終論

（1） Tzermias, 2005, 216

（2） Tzermias, 2004, VII

（3） Tzermias, 2005, 216

（4） Bien, 2007, 175-176

ラペズンダ）の名称に言及され、リコブリシ村が同じ地域圏に属するものであることが想起される。

(60) Καζαντζάκης, 2010b, 445-446

(61) Καζαντζάκης, 2009c, 11 et 143

(62) Καζαντζάκης, 2009c, 13

(63) Bien, 2007, 302

(64) Καζαντζάκης, 2010b, 47

(65) 例えば、第四章で村に受け入れてもらえなかった難民たちが近傍の山に入植した時に、フォティス司祭が彼らを励まして行った説教の中でこの山に「根を下ろ」し（θα ριζώσουμε）、不毛な山に植民してでも生き抜いていこうと呼びかけている（Καζαντζάκης, 2010b, 89）。また第二〇章で「叫び」に導かれたフォティス司祭やマノリオスたちに率いられた難民たちがリコブリシ村を襲撃し土地を奪おうとした時にも「ここを占拠して、よく根を下ろし」（κάνουμε κατοχή, καλορίζικα）生き抜くことができるように、とマノリオスは発言している（Καζαντζάκης, 2010b, 421）。また第二一章でリコブリシ村の村民たちに捕まってトルコ人アーヤーンの下に引き出されたマノリオスは「難民たちは貧しく、彼らもこの地で生きて根を下ろしたいだけ、それだけなのです」と難民たちを描写している（Καζαντζάκης, 2010b, 441）。

(66) Καζαντζάκης, 2010b, 42：またこの司祭と難民たちの生存に対する強い意志を見たギリシア人船長は、「俺たちは蛸だ！　一本一本足が切られようと——また新しい足を生やすのだ！」と発言している（Ibid.）。

(67) Καζαντζάκης, 2010b, 123

(68) Levitt, 1980, 51：なお、「迫害を受ける東方のギリシア人の歴史とクレタ島の歴史を通して『目に見えない力に対する不断の人類の戦いの比喩』が描かれている」という箇所は、小アジアの起源を持つギリシア人たちが「叫び」に促された物語を展開していくことだと理解し、本書と解釈を同じくしていると理解する。

(69) Καζαντζάκης, 2010b, 324

(70) Καζαντζάκης, 2010b, 313

(71) Καζαντζάκης, 2009c, 211-212

(72) また『兄弟殺し』第一三章においては赤ベレーに属する教師がヤンナロス司祭に「私たちがキリストを民衆［人民］にしたのだ［το *Χριστός* κάμαμε *Λαός*］。同じことだ。今日では神はこうやって呼ばれているのだ」と述べている（Καζαντζάκης, 2009c, 185）。先行研究においてアテムは Le Christ est devenu le Peuple（キリストが民衆［人民］になった）という訳に基づいた上で、「神は物質に対する精神の完全なる支配へと歩んで行く民衆である」と指摘する（Hatem,

るよう決心し山に消えた。

(50) Καζαντζάκης, 2010b, 452

(51) ヤナコスはペテロ役に割り当てられた行商人。がさつで怒りっぽい乱暴者だが、根は優しく、困っている者を放っておけず、難民の支援をする。妻にも先立たれ、心の拠り所は自身の美しいロバだけだったが、それさえも惜しまず難民たちに差し出した。コンスタンディスはヤコブ役でカフェニオンの店主。自身の店と家族を見捨てて難民を助ける決心がつかないことに苦しむも、難民蜂起の際は家族を捨て難民の味方をする。

(52) Καζαντζάκης, 2010b, 452

(53) Καζαντζάκης, 2010b, 313

(54) Καζαντζάκης, 2010b, 324

(55) Καζαντζάκης, 2010b, 340

(56) まず『兄弟殺し』では自由が何かについて直接的な形で言及されている。曰く「ヤンナロス司祭は腹を立てた。── なら、お若いの。では君は最上の善とは一体何だと思っているんだ？　善意か？ ── はい、善意ですね。── いや、自由なんだよ。もっと正確に言えば、自由のための戦いだ。── 愛ではないとおっしゃるのですね？　ヤンナロス司祭は口ごもった。── 違うな、と最後に言った。自由のための戦いだ。── ではなぜ、あなたは愛を！　愛を！と宣べ伝えているのですか？ ── 愛は始まりであって目的ではない。［中略］私が語るのは、自由のための戦いだ！」(Καζαντζάκης, 2009c, 69-70)。ここに見られる最上の善が自由への戦いであるという発想は第六章で確認したように『禁欲』に見られるものであり、また『キリストは再び十字架にかけられる』で見られた正しい道が上昇であるという記述にも完全に合致するものである。

(57) Kazantzakis, 1948, 245

(58) 先行研究においてヴィッティは、カザンザキスの言う「第一次世界大戦と小アジアにおけるギリシア軍の大惨事の後で一万五千人の生まれ故郷からその根を断ち切られてしまったギリシア人難民」の中でギリシア本国において重要な役割を果たした人物に、レスヴォス島出身のストラティス・ミリヴィリス（1892-1969）と小アジアのアイヴァルク出身のイリアス・ヴェネジス（1904-1973)、そしてカザンザキスも言及している、同じくアイヴァルク出身のフォティス・コンドグル（1895-1965）を挙げている（それぞれ三〇年世代に関係づけられる著述家である）(Vitti, 2003, 383-385)。そしてヴィッティはカザンザキスと同じく、彼らの執筆活動がアテネにおける散文の停滞に活力を与えたのだと記している（Vitti, 2003, 386)。これらの人物は小アジア・東方出身のギリシア人ではあるが、ポントスと直接結びつけられるギリシア人ではない。

(59) Καζαντζάκης, 2010b, 31：黒海沿岸のポントス地方の主要都市トラブゾン（ト

(24) Καζαντζάκης, 2009c, 235-241
(25) Kazantzaki, 1948, 240
(26) Kazantzaki, 1948, 239
(27) Ibid.
(28) Ibid.
(29) Kazantzaki, 1948, 240
(30) Ibid.
(31) Καζαντζάκης, 2010b, 190-235：トルコ人アーヤーンのお気に入りの小姓ユスファーキが何者かに殺された事件。アーヤーンはギリシア人の仕業と決めつけ、村のギリシア人たちを最終的に皆殺しにしようとする。村の長老と司祭が牢屋に閉じ込められ、死刑を迎えた日、「叫び」を聞いたマノリオスが、自分が犯人と名乗り出で、自分一人が殺されることで村を救おうとする。結局はマノリオスと恋仲に発展しそうになっていたカテリーナが、自分が犯人だと嘘をつきアーヤーンに殺され、真犯人のトルコ人護衛がアーヤーンに私刑されたことで事件は解決する。
(32) Καζαντζάκης, 2010b, 207-208
(33) Ibid.
(34) Καζαντζάκης, 2010b, 398
(35) Καζαντζάκης, 2010b, 403
(36) Καζαντζάκης, 2010b, 405
(37) Bidal-Baudier, 1974, 250
(38) Καζαντζάκης, 2009c, 149
(39) Καζαντζάκης, 2009c, 147
(40) Καζαντζάκης, 2009c, 149
(41) Καζαντζάκης, 2009c, 147 et 229-230
(42) Καζαντζάκης, 2009c, 150
(43) Ibid.
(44) Καζαντζάκης, 2009c, 151
(45) Καζαντζάκης, 2009c, 151-152
(46) Καζαντζάκης, 2009c, 255-256
(47) Καζαντζάκης, 2009c, 261
(48) Καζαντζάκης, 2009c, 263 et 264
(49) 受難劇でヨハネ役を割り当てられたリコブリシ村の村長の一人息子。裕福な家庭で育てられた。性格は素直で繊細。村の司祭の娘マリオリと婚約している。難民到来後、自分の何不自由ない生活に疑問を感じ、マノリオスたちと難民の側につく。しかしマリオリの病死を受けて魂の抜け殻のようになり、隠者にな

第一三章　ギリシア内戦期におけるカザンザキスのギリシア性探求

（1）ウッドハウス, 1997, 341-350

（2）Ανεμογιάννης, 2007, 92

（3）Πλεβελάκης, 1984, 532

（4）Ibid.

（5）Ρήγος, 2020, 65：この就任を新聞『エスティア』は国際的な醜聞だと非難した。

（6）Ανεμογιάννης, 2007, 92

（7）Πλεβελάκης, 1984, 532

（8）Ρήγος, 2020, 65

（9）Ανεμογιάννης, 2007, 92

（10）Πλεβελάκης, 1984, 532

（11）Ανεμογιάννης, 2007, 94

（12）ギリシア内戦の戦況を常に気にかけており、ラジオで「ギリシアの自由」という放送を聴取したりギリシア人たちと文通したりすることで情報を収集していた。また 1949 年に左派作家のメルポ・アクシオティと面会した時にも、アクシオティは彼がラジオで「ギリシアの自由」の全ての回を聴いていたことと、彼女にギリシア内戦に関して印象深いものがあればそれを送るように頼んだと述懐している（Ρήγος, 2020, 66）。

（13）Πλεβελάκης, 1984, 532

（14）Ibid.

（15）Ibid.

（16）Ibid.

（17）Ανεμογιάννης, 2007, 94

（18）Ibid.

（19）Bien, 2007, 304

（20）『トダ・ラバ』第一二章のイェラノスの夢の中で、ある将軍が兵士たちを見定める場面がありそこで将軍が「イェラノスに対し貴様は左では戦えない。なぜなら右も見ているからだ。同じく右でも戦えない。なぜなら左をも見ているからだ。貴様なぞ全くの用無しだ……。腹立たしい奴め！」と発言する場面があり、ここではカザンザキスの左右両方の政治陣営での活動と両陣営に対する猜疑心が反映されていよう（Kazantzaki, 1962, 165-166）。

（21）Καζαντζάκης, 2010b, 416

（22）Καζαντζάκης, 2010b, 441-443

（23）Καζαντζάκης, 2010b, 415-417

なたにこれを踊ってやりますよ」と言っている（Καζαντζάκης, 2017, 106）。
（53）Bien, 2007, 152
（54）Bien, 2007, 153
（55）Καζαντζάκης, 2017, 23
（56）Bien, 2007, 149
（57）Καζαντζάκης, 2017, 306
（58）Bien, 2007, 153
（59）Nietzsche, 1993, 58
（60）Bien, 2007, 150
（61）Bien, 2007, 149
（62）Bien, 2007, 149-150
（63）Bien, 2007, 155
（64）Ibid.
（65）Bien, 2007, 161-162
（66）Bien, 2007, 164
（67）Καζαντζάκης, 2011, 191
（68）Καζαντζάκη, 1998, 252-253：またエレニ・サミウの指摘では、カザンザキスはわざと reiten の t を s に変えてもじっており、リルケは騎行、騎行、騎行［Reiten, reiten, reiten］と書いた。尚、この箇所の太字は原文の用法に基づいたものである。
（69）Agtsidis, 1998, 157
（70）Agtsidis, 1998, 158
（71）Καζαντζάκης, 2011, 298-299
（72）Καζαντζάκης, 2011, 30
（73）Bien, 2007, 164
（74）Καζαντζάκης, 1956a, 257
（75）Καζαντζάκης, 1956b, 29
（76）Καζαντζάκης, 2017, 151
（77）Καζαντζάκης, 2014, 426
（78）Griffis, 1915, 13
（79）Griffis, 1915, 176
（80）ローゼンストーン, 1999, 289-290
（81）Griffis, 1915, 28
（82）Kazantzaki, 1959, 20-21

(37) Καζαντζάκης, 2017, 151
(38) Καζαντζάκης, 2017, 152-153
(39) Bien, 2007, 146
(40) Καζαντζάκης, 2017, 75-76 et Καζαντζάκης, 2017, 87
(41) Καζαντζάκης, 2017, 63-64
(42) Bien, 2007, 154 et Αβραμίδου, 2019, 34
(43) Bien, 2007, 148
(44) Καζαντζάκης, 2017, 146：ここでは「私は震え上がった。私は『仏陀がその最後の人［ο στερνός άνθρπως］なのだ！』と叫んだ。これが彼の恐るべき神秘の意味である。仏陀は既に無に帰した『純粋な』［καθαρή］魂であり、無なのである」と書かれている。この「最後の人」は先行する段落で、あらゆる文明の没落に際しいつでも何も期待せず何もおそれず、自分自身を無に帰して一切の物質性を持たない人物だと描写される（Καζαντζάκης, 2017, 145-146）。そしてこの「最後の人」は言葉こそニーチェの末人（Letzter Mensch）に類似しているが、ニーチェの末人のような超人（Übermensch）の対極に置かれる劣った存在としては描かれていない。
(45) Αβραμίδου, 2019, 42
(46) Καζαντζάκης, 2017, 63-64：新約聖書使徒言行録二章四四節から四七節に見られる初期のキリスト教信者の共同体が下敷きにあろう。また同作品の中では他にも、子供らしい理想として友愛会（Φιλικής Εταιρείας）を建設したり（Καζαντζάκης 2017, 65）、青年時代に十人前後の芸術家たちとともに空想的な「精神的共同修道院」（το πνευματικό κοινόβιο）を建設して隠棲することを空想している（Καζαντζάκης, 2017, 194）。
(47) Καζαντζάκης, 2017, 64-65
(48) Bien, 2007, 149
(49) Καζαντζάκης, 2017, 25
(50) Καζαντζάκης, 2017, 23
(51) Bien, 2007, 150
(52) 例えば、ゾルバがロシアに滞在していた時の逸話で、ロシア語を介さないゾルバは現地の人と言語による意思疎通を図ることができなかったため互いに踊ることで相互に完全に理解し合えたという話を親方にし（Καζαντζάκης, 2017, 84-86）、また炭鉱での事業が最終的に失敗した時には親方からゾルバに踊りを教えてくれるように言ったが、ゾルバは自分の言語が踊りであり、踊って伝達するという旨の発言をしている（Καζαντζάκης, 2017, 295）。他にも第八章における親方とゾルバとの会話の中でゾルバが「わかってはいるんですがね……。だがこれを言おうとしても、見失ってしまうのだ。いつかその気になった時にあッシア』出版のわずか一年後ではあるが同じく33,333行の叙事詩『アクリタス』を書く決意をしたと書き送った。ただし、『アクリタス』が実際に執筆されることはなかった。

（9）Ανεμογιάννης, 2007, 78

（10）Ρήγος, 2020, 51：またリゴスの指摘では、カザンザキスはナチス・ドイツによるギリシアの占領期の間ドイツ語を話すことを拒否した。

（11）Bien, 2007, 160

（12）Ανεμογιάννης, 2007, 78：この戯曲「仏陀」の旧名は「ヤン・ツェ」であり、1978年に王立劇場ではじめて上演された。

（13）Πλεβελάκης, 1984, 502-503

（14）Τζερμιάς, 1997, 217

（15）Ανεμογιάννης, 2007, 78-80

（16）Ανεμογιάννης, 2007, 80

（17）Πλεβελάκης, 1984, 387

（18）Ρήγος, 2020, 51

（19）Ανεμογιάννης, 2007, 80

（20）Πλεβελάκης, 1984, 515

（21）Ανεμογιάννης, 2007, 80

（22）Ibid.

（23）Πλεβελάκης, 1984, 388

（24）Ibid.

（25）Ibid.

（26）Ανεμογιάννης, 2007, 86

（27）Ibid.

（28）Ibid.

（29）Πλεβελάκης, 1984, 389

（30）Ανεμογιάννης, 2007, 86

（31）Ibid.：尚この大部分が後の『ミハリス隊長』に収録されることになる。

（32）Ανεμογιάννης, 2007, 93

（33）Ανεμογιάννης, 2007, 92

（34）Bien, 2007, 146 et Bien, 2007, 162

（35）Bien, 2007, 145-146

（36）本書第四章でも見たように、スタヴリダキスはカザンザキスが1917年から1918年にかけてスイスに滞在していた際にチューリッヒに外交官として駐在しており、また1919年にコーカサス地方に難民救援に赴いた際にカザンザキスに同行した人物の一人であった（Πασχάλης, 2014, 33-34）。

(64) Καζαντζάκης, 2011, 231
(65) Καζαντζάκης, 2011, 233
(66) Καζαντζάκης, 2009b, 63
(67) Καζαντζάκης, 2009b, 162
(68) Καζαντζάκης, 2009b, 64
(69) Καζαντζάκης, 2009b, 162
(70) 先行研究でビダル・ボディエは、ギリシアは相反する力を調和させ、そして混沌を光に変え物質を精神にするという奇跡をなしたと表現した（Bidal-Baudier, 1974, 32）。
(71) Καζαντζάκης, 2011, 289
(72) Ibid.
(73) Καζαντζάκης, 2009b, 65
(74) Καζαντζάκης, 2011, 305
(75) Καζαντζάκης, 2011, 328-329
(76) Καζαντζάκης, 2011, 329
(77) Ibid.
(78) Ibid.
(79) Ibid.
(80) Καζαντζάκης, 2011, 300
(81) Καζαντζάκης, 2011, 326
(82) アリストテレス, 2001, 361
(83) Δραγούμης, 1991, 84

第一二章　第二次世界大戦期におけるカザンザキスのギリシア性探求

(1) ウッドハウス, 1997, 315-317
(2) ウッドハウス, 1997, 340
(3) ウッドハウス, 1997, 338-340
(4) Bien, 2007, 167
(5) Ανεμογιάννης, 2007, 78
(6) Ibid.
(7) Πλεβελάκης, 1984, 386：尚この小説が出版されることはなく、後にギリシア語で執筆された『ミハリス隊長』に受け継がれていく。
(8) Ibid.：尚 1939 年 3 月 17 日付のプレヴェラキスに宛てた書簡の中で『オディ

(35) Γιαννόπουλος, 1961, 82
(36) Γιαννόπουλος, 1961, 85 et 90
(37) Γιαννόπουλος, 1961, 131
(38) Γιαννόπουλος, 1961, 134
(39) Γιαννόπουλος, 1961, 136
(40) Θεοτοκάς, 2019, 77
(41) Θεοτοκάς, 2019, 64
(42) Θεοτοκάς, 2019, 61-62
(43) Θεοτοκάς, 2019, 79：ロマスによると、「風俗小説」という用語は「八〇年世代」に直接結びつけられる文学潮流であり、民俗学の発展と歴史小説からの転換を受けてヨルゴス・ヴィジノスがその導入者だとされている。その文章は基本的な要素としてギリシアの田舎と素朴なギリシア民衆の習俗、習慣と特徴とメンタリティーの忠実な描写である（Ρώμας, 2015, 158）。
(44) Θεοτοκάς, 2019, 86
(45) Θεοτοκάς, 2019, 80
(46) Θεοτοκάς, 2019, 82
(47) Θεοτοκάς, 2019, 80
(48) Θεοτοκάς, 2019, 85-86
(49) Θεοτοκάς, 2019, 103
(50) Καζαντζάκης, 2011, 199
(51) Καζαντζάκης, 2011, 199-200
(52) Καζαντζάκης, 2011, 246
(53) Καζαντζάκης, 2011, 215
(54) Nietzsche, 1993, 127-128
(55) Nietzsche, 1993, 79
(56) Nietzsche, 1993, 109
(57) 三島, 1997, 123-124
(58) Καζαντζάκης, 2011, 234-235
(59) Καζαντζάκης, 1958a, 692
(60) Καζαντζάκης, 1910b, 354-355
(61) 先行研究において同様の見解をカラリスも示している（Καραλής, 1994, 68）。
(62) 後年の内戦期にカザンザキスが執筆した『兄弟殺し』では「思うに、古代ギリシア人たちは調和という第一の道を進み、美という素晴らしい奇跡に至ったのだ」と記述しており（Καζαντζάκης, 2009c, 122）、カザンザキスはギリシアの調和の成果が美であることは否定していない。
(63) Καζαντζάκης, 2011, 234

アは古代ギリシアのヴィジョンに押し潰されています。私たちを引き裂かんばかりの過去の重たい荷を背負っているのです。それは偉大な祖先の玄孫であるという運命的悲劇によるものです。――偉大な祖先の子孫であることは重荷です」と述べており、現代ギリシアと古代ギリシアの連続性はカザンザキスの中でその死に至るまで強く意識されている（Kazantzaki et Sipriot, 1990, 48）。

（4）Δανιηλίδης, 1985, 26
（5）Ρώμας, 2015, 35
（6）Ρώμας, 2015, 37
（7）Δανιηλίδης, 1985, 4
（8）Καζαντζάκης, 2011, 325
（9）Ibid.
（10）Καζαντζάκης, 2011, 326
（11）Καζαντζάκης, 2011, 325
（12）Καραλής, 1994, 165
（13）Καραλής, 1994, 119
（14）Ibid.
（15）Καζαντζάκης, 2011, 215
（16）Καζαντζάκης, 2011, 218
（17）Καζαντζάκης, 2011, 226
（18）Καζαντζάκης, 2011, 287
（19）Δανιηλίδης, 1985, 28
（20）Δανιηλίδης, 1985, 95
（21）Δανιηλίδης, 1985, 82
（22）Καζαντζάκης, 2011, 291-292
（23）Καζαντζάκης, 2011, 292
（24）Καζαντζάκης, 2011, 328
（25）Kazantzaki, 1962, 107
（26）Bien, 2007, 145
（27）Καζαντζάκης, 2011, 328
（28）Nietzsche, 1993, 22
（29）Καζαντζάκης, 2011, 329
（30）Καζαντζάκης, 2011, 215 et 327
（31）Γιαννόπουλος, 1961, 73
（32）Γιαννόπουλος, 1961, 78
（33）Γιαννόπουλος, 1961, 80-81
（34）Γιαννόπουλος, 1961, 78 et 89

(4) 相手の団体を見ながら、団体全体の中で肉体と魂を鍛える、としている(Καζαντζάκης, 2009b, 140)。

(66) Καζαντζάκης, 2006b, 32

(67) Καζαντζάκης, 2006b, 139：ここでの λογική に当たる語に仏訳では logique を(Kazantzaki, 1971, 155)、そして英訳では logic を当てている(Kazantzakis, 1963, 147)。

(68) Καζαντζάκης, 2006b, 146

(69) Πλεβελάκης, 1984, 459

(70) Πλεβελάκης, 1984, 460

(71) Kazantzaki, 1959, 16

(72) Kazantzaki, 1959, 93

(73) Kazantzaki, 1959, 217

(74) Kazantzaki, 1959, 15-16

(75) Kazantzaki, 1959, 46-47

(76) Kazantzaki, 1959, 16-17

(77) Kazantzaki, 1959, 81

(78) Kazantzaki, 1959, 158

(79) Kazantzaki, 1959, 55

(80) Kazantzaki, 1959, 125

(81) Kazantzaki, 1959, 114

(82) Καραλής, 1994, 43

(83) Terrades, 2005, 212-213：カザンザキスに多大な影響を与えたイオン・ドラグミスにおいても、La race という言葉に対して相互に入れ替え可能なものとして φυλή と γένος、そして ράτσα の三つが用いられている。φυλή という言葉は頻繁には用いられず、ράτσα は民族主義的な議論を構成する時に専ら用いられる語であり、この二語は生物学的な意味合いも与えられている。しかしドラグミスにおいても厳密な定義に基づいた使い分けがなされているわけではない。

第一一章　カザンザキスによるギリシアの西方性の探求と古代ギリシア

(1) Καζαντζάκης, 2011, 191

(2) Καζαντζάκης, 2009b, 65

(3) また晩年の 1957 年にフランス人ジャーナリスト、ピエール・シプリオによって敢行されたカザンザキスへのインタビューで、カザンザキスは「現代ギリシ

(42) Kazantzaki, 1959, 68
(43) Καζαντζάκης, 2006b, 150
(44) Ibid.
(45) Καζαντζάκης, 2006b, 93
(46) Καζαντζάκης, 2006b, 43-44
(47) Καζαντζάκης, 2011, 206-207
(48) Hearn, 1903, 210
(49) カザンザキスの女性表象に特化して論じた書籍に Γιώργος Σταματίου, *Η γυναίκα στη ζωή και στο έργο του Νίκου Καζαντζάκη*, Εκδόσεις Καστανιώτη, Αθήνα, 1997. や Aikaterini Vathrakogianni, *Women on Kazantzakis: Biography and Fiction: Reconstruction, Feminism and Misogyny*, LAP LAMBERT Academic Publishing, Saarbrüken, 2011. 等が挙げられる。
(50) カザンザキスに先行するロティの『秋の日本』(Japoneries d'automne) にも吉原の描写が登場しており、基礎的な知識はこの本を中心に得たとも考えられる (Loti, 1889, 159-163)。
(51) Καζαντζάκης, 2006b, 142
(52) Καζαντζάκης, 2006b, 147
(53) Καζαντζάκη, 1958a, 693
(54) Καζαντζάκης, 2011, 326
(55) Kazantzaki, 1959, 176
(56) Nitobe, 1909, 26
(57) Nitobe, 1909, 86
(58) Ibid.
(59) Καζαντζάκης, 2006b, 151
(60) Καζαντζάκης, 2011, 234
(61) Ibid.
(62) 尚アリストテレスも『政治学』第一巻第五章において、自由人と奴隷がそれぞれその本性によって自由人らしい体つきと奴隷らしい体つきをしていること (アリストテレス, 2001, 18)、そして同書第八巻第三章において当時読み書き、体育、音楽、図画の四科目の教育が重んじられ、特に体育は勇気の徳に貢献すると述べている (アリストテレス, 2001, 407)。
(63) Καζαντζάκης, 2009b, 162
(64) Καζαντζάκης, 2009b, 138-139 et 154
(65) Καζαντζάκης, 2009b, 139：カザンザキスによると、鍛錬の基本的な法則は四つであり、(1) 団体とは別に個人の肉体と魂を鍛える、(2) 自分の団体の中で個人として肉体と魂を鍛える、(3) 相手の団体に応じて肉体と魂を鍛える、極東などは指さない。
(23) Καραλής, 1994, 124
(24) Καζαντζάκης, 2007b, 11
(25) Καζαντζάκης, 2006b, 82
(26) ヘーゲルは『歴史哲学講義』の中で、世界史の中で古代ギリシア時代において個人が形成されたのだと述べたが、ギリシアには個人の自由意思に基づく共同精神があって「美しい自由の王国」が形成されており、個人が無邪気に共同体の目的に一体化しているとも論じている(Hegel, 1970, 137)。ここで言及されたヘーゲルの個人はカザンザキスの言う「自分自身」と近似したものであろう。
(27) グリフィス(William Elliot Griffis (1843-1928))は、西洋やアメリカの社会が個性や人格に基づいたものである一方、日本は氏族や部族よりなる共同体に基づいた社会であることを指摘しているが、本書前章でも指摘したように、彼は日本が共同体に基づいた体制を脱し西洋型の個と人格に基づいた社会に到達せねばならないと論じている(Griffis, 1915, 28)。カザンザキスによる日本社会の理解に関しては、グリフィスに負うところが大きかったことも推測されるが、価値づけに関しては大きく異なっている。なおグリフィスは、アメリカ合衆国出身のお雇い外国人であり、明治時代初期に来日して福井と東京で化学などの教鞭をとった。帰国後は日本文化の紹介に従事しつつ牧師として奉仕した。天皇に関する著作や他のお雇い外国人に関する著作を残した。
(28) プラトンはその著『エピノミス』において、ギリシア人が野蛮人(バルバロイ)から何を取り入れたとしても、結局はそれを見事なものに作り上げるのだと述べる古代アテネ人を描いており、文明の進歩という観点から他文化に対するギリシア文化の優位性を強く主張している(庄子, 2003, 45)。
(29) Καζαντζάκης, 2006b, 151
(30) Χόλεβας, 1993, 29
(31) Καζαντζάκης, 2011, 215
(32) Καζαντζάκης, 2011, 325
(33) Καζαντζάκης, 2011, 230
(34) Καραλής, 1994, 122
(35) Hearn, 1922. 380
(36) Καζαντζάκης, 2006b, 151
(37) Griffis, 1915, 16
(38) Griffis, 1915, 176
(39) Ibid.
(40) Καζαντζάκης, 2006b, 84
(41) Kazantzaki, 1959, 177

「ペロポニソス旅行記」と呼称する。

（2）Πλεβελάκης, 1984, 385

（3）Janiaud-Lust, 1970, 379：尚 1937 年にはピルソス社より 1932 年から 1933 年のスペイン体験の記録と内戦下のスペインでの体験を合わせ『スペイン旅行記』として出版されている。

（4）Πλεβελάκης, 1984, 385：カザンザキスがどのような日程でペロポニソス半島を周遊したのかに関しては記録が残っていない（Janiaud-Lust, 1970, 383）。

（5）Πλεβελάκης, 1984, 385

（6）Πλεβελάκης, 1984, 469：尚 1961 年に『イタリア、エジプト、シナイ、エルサレム、キプロス、そしてモレアスを旅して』が出版されている。

（7）Janiaud-Lust, 1970, 390：この旅行は在アテネ英国大使シドニー・ウォーターロウ卿（Sir Sydney Waterlow）の仲介で実現している。

（8）Πλεβελάκης, 1984, 385

（9）Καζαντζάκης, 2006b, 150 et Αργυροπούλου, 2020, 223

（10）Καζαντζάκης, 2006b, 156

（11）Καζαντζάκης, 2006b, 150-151

（12）Καζαντζάκης, 2011, 325-326

（13）Levitt, 1980, 177

（14）Kazantzaki, 1962, 107

（15）カザンザキスとも面識があったディモステニス・ダニイリディス（Δημοσθένης Δανιηλίδης）はその著書『近現代ギリシアの社会と経済』（Η νεοελληνική κοινωνία και οικονομία / 1934）において、カザンザキスとは反対に近現代ギリシアの基本を「精神性」と「個性」そして「可塑的傾向」の三つだとしており（Δανιηλίδης, 1985, 157）、近現代ギリシアには唯物的ではなく精神的な個人主義的性質があると論じている（Δανιηλίδης 1985, 174）。またヘーゲルは『歴史哲学講義』の中で古代ギリシアの時代に個人が形成されたと論じている（Hegel, 1970, 137 et 277）。

（16）Καζαντζάκης, 2011, 230-231

（17）Καζαντζάκης, 2011, 246

（18）Καζαντζάκης, 2011, 242

（19）Καζαντζάκης, 2011, 246

（20）Καζαντζάκης, 2011, 200

（21）Καζαντζάκης, 2009b, 65

（22）Ibid.：尚ここでは、「東方」という言葉に ανατολικός ではなく ανατολίτικος が使われている。前者の単語は「西・西方」に対して「東・東方」であるが、後者は主に小アジアや中近東を指す「東方」であり、所謂「東洋」や日本などの

(65) 松浦, 2014, 80
(66) Καζαντζάκης, 2006b, 157-158：また同様のことが『石庭』第一一章でクゲの口を通して描かれており、加えて日本の心たる富士山は「純白の白雪に覆われたかき消すことのできない炎」とも表現されている（Kazantzaki, 1959, 78）。
(67) Καζαντζάκης, 2006b, 157
(68) Καζαντζάκης, 2006b, 158
(69) Καζαντζάκης, 2006b, 156 et 157
(70) Καζαντζάκης, 2006b, 30
(71) Καζαντζάκης, 2006b, 157-158
(72) Καζαντζάκης, 2006b, 21
(73) Καζαντζάκης, 2006b, 118
(74) Kazantzaki, 1959, 75
(75) Kazantzaki, 1959, 239
(76) カザンザキスが第二次世界大戦期に執筆した『その男ゾルバ』の中で「不動心」は、「あなたの愛する日本人ならこれをどう言うかね？　不動心［Φουντόσιν］だろうに！　無情動［Απάθεια］でアタラクシア［αταραξία］であり、その顔は不動の仮面の如く微笑んでいた」と述べられており、ここでは『その男ゾルバ』の主人公が仏陀に関する戯曲を書いていることもあり、字義的な「心が動かないこと」という理解の方が強調されている（Καζαντζάκης, 2017, 18）。
(77) Kazantzaki, 1959, 73
(78) Kazantzaki, 1962, 107
(79) Ibid.
(80) Καζαντζάκης, 2009b, 182-183：カザンザキスの『イギリス旅行記』の「フリードリッヒ・ニーチェ」の章において、東方・ディオニソスは「個を打ち破り」、「私たちは皆一つ」であり、「私たちは皆神である」というような性質を有する神秘主義だと述べられている。

第一〇章　カザンザキスのギリシア像——古代ギリシアと日本の比較を中心に

(1)「ペロポニソス旅行記」と記しているが、本来は『イタリア、エジプト、シナイ、エルサレム、キプロス、そしてモリアスを旅して』という一冊の書籍である。そしてモリアスという呼称は現在では一般にギリシアで用いられておらず、より一般に用いられているペロポニソスを用い、本書ではモリアス部の部分を

(51) Bidal-Baudier, 1974, 63-64

(52) Καζαντζάκης, 2006b, 126：『石庭』においては日本ではなく中国における場面で、「肉体を精神に変容させようと［transformer］」する神が主人公の腸の中を通り頭までに残していく「一本の赤い筋［或いは畝］［un sillon rouge］」と表現されており、より『禁欲』の思想的な色合いが強く反映されている（Kazantzaki, 1959, 222）。

(53) Καζαντζάκης, 2006b, 13

(54) Καζαντζάκης, 2006b, 16

(55) Hearn, 1899, 355-356：尚ハーンは「大和心」を the heart of true Japanese と訳した。

(56) Kazantzaki, 1959, 3

(57) Καζαντζάκης, 2006b, 74

(58) Nitobe, 1909, 148 et Hearn, 1899, 356：新渡戸は As among flowers the cherry is queen, so among men the samurai is lord と訳し、ハーンは As the cherry flower is first among flowers, so should the warrior be first among men と訳している。

(59) 十六桜（Jiu-Roku-Zakura）：ハーンの『怪談』（Kwaidan）所収の短編。伊予の国の老侍が、枯れてしまった「十六桜」を蘇らせるために、自分の命を犠牲にして、美しい桜がまた花をさかせるようになったという物語（Hearn, 1907, 154-157）。

(60) Καζαντζάκης, 2006b, 33：尚、カバヤマ・サン（Καβαγιάμα-Σαν）の転写に関しては「カワヤマ・サン」の可能性もあるが、本書では「樺山」を念頭に置いてカバヤマ・サンとカタカナにした。

(61) Καζαντζάκης, 2006b, 32

(62) ここでの犠牲はイエス・キリストによる人類の贖罪のための磔刑を指している。「新約聖書ローマ信徒への手紙」五章六節から一〇節「6 キリストは、私たちがまだ弱かった頃、定められた時に、不敬虔な者のために死んでくださいました。7 正しい人のために死ぬ者はほとんどいません。善い人のためなら、死ぬ者もいるかもしれません。8 しかし、私たちがまだ罪人であったとき、キリストが私たちのために死んでくださったことにより、神は私たちに対する愛を示されました。9 それで今や、私たちはキリストの血によって義とされたのですから、キリストによって神の怒りから救われるのは、なおさらのことです。10 敵であったときでさえ、御子の死によって神と和解させていただいたのであれば、和解させていただいた今は、御子の命によって救われるのはなおさらです」を参照。尚聖書の引用は聖書協会共同訳による。

(63) Loti, 1889, 91

(64) Hearn, 1922, 421

（30）Καζαντζάκης, 2006b, 7
（31）Καζαντζάκης, 2006b, 168 et Kazantzaki, 1959, 103
（32）Καζαντζάκης, 2006b, 168
（33）Καζαντζάκης, 2006b, 8
（34）Καζαντζάκης, 2006b, 32
（35）ローゼンストーン, 1999, 393-394
（36）Bouchet, 2020, 83-84
（37）カザンザキスにおける民族は広範な意味を有しており、血統による集団を意味することもあれば伝統や文化に基づいた集団であることもある（Καραλής, 1994, 43）。
（38）Καζαντζάκης, 2006b, 82
（39）Καζαντζάκης, 2007b, 86
（40）Hearn, 1922, 264
（41）Hearn, 1922, 435-436 et 440-441：ハーンも参照したことが知られているパーシヴァル・ローウェルは『極東の魂』において、ダーウィン主義に基づいて個人性こそが進化の最終段階であるのだが、日本人は没個性的であって個人主義的になっていかない限り、近代科学の受容もままならないだろうと述べている（ローゼンストーン, 1999, 258-259）。他にもグリフィスは、そもそも日本人はその当初から個性という感覚が弱かったのだが、この理由として日本の地理や環境的要因や歴史的要因を挙げている。更に、アメリカで主流な個性（individuality）や人格（personality）が日本人に欠如していることに対し、日本人がこの西欧的な個性や人格を得ることを「この目標を達成する」（reaches this goal）と表現するなど、個性や人格の欠如を日本の後進性の一つと理解している（Griffis, 1915, 27-28）。
（42）Kazantzaki, 1959, 236：尚、日本の他にドイツ、イタリア、ソヴィエト・ロシアを挙げている。またカザンザキスが参照したであろう『武士道』で新渡戸は、アリストテレスやプラトンの『クリトン』を引きながら武士道とは個人よりも国家（the state）を優先する思想である、と記している（Nitobe, 1909, 80-81）。
（43）Καζαντζάκης, 2006b, 57
（44）Kazantzaki, 1959, 63
（45）Hearn, 1922, 468
（46）Hearn, 1922, 480
（47）Καζαντζάκης, 2006b, 204
（48）Καζαντζάκης, 2006b, 205
（49）Kazantzaki, 1959, 176
（50）Καζαντζάκης, 2006b, 81-82

れた（三成, 2016, 153 et 155）。

（8）Lafcadio Hearn（1850-1904）：日本名は小泉八雲。『怪談』や『心』など日本文化や習俗に関する書籍を英語で多く執筆した。

（9）Καζαντζάκης, 2006b, 16

（10）Πρεβελάκης, 1984, 441

（11）Janiaud-Lust, 1970, 366

（12）Janiaud-Lust, 1970, 366 et Καζαντζάκης, 2006b, 17：なお、史料を精密に調査した村田の研究によると、当時「コシマ・マル」という船舶は存在せず、これは日本郵船株式会社所有で、欧州航路を航行していた鹿島丸の間違いだと指摘されている（村田, 2022, 266）。

（13）Janiaud-Lust, 1970, 366

（14）Καζαντζάκη, 1998, 382：1935 年 4 月 17 日付のカザンザキスがエレニに宛てた手紙によると、前日は一日中日光に旅行で訪れている。

（15）Ανεμογιάννης, 2007, 70：中国に向かうために、東京から神戸に向かいそこから中国に向かっている。

（16）Καζαντζάκης, 2006b, 171

（17）Janiaud-Lust, 1970, 370

（18）Janiaud-Lust, 1970, 366

（19）本来は『日本と中国を旅して』（Ταξιδεύοντας：Ιαπωνία – Κίνα）という日本部と中国部の二部からなる書籍である。本書では便宜的に『日中旅行記』と表記し、日本部から引用する際には「日本旅行記」、そして中国部から引用する際には「中国旅行記」と呼称する。

（20）Janiaud-Lust, 1970, 372

（21）Ibid.：尚この家は 1937 年に完成している。また 1935 年の冬季は『オディッシア』五度目の執筆を行っている（Ανεμογιάννης, 2007, 70）。

（22）また『石庭』の他に 1936 年 4 月から 5 月にかけてフランス語で『私の父』（Mon père）を書いていたが完成することはなく、後年の『ミハリス隊長』に結実する（Ανεμογιάννης, 2007, 70）。

（23）Bien, 2007, 552 et Ανεμογιάννης, 2007, 70

（24）Janiaud-Lust, 1970, 373

（25）尚この人物には作中において名前が与えられていない。

（26）Levitt, 1980, 166

（27）Izzet, 1965, 63 et Καζαντζάκη, 1998, 398

（28）Καζαντζάκης, 2006b, 7

（29）或いは知性。同箇所に対してこの νους を仏訳では esprit、英訳では mind と訳している（Kazantzaki, 1971, 9 et Kazantzakis, 1963, 11）。

（39）Ibid
（40）Ibid
（41）Ibid
（42）Καζαντζάκης, 2016, 79
（43）Ibid.
（44）Καζαντζάκης, 2016, 79
（45）Καζαντζάκης, 2016, 80
（46）Ibid.
（47）Καζαντζάκης, 2016, 92-93
（48）Καζαντζάκης, 2016, 87
（49）Καζαντζάκης, 2016, 93-94
（50）Καζαντζάκης, 2016, 20
（51）Καζαντζάκης, 2016, 22
（52）Καζαντζάκης, 2016, 23

第九章　カザンザキスと極東体験

（1）Καζαντζάκης, 1993, 62
（2）Kazantzaki, 1962, IX-X
（3）Kazantzaki, 1962, à la page de la dédicace à Hélène Stœcker
（4）Πρεβελάκης, 1984, 439
（5）Πρεβελάκης, 1984, 440
（6）Καζαντζάκη, 1998, 380：尚エレニ・サミウの報告によると、カザンザキスの前に日本に赴いた記者は既に名声のあったカザンザキスを疎ましく思い、日本の当局に、カザンザキスが危険人物で天皇を殺害するために来日したと言ったのだ、と報告している。この発言の内容の真偽は定かではないが、カザンザキスが彼の日中体験を元に書いた小説『石庭』によると主人公に警察の監視がつけられていた描写がある（Kazantzaki, 1959, 80）。だが外務省報告（昭和 11 年 6 月）に基づいた村田の研究によると、日本側はカザンザキスを危険人物とはみなしていなかったことがうかがわれる（村田, 2022, 265）。
（7）Pierre Loti（1850-1923）：フランス海軍士官で作家。後にアカデミー・フランセーズ会員に選出されている。日本に関する主な著作に『お菊さん』（Madame Chrysanthème / 1887）と『秋の日本』（Japoneries d’automne / 1889）が挙げられる。また三成の指摘によると特に『お菊さん』は当時ハーンを含め欧米各国で読ま

(12) Jacinto Benavente Martinez (1866-1954):「九八年世代」の一人とみなされる、1922年にノーベル文学賞を受賞したスペインの劇作家。
(13) Ανεμογιάννης, 2007, 64
(14) Πλεβελάκης, 1984, 127
(15) Ibid.
(16) Ρόζεμπεργκ, 2007, 117 et Ανεμογιάννης, 2007, 68
(17) Καζαντζάκης, 2016, 14
(18) Καζαντζάκης, 2011, 292
(19) Καζαντζάκης, 2016, 44
(20) Ibid.
(21) Καζαντζάκης, 2016, 71
(22) Καζαντζάκης, 2016, 72
(23) Joaquín Costa (1846-1911):政治家や法律家、また歴史家としての顔を持つ、「九八年世代」(la Génération de 98) の初期に属するスペインの知識人であり、国家としてのスペインの衰退の原因に関して深く考察する「再生」(regeneracionismo) の思想を考察した。
(24) Ángel Ganivet (1865-1898):「九八年世代」の先駆者とみなされるスペインの作家で外交官。
(25) Miguel de Unamuno (1864-1936):スペインの実存主義的哲学者であり、「九八年世代」に属する思想家とみなされる。主著に『ドン・キホーテとサンチョの生涯』(Vida de Don Quijote y Sancho) がある。
(26) José Ortega (1883-1955):スペインの哲学者であり、自由主義的な思想や「生の理性」(razón vital) で知られる。主著に『ドン・キホーテをめぐる思索』(Meditaciones del Quijote) と『大衆の反逆』(La rebelión de las masas) がある。
(27) Καζαντζάκης, 2016, 75
(28) Καζαντζάκης, 2016, 74
(29) Ibid.
(30) Καζαντζάκης, 2016, 75
(31) Ibid.
(32) Καζαντζάκης, 2016, 76
(33) Ibid.
(34) Ibid.
(35) Καζαντζάκης, 2016, 77
(36) Ibid.
(37) Ανεμογιάννης, 2007, 72
(38) Καζαντζάκης, 2016, 78

Толстого и Достоевскаго）の中でドストエフスキーとトルストイを比較しながら、それぞれを「霊の洞観者（тайновидец духа）」と「肉の洞観者（тайновидец плоти）」と形容している（Мережковский, 2000, 187）。カザンザキスは十分にロシア語を読むことができなかったと思われるが、仏語訳が1903年、独語訳も少なくとも1919年には刊行されており、それぞれ「霊の洞観者」はle voyant de l'ésprit / der Hellseher des Geistes、また「肉の洞観者」はle voyant de la chair / der Hellseher des Fleisches と訳されている（Merejkowsky, 1903, 319 et Mereschkowski, 1919, 302）。カザンザキスがメレシュコフスキーから概念を借用したとは言い切れないが、一定の影響を受けたのではないかと推測される。

第八章　カザンザキスのスペイン体験と東方として理解されるスペイン

（1）Καζαντζάκη, 1998, 574：1950年9月5日から22日にかけて妻のエレニと四回目のスペイン旅行を行い、バルセロナ、タラゴーナ、バレンシア、アリカンテ、コルドバ、トレド、イジェスカス、マドリード、ビトリア・ガステイス、サン・セバスティアンを訪れた。

（2）Καζαντζάκης, 2016, XIV

（3）Ανεμογιάννης, 2007, 42

（4）Ανεμογιάννης, 2007, 58：同箇所の指摘では、カザンザキスは『ロシア文学史』を一ヵ月か二ヵ月の内に書き上げ、カザンザキスがパリに滞在していた間に二巻本でアテネから流通することになった。

（5）Ibid.

（6）Janiaud-Lust, 1970, 326：またこの間にはフィレアス・ルベスク（Philéas Lebesgue）によって雑誌『メルキュール・ド・フランス』（Mercure de France）4月14日号においてカザンザキスの戯曲『ニキフォロス・フォカス』と『キリスト』、そして『オデュッセウス』を称賛する批評がなされる。ルベスクがカザンザキスを取り上げるのはこれが二度目であるがカザンザキスが初めてフランス公衆に紹介されるきっかけとなった（Ανεμογιάννης, 2007, 58）。

（7）Ανεμογιάννης, 2007, 58

（8）Ibid.

（9）Janiaud-Lust, 1970, 329

（10）Ανεμογιάννης, 2007, 64

（11）Juan Ramón Jiménez（1881-1958）：純粋詩を確立したスペインの詩人であり、1956年にはノーベル文学賞を受賞した。

ストイが魂にまで到達する最良の最も確かな道は肉体である。この目に見え、ぬくもりを持つ、この手で摑むことのできる肉体の覆いをトルストイがどれほど愛し、これについてどれほど喜んで探求し叙述したかをあなたは感じるだろう」と述べており（Καζαντζάκης, 1999, 206）、「肉体と魂はトルストイにおいて常に分かつことのできない総体である」（Καζαντζάκης, 1999, 207）と述べている。カザンザキスにとって、後述するようにドストエフスキーと比較すると、トルストイは「ギリシア的な秩序を有する理性」にも比定されるような「論理性（λογικό）」が優勢であったと評されているが（Καζαντζάκης, 1999, 207）、同様に肉体性も強調されている。これは晩年の 1953 年に書かれた『アッシジの貧者』での「身体」と「救済」に関する描写と思想に結びついていく。確かにシェストフはドストエフスキーにおいて「理性と良心」の時代が終わって「心理」の時代が始まり、トルストイにおいては未だに「理性と良心」が最も中心的なものであることを指摘しており、カザンザキスはトルストイにおいて理性が優勢であるという発想を彼から継承した可能性が高い（Шестов 1971b, 58）。尚、本注中のカンザキスの引用における「像と肖」という表現は、ギリシア語では κατ' εικόνα ημετέραν και ομοίωσιν であり、七〇人訳聖書創世記一章二六節に由来する。聖書協会共同訳では「我々のかたちに、我々の姿に」となっている。

（128）Vogüé 1912, 153 et 155 et Eugène-Melchior de Vogüé（1848-1910）：フランスの外交官や政治家も務めた作家であり、フランスにおけるロシア文学の紹介に大きな役割を果たした。またカザンザキスが通史としての『ロシア文学史』を執筆する際に参照したであろう『ロシア小説』（1886）を著している。この著作の中でヴォギュエはトゥルゲーネフに関して彼の作品の諸思想を紹介するとともに、大学時代を送ったペテルブルクで西欧の文物に積極的に触れていたことやフランスでの遍歴は紹介しているが、管見の限り決してカザンザキスのように「ロシアの地に根差したトゥルゲーネフ像」を描き出してはおらず、少なくともカザンザキスのトゥルゲーネフ像は広範に読まれたヴォギュエのトゥルゲーネフ理解には由来していないと思われる。

（129）Καζαντζάκης, 1999, 167

（130）Καζαντζάκης, 1999, 171

（131）Καζαντζάκης, 1999, 12

（132）Καζαντζάκης, 1999, 10

（133）Kazantzaki, 1962, 170

（134）Καζαντζάκης, 1999, 220-221：カザンザキスはドストエフスキーを「神の預言者」でトルストイを「調和の預言者」と呼んでいるが、彼が参照した可能性のあるディミトリー・メレシュコフスキー（Дмитрий Мережковский：1866-1941）は 1901 年に刊行した『トルストイとドストエフスキー』（и творчество Л.

(107) Καζαντζάκης, 1999, 155
(108) Петр Чаадаев (1794-1856)：ジョセフ・ド・メーストルやシェリング等の西欧の哲学者から大きな影響を受けたロシアの思想家であり哲学者。『哲学書簡』でロシアは農奴制や正教を放棄して西欧化すべきであると主張した。
(109) Александр Герцен (1812-1870)：ロシアの思想家であり作家。学生時代より社会主義的な運動に参加し、シベリアに流刑に処された経験を持つ。その後西欧へ亡命し国外にいて活動しながらもロシアの革命運動に大きな影響を与えた。著書に『誰の罪か？』、『ロシアにおける革命思想の発達について』、『向う岸から』等がある。
(110) Καζαντζάκης, 1999, 163：カザンザキスが参照したであろう『ロシアにおける革命思想の発達について』にはこのような発想は見られない。
(111) ここでの「全人類的使命」はどのようにすればロシアが救済されるのか、という問題意識から発展した、どのようにすれば全人類が救済されるのか、ということを指している（Καζαντζάκης, 1999, 154）。
(112) Καζαντζάκης, 1999, 155
(113) Zweig, 1921, 211
(114) Καζαντζάκης, 2010a, 77
(115) Kazantzaki, 1962, 187
(116) Kazantzaki, 1962, 235
(117) Καζαντζάκης, 2010a, 35
(118) Kazantzaki, 1962, 164
(119) Kazantzaki, 1962, 11
(120) Καζαντζάκης, 1999, 201
(121) Bien, 1972, 153
(122) ゲルツェンもロシア農民の性質を描写する際に民主的（démocratique）という形容詞を用いている（Herzen, 1853, XI）
(123) Καζαντζάκης, 1999, 8
(124) Καζαντζάκης, 1999, 206-207
(125) Ibid.
(126) Καζαντζάκης, 1999, 207：カザンザキスが独墺期に読んでいたレフ・シェストフの『ドストエフスキーとニーチェ』において、このリョーヴィンに初めて着目し「素朴な人」と形容したのがドストエフスキーだと指摘しており、カザンザキスのリョーヴィン理解に影響を与えた可能性が高い（Шестов, 1971b, 64）。
(127) 二点目に、トルストイにおける「肉体性の尊重」をカザンザキスは指摘している。これに関してカザンザキスは「目に見える緊張をもって私たちは肉体を見、そして肉体が少しずつ像と肖によって魂を創造するのを目にする。トルおいて「数多性」を可能にする原理、つまり時間と空間の純粋直観を指しており、この「個体化の原理」の支配する場所がこの現実世界に他ならないとされる（竹内, 2011, 4）。

(91) Nietche, 1993, 23

(92) 竹内, 2011, 4

(93) ニーチェとカザンザキスの関係を扱った研究にランベリスの『ギリシアにおけるニーチェの影響「テフニ」と「ディオニソス」、ヴラストスとカザンザキス』（Δημήτρης Λαμπρέλλης, *Η Επίδραση του Νίτσε στην Ελλάδα — « Τέχνη » και « Διόνυσος », Βλαστός και Καζαντζάκης*, Εκδόσεις Παπαζήση, Αθήνα, 2009.）や『ニーチェとギリシア人たち』（Τερέζα Πεντζοπούλου — Βαλαβά (Εποπ), Ιωάννης Χριστοδούλου (Επιμ), *Ο Νίτσε και οι Έλληνες*, Εκδόσεις Ζήτρος, Θεσσαλονίκη, 1997.）が挙げられるが、これらの研究の主眼はカザンザキスを中心としたギリシア人知識人たちの社会学的なニーチェ受容に置かれており、美学や哲学的な観点での記述は存在しない。

(94) Bien, 2007, 143-156 et Τζερμιάς, 2010, 70-72

(95) Bien, 2007, 158-167 et Τζερμιάς, 2010, 263-272

(96)「イタリア、エジプト、シナイ、エルサレム、キプロス旅行記」と記しているが、本来は『イタリア、エジプト、シナイ、エルサレム、キプロス、そしてモリアスを旅して』という一冊の書籍である。本書では 1937 年に書かれたモリアス部の部分を除外して、「イタリア、エジプト、シナイ、エルサレム、キプロス旅行記」と呼称する。

(97) Καζαντζάκης, 2010a, 67

(98) Kazantzaki, 1962, 188

(99) Καζαντζάκης, 2010a, 70

(100) Ibid.

(101) Ibid.

(102) Καζαντζάκης, 1999, 21

(103) Καζαντζάκης, 1999, 66

(104) Καζαντζάκης, 1999, 81

(105) Καζαντζάκης, 1999, 82：またここではピョートル大帝期の知識人たちと民衆の間における断絶が、のちのエカチェリーナ二世期にも見られることを指摘しているが（Καζαντζάκης, 1999, 81)、彼女は民衆を愛し啓蒙することを自身の使命としたものの（Καζαντζάκης, 1999, 84)、結局は皮相的な手段に終始したことから失敗し、民衆は「アジア的な運命論」にとどまっていたと書いている（Καζαντζάκης, 1999, 94)。

(106) Καζαντζάκης, 2010a, 67

ア的でアジアから見ればヨーロッパ的であり二重性を有していると書いている。ヨーロッパ・アジアという構図で東・西を見ており、ロシアの宗教観に関しても、キリスト教はヨーロッパの宗教であるが、ロシアが受容した正教はビザンツに由来する東方的なものである、と書いている（Herzen, 1853, 33）。

（77）Καζαντζάκης, 2010a, 49 et Καζαντζάκης, 1999, 157

（78）Καζαντζάκης, 2010a, 26

（79）Καζαντζάκης, 2010a, 27

（80）Καζαντζάκης, 1999, 15

（81）Καζαντζάκης, 2010a, 27 et Καζαντζάκης, 1999, 16-17

（82）Καζαντζάκης, 1999, 16-17

（83）Καζαντζάκης, 1999, 21

（84）これとは反対にゲルツェンは、僧侶階級によってとりいれられたビザンツ主義は表面的な影響しか与えず、国民の性格にも政府にとっても相応しいものではなく、むしろ老衰と疲労、そして苦悶への服従を意味していると述べており（Herzen, 1853, 21-22）、ロシアの本性とは合致しないことを強調している。また他の箇所でもビザンツを古代世界の痕跡を掻き消してしまったところの停滞であり、スラヴの民族性を損なうものの如く記述している（Herzen, 1853, 108）。またツヴァイクが「このロシアの救済の知らせ」を語る際にはビザンツはドストエフスキーの否定的な側面に結びつけられていた（Zweig, 1921, 201）。

（85）Kazantzaki, 1962, 160

（86）Καζαντζάκης, 2010a, 249-250

（87）გრიგოლ რობაქიძე（1880-1962）：反ソヴィエト的な活動で知られたジョージアの作家。1928年にドイツ語で著述した『蛇の皮』にはシュテファン・ツヴァイクが序文を寄せている。カザンザキスもロバキヅェと直接の面識があるが、彼とどのような会話をしたのか、また彼のどの著作を読んだのかは明らかにしていない（Πρεβελάκης, 1984, 105）。ロバキヅェもカザンザキスと同じくニーチェに傾倒していたことが指摘されているが（Πάτσης, 2013, 372）、『トダ・ラバ』の本文中でのロバキヅェの台詞がどれほどロバキヅェ本人の思想を反映したものであるのかは別稿で論じたい。

（88）Kazantzaki, 1962, 107

（89）ヨハネによる福音書一章一節の「初めに言葉があった。言葉は神と共にあった。言葉は神であった」（聖書協会共同訳）が三位一体論において、「言葉」が「父なる神」の本質として理解され、この「言葉」と「子なる神」（つまりイエス・キリスト）が同じ存在だとみなされるロゴス・キリスト論に基づいている。

（90）Nietche, 1993, 22：ニーチェのいう「個体化の原理」（principium individuationis）はショーペンハウアーに由来するものであり、『意志と表象としての世界』に

（61） Kazantzaki, 1962, III
（62） Kazantzaki, 1962, 158
（63） Kazantzaki, 1962, 174
（64） Kazantzaki, 1962, 192
（65） Καζαντζάκης, 2010a, 10
（66） Καζαντζάκης, 2007b, 60
（67） Καζαντζάκης, 2010a, 50
（68） Καζαντζάκης, 1999, 7-9
（69） Славянофильство：一九世紀ロシアで盛んに唱えられた思想であり、ロシアは歴史的に独自の道を辿り自民族の特異性を有しているのだと主張し、対立する西欧派との間で論争を繰り広げた。代表的な論者にアレクセイ・ホミャコーフ（Алексей Хомяков）らがいる。
（70） Западничество：一九世紀ロシアで盛んに唱えられた思想であり、ロシア社会が抱える矛盾を解決するために西ヨーロッパ市民社会の文化的な成果を積極的に受容することが必要であると説き、ロシアの歴史的発展の独自性を主張するスラヴ派と論争した。代表的な論者にヴィッサリオン・ベリンスキー（Виссарион Белинский）やアレクサンドル・ゲルツェン（Александр Герцен）らがいるが、むしろカザンザキスは本章で見るようにむしろゲルツェンをスラヴ派と西欧派を折衷しようとした人物としてみなしている。
（71） Καζαντζάκης, 2010a 49 et Καζαντζάκης, 1999, 157：アレクサンドル・ゲルツェンがフランス語で書き、かつカザンザキスが参照した可能性の高い『ロシアにおける革命思想の発達について』においてゲルツェンは「ただ一つの思想がペテルブルク時代とモスクワ時代を結びつけていた。すなわち国家の強大化」であると書いている（Herzen, 1853, 33）。ここにカザンザキスのような「救済」観に関する見解は見られない。しかしカザンザキスが目を通したであろうシュテファン・ツヴァイクによるドストエフスキーの評伝を含む『三人の巨匠』（Drei Meister）においては、ロシアによる救済の知らせを告知するドストエフスキーはビザンツの十字架を手にした性悪で狂信的な中世の僧のような政治家であり、狂信者であると書かれており（Zweig, 1921, 201）、また「このロシアの救済の知らせ」（diese russische Erlösungsbotschaft）という言葉づかいが見られ、カザンザキスがツヴァイクの言葉づかいからも影響を受けた可能性が考えられる。
（72） Καζαντζάκης, 2010a, 49-50
（73） Καζαντζάκης, 1999, 10
（74） Kazantzaki, 1962, 11-12
（75） Kazantzaki, 1962, 111
（76） Καζαντζάκης, 2010a, 48：ゲルツェンは、ロシアはヨーロッパから見ればアジ認識されていたことがうかがわれる（Lebesgue, 1930, 490）。

（41）Φιλιππίδης, 2017, 37 et Πρεβελάκης, 1984, 216-217

（42）Stefan Zweig（1881-1942）：オーストリアのユダヤ系作家、評論家。戦間期に多くの知識人と交流を持ち、多数の著作を発表した。

（43）Roger Martin du Gard（1881-1958）：フランスの小説家。主に二〇世紀半ばまで活躍した。代表作は『チボー家の人々』であり、1937年同作でノーベル文学賞を受賞した。

（44）Kazantzaki, 1962, XXV

（45）しかし実際にドイツで受けた評価は先述の通り「赤すぎる」（trop rouge）、つまり共産主義色が強すぎるというものであった（Πρεβελάκης, 1984, 216-217）。

（46）Bien, 1989, XX

（47）パツィスはカザンザキスがギリシアにロシア文学を包括的に紹介した第一人者だと断じた上で、カザンザキス以前にコスティス・パラマス（Κωστής Παλαμάς / 1859-1943）がトルストイに傾倒し『詩人トルストイ』というエッセイを著していることを報告している（Πάτσης, 2013, 61）

（48）Kazantzaki, 1962, 12

（49）ここでの丸括弧による補足は引用者による。

（50）Kazantzaki, 1962, 134-135

（51）Καζαντζάκης, 2007b, 36：またクマキスによれば恐怖と希望、そして自由を結びつける発想は二世紀に活躍した犬儒派の哲学者デモナクスに見られる。デモナクスは自由を恐怖と希望がないことだと論じているが（Κουμάκης, 2016, 96）、クマキスはカザンザキスとは逆にこの自由が達成不可能なものだとしている（Κουμάκης, 2016, 33）。恐怖と希望に打ち勝って自由を達成することが出来るという発想は、ドイツの詩人クロプシュトックの「正しい決断」という詩にある「恐れも期待もしない者だけが幸福である［Όποιος δε φοβάται και δεν ελπίζει, μόνο αυτός είναι ευτυχισμένος］」にあり、カザンザキスはこれをイタリア語訳で読んだのであろうと指摘している（Κουμάκης, 2016, 75）。

（52）Kazantzaki, 1962, 235

（53）Kazantzaki, 1962, 164

（54）Kazantzaki, 1962, 69

（55）Ibid.

（56）Kazantzaki, 1962, 110-111

（57）Kazantzaki, 1962, 111

（58）Καζαντζάκης, 2007b, 60

（59）Φιλιππίδης, 2017, 42-43

（60）Καζαντζάκης, 2010a, 259

(23) エレニ・サミウによると、この訴訟は「ああ、ギリシアではしばしばあることなのですが、シャボン玉のようにこの訴訟は消えてしまった」という(Kazantzaki, 1962, XI)。
(24) Ανεμογιάννης, 2007, 48
(25) Καζαντζάκης, 2010a, 242
(26) Ανεμογιάννης, 2007, 48
(27) Виктор Серж Кибальчич / Victor Serge (1890-1947):本名は Виктор Львович Кибальчич。ロシア人の両親の下、ブリュッセルに生まれ、フランス語で執筆活動を行った。政治的にはトロツキーに近い立場を取ってスターリニズムを告発した。代表作に『仮借なき時代』。
(28) Janiaud-Lust, 1970, 293
(29) Janiaud-Lust, 1970, 308
(30) Ανεμογιάννης, 2007, 52
(31) 現ヴォルゴグラード
(32) Ibid.
(33) Ibid.
(34) Ibid.:またフィリア・ルベーグがフランスの文芸雑誌『メルキュール・ド・フランス』の1928年12月5日号でカザンザキスに触れている(Lebesgue, 1928, 726)。だがここではほぼ「ニキフォロス・フォカス」を書いたということに触れただけで、しかも分量も一段落だけのものであった。尚、後に改題して『ロシアを旅して』(Ταξιδεύοντας: Ρουσία)という題名で1928年に刊行されているが、本書では『ロシア旅行記』と呼称する。
(35) Kazantzaki, 1962, XXII:詳細については第一一章第二節参照。
(36) Janiaud-Lust, 1970, 283
(37) Ανεμογιάννης, 2007, 52
(38) Ibid.
(39) Ibid.:同書はパリ滞在中に書き上げ、1930年中にアテネで出版される。このゴッテスガープ滞在中に完成することはなかったがフランス語で『イリアス隊長』の執筆を試み、また1929年10月1日から1930年3月3日まで『オディッシア』に再度修正を加えている。
(40) カザンザキスが西欧において紹介される契機の一つを与えた文芸雑誌『メルキュール・ド・フランス』1930年4月15日号では、「出自的にはクレタ人であるカザンザキス氏は、まさにその故に自分自身を少々アフリカ人だと感じている。かように、彼は情熱的で官能的な形象[les images ardents et sensuelles]を愛しているのだ」と指摘されており、カザンザキスが自分自身を東方やアフリカに結びつけ非西欧的要素を探求していたことは当時においても一部の人にはデリス・プレヴェラキスに出会った。12月には再び『エレフテロス・ロゴス』紙での記事執筆のために同月末にエジプトとシナイ半島を訪れるために出発した（Ανεμογιάννης, 2007, 42）。

1927年は2月までエジプトに滞在し、カイロ等を巡って記事を書きながらアレクサンドリアでは詩人のコンスタンディノス・カヴァフィスにも面会し、記事にしている（Καζαντζάκης, 2011, 78-83）。カヴァフィス（Κωνσταντίνος Καβάφης（1863-1933））とは、エジプトのアレクサンドリアのギリシア人コミュニティに生まれ、当地で管理人として働きながら詩作したギリシア人詩人であり、同性愛や古典ギリシアに対する深い憧憬を抱いた詩などを著した人物である。なお、この時の旅行と取材に関する記事は同年4月に『エレフテロス・ロゴス』紙で発表されている。5月はエギナ島に滞在し、7月から8月にかけて文芸雑誌『再生』に『禁欲』を発表した。また7月末には編集者のエレフテロダキスとプレヴェラキスと共にペロポニソス半島を旅行している。この後9月から10月にかけてエレフテロダキスの企画した百科事典の記事を執筆している（Ανεμογιάννης, 2007, 42）。8月末に戯曲「ニキフォロス・フォカス」を発表し、9月はここまで執筆した旅行に関する記事を『スペイン、イタリア、エジプト、シナイを旅して』という形で出版し、9月22日には叙事詩『オディッシア』の全体を一度書き終えている。そして9月末にはソヴィエト・ロシアの式典にギリシア人としてはただ一人ソヴィエト政府から招待を受けることとなった（Καζαντζάκη, 1998, 208）。

（17）Ανεμογιάννης, 2007, 42

（18）秋田雨雀（1883-1962）：青森県出身の劇作家で詩人。日本社会主義同盟に加わり1924年にフェビアン協会設立に関与する等、社会主義者として活躍した。エスペランティストとしても活躍し、日本プロレタリアエスペランティスト同盟の結成にも参加した。なお、秋田雨雀の側がカザンザキスを日記などでどのように描写したか、そして彼らの出会いが知識人たちの国際的な出会いという視点で見るとどのような意義があったのかということについては吉川（2019）を参照せよ。

（19）Ανεμογιάννης, 2007, 48：この旅行では、ハルキウ、ロストフ、バクー、トビリシ、バトゥミ、ポティ、ガグリ、ノヴォロシスク、ロストフを回り、12月3日にモスクワに帰還している。

（20）Janiaud-Lust, 1970, 283

（21）Δημήτρης Γληνός（1882-1943）：イズミル生まれの著述家であり、政治家。1910年の「教育委員会」でカザンザキスと接触を持つ。後にギリシア共産党においても活動する。

（22）Ανεμογιάννης, 2007, 48

運動で特に知られる。ソ連の革命十周年記念式典にはドイツ代表の一人として、カザンザキスやパナイト・イストラティ、秋田雨雀らの世界各国の知識人と共に招待された。カザンザキスがロシア期にフランス語で書いた小説『トダ・ラバ』はこのヘレーネ・シュテッカーに捧げられている。

(10) Arthur Holitscher（1869-1941）：ハンガリー出身の作家であり旅行作家。ドイツ語で著述し、主な著作に『アメリカの顔』（Das amerikanische Gesicht）や『ソヴィエト・ロシアでの三ヵ月間』（Drei Monate in Sowjet- Russland）そして『激動のアジア：インド・中国・日本を経た旅』（Das unruhige Asien：Reise durch Indien- China-Japan）が挙げられる。

(11) ロシア友の会に関する研究は主に Edgar Lersch, Hungerhilfe und Osteuropakunde : Die “Freunde des neuen Rußland” in Deutschland, in Deutschland und die russische Revolution 1917-1924, Gerd Koenen und Lew Kopelew (hrsg.), Wilhelm Fink Verlag, München, 1998, pp. 622-631. 等が存在するがカザンザキスに関する言及は管見の限り確認されていない。

(12) Ανεμογιάννης, 2007, 40：この間 12 月 16 日にガラティアが離婚の訴訟手続きを行っている。翌年離婚している。尚ガラティアは離婚の後も継続してガラティア・カザンザキという名義を使用し、再婚後にも使用した（Bien, 1989, xix）。

(13) Janiaud-Lust, 1970, 241

(14) Καζαντζάκης, 2010a, 277

(15) Janiaud-Lust, 1970, 241

(16) 1926 年 4 月からは、エレニ・サミウや友人たちと共に今回も特派員としてパレスチナに向けて出発し、船でヤッファに行き、エルサレム、ベツレヘム、ヘブロン、死海、エリコ、テル・アヴィヴ、ハイファ、ベイルートを訪れる。またパレスチナ滞在中にはドイツで会ったユダヤ人の友人に再会している。5 月 18 日にはキプロス島に向かい、ガージマウサ（ファマグスタ）、レフコシャ、ラルナカ、レメソス、プラトレスを訪れた。5 月 24 日には国外追放の身であったヒジャーズ国王へのインタビューを行い、5 月 31 日にピレアスに向けて出発するまで滞在している。尚ここでの旅行記事は『エレフテロス・ロゴス』紙で掲載された（Ανεμογιάννης, 2007, 40）。

8 月にはスペインに向かい、プリモ・デ・リベラにインタビューを敢行している。なお、この時のスペインの旅行と取材に関する記事は『エレフテロス・ロゴス』紙において同 1926 年 12 月に発表された（Ανεμογιάννης, 2007, 42）。9 月末はイタリアに移動し、10 月 13 日にはイタリアでムッソリーニに面会している（Καζαντζάκης, 2011, 21）。この時のイタリアでの旅行と取材は翌 1927 年の 2 月に『エレフテロス・ロゴス』紙で記事として発表された（Ανεμογιάννης, 2007, 42）。11 月 12 日にアテネに戻っている。ここでのアテネの滞在中にパン

（102）メイエンドルフ, 2009, 256
（103）聖書協会共同訳より。
（104）Francis, 2005, 67
（105）Καζαντζάκης, 2007b, 32

第七章　カザンザキスのロシアでの活動と東方に関する思想

（1）Πάτσης, 2013, 13
（2）Πάτσης, 2013, 33 et 60
（3）他に、カザンザキスとロシア文学に関わる研究としては、Τσινικόπουλος（2017）や Φιλιππίδης（2017）のようにカザンザキスがドストエフスキーから受けた影響に関する研究が存在する。これらはカザンザキスの後年の作品に見られるドストエフスキーの影響等には触れているものの、カザンザキスが体系的な『ロシア文学史』を 1930 年に著したことを考えれば、ロシア文学からカザンザキスが得た影響に関する研究にまでは踏み込んでいない。またカザンザキスのロシアでの政治活動と共産主義との関係ではゼルミアスの研究が挙げられる。この中でゼルミアスはカザンザキスと共産主義の関係やパナイト・イストラティを中心とした知識人たちとの関係を詳述している。他にもロシア体験を小説化するためにフランス語で書かれた『トダ・ラバ』の詳細な研究を含む論文に Georgiadou（2014）が挙げられるが、この研究は全体的にカザンザキス研究に新規性をもたらしたというよりは、カザンザキスの動向と作品に整理を与えたものである。
（4）イリンスカヤの研究によると、ギリシア語で初めてロシア文学が言及されたのは 1871 年にイスタンブルでステファノス・カラテオドリスによってなされた「ロシア文学について」という講演であり、文章の形で論じられたのは 1888 年に文芸雑誌『パルナッソス』におけるテオドロス・ヴェリアニティスによる「現代ロシア文芸」という論考である（Ιλίνσκαγια, 2007, 107-108）。
（5）Janiaud-Lust, 1970, 69-70
（6）またビーンによると 1880 年代前後の民俗学研究が隆盛していた時期に、民衆語派によってドストエフスキーの翻訳がなされており、ギリシア語でもいくらかのロシア文学の作品を読むことはできた（Bien, 1972, 121）。
（7）Janiaud-Lust, 1970, 93
（8）Καζαντζάκης, 1993, 62
（9）Helene Stöcker（1869-1943）：ドイツの政治運動家、思想家。婦人運動や平和写に見られるようにカザンザキスの思想において理性が救済に関与できる余地が少ない、或いはほとんどないことが確認される。

(85) Καζαντζάκης, 1993, 128

(86) Ματσούκας, 1988, 31

(87) Γουνελάς, 2008, 80-81：また同様の見解をクマキスも先行研究において示している（Κουμάκης, 2016, 78)。また本書第三章で見たように、「死こそが救済である」という発想は1906年に執筆された『蛇と百合』から見られるものであり、カザンザキスにとって根源的な直観である。

(88) Καζαντζάκης, 2007b, 32

(89) Γουνελάς, 2008, 80

(90) Bidal-Baudier, 1974, 250：他にもビダル＝ボディエは『キリスト最後の誘惑』のイエスは死が自分の儚い生を不死に変える唯一の手段であることを知っていたと解釈している。そしてこの点でイエスは全人類に対して普遍的な意味を持つものであり、彼こそ「叫び」に従い、人間の生の快楽も苦痛も両方とも喜んで受け入れて不死に至った英雄の一人である。

(91) Francis, 2005, 60-61

(92) Francis, 2005, 64-67

(93) Hatem, 2015, 71-72

(94) Francis, 2005, 64：他にもハジアポストルの指摘では、この「上昇」の「物質の上へと向かう跳躍」という性質にアンリ・ベルクソンの「生の跳躍」の強い影響も見られる（Χατζηαποστόλου, 2013, 253)。他にもクマキスは、カザンザキスの生に関する世界観がプラトンやプロティノスに影響を受けた「絶えざる上昇」という形で理解されていると指摘しているが（Κουμάκης, 2016, 75)、ゼルミアスは、ニュッサのグレゴリオスはオリゲネスの影響下で、キリスト教信仰とプラトンと新プラトン主義という古代ギリシア哲学を「止揚した人物」(συνθέτης）として理解し、ビザンツ・キリスト教と古代ギリシア世界という二つのギリシアの連続性を体現するような人物としている（Τζερμιάς, 2011, 87)。

(95) 谷, 2009, 243-244

(96) メイエンドルフ, 2009, 17

(97) メイエンドルフ, 2009, 220

(98) この括弧書きの挿入は本書作成者によるものである。

(99) Σειρήνες：ホメロスの『オデュッセイア』にも登場する、上半身が人間の女性で、下半身が鳥である海の怪物。美しい歌を航路上で歌い、船乗りたちを惑わして、船の難破や船乗りたちの遭難を引き起こした。

(100) Καζαντζάκης, 2007b, 85

(101) Francis, 2005, 64

(69) Καζαντζάκης, 2007b, 82
(70) Καζαντζάκης, 2007b, 84
(71) Καζαντζάκης, 2007b, 74
(72) Καζαντζάκης, 2007b, 86
(73) Κουμάκης, 2016, 16-17：同義のことは他の先行研究でも指摘されている。その中でもアテムは「カザンザキスは、人間精神の最も高価な果実である自由を自由のための戦いとして同定している。いわば、その登場人物たちは実際のところ確実性を欠いた戦いを企図している」と指摘している（Hatem, 2015, 47)。
(74) Καζαντζάκης, 2007b, 78
(75) Χατζηαποστόλου, 2013, 284
(76) Καζαντζάκης, 2007b, 96
(77) Ibid.
(78) Καζαντζάκης, 2007b, 97
(79) Χατζηαποστόλου, 2013, 264
(80) 1912年のエッセイ「ベルクソン」においてカザンザキスは、「ベルクソンによると、生とは持続する創造であり、上へと向かう跳躍、生き生きとした迸りで élan vital というべきものである。これを感じるためには推論理性［η διάνοια］だけでは十分でなく、私たちが自由と発展的持続を感じるためなのと同じように、私たちに生を機械装置のように理解させてしまう古い知的習慣を忘れ去らなければならない」と指摘している（Καζαντζάκης, 1912, 326)。ここでの「上へと向かう跳躍」と「この跳躍を感じるのは理性だけでは十分ではない」という発想に、ベルクソンの「エラン・ヴィタル」が古代ギリシア思想やギリシアの正教神学に加えてカザンザキスの「上昇」のモチーフの一つとなっている根拠があろう。
(81) 理性を類推させる語としての Λόγος（ロゴス）であるが、『禁欲』においてはこの言葉は一切使用していない。「ギリシアのロゴス」という用語は確かにカザンザキスの中で重要な役割を果たす言葉ではあるが、カザンザキスの救済論という観点では何の役割も果たしていない。これに対し理性（Νους）は『禁欲』の中で退けられる立場にはあるが、救済の階梯の中に組み込まれており、カザンザキスの救済の考えの中では所与のものであり、経るべき段階の一つとして必要なものである。
(82) Χατζηαποστόλου, 2013, 292
(83) Χατζηαποστόλου, 2013, 266
(84)『饗宴』においては「不死の水を汚してしまう理性［του νου］の盃を砕き、問いも疑いも、口上も屁理屈もなく泉から口伝いに飲むにはどうしたものか」と描写され（Καζαντζάκης, 2009a, 77)、同箇所の「不死の水を汚す理性」という描次のように記している。「神々が彼らに加護を与えてあらゆる危険の中を助け、人々は生きながらえ、今なお生きている。かのギリシアの神々と共にギリシア民族［φυλή］が死に絶えることはなかった。神々というのは人間たちを救う限り生きているのだ。彼らを救ってしまうや否や、その時は余計な物になってしまって退場となり、必要に応じて他の神々がやって来ることになる。神々は偶像のように没落しては滅亡していく。しかし人々は生き続ける。民族の根は、力強いあらゆる宗教的な根に由来しているのだ」（Δραγούμης, 1994b, 38）。ここに見られるように、カザンザキスに大きな影響を与えた『サモトラキ』においては、神の没落或いは死が表現されており、神に対して人間或いは民族の方が基礎となっている。だがカザンザキスにおいては、民族は「上昇」において無くてはならないものではあるが乗り越えられるべきであり、これは神よりも人間或いは民族に基礎を置いたドラグミスと大きく異なる点である。またドラグミスにおいては滅亡した神は滅亡したままで次の神が来るとされており、神の救済という観点はカザンザキスに独特なものであろう。

（60）Καζαντζάκης, 2007b, 64

（61）Καζαντζάκης, 2007b, 70

（62）Ibid.：尚「動員」はギリシア語で επιστράτεψη、フランス語で mobilisation であり、カザンザキスはこれをベルクソン哲学の核心として理解している（Kazantzaki et Sipriot, 1990, 29 et Kazantzaki, 1959, 28）。

（63）Καζαντζάκης, 2007b, 64 et 72

（64）Καζαντζάκης, 2007b, 64

（65）Ibid.

（66）Καζαντζάκης, 2007b, 82

（67）Καζαντζάκης, 2007b, 82-83

（68）Bidal-Baudier, 1974, 188：fonder une communauté réligieuse と表現される。またカザンザキスは自身の博士論文において、ニーチェの国家論とは別個に共同体論について分析している。カザンザキスによるとニーチェは各々の権利と義務、また法とその目的の違いによって共同体の二つの序列を設けた。下位の序列は、ブルジョアジー・中流階級からできた、機械のような共同体である。これは農民、職人、商人、経営者、そして学者等、そして日々の仕事を忍耐することで生きている労働者を含んでいる。そして高位の共同体は、その職業が問題なのではなく、より高い価値を保ちそれに従う義務と使命を共有する者たちである。力と支配力を有する高位に位置するものは安全よりも生きる活力を渇望し、創造の不安と危険から人々を解放していく（Kazantzakis, 2006a, 108-109）。このように後者のニーチェの共同体観は、『禁欲』におけるカザンザキスの共同体論に反映されている。

（41）Καζαντζάκης, 2007b, 41
（42）Καζαντζάκης, 2007b, 44-45
（43）Καζαντζάκης, 2007b, 48
（44）Καζαντζάκης, 2007b, 81 et Χατζηαποστόλου, 2013, 559
（45）Καζαντζάκης, 2007b, 53
（46）Καζαντζάκης, 2007b, 60
（47）Ibid.
（48）Ibid.
（49）Καζαντζάκης, 2007b, 74
（50）Καζαντζάκης, 2007b, 56
（51）Καζαντζάκης, 2007b, 59
（52）Ibid.
（53）Καζαντζάκης, 2007b, 28
（54）Janiaud-Lust, 1970, 204 et Χατζηαποστόλου, 2013, 255
（55）Καζαντζάκης, 2007b, 63
（56）Καζαντζάκης, 2007b, 64
（57）Καζαντζάκης, 2007b, 70
（58）本書第三章でも見たように、形而上学、或いは神学的な文脈ではなく政治的な文脈ではあるが、イオン・ドラグミスは「もし私たちがマケドニアを救うために駆けつけるなら、マケドニアが私たちを救うであろうことを諸君は知れ」と述べていた（Χόλεβας, 1993, 34）。この発想はカザンザキスの他の作品では、ひとつには『饗宴』において、イオン・ドラグミスが反映されているとされるコズマスに対し、カザンザキスが反映されているとされるアルパゴスが「『私がギリシアを救うのだ』と君は考えていたが、それは結局『私が私の魂を救うのだ』ということだ。君は犠牲と忍従に満ちた民族［της φυλής］への愛に焼き尽くされながら、自分自身の完全性のために身を燃やしていたのだ」と記されている（Καζαντζάκης, 2009a, 24）。他にも内戦期に執筆された『兄弟殺し』においては「自分の前ではなく自分の中で、彼［ヤンナロス司祭］に助けを求めて叫ぶギリシアを感じていた。もしギリシアが滅びるのなら私のせいであり、もしギリシアが救済されるのならこれを救うのは私だろう」と記述している（Καζαντζάκης, 2009a, 165）。広義の救済に関してある対象を救済しなければ自分自身の救済もないという発想はカザンザキスより先にイオン・ドラグミスに見られ、そして『禁欲』と同時期の作品にもまたそれ以後の作品にも見られるものである。
（59）Καζαντζάκης, 2007b, 70：イオン・ドラグミスは『サモトラキ』においてサモトラキ島で古代に崇拝されていたカヴィリ（カベイロイ／Κάβειροι）について

「ベルクソン」というエッセイに見られ、「物質と生の二つの流れは相反する方向に動き、一方は統合に向けて、他方は解体に向けて動いている」と記されている（Καζαντζάκης, 1912, 328）。

（16）Καζαντζάκης, 2007b, 10

（17）Καζαντζάκης, 2007b, 11：この『禁欲』に見られる νούς / Νούς に対して、『石庭』の中でカザンザキス本人が『禁欲』の断片をフランス語で書いた個所では、この νούς という一つの単語に intelligence や cerveau という異なる訳語を当てており、著者本人の中でも一対一対応する形で統一された訳語が存在するわけではない（Kazantzaki, 1959, 36-38）。

（18）Καζαντζάκης, 2007b, 11

（19）Καζαντζάκης, 2007b, 13

（20）Καζαντζάκης, 2007b, 15

（21）Καζαντζάκης, 2007b, 14

（22）Καζαντζάκης, 2007b, 17

（23）Καζαντζάκης, 2007b, 17-18

（24）Καζαντζάκης, 2007b, 17

（25）Ibid.

（26）Καζαντζάκης, 2007b, 21

（27）Ibid.

（28）Καζαντζάκης, 2007b, 26

（29）Καζαντζάκης, 2007b, 27

（30）Ibid.

（31）Καζαντζάκης, 2007b, 29

（32）この「前進」はカザンザキスの "self-creation" とも表現される（Wilson and Dossor, 1999, 9）。

（33）Καζαντζάκης, 2007b, 27

（34）Καζαντζάκης, 2007b, 33

（35）Καζαντζάκης, 2007b, 30-31

（36）この引用の中で言及される「避け所」や「家」、また「父、息子、聖霊」というモチーフは、それぞれ旧約聖書及び新約聖書で神に対して結びつけられる形象であり、主に詩編を中心に旧約聖書で散見され、また「父、息子、聖霊」は三位一体という神に関するキリスト教の教理に言及するものである。

（37）Καζαντζάκης, 2007b, 31-32

（38）Καζαντζάκης, 2007b, 34

（39）Καζαντζάκης, 2007b, 39-40 et Bidal-Bodier, 1974, 63

（40）Καζαντζάκης, 2007b, 39

(81) Καζαντζάκης, 2009a, 36
(82) Καζαντζάκης, 2009a, 38
(83) Καζαντζάκης, 2009a, 41
(84) Καζαντζάκης, 2009a, 42
(85) Πρεβελάκης, 1984, 464
(86) Καραλής, 1994, 93-94
(87) Ibid. et Καζαντζάκης, 2010a, 13

第六章　思想的主著『禁欲』分析

(1) Kazantzakis, 1960, 137：『禁欲』の英訳を作成したキモン・フライアーによると、もともと『禁欲』の題名は、1928年時には書名と副題は今の逆だったが、1945年版で今の書名と副題に改められた。そして英訳に際しカザンザキスの許可を得て書名をThe Saviors of Godに変更し、副題としてΑσκητικήをSpiritual Exerciseとした。
(2) Ανεμογιάννης, 2007, 36
(3) Janiaud-Lust, 1970, 202
(4) Ανεμογιάννης, 2007, 42
(5) Ανεμογιάννης, 2007, 48
(6) Πλεβελάκης, 1984, 389
(7) Janiaud-Lust, 1970, 206
(8) Janiaud-Lust, 1970, 201
(9) Kazantaki et Sipriot, 1990, 29：他にも晩年の自伝的小説『(エル・) グレコへの報告』において同様の記述が見られる（Καζαντζάκης, 2014, 16)。
(10) Mirambel, 1958, 125
(11) Janiaud-Lust, 1970, 202
(12) Janiaud-Lust, 1970, 202-203
(13) ハジアポストルは、ニーチェ以外に「神の救済」というモチーフをカザンザキスに与えた可能性のある人物として、タッソス・リヴァディティスとアルチュール・ランボー、そしてライナー・マリア・リルケの名を挙げている(Χατζηαποστόλου, 2013, 256-257)。
(14) Καζαντζάκης, 2007b, 9：『饗宴』においても、「生が終わりのない二つの夜の間で一瞬輝く火花」であると記している（Καζαντζάκης, 2009a, 34)。
(15) Ibid.：この理解はカザンザキスが1912年に教育委員会で行った講演に基づく

論じることもせず、むしろトルコ人アーヤーンがギリシア人に対し歩み寄りを見せる姿勢を描いている。ミラスのこの指摘について詳細に論じるためには、本書において射程のうちに含めることのできなかった、クレタ島におけるギリシア人とトルコ人の闘争を描き直接的に希土間の歴史を描いた『ミハリス隊長』の分析を行わねばならず、後の研究の課題としたい。

(52) Καζαντζάκης, 1993, 86
(53) Καζαντζάκης, 1993, 129
(54) Καζαντζάκης, 1993, 128
(55) Καζαντζάκης, 2007a, 64 et 72
(56) Ανεμογιάννης, 2007, 38
(57) Καραλής, 1994, 79
(58) Καζαντζάκη, 1998, 76-77
(59) Πρεβελάκης, 1984, 15
(60) Bien, 1989, 99-100
(61) Καζαντζάκης, 2009a, 11
(62) Καζαντζάκης, 2009a, 28
(63) Bien, 1989, 100：ドラグミスはその著作『英雄と殉者の血』においてパヴロス・メッラスのマケドニア地方の領土紛争を巡るブルガリア人との戦いを描いている。
(64) Ibid.
(65) Ibid.
(66) Καζαντζάκης, 2009a, 16
(67) Καζαντζάκης, 2009a, 24
(68) Καζαντζάκης, 2009a, 30
(69) Καζαντζάκης, 2009a, 23
(70) Καζαντζάκης, 2009a, 24
(71) Καζαντζάκης, 2007b, 70
(72) Καζαντζάκης, 2009a, 35
(73) Καζαντζάκης, 2007b, 29
(74) Καζαντζάκης, 2009a, 20
(75) Καζαντζάκης, 2009a, 44
(76) Καζαντζάκης, 2009a, 35
(77) Ibid.
(78) Καζαντζάκης, 2009a, 20
(79) Bien, 1989, 100
(80) Καζαντζάκης, 2009a, 16

在中にカザンザキスは『イリアス』やアイスキュロスの悲劇、そしてゲーテの『タウリス島のイフィゲーニエ』（Iphigenie auf Tauris / 1790）とシェストフの作品を読んでいたと日記に記している。ただし、具体的にシェストフのどの著作を読んだかに関しては言及していない（Ανεμογιάννης, 2007, 38）。

（38）Ανεμογιάννης, 2007, 38

（39）Jens Johannes Jørgensen（1866-1956）：日本では「ヨルゲンセン」としても知られる。フューン島の信心深い家庭で育ったが、クヴンハウン（コペンハーゲン）大学に通ううちに急進思想に触れ、後に詩誌『塔』（Taarnet/1893-1894）を刊行し、象徴派的な詩を発表する。1896年に天主教（カトリック）に改宗した。多くの天主教の聖人伝を刊行したが、特に聖フランシスコを慕いイタリアに長く滞在した。主著『アッシジの聖フランチェスコ』（Den helige Frans af Assisi / 1907）が特に有名である。

（40）Ibid.

（41）Ibid.

（42）Bien, 1989, 90 et Ρήγος, 2020, 23

（43）Bien, 1989, 90-92 et Ρήγος 2020, 23

（44）Bien, 1989, 93

（45）Ανεμογιάννης, 2007, 40

（46）Ibid.

（47）Καζαντζάκης, 1993, 114：プラスティラスたちが戦犯とみなした政治家たちの処刑を行ったが、これに言及しながらも自身の意見を書くことを避けている。また同時代の作家で、例えばヨルゴス・テオトカスは『1922年の記録』という短編の中で、三人の子供の内二人をトルコ軍によって殺されながらもアテネに難民として送られ、後に生き別れになっていた娘と再会することになるアーナ夫人の物語を書いている。

（48）Καζαντζάκης, 1993, 93

（49）なお、ここでの「ギリシア人たち」はロミィ（Ρωμιοί）である。

（50）Καζαντζάκης, 1993, 97：また「ギリシアは私たちの心の中で生きている」とも書いている（Καζαντζάκης, 1993, 81）。

（51）Καραλής, 1994, 89：なお、ミラスはカザンザキスを三〇年世代の文学者としたうえで（ロマスは二〇年世代としている）、カザンザキスがトルコ人に対し「歴史的なトルコ人」表象を行ったグループの中に入るとし、彼らはトルコに圧政や暴政、野蛮や後進性を結びつけ、トルコ人は隷属と暗黒（東方）を、ギリシア人は徳と進歩（文明）を表すように作品を執筆したと論じている（Μήλλας, 2001, 352）。しかし、ここまで見てきた内容と第一三章で分析する『キリストは再び十字架にかけられる』で見るように、必ずしもトルコを一方的に野蛮だと

（20）Ibid.
（21）Ανεμογιάννης, 2007, 36
（22）Ibid.
（23）カザンザキスがベルリンに到着して一番初めの妻ガラティアに宛てた手紙の中で、ベルリンにおいても政治活動に関して主にギリシア人たちと接触したのではなく、ロシア人と接触し合っていたことを報告している（Καζαντζάκης, 1993, 72)。
（24）Ανεμογιάννης, 2007, 36
（25）Γεώργιος Παπανδρέου（1888-1968）：ギリシアの政治家。首相を三期務めた。ゲオルギオス・パパンドレウもカザンザキスと同じくアテネ大学法学部出身であり、バルカン戦争後にヴェニゼロス支持者となりヒオス島の知事に任命されている。1923 年当時はヴェニゼロス派議員として内務大臣を務めていた。
（26）Janiaud-Lust, 1970, 189-190：カザンザキス自身 1920 年以降ヴェニゼロスからは決別していたこともあり、カザンザキスがこの時期の反共産主義的なアテネの中央権力とは関わりたくなかったと予測される。またカザンザキスとパパンドレウの関係はこの時に限ったものではなく、後にエレニ・カザンザキに宛てた 1935 年 8 月 6 日付の手紙によると、パパンドレウと会食の予定があることを明かしている（Καζαντζάκη,1998,388)。
（27）Janiaud-Lust, 1970, 193
（28）Ανεμογιάννης, 2007, 38
（29）Καζαντζάκης, 1993, 71
（30）Ανεμογιάννης, 2007, 38
（31）Karl Gustav Dieterich（1869-1935）：ドイツのビザンツ学及び近現代ギリシア学者であり、ミュンヘンではカール・クルンバッハ（Karl Krumbacher / 1856-1909）の下で中世及び近現代ギリシア学を学んでいる。重要な著作に『ビザンツ・近現代ギリシア文学史』(Geschichte der byzantinischen und neugriechischen Literatur / 1902）が挙げられる。
（32）Ibid.
（33）Ibid.
（34）Лев Исаакович Шестов（1866-1938）：ロシアの哲学者。理性や合理性に対する批判で知られ、西欧には「不安の哲学」の概念の下で受容され、アルベール・カミュやジョルジュ・バタイユらに大きな影響を与えた。主な著作に『トルストイとニーチェの教義における善』や『ドストエフスキーとトルストイ』。
（35）Bien, 1989, 63
（36）Bien, 1989, 64
（37）Bien, 1989, 64-65：またアネモヤニスの指摘では、1924 年 8 月のクレタ島滞

第五章　独墺期におけるカザンザキスの脱ナショナリズムと脱西欧化の思想

（1）Καταστροφή της Σμύρνης / 1922 İzmir Yangını：1919年にギリシア軍は小アジアへの出兵を行っていたが（第二次希土戦争）、トルコ軍の反攻により押し戻され1922年9月には小アジアにおけるギリシア人の中心地であったイズミル（ズミルニ／スミルナ）が陥落し、多くのギリシア人たちが命を落としたり、小アジアからの避難を余儀なくされたりした事件。またこの後1923年にローザンヌ条約が結ばれ、ギリシアの小アジア失陥が確定されメガリ・イデアは名実ともに不可能なものとなった。
（2）Ανεμογιάννης, 2007, 34
（3）Ibid.
（4）Ibid.
（5）Janiaud-Lust, 1970, 183
（6）Καζαντζάκης, 1993, 63
（7）Ανεμογιάννης, 2007, 34
（8）Ανεμογιάννης, 2007, 36：また同年11月に同誌に再び戯曲「オデュッセウス」を投稿している。
（9）Ibid.
（10）Καζαντζάκης, 1993, 62
（11）カザンザキスがこの時期に仏陀に関して読んだものとして、ヘルマン・オルデンベルクやリス・デイヴィッズの研究書が考えられる。また同年ヘルマン・ヘッセも『シッダルタ』を出版しているが、カザンザキスは書簡等においてもヘッセとヘッセの『シッダルタ』については何も言及していない（Janiaud-Lust, 1970, 227）。
（12）Janiaud-Lust, 1970, 186：社会主義に関する著作では特にローザ・ルクセンブルクから多大な影響を受けており、1927年には「ローザ・ルクセンブルクの叫び」という論考を雑誌『イリシア』において発表している（Ρήγος, 2020, 22）。
（13）Το ιστορικό Τμήμα της ΚΕ του ΚΚΕ, 1985, 24
（14）Ανεμογιάννης, 2007, 36
（15）Bien, 1989, 65
（16）Janiaud-Lust, 1970, 193-194
（17）Δημοσθένης Δανιηλίδης（1889-1972）：カッパドキア生まれのジャーナリストであり社会学者。主著に『近現代ギリシアの社会と経済』（Η νεοελληνική κοινωνία και οικονομία / 1934）がある。
（18）Ανεμογιάννης, 2007, 36
（19）Bien, 1989, 65

(99) Bien, 1989, 17

(100) Bien, 1989, 31

(101) Καζαντζάκης, 2012b, 29：ラーヤー［ραγιάς］は元来トルコ語で家畜に由来する言葉であるが、ギリシア人のみならずスラヴ人やアルメニア人といったキリスト教徒を指す言葉として使用され、ギリシアではしばしば「奴隷」を表す言葉として捉えられた。

(102) Bien, 1989, 17

(103) Καζαντζάκης, 2012b, 11

(104) Καζαντζάκης, 2012b, 22

(105) Καζαντζάκης, 2012b, 40

(106) Καζαντζάκης, 2012b, 32

(107) Καζαντζάκης, 2012b, 45

(108) Καζαντζάκης, 2012b, 73

(109) Καζαντζάκης, 2012b, 44-45

(110) Bien, 1972, 171

(111) Ibid.

(112) Αλέξανδρος Πάλλης（1851-1935）：ホメロスの現代語訳や福音書の現代語訳（Ευαγγελικά）を行ったギリシアの文献学者であり口語主義の運動家。特に聖書の現代語訳は文語推進派によって激しく非難される。

(113) Καζαντζάκης, 2007b, 288

(114) Καζαντζάκης, 1958b, 694

(115) 主人公のアトリエがどこにあるのかの描写はないが、少なくとも主人公がアテネのリカヴィトスの丘（στον Λόφο）周辺にいる描写がある（Καζαντζάκη, 2012, 48-49)。

(116) Καζαντζάκη, 1998, 83

(117) Ibid.

(118) Καζαντζάκη, 1998, 83 et Καζαντζάκης, 2013, 44-45

(119) 12 月 5 日の手紙の中に、「私の全魂は、真昼のダマスクスのように燃え盛り、アラビアの踊りが私の十本の指に風を吹きつけ、私を穏やかに夢中にさせる」という記述があり（Καζαντζάκη, 1998, 84)、ここでのアラビアという非西洋世界が所謂中東を含んでいる証左であろう。

タヴリダキスはコーカサス地方の同胞を救出する行動に身を委ねるように親方を説得するも、親方はクレタ島に炭鉱経営に向かうためにスタヴリダキスの誘いを断る（Καζαντζάκης, 2017, 17）。実際にスタヴリダキスはこの事業に携わり、作中において数度コーカサス地方から親方に手紙を送ることで事業の経緯を報告している。尚最終的に第二五章でスタヴリダキスはトビリシの病院で肺の病気で死んでしまうが（Καζαντζάκης, 2017, 308）、彼は最後まで事業に携わった。確かに『その男ゾルバ』において主人公の親方が思索や執筆の生活に別れを告げて行動の生に携わるために選んだ手段はクレタ島でのゾルバとの炭鉱経営であったが（Καζαντζάκης, 2017, 20）、コーカサス難民の支援事業は作中においてもカザンザキスの求めた行動として表象されていた。

（74）Φωτιάδης, 2019, 172-176
（75）Φωτιάδης, 2019, 192
（76）Ibid. et Ανεμογιάννης, 2007, 30
（77）Φωτιάδης, 2019, 184 et 189
（78）Φωτιάδης, 2019, 192
（79）Φωτιάδης, 2019, 193
（80）Φωτιάδης, 2019, 178
（81）Φωτιάδης, 2019, 195-196
（82）Φωτιάδης, 2019, 193
（83）Φωτιάδης, 2019, 194
（84）Ανδριώτης, 2020, 105：この時収容された難民は約五万人に及び、二四隻の蒸気船でテッサロニキに移送された。
（85）Φωτιάδης, 2019, 198
（86）Φωτιάδης, 2019, 199
（87）Ανεμογιάννης, 2007, 34
（88）Bien, 1989, 8
（89）Bien, 1989, 18-19
（90）Καζαντζάκης, 1910a, 234 et 239
（91）Καζαντζάκης, 1910a, 234
（92）Σιδηρόπουλος, 2007, 125
（93）Τζερμιάς, 2010, 139
（94）Bien, 1989, 17
（95）Bien, 1989, 11
（96）Καζαντζάκης, 2012b, 3
（97）Bien, 1989, 17
（98）Καζαντζάκης, 2012b, 44

ため、私を容れておくことのなかった、狭いこの世の確実な生を私も賭けようではないか」と記している（Καζαντζάκης, 2009a, 60-61）。ここの記述からも、カザンザキスが宗教的、或いは精神的なものの探求とアトス山を結びつけていることがうかがえる。

（52）Καζαντζάκης, 2020, 16
（53）Καζαντζάκης, 2020, 97
（54）Καζαντζάκης, 2020, 57-58
（55）Ανεμογιάννης, 2007, 26
（56）Καζαντζάκης, 2020, 82
（57）通例、当時のオスマン帝国首都のイスタンブル（コンスタンディヌポリ）を指す表現である。
（58）Καζαντζάκης, 2020, 83
（59）Ανεμογιάννης, 2007, 26
（60）Ibid.
（61）Ibid.
（62）Ανεμογιάννης, 2007, 28
（63）Ibid.
（64）この小説の正式名称は『アレクシス・ゾルバスの人生と事跡』（Βίος και Πολιτεία του Αλέξη Ζορμπά）であるが、本書では日本で一般的にこの小説に対して使用される『その男ゾルバ』を用い、また登場人物のアレクシス・ゾルバス（Αλέξης Ζορμπάς）についても、ゾルバの呼称を用いる。
（65）Ibid.
（66）Ανεμογιάννης, 2007, 22 et 26
（67）Ανεμογιάννης, 2007, 28
（68）Ibid.
（69）Ανεμογιάννης, 2007, 30
（70）Ibid.
（71）Ibid.
（72）Φωτιάδης, 2019, 169-170
（73）Καζαντζάκης, 2014, 419：また『その男ゾルバ』の中でもこの1919年のコーカサス地方でのポントスのギリシア人の支援活動が描かれる。この支援活動に実際に携わるのは、『その男ゾルバ』のアレクシス・ゾルバスの着想のもととなったヨルゴス・ゾルバスと、カザンザキスの友人で共に同支援事業に携わったスタヴリダキスである（Καζαντζάκης, 2017, 300 et Πασχάλης, 2014, 33-34）。なお、スタヴリダキスに関してはゾルバスと異なり同名で『その男ゾルバ』の中に登場している。『その男ゾルバ』第一章の親方がゾルバと出会う前の冒頭で、ス際には1906年に執筆した「世紀病」にも「善悪の彼岸」という名称が登場するなど色濃くニーチェの影響が見られ、『(エル・) グレコへの報告』のニーチェに関する記述は誇張であろう (Καζαντζάκης, 2014, 313-314)。またランブレリスの指摘では、カザンザキスの前に『テフニ』や『ディオニソス』という文芸雑誌においてギリシアでニーチェに関して知識人たちの間で議論があり、カザンザキスがギリシアにおけるニーチェ受容の端緒だったというわけではない (Λαμπρέλλης, 2009, 20-21)。

(34) Ανεμογιάννης, 2007, 20
(35) Ibid.
(36) Bien, 1989, 11
(37) Bien, 1989, xvii
(38) Ανεμογιάννης, 2007, 22
(39) Ibid.
(40) Ibid.
(41) Bien, 1989, 18
(42) Ανεμογιάννης, 2007, 22
(43) Ανεμογιάννης, 2007, 26
(44) Kanteraki, 2012, 501
(45) Καζαντζάκης, 1958b, 1563-1564
(46) Ανεμογιάννης, 2007, 26
(47) Ibid.
(48) Άγγελος Σικελιανός (1884-1951)：レフカダ島生まれの詩人。コスティス・パラマスの影響を強く受けた詩人であり、第二次世界大戦中にパラマスが死去した際にはシケリアノスが弔辞を読み上げている。またデルフィ的理想という思想を唱えた。主な作品に『クレタのダイダロス』(Ο Δαίδαλος στην Κρήτη) (1942) がある。
(49) Ανεμογιάννης, 2007, 26
(50) 11月14日テッサロニキに到着した時の日記には、当地で難民たちを見たことを記している。1914年7月にテッサロニキでトラキアと小アジアからの難民受け入れのための機関が組織されており (名称は組織を意味する Οργανισμός)、その故であろう (Καζαντζάκης, 2020, 5)。
(51) Καζαντζάκης, 2020, 36：また主に1924年から25年にかけて執筆されたとされるカザンザキスの『饗宴』において、カザンザキスの反映された主人公アルパゴスがアトス山を訪れる場面があり、その中で「理性 [του νου] による猜疑心と冒瀆が私を動揺させ始めたが、私は論理 [τη λογική] に打ち勝って、確実性を超えていく一歩を踏み出したかったのだ。[中略] 不確かな永遠性を手にするネ大学（Εθνικό Πανεπιστήμιο της Αθήνας）で定理神学（教義）とキリスト教倫理で教鞭を執る。主な著作は『東方正教会の定理神学（教義）』（Δογματική της Ορθοδόξου Ανατολικής Εκκλησίας）。

（11）Francis, 2005, 61-62

（12）Janiaud-Lust, 1970, 69

（13）Ανεμογιάννης, 2007, 12

（14）Η Πινακοθήκη：1901 年から 1926 年までディミトリオス・カロイェロプルによって刊行された芸術に関する雑誌。芸術に関する雑誌としてはギリシアにおいて草分け的な存在であり、芸術家や作家たちに一定以上の影響を与えたと評価されている。

（15）Ανεμογιάννης, 2007, 20

（16）Ibid.

（17）ο Νουμάς：1903 年から 1931 年まで刊行されたギリシアの文芸雑誌。創刊者は作家のディミトリオス・タンゴプロス。民衆語で書かれた作品を中心に掲載し、民衆語使用推進運動の牙城の一つとして機能した。

（18）Bien, 1972, 149-150

（19）Bien, 1972, 151

（20）Janiaud-Lust, 1970, 92-93

（21）Ανεμογιάννης, 2007, 20

（22）Καραλής, 1994, 68

（23）Καζαντζάκη, 1958a, 692

（24）Καραλής, 1994, 74-75

（25）Καζαντζάκης, 1958a, 692

（26）Καζαντζάκης, 1958a, 694 et Καραλής, 1994, 69

（27）Σιδηρόπουλος, 2007, 32

（28）Σιδηρόπουλος, 2007, 34

（29）Ibid.

（30）Καζαντζάκης, 2012a, 48

（31）μετουσίωση：古代語並びに文語では μετουσίωσις、ラテン語では transubstantiatio。主に正教や天主教において厳密に一致しているわけではないが、ミサや聖体礼儀におけるパンと葡萄酒がイエス・キリスト（イイスス・ハリストス）の肉体と血に変化するという神学上の用語。実体変化とも訳される。

（32）Bien, 1989, 8

（33）本人は最晩年の自伝的小説『（エル・）グレコへの報告』で、このパリに来た段階ではニーチェの名前は聞いたことがあったが作品は読んだことがなかったと述べ、この時初めて彼の思想に触れたかのような書き方をしているが、実とかもしれないが、ギリシアには「アジアと中東からもたらされた要素」やアジアからやって来た「影絵芝居」の伝統などの要素が西欧からもたらされた要素と同様にあるにもかかわらず、ギリシアが文化的にヨーロッパの一国であるのかどうかということは問いとして立てられる必要を感じないほどの自然な前提とされている。

(91) Πολίτης, 2009, 93-94：原文は « διέστελλε, προσεκτικά, στο φραστικό επίπεδο την « Ασία » από την « Ανατολή », προκειμένου να μπορέσει να γεννηθεί ένα καινούριο περιεχόμενο, θετικά φορτισμένο, για τον όρο « Ανατολή » » であり、意味は「『東方』という言葉の定義に対し、肯定的な意味を持った新しい内容が生じることができるように、言葉遣いのレベルで注意深く『アジア』を『東方』から分離した」である。逆に言えば、ギリシアの東方性がアジア的な要素を有しているという事態は当時の知識人にとって否定的な事態なのだ。

(92) Γαζή, 2020, 81

第四章　青年期のカザンザキスのナショナリズムと政治活動

(1) Bien, 1989, 13 et Janiaud-Lust, 1970, 157

(2) Bien, 1989, 55 et Τζερμιάς, 2010, 152

(3) Πετελής Πρεβελάκης (1909-1986)：クレタ島レティムノ出身、所謂「三〇年世代」に数え入れられる作家であり、カザンザキスが生涯にわたって親しく交友した友人。ギリシアで法学を学んだ後パリで芸術を専攻した。民衆語の文体を用い、1938 年の『ある街の年代記』(Το χρονικό μιας πολιτείας) や 1945 年の『荒涼たるクレタ』(Παντέρμη Κρήτη) 等、クレタの自然と歴史に基づいた作品を執筆した。

(4) Izzet, 1965, 11

(5) Ανεμογιάννης, 2007, 12

(6) Ibid

(7) Janiaud-Lust, 1970, 69

(8) Ανεμογιάννης, 2007, 12

(9) Janiaud-Lust, 1970, 71

(10) Χρήστος Ανδρούτσος (1869-1935)：ギリシアの神学者であり哲学者。イスタンブル、次いでハルキ (Χάλκη、現在トルコの Heybeliada) の神学校で学ぶ。ギリシア各地で教師を務めるがクレタで教師をしていたことがあり、この時にカザンザキスが学ぶ学校に赴任した。1912 年から 35 年に死去するまで、アテトルコ人は東方・アジアに属し、野蛮や無知のイメージを担わされていたわけではなかった（Μήλλας, 2001, 333-334）。イスタンブルの知識人階層である17世紀末から18世紀初頭に及ぶファナリオティスの日記を分析したスフィニの研究によると、これらギリシア人の知識人たちの「トルコ人」は必ずしも暴政や圧政に結びつけられるものではなく、肯定的な特徴をもつものでさえあった。しかし1787年から1797年までに記されたパナギオティス・コドリカスの日記の中には、西を「人間性」に、東を「無知」と「偏見」、そして「野蛮」に結びつける記述が見られ、コライスに見られるトルコを東に結び付けた上で否定的なイメージに結びつける言説は、西欧におけるアジア観のギリシアにおける受容の影響であることが指摘されている（Μήλλας, 2001, 297）。

（84）Φιλήμων, 1860, λ'（50）et 村田, 2013, 187

（85）マーシャル、ウィリアムズ, 1989, 151：1697年にハンフリー・ブリドウが刊行したムハンマド伝の中で、ムハンマドは「無知な野蛮人」と評される。

（86）マーシャル、ウィリアムズ, 1989, 247

（87）Νίκος Καζαντζάκης, Jean Moréas, στο *Νέα Ζωή*（6）, Αλεξάνδρεια, 1910b, σ. 353-360.

（88）Colone：アテネの一地区であり、古代ギリシアの悲劇詩人であるソフォクレスが生まれた場所であり、オイディプス王の物語が展開された場所の一つでもある。

（89）Moréas, 1906, 63-64

（90）Moréas, 1906, 56-57：より現代の例を傍証として挙げるなら、アカデミー・フランセーズで賞を受け2016年に刊行されたヤニス・キュルチャキスの『ギリシア：常なるものと今日のもの』が挙げられる。この作品もキュルチャキスというギリシア人がフランス語でフランスの読者に向けて書いたものである。彼はこの中で、カナダというヨーロッパの外の世界を訪れることにより、ギリシアとヨーロッパを深く感じることができたと述べている。ここでいうギリシアは「ヨーロッパとしてのギリシア」［Grèce, en tant qu' Europe］であるが、アジアと中東からもたらされた要素と西欧からもたらされた要素を強く分かちがたく有する存在である。そして、「ギリシア、私が青年期に発見し、愛し、探求した深遠なるギリシアは（私の移民の文化、ヨーロッパ、フランス、パリの文化を通して）、長い間私には『ある別のヨーロッパ』［une autre Europe］、さらに言えば『ヨーロッパの他者』［l'autre de l'Europe］として現れていた」と述べている（Kiourtsakis, 2016, 86-87）。またトルコから入ってきた影絵芝居に関してもこれがギリシア化［héllénisé］されていると述べている（Kiourtsakis, 2016, 90）。著者が生涯の大部分をフランスで過ごしたということ、また古代ギリシアや啓蒙主義以降のギリシアと西欧の関係を論じた著者の記述を鑑みるに至極妥当なこ

(70) Χόλεβας, 2013, 48：バレスとは1900年に彼がギリシア旅行を行った際にギリシアで出会っている。そしてバレスを通してニーチェを知り、アンリ・アルベールの仏語訳でニーチェの作品を読んだ（Γαζή, 2020, 221)。
(71) Χόλεβας, 2013, 35
(72) Χόλεβας, 2013, 35
(73) Γαζή, 2020, 292
(74) Δραγούμης, 1991, 46
(75) Γαζή, 2020, 226
(76) Χόλεβας, 2013, 43
(77) ガジの指摘では、1905年のイスタンブル滞在において、ギリシアの歴史のパレンプセストを感じる等、深くビザンツを感じる体験をした（Γαζή, 2020, 235-236)。この時イスタンブルに抱いた直観は以後にも継続し、1914年の『ギリシア文化』においてもギリシア人（ロミオシニ）の中心は帝都（イスタンブル）であると記述していた（Γαζή, 2020, 247)。
(78) Ibid.
(79) Χόλεβας, 2013, 91
(80) Paparrigopoulo, 2006, 398：このような言説は西欧人にも見られ、例えばヘーゲルは『歴史哲学講義』の中で、イオニアの空はホメロスを産み出すことに貢献したかもしれないが、風土だけで芸術や文化が花開くわけではなく、トルコ支配下のイオニアでは何らの詩人も出てこなかったと述べている（Hegel, 1970, 106)。
(81) Μήλλας, 2001, 313
(82) バナール, 2007, 441-442
(83) 他にも近現代ギリシア文学史において初めて口語を用いて執筆されたヤニス・プシハリスの旅行記『我が旅』においても、十代中頃よりフランスで生活し学者生活を送っていた著者が幼少期に生活していたイスタンブルに帰還しアヤ・ソフィアに詣でる場面がある。その中でスルタンのアヤ・ソフィアへの礼拝行列を目にした著者は、「見てみろ、転落中の野蛮だ」と呟いている（Ψυχάρης, 1988, 116)。また、イェルサレム総主教のアンティモスが1789年にキリスト教の教義を利用しつつオスマン帝国の支配を正当化した『父の教え』に反論する形でコライスは同年に『友愛の教え』を書いた。この中で彼はトルコ側の圧政を非難し「野蛮な圧制者たちに対するギリシアの憎悪がますます増大していくのを見て」と記しており、ここでもオスマン帝国側に対し野蛮という形象を与えている（Κοραής, 2021, 43)。本書で論じてきたように、またミラスも指摘しているのだが、そもそもギリシア啓蒙主義以前にはトルコ人やオスマン統治時代に対しては肯定的なイメージも否定的なイメージもあったのだが、必ずしもあり、この二語は生物学的な意味合いも与えられている。しかしドラグミスにおいても厳密な定義に基づいた使い分けがなされているわけではない。他にもεθνός（複数形 εθνή）がある。

（46）Χόλεβας, 2013, 121

（47）Terrades, 2005, 17

（48）Χόλεβας, 2013, 70

（49）Ibid.

（50）Χόλεβας, 2013, 125

（51）Δραγούμης, 1991, 40

（52）Χόλεβας, 2013, 127：ビザンツ帝国は一概にある単一の民族によって形成されたものではないだろうが、ドラグミスはビザンツ帝国をギリシア人の手になる組織体だと考えている。

（53）Terrades, 2005, 21

（54）Χόλεβας, 2013, 31

（55）Χόλεβας, 2013, 119

（56）Χόλεβας, 2013, 32

（57）Χόλεβας, 2013, 30

（58）Χόλεβας, 2013, 38

（59）Χόλεβας, 2013, 39

（60）Χόλεβας, 2013, 41

（61）例えばドラグミスは「マケドニアはブルガリア人や他の闘士たちと戦いながらギリシア人が鍛えられた広大な練兵場である。［中略］マケドニアは自由の学校であり、自由な男たちが作った学校である」と書いており（Χόλεβας, 2013, 39)、ギリシア人がマケドニアでの闘争を通し鍛えられると戦闘を肯定すると共に、マケドニアがギリシア領であることを前提とした上で、「マケドニアは自由の学校」と称することでブルガリアや他民族のマケドニア領有に負の形象を付している。

（62）村田, 2013, 195

（63）Χόλεβας, 2013, 48

（64）Γαζή, 2020, 251

（65）Δραγούμης, 1991, 47-48：そして、外来語を取り入れつつ、ギリシア語そのものは変わることなく、民衆とともに発展し続けたと説く。

（66）Χόλεβας, 2013, 48

（67）Δραγούμης, 1991, 71-86 et Γαζή, 2020, 252-253

（68）Γαζή, 2020, 258

（69）Δραγούμης, 1991, 84

(23) Γαζή, 2020, 160
(24) Γιαννόπουλος, 1961, 85 et 90
(25) Γιαννόπουλος, 1961, 131
(26) Γαζή, 2020, 195
(27) Χόλεβας, 2013, 23
(28) Terrades, 2005, 75
(29) Χόλεβας, 2013, 23 et Papadopoulos, 1996, 145：また1876年にはブルガリアやセルビアに加え、カトリックやプロテスタントの勢力もマケドニアで学校や教会を建設する活動を行っており、ギリシア人の間でマケドニアでのギリシア化は火急の課題であった。
(30) Terrades, 2005, 75 et Papadopoulos, 1996, 146
(31) Terrades, 2005, 75-76
(32) Terrades, 2005, 81 et Χόλεβας, 2013, 23-24
(33) Χόλεβας, 2013, 24
(34) Χόλεβας, 2013, 24
(35) Χόλεβας, 2013, 24-25
(36) Δραγούμης, 1994a, 5 et Χόλεβας, 2013, 25
(37) Χόλεβας, 2013, 25
(38) Ibid.
(39) Χόλεβας, 2013, 26
(40) Ibid.：当初はヴェニゼロスに期待を寄せていたものの、第一次バルカン戦争でのヴェニゼロスの指導力に失望し、第二次バルカン戦争後のブカレスト条約でのクレタとテッサロニキの獲得に際してもヴェニゼロスへの評価を回復させなかった。以降反ヴェニゼロス的な立場を取ったが、それでも政治信条的に国王派に立つというわけでもなく、特に国王派を支持する文章も残してはいない（Terrades, 2005, 256）。
(41) Χόλεβας, 2013, 30
(42) Ibid.：ホレヴァスの指摘では、ドラグミスの社会に対する進歩思想がもはや社会主義と言っていい段階にまで突入していると論じた論者がいた。しかしホレヴァスはこれに関しては誇張が過ぎるであろうと批判している。
(43) Terrades, 2005, 17
(44) Terrades, 2005, 19
(45) Terrades, 2005, 212-213：カザンザキスに多大な影響を与えたイオン・ドラグミスにおいても、La Raceという言葉に対して相互に入れ替え可能なものとしてφυλήとγένος、そしてράτσαの三つを用いている。φυλήという言葉は頻繁には用いられず、ράτσαは民族主義的な議論を構成する時に専ら用いられる語でたちこそが古代ギリシアの後継者だと主張する風潮が起こったのであり、これは謂わば「古代ギリシアの収奪」や「ハイジャック」というべき事態として理解でき、現代ギリシアが他の文化圏に対して有する特異な点だとみなしうる。

第三章　一九世紀後半におけるギリシアの東方性への着目と反西欧主義

（1）Πολίτης, 2009, 91
（2）Ibid.
（3）Ibid.
（4）Αργύρης Εφταλιώτης（1849-1923）：本名は Κλεάνθης Μιχαηλίδης。レスヴォス島出身の作家であり、商人としてイスタンブルやイギリスのマンチェスター等で活動した。この過程でマンチェスターに居住していた、口語派のアレクサンドロス・パリスと面識を得、影響を受けた。
（5）Terrades, 2005, 208
（6）Γαζή, 2020, 71
（7）Γαζή, 2020, 81
（8）Γαζή, 2020, 79 et 87
（9）Γαζή, 2020, 72-73
（10）Γαζή, 2020, 79
（11）Γαζή, 2020, 20
（12）Vitti, 2003, 292
（13）Vitti, 2003, 297-298
（14）Vitti, 2003, 305-306
（15）Εφταλιώτης, 1979, 9
（16）Ibid.
（17）Εφταλιώτης, 1979, 12
（18）Εφταλιώτης, 1979, 36
（19）Περικλής Γιαννόπουλος（1869-1910）：ニーチェに影響を受けたギリシアの詩人であり、初期のカザンザキスの民衆語観とナショナリズム的な思想に大きな影響を与えたイオン・ドラグミスとも友人であった。主著に文語で書かれた『ギリシアの線・ギリシアの色』（Ἑλληνική Γραμμή και Ἑλληνικόν Χρῶμα）がある。
（20）Γαζή, 2020, 158
（21）Ibid.
（22）Γαζή, 2020, 160-161

(60) Πολίτης, 2009, 38-39
(61) 村田 (2013) を参照。
(62) 尚、ここで用いられるヘレニズムは世界史或いはギリシア史上の時代区分を指しているものではなく、「近代ヘレニズム」や「パパリゴプロスのヘレニズム」等の名称を付す方が理解しやすいかもしれないが、本書ではヘレニズムで統一する。
(63) 村田, 2013, 188
(64) Ibid.
(65) 村田, 2013, 192
(66) 村田, 2013, 194：他にもカザンザキスが主に文学の項目の執筆を担当した『エレフテロダキス百科事典』(全一二巻) において、パヴロス・コロリディスはヘレニズム (ελληνισμός) の定義を行っている。そこでは、第一の定義として、「一般的にギリシア化すること。ギリシア人として振舞い話すこと。ギリシア語の正しい使用」、第二に「ビザンツ時代では偶像崇拝。偶像崇拝者に属する生き方や思考法等」、最後に第三の定義として「近現代ギリシア語においては、包括的にギリシア民族 [το έθνος των Ελλήνων]」を挙げている (Σταθάκος, 2006, 60-61)。
(67) 村田, 2013, 192
(68) パパリゴプロスは古代ギリシアと中世ビザンツ時代との間に断絶があったどころか、むしろ中世ギリシア人たちは古代ギリシア性を守ったのだと述べている (Paparrigopoulo, 2006, 260)。
(69) Paparrigopoulo, 2006, 155-156 et 村田, 2013, 194
(70) 村田, 2013, 195
(71) Τζερμιάς, 1997, 116
(72) de Maistre, 1819, 396
(73) de Maistre, 1819, 397
(74) Ibid.
(75) 杉本, 2005, 62 et 65-69
(76) エジプトやメキシコ、またイランやイラクの国々に関して、それらの古代文明と現代世界の連続性を宗教や民族に関連させて否定する論が欧米諸国等によってなされることがある。だが筆者の知る限り、仮にこれらの古代文明と現行の後継と称する国々の間を学問的知見を用いて否定するとしても、これらの文明に対し「自分たちこそが真の後継者である」と主張する形でその真の後継者を主張する国や民族は所謂欧米諸国にはないのではなかろうか。これに対し主に一九世紀のドイツでは、ドイツ文化と古代ギリシア文化の類似性を論じることを通して現代ギリシアと古代ギリシアの連続性を否定した上で、むしろ自分した程に平和を愛好する民族だと述べている（Κόντογλου, 2011, 393）。その一方、トルコ人とギリシア人は明確に区別されるのだが、その根拠は近代ギリシア人がビザンツ時代の連続であると共に、ヨーロッパ的な古代ギリシア人の子孫だからと記述している（Κόντογλου, 2011, 384）。この説を証明するための証拠として、英仏独を中心にした西欧からの旅行者の近現代ギリシアに対する肯定的な印象と評価、つまり古代ギリシアと近現代ギリシアの連続性を肯定的に記した引用を使用している（Κόντογλου, 2011, 383-393）。

（40）橋川, 2004, 243-244
（41）橋川, 2004, 244
（42）橋川, 2004, 227-228
（43）橋川, 2004, 246
（44）橋川, 2004, 248
（45）本文で見た、近現代ギリシアの古代ギリシアとの連続性或いは西洋性を否定した知識人たちに、ジョゼフ・アルテュール・ド・ゴビノー（1816-1882）がいる。彼は、ヨーロッパ北部のヨーロッパ人たちは純潔を保っている一方、南部のヨーロッパ人たちは様々な人種が混ざり合い、セム化しているのだと論じ、結果として近現代ギリシア人が古代ギリシアの末裔であることはありえないと論じた（バナール, 2007, 433）。
（46）Πολίτης, 2009, 38
（47）Γαζή, 2020, 167
（48）Αργυροπούλου, 2004, 172 et 186
（49）Αργυροπούλου, 2004, 187
（50）Ρενιέρης, 1999, 110
（51）Αργυροπούλου, 2004, 187
（52）Ιωάννης Κωλέττης（1773-1847）：アルーマニア系出身の、首相経験を持つギリシアの政治家。1835 年にはフランス大使に任命され、フランソワ・ギゾーらと交友を持ち、後に「フランス党」を結成する。
（53）Terrades, 2005, 35-43 et Πολίτης, 2009, 62
（54）Terrades. 2005, 42
（55）Terrades, 2005, 40
（56）村田, 2013, 184
（57）Terrades, 2005, 92 et 94
（58）Πολίτης, 2009, 26：尚、ここでの「ロメイカ」は古典語や文語に対する口語という意味ではなく、スラヴ語などの外国語に対するギリシア語という意味で用いられている。
（59）Αργυροπούλου, 2004, 184

（13）Νούτσος, 1999, XXVI：ミラスの指摘によると、コライスはビザンツ帝国を異国の専制だとみなしギリシア的なものだとみなしていなかった（Μήλλα, 2001, 299）
（14）Μεταλληνός, 2008, 50：尚ギリシアにおいても七世紀から八世紀にかけてΓραικόςの単語が出現した例も見られた。
（15）Αργυροπούλου, 2003, 56
（16）Αργυροπούλου, 2003, 57
（17）Αργυροπούλου, 2004, 190-191
（18）Αργυροπούλου, 2003, 56-57
（19）Πολίτης, 2009, 36
（20）Πολίτης, 2009, 90
（21）Zelepos, 2001, 30
（22）Τζερμιάς, 1997, 130
（23）Τζερμιάς, 1997, 131 et 徳重, 2016, 25
（24）Τζερμιάς, 1997, 131
（25）Πολίτης, 2009, 26
（26）Τζερμιάς, 1997, 154
（27）Τζερμιάς, 1997, 155
（28）Τζερμιάς, 1997, 155-156
（29）Κονδύλης, 2001, 14
（30）Τζερμιάς, 1997, 181
（31）Τζερμιάς, 1997, 186 et 193
（32）Τζερμιάς, 1997, 186 et 191
（33）Γεωργαλάς, 2005, 17
（34）アルヴェレール, 1989, 153における第一章注8も参照。
（35）Γεωργαλάς, 2005, 58：またヘーゲルは、ビザンツ帝国はその全機構がキリスト教的な原理に導かれておらず、またこのキリスト教は庶民と宮廷によって矮小化され堕落してしまったと論じている（Hegel, 1970, 409）。
（36）角田, 2010, 21 et 25：他にも、ギボンはローマ法を集成したビザンツ帝国をブルボン朝のような法の支配を維持した「文明化された君主制」とは理解せず、専制的な政体として常に批判したと指摘されている（角田, 2010, 26）。
（37）Γουντχάουζ, 2020, 29
（38）Πολίτης, 2009, 86
（39）カザンザキスとも面識のあった作家であり聖像画家でもあるフォティス・コンドグル（Φώτης Κόντογλου（1895-1965））は著書『苦悩するロミオシニ』の「ギリシア人とトルコ人」の章において、ギリシア人はトルコ人とも平和に暮ら

(10) ギリシア啓蒙主義第二期ではフランスの百科全書派からの多大な影響のもと科学や文学に関する関心が高まると共に、道具としていかなる言語がギリシア民族を照らす光となるだろうかという主題のもと「言語問題」が意識され始めるようになった。まず、ギリシア知識人たちの多くは西欧の文化的な祖先であり、また近現代ギリシア人たちの直接の先祖である古代ギリシア人たちが用いた古代ギリシア語こそが近現代ギリシアの公用語としてふさわしいと考えた。例えば第一期でも名前を見たエヴゲニオス・ヴルガリスをはじめ、ランブロス・フォティアディス（1752-1805）、ネオフィトス・ドゥカス（1760-1845）、アタナシオス・パリオス（1721-1813）等が実際に古代ギリシア語、或いは古代ギリシア語を模した擬古典を用いて作品を執筆した。確かに近現代ギリシア人と古典ギリシア人との紐帯を主張するために古代ギリシア語を近現代ギリシアの国語に策定するのは理のある話ではあるが、現実にはギリシア人たちの間で古典ギリシア語は話し言葉として用いられておらず、高度な教育を有さない市井の人々を含む多くのギリシア人たちにとってギリシアの国語に古代ギリシア語を定めることは現実的に困難だった。このような古代ギリシア語を近現代ギリシアの国語に定めようとする動きとは反対に、ディミトリオス・カタルジス（1725-1807）は民衆語（ディモティキ）の使用を主張した。彼は百科全書派の精神の中で活動し、口語のギリシア語こそが近現代ギリシアの国語にふさわしく、またこの近現代の口語のギリシア語が他の言語にも劣らない言語だという信念のもと、『近現代ギリシア語、つまり自然言語の文法』、『汝自身を知れ』、『哲学者讃歌』等の作品を執筆し、他にも幾人かの知識人たちがカタルジスの立場に賛同した（Ρώμας, 2015, 93）。

(11) Ibid.：この時期に見られた「言語問題」は、近現代ギリシアの国語として用いるべきは「古典ギリシア語」であるべきかそれとも「ロメイキ・グロッサ」とも呼称される「現代語（口語・民衆語）」のどちらがよいのかという対立であったが、西欧の啓蒙主義の影響を受けたギリシア人たちの多くが古代ギリシアと近現代ギリシアの紐帯を優先し、この態度が「言語問題」において古代ギリシア語、或いは擬古典を近現代ギリシアの国語として定めようという判断に結びついた。

(12) アンダーソン, 2007, 38 et 66：アンダーソンは口語から切り離された文語や古典語が「聖なる言語」となり、特権的な表象システム、すなわち「真実語」となると考えていたのだが、この例として教会ラテン語、コーランのアラビア語、科挙の中国語などを挙げている。しかし、本書で見たようにギリシアにおいては、古典語や文語が話し言葉や生産性を有する書き言葉として使用され続けており、この点でギリシア語はアンダーソンの言う「聖なる言語」あるいは「真実語」の例外の一つとも考えられよう。

史」から排除されねばならないと宣言される（Hegel, 1982, 95-96）。なおヘーゲルに先行する哲学者として、ゲッティンゲン大学創設者の一人であるクリストフ・アウグスト・ホイマン（Christoph August Heumann / 1681-1764）は、1715年に創設された「哲学者たちの活動」（Acta Philosophorum）という学術雑誌において、「エジプトは哲学的でなかった」と主張した。バナールは、こうして哲学の始まりを古代ギリシアに置かざるをえなくなったと指摘している（バナール, 2007, 255）。

(70) 田邊, 2013, 160

(71) 繰り返すが、ニーチェの古代ギリシア観には時期による変遷と矛盾があるようにしか見えず、本書の第一三章でも見るように『権力への意志』においては「よりヨーロッパ的になり、より超ヨーロッパ的になり、より東洋的になり、ついにはギリシア的になることだ――なぜならギリシア的なるものは、一切の東方的なものの最初の偉大な結合であり総合であって、まさしくそれによってヨーロッパ精神の発端であり、われわれの『新世界』の発見であったのだから」と表現しているように、ここでは必ずしもギリシアをヨーロッパの中に位置づけていない（氷上, 2019, 274-275：上記の『権力への意志』の引用部分は同箇所より引用した）。

第二章　近現代ギリシア啓蒙主義と民族意識の形成

(1) Ρώμας, 2015, 91：第一期では、主にヴォルテールの啓蒙主義思想や自由主義思想がギリシアに流入し大きな支配力を有した。この時代、ギリシアでヴォルテール精神の体現者だとみなされた思想家に、自費でギリシア語書籍を出版していた医者のトマス・マンダラシス（1709-1796）や、聖職者として聖山アトスの学院で教鞭を執り後にロシア皇帝エカチェリーナ二世に仕えたエヴゲニオス・ヴルガリス（1716-1806）がいた（Ρώμας, 2015, 92）。

(2) Αργυροπούλου, 2004, 136

(3) Αργυροπούλου, 2003, 21

(4) Αργυροπούλου, 2003, 44

(5) Αργυροπούλου, 2003, 263

(6) Αργυροπούλου, 2003, 17 et Αργυροπούλου, 2004, 172

(7) Αργυροπούλου, 2003, 21

(8) Ρώμας, 2015, 102

(9) Ρώμας, 2015, 93-94

（51）バナール, 2007, 338
（52）曽田, 2005, 75
（53）曽田, 2005, 76
（54）曽田, 2005, 75：なお、このような古代ギリシアの東方或いはオリエント世界に対する優越意識は古代時代よりギリシア人たちに見られ、特に古代アテネ人たちはアテネ文化の高さと自分たちが野蛮人、或いはバルバロイたちと本性的に異なった存在だと自分たち自身を表象した（庄子, 2003, 42)。
（55）バナール, 2007, 44 et 364
（56）Τζερμιάς, 1997, 19
（57）Σταυράκης, 2019, 51：尚、「親ギリシア主義」という用語自体はヘロドトスの文献に見られる（Σταυράκης, 2019, 19)。
（58）Τζερμιάς, 1997, 15
（59）Τζερμιάς, 1997, 18-19
（60）Ibid.
（61）Τζερμιάς, 1997, 18：例えばフランス人のグフィエ（Marie Gabriel Florent Auguste de Choiseul Gouffier（1752-1817））は1776年に24歳で初めてギリシアに訪れ、この時の体験を『ギリシアの絵のように美しい旅』（Voyage pittoresque de la Grèce）に書き込んでいる。そこでは、古代ギリシアの精神的自由が称賛される一方、近現代ギリシア人に対しては警戒心と無関心さを示している（Σταυράκης, 2019, 69-70)。
（62）Πολίτης, 2009, 26
（63）Τζερμιάς, 1997, 18
（64）Nietzsche, 1894a, 127
（65）Nietzsche, 1894a, 341 et 343 et 曽田, 2005, 354-356
（66）Hegel, 1982, 141-142
（67）Nietzsche, 1993, 25
（68）Ibid. また『人間的、あまりに人間的な』下巻二一五では、「近代的」（modern）という概念と「ヨーロッパ的」という概念がほぼ同一視される概念であり、地理的にヨーロッパに属するが故に「ヨーロッパ」なのではなく、ギリシア・ローマ古典とユダヤ・キリスト教にその共通の過去をもつ民族（Völker）と民族部分（Völkertheile）だけがヨーロッパの文化概念に含まれると述べている（Nietzsche, 1894b, 307)。
（69）田邊, 2013, 161-162 et 曽田, 2005, 362：同様にヘーゲルは、彼の『哲学史講義』においてたとえインド或いはオリエントにおいて生と死に関する宗教的な思想が流入したとしても、これは哲学と呼べるようなものではなく（Hegel, 1982, 87-88 et 141）、東洋的なものは本来的に西洋世界・ギリシアに端を持つ「哲学が気候の故に自由的だという発想はアリストテレスの『政治学』に起源を有する（Grosrichard, 1979, 11 et 23）。本章でも見たように、ヘーゲルにも非ヨーロッパ人の隷属性を気候や体形に見出す発想があったことを確認したが、啓蒙主義期以前にも一七世紀後半にオスマン帝国に関する書籍（*The Present State of the Ottoman Empire*（1665））を著したリコード（Rycaud）はトルコ人たちが子供の時からの環境によって暴政と隷従に喜んで甘んじていると記述した（Grosrichard, 1979, 29- 30）。

（37）Montesquieu, 1973, 250：澤田の研究によると、同時期にイギリスで活動した哲学者のヒュームもヨーロッパ人或いは白人の優越性を主張したが、彼はモンテスキューやビュフォンが用いた風土理論を退け（澤田, 2021, 33）、国民性の差異は精神的要因に依るとした（澤田, 2021, 34）。

（38）鈴木, 2017, 83

（39）玉田, 2016, 12-13

（40）Montesquieu, 1973, 300

（41）Grosrichard, 1979, 60

（42）マーシャル、ウィリアムズ, 1989, 145：この発想は二〇世紀になっても見られ、著名な日本学者であるグリフィスは1915年に『ミカド――制度と個人』の中で、平均的な西洋人たち［the average Occidental］にとって「東洋」［Oriental］の国々は進歩の道を辿ることが出来ないという固定観念を変わらず持ち続けている、と指摘している（Griffis, 1915, 330）。

（43）鈴木, 2017, 84：またモンテスキューも必要に由来することのないあらゆる刑罰は専制的であると論じている（Montesquieu, 1973, 336）。

（44）Hegel. 1970, 306：ヘーゲルはペルシア戦争をアジアとギリシア（ヨーロッパ）の戦争という構図で描いた上で、ペルシアに対するギリシアの勝利が「世界史」の文化と精神を救い、アジア的原理を無化したと論じている（Hegel, 1970, 314）。またアレクサンドロス大王の東征とペルシアへの勝利は、ペルシアから受けた苦難への報復であると同時に東方が文化を創始したことへの恩返しであり、成熟した高度なギリシア文化を伝播させたと述べた（Hegel, 1970, 332-333）。ここで両者の本質的な断絶と西方の東方に対する文化的優越が前提とされていよう。

（45）Τζερμιάς, 1997, 15

（46）曽田, 2005, 43

（47）島田, 2009, 77

（48）今橋, 2014, 7-8

（49）Hegel, 1970, 66

（50）今橋, 2014, 18

（22）村田, 2013, 190 et アルヴェレール, 1989, 65-66
（23）アルヴェレール, 1989,65
（24）Τζερμιάς, 2011, 88
（25）Τζερμιάς, 2011, 100
（26）メイエンドルフ, 2002, 169
（27）Μεταλληνός, 2008, 63：ミラスの指摘によると、14 世紀に口語的な特徴を大いに含む文章をもって書かれた『モレア年代記』（Χρονικόν του Μορέως）においては、Έλληνες という用語はほとんど現れないがこれは古代の異教時代のギリシア人を表しており、この年代記が書かれた時代のギリシア語話者たちは Ρωμιοί やキリスト教徒（χριστιανοί）と呼び表されており、古典教養を重んじた文人たちとは必ずしも一致しない自己理解がそこに現れている（Μήλλας, 2001, 294）。
（28）Μεταλληνός, 2008, 48
（29）Στάθακος, 2006, 69
（30）マーシャル、ウィリアムズ, 1989, 18
（31）鈴木, 2017, 74
（32）鈴木, 2017, 78 et マーシャル、ウィリアムズ, 1989, 49：他にもヘーゲルは『歴史哲学講義』においてアメリカ大陸のメキシコとペルーの先住民に対し、彼らが従順で卑屈であり、ヨーロッパ人が自己感情を芽生えさせるまで彼らの基本的性格に変わりはなく、そして彼らの劣等性はその体格までを含むあらゆる点に現れていると論じている（Hegel, 1970, 108）。他にも多くの例が存在するが、ここでは傍証としてもう一つ例を挙げたい。フランシス・パークマン（1823–1893）は『オレゴン・トレイル（オレゴンへの道）』（1847）第二一章において「人種［The human race］は彼らの利点の秩序において配列すると三つの区分に分けられる。つまり、白人、ネイティヴ・アメリカン［Indians］、そしてメキシコ人である。後者には『白』という名誉ある称号［the honorable title of « white »］はどうあっても認められない」（Parkman, 2008, 269-270）と記述している。
（33）鈴木, 2017, 82-83
（34）Ibid.
（35）Montesquieu, 1973, 82 et 川出, 1996, 184-185：またモンテスキューにとって専制は本性から腐敗したものであり（Montesquieu, 1973, 129）、アジアには自由は存せず常に隷従の精神が支配していると論じた（Montes-quieu, 1973, 301）。特にアジアにおいて権力が常に専制であらざるを得ないと断言している点も特筆に値する（Ibid.）。
（36）グロスリシャールの指摘によると、専制（despotisme）という言葉の起源と、気候と諸民族の習性を結びつけてアジア人が気候の故に奴隷的でヨーロッパ人

（３）庄子, 2003, 42-43

（４）庄子, 2003, 45

（５）また同時代のギリシア人の修辞学者で著作家のイソクラテスもアテネ・ギリシアの教育による異邦人、或いは野蛮人のギリシア化について言及しており（Στάθακος, 2006, 57）、ギリシア人とは血統によって定義されるものではなくギリシア的教育を有する者だとしている（Τζερμιάς, 1997, 11）。

（６）アリストテレス, 2001, 18

（７）アリストテレス, 2001, 7

（８）アリストテレス, 2001, 160

（９）アリストテレス, 2001, 361

（10）ラエルティオス, 1984, 13 et 17：ここに見られたギリシア哲学が他民族に負うものがないという発想に類似するものは、後に哲学史を描くことになるヘーゲルにも見られる。彼は、哲学の論証が必然的でそこに偶然的なものがないように、哲学史の発展も必然だと論じているが（Hegel, 1982, 41）、ただ君主一人のみが自由であることを自覚する専制的なオリエント・アジアにおいて哲学が生じることはなく、ゲルマン世界に繋がる哲学史は自由が生まれたギリシアにおいて始まったのだと論じる（Hegel, 1982, 93）。

（11）Τζερμιάς, 2011, 87

（12）村田, 2013, 189：例えば四世紀に大テオドシオスは、異教的（εθνικών）で悪魔的な書籍の排斥という形でほぼ全てのギリシア文芸を否定するに至った（Στάθακος, 2008, 65）。

（13）Μεταλληνός, 2008, 62

（14）新約聖書の「ローマ信徒への手紙」一〇章一二節「ユダヤ人とギリシア人の区別はありません。同じ主が、すべての人の主であり、ご自分を呼び求めるすべての人を豊かにお恵みになるからです」や「ガラテヤの信徒への手紙」三章二八節「ユダヤ人もギリシア人もありません。奴隷も自由人もありません。男と女もありません。あなたがたは皆、キリスト・イエスにあって一つだからです」に見られるように、ギリシア人は異教徒或いは異邦人の代表として扱われている（織田, 2002, 179）。尚、聖書の引用は全て聖書協会共同訳に基づく。

（15）村田, 2013, 189

（16）Μεταλληνός, 2008, 46

（17）村田, 2013, 189-190

（18）Ibid.

（19）アルヴェレール, 1989, 62

（20）アルヴェレール, 1989, 63

（21）メイエンドルフ, 2001, 169

ぜギリシアなのか？』（Pourquoi la Grèce?）という作品についてここで触れておきたい。彼女は古代ギリシア学者であり、コレージュ・ド・フランスにおいて初の女性教授となり、次いで女性として初めてフランス文学院の成員になった人物である。まず彼女は、ギリシアが西洋世界（monde occidental）の真の文学を私たちに残してくれたと古代ギリシアの位置を定める（De Romilly, 1992, 8）。そして古代ギリシアには歴史的に接触のあったオリエント諸文明から多くの借用があったことは確かだと認めつつ、その上でこれを正面切って論じはしないが一言付言すると述べたうえで、次のように古代ギリシアとオリエント諸文明の関係について述べている。つまり、オリエント諸文明には文学というものはなく、あってもごくわずかであり、理性的な方法で書いたり他者に伝えたりはしなかったのであり、また古代ギリシアはこれらの外的な借用要素を徐々にギリシア精神によって支配するようになった、と（De Romilly, 1992, 23-24）。彼女が実際にバナールの著作を読んでいたかどうかは定かではないが、彼女の態度は過度な「アーリア・モデル」に当てはまっておらず、また彼女の著作の他の箇所で古代ギリシアとオリエント諸文明の関係について直接論じられることは無い。

(20) バナール, 2007, 44：この訳文の全体に傍点が付されているが読みやすさを確保するために本引用では削除し、代わりに内容の強調のために引用者が傍線を付した。

(21) Αθηνά Βουγιούκα, Ο Νίκος Καζαντζάκης και ο Τρίτος Κόσμος, στο *Ο Νίκος Καζαντζάκης και η πολιτική*, Ιωάννα Σπηλιοπούλου και Νίκος Χρυσός (επιμ), Εκδόσεις Καστανιώτη, Αθήνα, 2019, σ. 27-52.

(22) Lebesgue, 1930, 490

(23) Bidal-Baudier. 1974,71

(24) Bouchet, 2020, 83-84

(25) Βασίλειος Λαούρδας（1912-1971）：古代から現代に至るまでのギリシア研究を行った。著書に『立法者ソロン』（Σόλων ο Νομοθέτης）等が挙げられる。

(26) Καραλής, 1994, 208 et Bien, 2007, 175

(27) Bien, 2007, 175-176

第一章　古代ギリシアから近代・オスマン統治期に至るギリシア意識の概観

(1) Μεταλληνός, 2008, 61

(2) 庄子, 2003, 39-40

gia-nompel（2022年3月4日最終閲覧）

（11）Mirambel, 1958, 123

（12）Περαντωνάκης και Χατζηγεωργίου（2018）参照。

（13）たとえばミッドルトンの『小説神学：ニコス・カザンザキスの、ホワイトヘッドのプロセス神学との出会い』(2000）やジルの『カザンザキスの哲学と神学的思考：到達不可能点への到達』(2018)、そしてカザンザキスの思想的主著『禁欲』の思想を分析したウィルソンとドッサーによる『ニコス・カザンザキス：二つの随想』が挙げられる。

（14）Darren Middleton (ed.), *Scandalizing Jesus ? — The Last temptation of Christ Fifty Years On*, Continuum, London, 2005.：一般的に『キリスト最後の誘惑』との関係では論じられないが、本書第六章で集中的に論じられる、カザンザキスの思想的主著『禁欲』において、「人間による神の救済」という概念が提示される。この思想も十分にキリスト教的な救済主としての神、或いは全知全能の神とは大きく異なる神理解であり、カザンザキスに多大な影響を与えたニーチェの「神の死」よりも一層反キリスト教的で十分に「スキャンダル」であろう。

（15）Καζαντζάκης, 1993, 291

（16）Kazantzaki et Sipriot, 1990, 23-24

（17）Πάτσης, 2013, 81-108：この故郷嫌悪［οικοφοβία］という用語はパツィスの造語であり、仮に他に用例があるとしても、ここでは彼に独自の意味で使用されている。彼はこの故郷嫌悪を「故郷の既存のイメージの否定を含む諸価値の体系」として定義している（Πάτσης, 2013, 81)。パツィスは、二〇世紀初頭のギリシア人作家たちの各々が固有の方法でもって「この時代の公式なギリシアのイデオロギー」に対応したとしている一方で、カザンザキスが取った手段に関しては、このイデオロギーに対する恐れ或いは嫌悪の故にギリシアを離れ外国に居住することだったと指摘している（Πάτσης, 2013, 83)。またカザンザキスに関して祖国嫌悪［πατριοφοβία］という用語はΛ. ゾグラフの『ニコス・カザンザキス、ある悲劇者』においても用いられており、そこでは故郷への恐怖或いは嫌悪が家庭や父親の故に、またその当時のクレタ島の家父長的な家族制度への反発の故に生まれた態度なのだと論じられている（Ibid.)。そしてパツィスは、故郷［οίκος（故郷とここでは訳したが、実際には古代ギリシア語で家を意味する)］と祖国［πατρίδα］をここでは同じ意味で使用していると述べている（Πάτσης, 2013, 84)。

（18）Bien, 2007, 146 et 162

（19）バナール, 2007, 42：なおバナールは、本書に関して英語圏でどのような反応があったのかを紹介している。本書は1987年に刊行されたものであるが、その後の1992年にフランス語圏で刊行されたジャクリーヌ・ド・ロミリーの『な

注

序論

（1）Heraklion Airport, “Heraklion Airport Guide”, https://www.heraklion-airport.info/（2021年12月21日最終閲覧）

（2）永田純子,「ギリシャ文化・スポーツ省、2017年を「ニコス・カザンザキス年」に制定」, https://www.greecejapan.com/jp/?p=16955（2021年12月21日最終閲覧）

（3）Γιώργος Θεοτοκάς（1906-1966）：イスタンブル生まれの作家であり弁護士。三〇年世代の作家の代表の一人と見なされる。重要な著作に『アルゴー』（Αργώ）や『エヴリピディス・ペドザリス』（Ευριπίδης Πεντοζάλης）がある。

（4）Θεοτοκάς, 2019, 103

（5）Κυριατζή, 2016, 219-220

（6）カザンザキス研究及びカザンザキスについて言及した文献および記事を網羅的に集めた文献一覧が存在する（Γιώργος Περαντωνάκης και Παναγιώτα Χατζηγεωργίου, *Βιβλιογραφία για τον Νίκο Καζαντζάκη (1906-2012)*, Πανεπιστημιακές Εκδόσεις Κρήτης, Ηράκλειο, 2018.）。同書において、1906年から2012年までのギリシアと欧米を中心にした6350に及ぶ文献や論文、そして記事の文献情報が紹介されている。

（7）とはいえカザンザキスにおけるギリシア的要素に関する研究はギリシア本国でも数点見られ、特に重要なものでは神学者のマツカスによる『ニコス・カザンザキスにおけるギリシアの伝統』（1988）やハジアポストルの『ニコス・カザンザキスにおけるキリストの顔』（2013）という研究が挙げられる。前者の研究ではカザンザキスの思想に見られる古代ギリシアとビザンツ時代の神学の影響の痕跡について深い論証は行ってはいないが指摘している。また後者は主に『最後の誘惑』で表象されたキリスト像をギリシア正教の観点から分析し、また『禁欲』に見られるビザンツ神学の影響について指摘している。しかし本文の中でも指摘したようにカザンザキスがギリシアをどのように表象したか、或いは彼がどのようなギリシア・ギリシア人観を抱いていたかを指摘するものではなかった。

（8）Ανεμογιάννης, 2007, 115

（9）Ανεμογιάννης, 2007, 104

（10）Μία Κόλλια, “Νίκος Καζαντζάκης: Ο Έλληνας που προτάθηκε 9 φορές για Νόμπελ”, https://impactalk.gr/el/stories-talk/nikos-kazantzakis-o-ellinas-poy-protathike-9-fores-

氷上英廣（三島憲一 編）『ニーチェの顔　他十三篇』岩波文庫、2009 年.

P. J. マーシャル、G. ウィリアムズ（大久保桂子 訳）『野蛮の博物誌 —— 18 世紀イギリスが見た世界』平凡社、1989 年（Marshall, P.J., and G. Williams, *Great Map of Mankind: British Perceptions of the World in Age of Enlightenment*, J. M. Dent and Sons Ltd, London, 1982.）.

松浦雄二「『知られぬ日本の面影』における「まぼろし系」の言葉」島根県立大学短期大学部、『島根県立大学短期大学部松江キャンパス研究紀要』第 52 号、2014 年、pp. 73-85.

三島憲一『ニーチェとその影』講談社、1997 年.

三成清香「ジャポニズム文学への挑戦：ラフカディオ・ハーン「きみ子」を手がかりとして」宇都宮大学国際学部、『宇都宮大学国際学部研究論集』第 41 号、2016 年、pp. 151-166.

ジョン・メイエンドルフ（鈴木浩 訳）『ビザンティン神学 : 歴史的傾向と教理的主題』 新教出版社、2009 年（Meyendorff, John, *Byzantine Theology: Historical Trends and Doctrical Themes*, Fordham University Press, New York, 1974.）.

村田奈々子「近代ギリシアにおけるヘレニズム概念について」法政大学言語・文化研究センター編書『言語と文化』第一〇巻、2013 年、pp. 181-205.

村田奈々子「ギリシア人の見た 1935 年の日本 —— ニコス・カザンザキスの眼差し」東洋大学史学科編書『東洋大学文学部紀要』第四七巻、2022 年、pp. 316（95）-263（148）.

吉川弘晃「秋田雨雀のソヴィエト経験（1927）—— ウクライナ・カフカス旅行における西洋知識人との交流を中心に —— 」人文学の正午研究会編書『人文学の正午』第九巻、2019 年、pp. 1-28.

R. A. ローゼンストーン（杉田英明・吉田和久 訳）『ハーン、モース、グリフィスの日本』平凡社、1999 年（Rosenstone, R. A., *Mirror in the shrine: American Encounters with Meiji Japan*, Harvard University Press, Massachusetts, 1988.）.

会、1996年.
澤田和範「ヒュームの人種差別主義の哲学的考察」『思想』岩波書店、第1171号、2021年、pp. 28-49.
島田了「ヴィンケルマンが目指したもの ——『ギリシア美術模倣論』について」『言語と文化』愛知大学語学教育研究室、第二〇号、2009年、pp. 69-88.
庄子大亮「古代ギリシアとヨーロッパ・アイデンティティ：ヨーロッパの源流としてのギリシア像再考」谷川稔 編『歴史としてのヨーロッパ・アイデンティティ』山川出版社、2003年、pp. 32-55.
杉本淑彦「白色人種論とアラブ人 —— フランス植民地主義のまなざし」藤川隆男 編『白人とは何か？ —— ホワイトネス・スタディーズ入門 ——』刀水書房、2005年、pp. 60-70.
鈴木球子「啓蒙思想時代の異国のイメージ」愛知大学語学教育研究室『言語と文化：愛知大学語学教育研究室紀要』第六三巻、2017年、pp. 73-89.
曽田長人『人文主義と国民形成』知泉書館、2005年.
竹内綱史「『悲劇の誕生』の形而上学再考」龍谷哲学会編『龍谷哲学論集』第25巻、2011年、pp.1-32.
田邊正俊「文化をめぐるニーチェ —— ニーチェの文化的パースペクティブについての一考察 ——」『立命館大学人文学科学研究所紀要』立命館大学人文科学研究所、第一〇一号、2013年、pp.145-170.
谷隆一郎『人間と宇宙的神化 証聖者マクシモスにおける自然・本性のダイナミズムをめぐって』知泉書館、2009年.
玉田敦子「フランス啓蒙主義と女性の地位（特集 ジェンダーと言語文化：恐怖・嫌悪・欲望とジェンダー）」奈良女子大学文学部『奈良女子大学文学部研究教育年報』第十三号、2016年、pp. 11-18.
角田俊男『都市共和国の伝統を継受する専制帝国 —— 啓蒙の歴史叙述とピョートルの改革 ——（研究報告 No. 55）』成城大学経済研究所、2010年.
徳重豊「1850年代ロシアの学術世界におけるファルメライアー論争 —— 近代ギリシア人とスラヴ人の関係性を巡る議論を中心に ——」東欧史研究会『東欧史研究』第三八号、2016年、pp. 1-19.
永田純子「ギリシャ文化・スポーツ省、2017年を「ニコス・カザンザキス年」に制定」https://www.greecejapan.com/jp/?p=16955（2021年12月21日最終閲覧）
橋川裕之「コライス講座とトインビー論争」『人文知の新たな総合に向けて：21世紀COEプログラム「グローバル化時代の多元的人文学の拠点形成」』京都大学大学院文学研究科21世紀COEプログラム「グローバル化時代の多元的人文学の拠点形成」編、京都大学大学院文学研究科21世紀COEプログラム「グローバル化時代の多元的人文学の拠点形成」2004年、pp. 227-255.

und Lew Kopelew (hrsg.), Wilhelm Fink Verlag, München, 1998, pp. 622-631.

Levitt, Morton, *The Cretan Glance*, Ohio State University Press, Columbus, 1980.

Middleton, Darren, *Novel Theology: Nikos Kazantzakis's Encounter with Whiteheadian Process Theology,* Mercer University Press, Macon, 2000.

Middleton, Darren, (ed.), *Scandalizing Jesus ? - The Last temptation of Christ Fifty Years On*, Continu- um, London, 2005.

Papadopulos, Stefanos, Basic Characteristics of the Liberaton Strugles of the Greeks of Macedonia from the Greek War of Independence of 1821 to Macedonian Liberation, in *Studies on Macedonia*, Society for Macedonian Studies, Μακεδονιακή Βιβλιοθήκη, Thessaloniki, 1996, pp. 141-150.

Terrades, Marc, *Le Drame de l'Hellénisme Ion Dragoumis (1878- 1920) et la question nationale en Grèce au début de XXe siècle*, L'Harmattan, Paris, 2005.

Tzermias,Pavlos, *Geschichte der Republik Zypern (4. Auflage)*, A Francke Verlag, Tübingen und Basel, 2004.

Tzermias, Pavlos, *Aspekte der griechischen Philosophie von der Antike bis heute*, A Francke Verlag, Tübingen und Basel, 2005.

Vathrakogianni, Aikaterini, *Women on Kazantzakis: Biography and Fiction: Reconstruction, Feminism and Misogyny*, LAP LAMBERT Academic Publishing, Saarbrüken, 2011.

Wilson, Colin, and Howard F. Dossor, *Nikos Kazantzakis: two essays*, Paupers' Press, Nottingham, 1999.

Zelepos, Ioannis, *Rebetiko - Die Karriere einer Subklutur*, Romiosini Verlag, Köln, 2001.

邦文文献

エレーヌ・アルヴェレール（尚樹啓太郎 訳）『ビザンツ帝国の政治的イデオロギー』東海大学出版会、1989 年（Ahrweiler, Hélène, *L'idéologie politique de l'empire byzantin*, Presses universitaires de France, Paris, 1975.）.

ベネディクト・アンダーソン（白石隆・白石さや 訳）『定本 想像の共同体 ナショナリズムの起源と流行』書籍工房早山、2007 年（Anderson, Benedict, *Imagined Communities: Reflections on the Origin and Spread of Nationalism*, Verso, London et New York, 1983.）.

今橋大樹「古典主義美学の誕生：ヴィンケルマンの美学に対する批判的検討」『法政大学大学院紀要』法政大学大学院、第七三号、2014 年、pp. 1-34.

C. M. ウッドハウス（西村六郎 訳）『近代ギリシャ史』みすず書房、1997 年（Woodhouse, C.M., *Modern Greece -A short History*, Faber and Faber,London, 1974.）.

織田昭『新約聖書ギリシア語辞典』教文館、2002 年.

川出良枝『貴族の徳、商業の精神 モンテスキューと専制批判の系譜』東京大学出版

Vitti, Mario, *Ιστορία της Νεοελληνικής Λογοτεχνίας*, Εκδόσεις Οδυσσέας, Αθήνα, 2003.

ラテン文字文献

Agistidis, Vlassis, Asie centrale et Sibérie, territoires de la déportation, en *Les Grecs Pontiques – Diaspora, identité, territoires*, Michel Bruneau (ed.), CNRS Editions, Paris, 1998, pp. 157-175.

Bidal-Baudier, Marie-Louise, *Nikos Kazantzaki: Comment L'Homme devient immortel*, Plon, Paris, 1974.

Bien, Peter, *Kazantzakis and Linguistic Revolution in Greek Literature*, Princeton University Press, Princeton, 1972.

Bien, Peter, *Kazantzakis Politics of the Spirit*, Princeton University Press, Princeton, 1989.

Bien, Peter, *Kazantzakis: Politics of the Spirit, vol.2*, Princeton University Press, Princeton, 2007.

Bouchet, René, *Nikos Kazantzaki Les racines et l'exil*, Éditions Universitaires de Dijon, Dijon, 2020.

Francis, Pamela J., Reading Kazantzakis through Gregory of Nyssa, in *Scandalizing Jesus - The Last temptation of Christ Fifty Years On*, Darren J. N. Middleton (ed.), Continuum, London, 2005, pp. 61-72.

Georgiadou, Eleni, "Nikos Kazantzaki et la culture française, Littératures. Université d'Avignon, Avignon, 2014." https://tel.archives-ouvertes.fr/tel-01124361/document（2019 年 2 月 7 日最終閲覧）

Gill, Jerry H., *Kazantzakis' Philosophical and Theological Thought: Reach What You Cannot*, Palgrave Macmillan, London, 2018.

Grosrichard, Alain, *Structure du Sérail, La Fiction du Despotisme asiatique dans l' Occident classique*, Editions du Seuil, Paris, 1979.

Hatem, Jad, *Messianités -Kafka, Kazantzaki, Böll, Tournier, Kemal*, Orizons, Paris, 2015.

Heraklion Airport, "Heraklion Airport Guide", https://www.heraklion-airport.info/（2021 年 12 月 21 日最終閲覧）

Izzet, Aziz, *Nikos Kazantzaki*, Biographie, Plon, Paris, 1965.

Janiaud-Lust, Colette, *Nikos Kazantzaki sa vie, son oeuvre 1883-1957*, François Maspero, Paris, 1970.

Kanteraki, Thalia, Les études Bergsonniennes en Grèce aujourd'hui, en *Annal Bergsoninnes V Bergson et la Politique: De Jaurès à Aujourd'hui, 5*, Press universitaires de France, Paris, 2012, pp. 501- 509.

Lersch, Edgar, Hungerhilfe und Osteuropakunde: Die "Freunde des neuen Rußland" in Deutschland, in *Deutschland und die russische Revolution 1917-1924*, Gerd Koenen

Περαντωνάκης, Γιώργος, και Παναγιώτα Χατζηγεωργίου, *Βιβλιογραφία για τον Νίκο Καζαντζάκη (1906- 2012)*, Πανεπιστημιακές Εκδόσεις Κρήτης, Ηράκλειο, 2018.

Πολίτης, Αλέξης, *Ρομαντικά Χρόνια Ιδεολογίες και Νοοτροπίες στην Ελλάδα του 1830-1880*, Εταιρεία Μελέτης νέου Ελληνικού Ανακρέονταος, Αθήνα, 2009.

Ρήγος, Άλκης, *Ο Πολιτικός Καζαντζάκης*, Εκδόσεις Παπαζήση, Αθήνα, 2020.

Ρόζεμπεργκ, Άννα, Η Ισπανία του Καζαντζάκη και ο Καζαντζάκης της Ισπανίας, στο *Νίκος Καζαντζάκης -Ημερίδα Αφιερωμένη στον μεγάλο δημιουργό Νίκου Καζαντζάκη*, Ίδρυμα Αικατερίνης Λασκαρίδη (επιμ), Ίδρυμα Αικατερίνης Λασκαρίδη, Πειραιά, 2007, σ. 115-124.

Ρώμας, Χρίστος, *Ιστορία Της Νεοελληνικής Λογοτεχνίας -Από τον 10ο ως το τέλος του 20ού αιώνα*, Επικαιρότητα, Αθήνα, 2015.

Σιδηρόπουλος, Γιάννης, *Εκείνος που πληγώσαμε – Αφιέρωμα στο Νίκο Καζαντζάκη για τα 50 Χρόνια από το θάνατό του 1957-2007*, Μαλλιαρής παιδεία, 2007.

Σταθάκος, Δημήτρης, Βιολογική και πολιτισμική πορεία προς ακμή και παρακμή, στο *Ρωτούσαν για την ταυτότητα - Πολιτισμική κρίση και ψυχική απορία στην ελληνική πραγματικότητα*, Γρηγόρης Μανιαδάκης κτλ (επιλ). Εκδόσεις Άρμος, Θεσσαλονίκη, 2006, σ 27-94.

Σταματίου, Γιώργος, *Η γυναίκα στη ζωή και στο έργο του Νίκου Καζαντζάκη*, Εκδόσεις Καστανιώτη, Αθήνα, 1997.

Σταυράκης, Γιώργος, *Γάλλοι Φιλέλληνες*, Εκδόσεις Λεξίτιπον, Αθήνα, 2019.

Τζερμιάς, Παύλος, *Η εικόνα της Ελλάδας στον ξένο κόσμο*, Εκδόσεις Ι. Σίδερης, Αθήνα, 1997.

Τζερμιάς, Παύλος, *Ο Πολιτικός Νίκος Καζαντζάκης Αυτός ο άγνωστος διάσημος*, Εκδόσεις Ι. Σιδέρης, Αθήνα, 2010.

Τζερμιάς, Παύλος, *Περιήγηση στην ελληνική Φιλοσοφία*, Εκδόσεις Ι. Σιδέρης, Αθήνα, 2011.

Τσινικόπουλος, Δημήτρης, *Οι πνευματικοί πατέρες του Νίκου Καζαντζάκη*, Εκδόσεις Φυλάτος, Θεσσαλονίκη, 2017.

Φιλιππίδης, Σταμάτης, *Έξι και ένα μελετήματα για τον Νίκο Κατζανζάκη*, Βικελαία Δημοτική Βιβλιοθήκη,Ηράκλειο, 2017.

Φωτιάδης, Κωνσταντίνος, Ο Νίκος Καζαντζάκης και οι Έλληνες του Καυκάσου, στο *Ο Νίκος Καζαντζάκης και η πολιτική*, Ιωάννα Σπηλιοπούλου και Νίκος Χρυσός (επιμ), Εκδόσεις Καστανιώτη, Αθήνα, 2019, σ. 165-205.

Χατζηαποστόλου, Μαρία, *Το πρόσωπο του Χριστού στο Νίκο Καζαντζάκη*, Εκδόσει Άρμος, Θεσσαλονίκη, 2013.

Χόλεβας, Ιωάννης, *Ίων Δραγούμης -οι ιδέες και οι αγώνες του, το έργο και δολοφονία του(Γ έκδοση)*, Εκδόσεις Πελασγός, Αθήνα, 2013.

Πανεπιστημίου Θεσσαλονίκης, Θεσσαλονίκη, 2008, σ. 73-82.

Γουντζάουζ, Κρίστοφερ, μεταφρασμένο από τον Γιώργο Λαμπράκο, *Φιλοελληνές -Στον Αγώνα για την Ελληνική Ανεξαρτησία*, Εκδόσεις Μίνωας, Αθήνα, 2020 (Christpher Woodhouse, *The philhellenes*, Hodder and Stoughton, London, 1969.)

Ιλίνσκαγια, Σόνια, Η « φλόγα » της ρωσικής λογοτεχνίας στα κείμενα του Νίκου Καζαντζάκη, στο *Νίκος Καζαντζάκης -Ημερίδα Αφιερωμένη στον μεγάλο δημιουργό Νίκου Καζαντζάκη*, Ίδρυμα Αικατερίνης Λασκαρίδη (επιμ), Ίδρυμα Αικατερίνης Λασκαρίδη, Πειραιά, 2007, σ. 107-114.

Ιστορικό Τμήμα της ΚΕ του ΚΚΕ, *Χρονικό αγώνων και θυσιών του ΚΚΕ, Τόμος Πρώτος 1918-1945*, Έκδοση της ΚΕ του ΚΚΕ, Αθήνα, 1985.

Ιστορικό Τμήμα της ΚΕ του ΚΚΕ, *Δοκίμιο ιστορίας του ΚΚΕ Α΄ Τόμος 1918-1949*, Σύγχρονη εποχή, Αθήνα, 2012.

Καραλής, Βρασίδας, *Ο Νίκος Καζαντζάκης και το Παλιμψήστο της ιστορίας*, Εκδόσεις Κανάκη, Αθήνα, 1994.

Κόλλια, Μία, "Νίκος Καζαντζάκης: Ο Έλληνας που προτάθηκε 9 φορές για Νόμπελ", https://impactalk.gr/el/stories-talk/nikos-kazantzakis-o-ellinas-poy-protathike-9-fores-gia-nompel（2022 年 3 月 4 日最終閲覧）

Κονδύλης, Παναγιώτης, *Ο Μαρξ και η αρχαία Ελλάδα*, Στιγμή, Αθήνα, 2001.

Κουμάκης, Γιώργος, *Νίκος Καζαντζάκης -Θεμελιώδη προβλήματα στη φιλοσοφία του*, Εκδόσεις Ρώμη, Θεσσαλονίκη, 2016.

Κυριατζή, Αντωνία, *Η Εκκλησία στην Ελλάδα και το Καζαντζακικό ζήτημα*, Ostracon Publishing, Θεσσαλονίκη, 2016.

Λαμπρέλλης, Δημήτρης , *Η Επίδραση του Νίτσε στην Ελλάδα – « Τέχνη » και « Διόνυσος », Βλαστός και Καζαντζάκης*, Εκδόσεις Παπαζήση, Αθήνα, 2009.

Ματσούκας, Νίκος, *Η Ελληνική παράδοση στο Νίκο Καζαντζάκη*, Εκδόσεις Βάνιας, Θεσσαλονίκη, 1988.

Μεταλληνός, Γεώργιος, *Στα μονοπάτια της Ρωμηοσύνης -Σταθμοί στην ιστορική διαδρομή του ορθόδοξου ελληνισμού*, Εκδόσεις Άρμος, Αθήνα, 2008.

Μήλλας, Ηρακλής, *Εικόνες Ελλήνων και Τούρκων – Σχολικά βιβλία, Ιστοριογραφία, Λογοτεχνία και Εθνικά Στερεότυπα*, Εκδόσεις Αλεξανδρείας, Αθήνα, 2001.

Πασχάλης, Μιχαήλ, *Νίκος Καζαντζάκης: Από τον Όμηρο στον Σαίξπηρ -Μελέτες για τα κρητικά μυθιστορήματα*, Εταιρία Κρητικών Ιστορικών Μελετών, Ηράκλειο, 2015.

Πάτσης, Μιχάλης, *Καζαντζάκης και Ρωσία, οικοφοβία, διαλογικότητα, καρναβάλι*, Μιχάλης Πάτσης, Αθήνα, 2013.

Πεντζοπούλου,Τερέζα, – Βαλαβά (Εποπτεία), Ιωάννης Χριστοδούλου (επιμ), *Ο Νίτσε και οι Έλληνες*, Εκδόσεις Ζήτρος, Θεσσαλονίκη, 1997.

Oxonii, Oxford Classical Texts, Ox- ford, 1957.）
聖書協会共同訳『聖書 引照・注付き』日本聖書協会、2018 年.
マーティン・バナール（片岡幸彦 監訳）『ブラック・アテナ 古代ギリシア文明のアフロ・アジア的ルーツ ―― I. 古代ギリシアの捏造 1785-1985』新評論、2007 年（Bernal, Martin, *Black Athena: The Afroasiatic Roots of Classical Civilization Vol.1*, Free Association Books, London, 1987.）
ディオゲネス・ラエルティオス（加来彰俊 訳）『ギリシア哲学者列伝（上）』岩波書店、1984 年（Laertius, Diogenis, *Diogenis Laertii Vitae Philosophorum, 2 vols.*, instruxit H. S. Long, Oxford Classical Texts, Oxford, 1964.）

二次文献

ギリシア文字文献

Αβραμίδου, Έλενα, Ο Βούδας του Καζαντζάκη, στο *Νίκος Καζαντζάκης Η απω-ανατολική ματιά*, Έλενα Αβραμίδου (επιμ), Ένεκεν, Επιθεώρηση Πολιτισμού, Θεσσαλονίκη, 2019, σ. 31-48.
Ανεμογιάννης, Γιωργός, *Νίκος Καζαντζάκης 1883-1957 Εικονογραφημένη Βιογραφία*, Μουσείο Ν. Καζαντζάκη, Αθήνα, 2007.
Ανδριώτης, Νίκος, *Πρόσφυγες στην Ελλάδα 1821-1940 – άφιξη, περίθαλψη, αποκατάσταση*, Ίδρυμα της Βουλής των Ελλήνων, Αθήνα, 2020.
Αργυροπούλου, Χριστίνα, Αργυροπούλου, *Καζαντζακικά Μελετήματα – Νίκος Καζαντζάκης, ένας χαλκέντερος και πολύτροπος δημιουργός*, Εκδόσεις Έναστρον, Αθήνα, 2020.
Αργυροπούλου, Ρωξάνη, *Νεοελληνικός ηθικός και πολιτικός στοχασμός -Από τον Διαφωτισμό στον Ρομαντισμό*, Εκδόσεις Βάνιας, Θεσσαλονίκη, 2003.
Αργυροπούλου, Ρωξάνη, *Προσεγγίσεις της Νεοελληνικής φιλοσοφίας*, Εκδόσεις Βάνιας, Θεσσαλονίκη, 2004.
Βουγιούκα, Αθηνά, Ο Νίκος Καζαντζάκης και ο Τρίτος Κόσμος, στο *Ο Νίκος Καζαντζάκης και η πολιτική*, Ιωάννα Σπηλιοπούλου και Νίκος Χρυσός (επιμ), Εκδόσεις Καστανιώτη, Αθήνα, 2019, σ. 27-52.
Γαζή, Έφη, *Άγνωστη χώρα -Ελλάδα και Δύση στις αρχές του 20ού αιώνα*, Εκδόσεις Πόλις, Αθήνα, 2020.
Γεωργαλάς, Γεώργιος , *Αντιβυζαντισμός*, Εκδόσεις Ερωδιός, Θεσσαλονίκη, 2005.
Γουνελάς, Χαράλαμπος, Η πραγματικότητα στον Νίκο Καζαντζάκη: Από τον Πλάτωνα στον Νίτσε, στο *Φιλόλογος (131)*, Σύλλογος Αποφοίτων Φιλοσοφικής Σχολής Αριστοτελείου

Lebesgue, Filiés (Démétrius Astériotis), Lettres Néo-Grecques, en *Mercure de France (15 Dec. 1928)*, Paris, 1928, pp. 721-726.

Lebesgue, Filiés (Démétrius Astériotis), Lettres Néo-Grecques, en *Mercure de France* (15 Avr. 1930), Paris, 1930, pp. 484-490.

Loti, Pierre, “Japoneries d’Automne”, http://www.bibebook.com/files/ebook/libre/V2/loti_pierre_-_ja poneries_d_automne.pdf, Bibebook. 1889.（最終閲覧日　2020 年 3 月 22 日）

Maistre, Joseph de, *Du Pape*, Charpentier, Libraire-Editeur, Paris, 1819.

Merejkowsky, Dimitri, traduit par Prozor et Persky, *Tolstoï et Dostoïewsky : la personne et l’oeuvre*, Perrin, Paris, 1903.

Mereschkowski, Dmitri, traduit par von Gütschow, *Tolstoi und Dostojewski als Menschen und als Künstler*, Karl Voegels Verlag, Berlin, 1919.

Mirambel, André, Autour de l’œuvre de Kazantzakis, en *Bulletin de Association Guillaume Budé, Lettres d’humanité*, n° 17, Paris, 1958, pp. 123-142.

Montesquieu, Charles-Louis de, *De l’Esprit des lois, Tome I*, Editions Garnier Frères, Paris, 1973.

Moréas, Jean, *Paysages et sentiments*, l’ Edition E Sansot et Cie, Paris, 1906.

Nietzche, Friedrich, *Menschliches, Allzumenschliches: Ein Buch für freie Geister (Erster Band),* C. G. Naumann, Leipzig, 1894a.

Nietzche, Friedrich, *Menschliches, Allzumenschliches: Ein Buch für freie Geister (Zweiter Band)*, C. G. Naumann, Leipzig, 1894b.

Nietzche, Friedrich, *Die Geburt der Tragödie*, Reclams Universal-Bibliothek, Stuttgart, 1993.

Nitobe, Inazo, *Bushido, the soul of Japan (16th edition)*, Teibi Publishing Company, Tokyo, 1909.

Paparrigopoulo, Constantin, *Histoire de la civilisation hellénique*, Elibron Classics, Paris, 2006.

Parkman, Francis Jr., *The Oregon Trail (Edited with an Introduction and Notes by Bernard Rosenthal)*, Oxford University Press, New York, 2008.

De Romilly, Jacqueline, *Pourquoi la Grèce?*, Éditions de Fallois, Paris, 1992.

Vogüé, Eugène-Melchior de, *Le roman Russe*, Plon, Paris, 1912.

Zweig, Stefan, *Drei Meister*, Insel-Verlag, Leipzig, 1921.

邦文文献

アリストテレス（牛田徳子 訳）『政治学』京都大学学術出版会、2001 年（Aristole, *Aristotelis Pelitica*, recognovit brevique adnotatione critica instruxit W. D. Ross,

キリル文字文献

Мережковский, Дмитрий, *Толстой и Достоевский*, Наука, Москва, 2000.

Шестов, Лев, *Добро въ ученіи гр. Толстого и Ф. Нитше: философія и проповѣдь*, YMCA-Press, Paris, 1971a.

Шестов, Лев, *Достоевскій и Нитше: философія трагедіи*, YMCA-Press, Paris, 1971b.

ラテン文字文献

Griffis, William Elliot, *The Mikado: Institution and Person -A study of the internal political forces of Japan*, Princeton University Press, Princeton, 1915.

Hearn, Lafcadio, *Glimpses of Unfamiliar Japan, in two Volumes, vol. II*, Houghton, Mifflin and Compa- ny, Boston and New York, 1899.

Hearn, Lafcadio, *Glimpses of unfamiliar Japan, vol. I*, Kegan Paulm Trench, trubner and Co., London, 1903.

Hearn, Lafcadio, *Kwaidan*, Bernhard Taughnitz, Leipzig, 1907.

Hearn, Lafcadio, "Out of the East and Kokoro", in *The writings of Lafcadio Hearn Large Paper Edition, in 16th edition vol. 2* Houghton Company, Boston and New York, 1922.

Hegel, Georg.W.F., *Vorlesungen über die Philosophie der Geschichte*, Suhrkamp Verlag, Frankfurt am Main, 1970.

Hegel, Georg.W.F., *Vorlesungen über die Geschichte der Philosophie,* Suhrkamp Verlag, Frankfurt am Main, 1982.

Herzen, Alexandre, *Du développement des idées révolutionnaires en Russie*, JEFFS Libraire, Londres, 1853.

Kazantzaki, Nikos, Le rôle de la liberté dans la littérature néo-recque, en *Actes du quatrième congrès international d'Histoire littéraire moderne*, Volume publié avec l'aide de l'Unesco, Boivin et Cie, Paris, 1948, pp. 239-246.

Kazantzaki, Nikos, *Le Jardin des Rochers*, Plon, Paris, 1959.

Kazantzaki, Nikos, *Toda-Raba: Moscou a crié*, Plon, Paris, 1962.

Kazantzakis, Nikos, translated by Kimon Friar, *The Saviors of God -Spiritual Exercises*, Simon and Schuster Book, New York, 1960.

Kazantzakis, Nikos, translated by Pappageotes, *Japan-China, Simon and Schuster*, New York, 1963.

Kazantzaki, Nikos, traduit par Liliane Princet et Nikos Athanassiou, *Voyage : Chine-Japon*, Plon, Paris, 1971.

Kazantzaki, Nikos et Pierre Sipriot, *Entretiens*, Edition de Rocher, Monaco, 1990.

Kiourtsakis, Yannis, *La Grèce : toujours et aujourd'hui*, Edition La Bibliothèque, Paris, 2016.

Καζαντζάκης, Νίκος, *Ο Φρειδερίκος Νίτσε εν τη Φιλοσοφία του Δικαίου και της Πολιτείας (Γ' Έκδοση)*, Εκδόσεις Καζαντζάκη, Αθήνα, 2006a.

Καζαντζάκης, Νίκος, *Ταξιδεύοντας Ιαπωνία-Κίνα*, Εκδόσεις Καζαντζάκη, Αθήνα, 2006b.

Καζαντζάκης, Νίκος, *Οι Σπασμένες Ψυχές*, Εκδόσεις Καζαντζάκης, Αθήνα, 2007a.

Καζαντζάκης, Νίκος, *Ασκητική: Salvatores Dei*, Εκδόσιες Καζαντζάκη, Αθήνα, 2007b.

Καζαντζάκης, Νίκος, *Συμπόσιον*, Εκδόσεις Καζαντζάκη, Αθήνα, 2009a.

Καζαντζάκης, Νίκος, *Ταξιδεύοντας Αγγλία*, Εκδόσεις Καζαντζάκη, Αθήνα, 2009b.

Καζαντζάκης, Νίκος, *Οι Αδερφοφάδες*, Εκδόσεις Καζαντζάκη, Αθήνα, 2009c.

Καζαντζάκης, Νίκος, *Ταξιδέυοντας Ρουσία*, Εκδόσεις Καζαντζάκη, Αθήνα, 2010a.

Καζαντζάκης, Νίκος, *Ο Χριστός ξανασταυρώνεται*, Εκδόσεις Καζαντζάκη, Αθήνα, 2010b.

Καζαντζάκης, Νίκος, *Ταξιδεύοντας: Ιταλία - Αίγυπτος - Σινά - Ιερουσαλήμ - Κύπρος - Ο Μοριάς*, Εκδόσεις Καζαντζάκη, Αθήνα, 2011.

Καζαντζάκης, Νίκος, *Όφις και Κρίνο (Β΄ έκδοση)*, Εκδόσεις Καζαντζάκη, Αθήνα, 2012a.

Καζαντζάκης, Νίκος, *Ο Πρωτομάστορας (η Θυσία)*, Εκδόσεις Καζαντζάκη, Αθήνα, 2012b.

Καζαντζάκης, Νίκος, *Επιστολές του Νίκου Καζαντζάκη προς την οικογένιεα Αγγελάκη*, Μουσείο Νίκου Καζαντζάκης, Ηράκλειο-Μυρτιά, 2013.

Καζαντζάκης, Νίκος, *Αναφορά στον Γκρέκο*, Εκδόσεις Καζαντζάκη, Αθήνα, 2014.

Καζαντζάκης, Νίκος, *Ταξιδεύοντας Ισπανία*, Εκδόσεις Καζαντζάκη, Αθήνα, 2016.

Καζαντζάκης, Νίκος, *Βίος και Πολιτεία του Αλέξη Ζορμπά*, Εκδόσεις Καζαντζάκη, Αθήνα, 2017.

Καζαντζάκης, Νίκος, *Άγιον Όρος, Ν/βρης- Δ/βρης 1914*, Μουσείο Νίκου Καζαντζάκη, Ηράκλειο. 2020.

Κόντογλου, Φώτης, *Η πονεμένη ρωμιοσύνη*, Εκδόσεις Άνκυρα, Αθήνα, 2011.

Κοραής, Αδαμάντιος, Αδελφική Διδασκαλία, στο *Πατρική και Αδελφική Διδασκαλία*, Εκδόσεις iWrite, Θεσσαλονίκη, 2021.

Νούτσος, Παναγιώτης, Ο Μάρκος Ρενιέρης ως πολιτικός διανοούμενος, του Μάρκου Ρενιέρη στο *Φιλοσοφία της Ιστορίας -Δοκιμίον*, Μορφωτικό Ίδρυμα Εθνικής Τραπέζης, Αθήνα, 1999, σ. IX-XXXVI.

Πρεβελάκης, Παντελής, *Τετρακόσια γράμματα του Καζαντζάκη στον Πρεβελακή*, Εκδόσεις Ελένης Ν. Καζαντζάκη, Αθήνα, 1984.

Ρενιέρης, Μάρκος, Φιλοσοφία της Ιστορίας -Δοκιμίον, Μορφωτικό Ίδρυμα Εθνικής Τραπέζης, Αθήνα, 1999.

Φιλήμων, Ιωάννης, *Δοκίμιον ιστορικόν περί της Ελληνικής Επαναστάσεως(τ. Γ)*, Τύποις Π. Σούτσα και Α. Κτενά, Αθήνα, 1860.

Ψυχάρης, Γιάννης, *Το ταξίδι μου*, Εκδόσεις Νεφέλη, Αθήνα, 1988.

参考文献

一次文献

ギリシア文字文献

Γιαννόπουλος, Περικλής, *Η ελληνική Γραμμή και το ελληνικόν χρώμα*, Εκδόσεις Γαλαξία, Αθήνα, 1961.

Δανιηλίδης, Δημοσθένης, *Η νεοελληνική κοινωνία και οικονομία*, Εκδόσεις Νέα Σύνορα-Α. Α. Λιβάνη, Αθήνα, 1985.

Δραγούμης, Ιών, *Ελληνικός Πολιτισμός*, Νεά θεσίς, Αθήνα, 1991.

Δραγούμης, Ιών, *Μαρτύρων και ηρώων αίμα*, Εκδόσεις Βασ. Ρηγοπούλου, Θεσσαλονίκη, 1994a.

Δραγούμης, Ιών, *Σαμοθράκη, Το νησί*, Εκδόσεις Βασ. Ρηγοπούλου, Θεσσαλονίκη, 1994b.

Εφταλιώτης, Αργύρης, *Νησιωτικές ιστορίες*, Εστία, Αθήνα, 2005.

Θεοτοκάς, Γιώργος, *Ελεύθερο Πνεύμα -Δοκίμιο*, Εκδόσεις Εστία, Αθήνα, 2019.

Καζαντζάκη, Ελένη, *Νίκος Καζαντζάκης ο Ασυμβίβαστος*, Εκδόσεις Καζαντζάκη, Αθήνα, 1998.

Καζαντζάκης, Νίκος, Για τους νέους μας, στο *Νέα Ζωή (6/5-6-7(Φεβ.-Μαρ.-Απρ.))*, Αθήνα, 1910a, σ. 232-239.

Καζαντζάκης, Νίκος, Jean Moréas, στο *Νέα Ζωή (6)*, Αλεξάνδρεια, 1910b (Ιουλ-Αυγ-Σεπ), σ. 353-360.

Καζαντζάκης, Νίκος, H. Bergson, στο *Δελτίο Εκπαιδευτικού Ομίλου Β`*, Αθήνα, 1912, σ. 310-334.

Καζαντζάκης, Νίκος, Κωνσταντίνος Παλαιολόγος, στο *Θέατρο Β` -Τραγωδίες με Βυζαντινά Θέματα*, Εκδόσεις Καζαντζάκη, Αθήνα, 1956a.

Καζαντζάκης, Νίκος, Καποδίστριας, στο *Θέατρο Γ` -Τραγωδίες με διάφορα Θέματα*, Εκδόσεις Καζαντζάκη, Αθήνα, 1956b.

Καζαντζάκης, Νίκος, Η αρρώστεια του αιώνος, στο *Νέα Εστία (τεύχος. 740)*, Αθήνα, 1958a, σ. 691-696.

Καζαντζάκης, Νίκος, Οι ραγιάδες, στο *Νέα Εστία (64)*, Αθήνα, 1958b, σ. 1563-1564.

Καζαντζάκης, Νίκος, *Επιστολές προς Γαλάτεια (Γ΄ έκδοση)*, Δίφρος, Αθήνα, 1993.

Καζαντζάκης, Νίκος, *Ιστορία της Ρωσικής Λογοτεχνίας*, Εκδόσεις Καζαντζάκη, Αθήνα, 1999.

筆者がニコス・カザンザキスという人物の文学と思想に関してなぜ興味を有するようになったのかに関しては、日本でもギリシアでも様々な場で語る機会がありました。しかしなぜ「ギリシア・ギリシア人観」の研究、つまり「ギリシアをどう捉えるのか」、そして「ギリシアや西欧のことを学ぶと人は自己理解にどういう変化の起こる傾向があったりするものなのか」という研究を行おうと思ったのかというきっかけの方はこれまで話す機会が十分にありませんでした。

筆者が修士課程に在籍していた時にさかのぼりますが、筆者は西洋古典学やキリスト教学の授業でも、主に西欧で学問的に再建された発音ではなく、今のギリシア人が行っている発音で古代ギリシア語を音読していました（筆者以外には正教徒でブルガリア人の先輩もギリシア語は全て現代式に発音していた）。筆者としては、原文の発音は変わっても日本語に訳してしまえばその内容は同じであり、日本の古文も漢文も現代日本語の発音で発音しているのですから、古代ギリシア語を現代式の発音で発音しても何の問題もないと考えていました（もっとも愛媛県生まれの私は助詞の「を」を〃ｗｏ〃と発音していますが、関東や関西では〝o〟と発音している人が多く、ひらがなの発音の違いにとても驚きました）。もっとも、漢文は古代中国語の発音を知らないので現代の普通話の発音で音読しておりまして、中高で習った読み下し文などの日本式の方法はかなりの程度忘れてしまいました。無論、内容を理解する上では問題を感じたことはありません。

ところが、ある日、今では昔日の面影も無き京大文学部ラウンジで友人とコーヒーを飲んで休んでいたところに、「現代式の発音ではヘクサメトロスの韻律を正しく守ることができず、現代ギリシア人の発音はホメロスを侮辱している」と言って感情的に押しかけて来た人物が現れ、人目もはばからずに『イリアス』を再建音で暗唱し始めるという珍事がありました。京都大学文学部に栄光あれ（カザンザキスならこう言うことでしょう）。まさにこの時に、二十世紀学という得体の知れない学科に所属していた私は古代ギリシア文化の受容とそれを受容した人々の自己認識と他者認識の形成について関心を抱くようになり、奇しくも所属する学科の研究主題にふさわしい形で本研究の方向性が定まったのでした。極めて間接的な形にはなりますが、本書籍が、日本の古代ギリシア文化や西洋文化需要のあり方とそれを受容した自分たちの自己意識の形成の在り方に関する、そして日本の民族主義や近隣各国に対して有するイメージの形成に関する批判と考察に対し、一石を投じるものになればと思っています。

本書は二〇二二年度に京都大学大学院文学研究科現代文化学専攻に博士学位論文として提出した論文に修正と加筆を施したものとなっています。本研究を行うにあたり、数えきれないほど多くの方々に助けていただきましたので、一部にはなりますが、ここに謝辞を述べさせていただきます。最初に、博士論文を審査してくださった京都大学大学院文学研究科の喜多千草先生と松永伸司先生に深謝いたします。また京都大学文学部にて西洋哲学史と研究のイロハを教えてくださった福谷茂先生、自分が何に関心があって何をしたいのか、そして文献学とは何なのかを教えてくださった手島勲矢先生、そして大学院にて、研究者とは何であり、研究者として生きていくためには何が必要なのかを教えてくださった杉本淑彦先生、博士論文の副査をしてくださり、文学の喜びを教えてくださった中村唯史先生に深謝申し上げます。また駐日ギリシャ大使館のニコラオス・アルギロス大使閣下、スティリアノス・フルムディアディス代理大使、そして広報担当の青木恵子さま、そしてgreecejapan.comの永田純子さまには筆者の研究や活動の両面で極めて大きな助力をいただきました。深謝申し上げます。また本書の表紙のために美しいカリグラフィー作品をこころよくご提供いただいた森里紗さまにお礼申し上げます。ギリシアでは二〇二〇年にコロナ禍が始まったのですが、そうした状況下での生活を含むギリシア滞在では、特に小早川美央さんと酒向明日香さんに大変お世話になりました。また私に現代ギリシア語を教えてくださった「エリニカ」主催の藤下幸子先生に深く感謝申し上げます。友人として研究の相談や議論によって手伝ってくださった早川尚志さん、曽我篤嗣さん、市位知暉さん、同じく現代ギリシアを研究する佐藤良樹さん、カザンザキス文学翻訳家の其原哲也さん、そして多くのアイディアを示唆的な言動で与えてくださった作家で哲学者の高橋昌久先生にお礼申し上げます。

　またここでは名前を挙げられませんが、国際ニコス・カザンザキス友の会のヨルゴス・スタシナキス会長をはじめ、ギリシアの友人の皆さんに感謝申し上げます。そして私に言葉を教え、常に逆の立場からものを見ることを忘れないようにし続けてくれたトルコと中国と韓国の友人たちに感謝いたします。これからも「平和を作るもの」であるように互いに努力していきましょう。最後に、筆者の研究のためにギリシア語やトルコ語を学び、何年も外国暮らしを共にし、あらゆる原稿に目を通して第一の助言をくれた妻の沙也加にありがとう。

加えて、松籟社の木村浩之さんには何度も原稿を読み直していただき、都度適切なアドヴァイスをいただきました。木村さんのご助力が無ければ、書籍として本研究が日の目を見ることはありませんでした。まことにありがとうございました。

最後になりましたが、本書の出版に際しては、令和六年度京都大学人と社会の未来研究院若手出版助成、ならびに京都大学大学院文学研究科の『卓越した課程博士論文の出版助成制度』による助成を受けました。ここに記して感謝申し上げます。

二〇二四年六月三〇日

福田耕佑

【ヤ行】

【ラ行】

【ハ行】

【マ行】

【タ行】

【ナ行】

【サ行】

◉ 索引 ◉

・本文、注で言及されている作家名、研究者名、団体名、作品名、歴史的事項等を配列した。
・作品名は原則として作者名の下位に配列した。
・ニコス・カザンザキスについては本書全体で扱っているのでページ数は拾っていないが、下位に作品名を配列した。

【アルファベット】

【ア行】

【カ行】

in time, and east to west in space, without falling into the worship of classical Greece or the delusion of the ties between modern and contemporary Greece and ancient Greece. Therefore, this book analyzes Kazantzakis's life and works up to the time of the Greek Civil War, particularly his experiences and works related to Greece and Eastern countries, from Pontus (the present-day Black Sea coast of Turkey) through Russia and China to Japan, as the main sources of information.

In conclusion, this bookargues that, by the time of the Second World War, Kazantzakis's depiction of Greece culminated in an exploration of "Greekness" which included Greek historical continuity (temporal aspect) and Greek geographical east-west continuity (spatial aspect), revealing a view of Greece and Greeks that has been insufficiently examined in previous studies both within and outside Greece. The book points out, in particular, that Kazantzakis' view of Greece and Greeks was characterized by his opposition to Western worship and his exploration of the "East" through his experiences and writings in the Far East and Russia. This led him to create an original view of Greece that positively acknowledges the country's Asian elements — something that had previously been considered taboo in modern and contemporary Greece.

The image of Greece depicted by Kazantzakis was a perspective that overcame historical conflicts with neighboring Middle Eastern and Asian countries, as well as ethnocentrism, in contrast to the Greek nationalism that had developed since the 19th century by importing the image of ancient Greece formed in the West, which included anti-Asian discrimination. Furthermore, in his book *Black Athena* published at the end of the 20th century, Martin Bernal explained and criticized the "fabrication of ancient Greece" by Eurocentrism in modern Europe and the image of ancient Greece that excluded non-Western perspectives. However, this book shows that Nikos Kazantzakis, through his own thought and literary imagination, had already provided a perspective to overcome this point about half a century earlier through his experiences in Asia, from Japan to Pontus. Moreover, a monograph entitled *Scandalizing Jesus?* was published on how Kazantzakis questioned the very foundations of Christianity, discussing the idea of Jesus Christ having a wife and the denial of his resurrection. This book reveals that Kazantzakis was not only "Scandalizing Jesus" by questioning Christianity, one of the foundations of Western civilization, but was also questioning ancient Greek and Western classical culture, another foundation of Western civilization, in what might be called "Scandalizing Greece."

A Study on Nikos Kazantzakis:
The Structure of Greek Nationalism and Literature and Philosophy as a Prescription

This book sheds light on the image of Greece presented by Nikos Kazantzakis (1883–1957), one of the leading writers and thinkers of modern and contemporary Greek literature. This image does not necessarily match the idealized image of Greece as the source of Western spirituality and culture; rather, it is rooted in diverse cultural experiences and even contains non-Western elements, based on Kazantzakis' travels and writings in the non-Western world, including Russia, the Middle East, Africa, and the Far East.

Part I of the book will discuss the following points: Especially since being positioned as the source of Western culture in Western modernity, ancient Greece has tended to be seen as purely European and Western, without Asian and Eastern elements. However, because Greece is geographically and historically located between Asia in the East and Europe in the West, modern and contemporary Greece after the Byzantine and Ottoman eras was often considered by Western intellectuals as Eastern or Oriental. The Greeks were sometimes regarded as Easterners, people unworthy of being descended from the Western ideal of ancient Greece or even inferior to their Western counterparts. Hence, modern and contemporary Greece from the mid-19th century onward promoted Westernization and modernization, claiming that it did not belong to Asia and the East, to position itself as a descendant of classical Greece and a member of the advanced Western world. This led to the development of arguments to abandon Asia in favor of Europe and pro-Western, anti-Eastern nationalistic ideology; as a reaction, Greek-centered ideology, condemning excessive Westernization, developed as well.

Part II of the book will show that although most Western, modern, and contemporary Greek thinkers avoided Eastern elements in their ideal image of Greece, Nikos Kazantzakis evaluated the Eastern elements of Greece in a positive way and developed a view of Greece and Greeks that was not limited to the ancient world but included consideration and contemplation of various cultural spheres, including the non-Western world. Kazantzakis also overcame excessive Westernization, Western culture worship, and Greek-centered nationalism and produced his own idea of the world, human beings, and God in his work *Ascesis: The Saviors of God*. This book will show that in line with this worldview, Kazantzakis depicted Greece as an entity with two continuities, ancient to contemporary

【著者】

福田耕佑（ふくだ・こうすけ）

一九九〇年、愛媛県生まれ。京都大学文学部西洋哲学史専修卒業、テッサロニキ大学哲学部客員研究員を経て、京都大学大学院二十世紀学専攻（現メディア文化学専攻）博士課程修了。博士（文学）。専門は近現代ギリシア文学史並びに思想史。国際ペン・クラブのギリシア支部会員。訳書にニコス・カザンザキス『禁欲』、『饗宴』（それぞれ京緑社）、『新ギリシア詞華集』（近刊、竹林館）などがある。

ニコス・カザンザキス研究
──ギリシア・ナショナリズムの構造と処方箋としての文学・哲学

2024年 9月15日　初版第1刷発行　　定価はカバーに表示しています

著　者　　福田　耕佑

発行者　　相坂　　一

発行所　松籟社（しょうらいしゃ）
〒612-0801　京都市伏見区深草正覚町1-34
電話　075-531-2878　振替　01040-3-13030
url　https://www.shoraisha.com/

印刷・製本　モリモト印刷株式会社
カバー装画　森里紗
装幀　安藤紫野（こゆるぎデザイン）

Printed in Japan

 ISBN978-4-87984-455-2　C0098